A GUARDIÃ DOS VAZIOS

Victoria Schwab

A GUARDIÃ DOS VAZIOS

Livro 2 de A Guardiã de Histórias

Tradução
Daniel Estill

1ª edição

BERTRAND BRASIL
Rio de Janeiro | 2018

Título original: *The unbound*

Capa: Igor Campos

Texto revisado segundo o novo
Acordo Ortográfico da Língua Portuguesa

2018
Impresso no Brasil
Printed in Brazil

CIP-BRASIL. CATALOGAÇÃO NA PUBLICAÇÃO
SINDICATO NACIONAL DOS EDITORES DE LIVROS, RJ

Schwab, Victoria, 1987-
S425g A guardiã dos vazios / Victoria Schwab; tradução de Daniel Estill. – 1ª ed. – Rio de Janeiro: Bertrand Brasil, 2018.

Tradução de: The unbound
Sequência de: A guardiã de histórias
ISBN 978-85-286-2326-0

1. Ficção americana. I. Estill, Daniel. II. Título.

18-49639 CDD: 813
CDU: 82-3(73)

Leandra Felix da Cruz – Bibliotecária – CRB-7/6135

Direitos exclusivos de publicação em língua portuguesa somente para o Brasil adquiridos pela:
EDITORA BERTRAND BRASIL LTDA.
Rua Argentina, 171 – 2º andar – São Cristóvão
20921-380 – Rio de Janeiro – RJ
Tel.: (21) 2585-2000 – Fax: (21) 2585-2084

Atendimento e venda direta ao leitor:
mdireto@record.com.br ou (21) 2585-2002

Para Patricia —

pelo ombro, ouvido e fé inabalável

Em duas palavras, posso resumir tudo
o que aprendi sobre a vida: ela passa.

— Robert Frost

UM

Meu corpo implora por sono.

Sentada no telhado do Coronado, o corpo suplica, implora que eu desça do ombro quebrado da gárgula, que me arraste para dentro, desça as escadas, atravesse o apartamento ainda às escuras e me enfie na cama — para *dormir.*

Mas não consigo.

Não consigo porque, sempre que adormeço, eu sonho. E, sempre que sonho, sonho com Owen. Com seus cabelos prateados, seus olhos frios, seus dedos longos alisando casualmente sua faca predileta. Sonho com ele passando o gume afiado da lâmina pela minha pele enquanto murmura que a "verdadeira" Mackenzie Bishop deve estar oculta em algum lugar sob toda aquela carne.

Eu vou te achar, M, sussurra enquanto corta. *Vou te libertar.*

Em algumas noites ele me mata depressa; em outras, faz o tempo render — no entanto, acordo em todas com um pulo, abraçando-me com força, o coração a mil enquanto procuro cortes frescos na minha pele.

Não há nenhum, é claro. Porque não há nenhum Owen.

Não mais.

Já se passaram três semanas e, mesmo com toda a escuridão que não me deixa ver mais do que apenas as silhuetas pelo telhado cobertas pela noite, meus olhos ainda assim encontram o local — um círculo de gárgulas — onde aquilo aconteceu. Ou, pelo menos, onde *acabou.*

Pare de correr, senhorita Bishop. Não há para onde ir.

A lembrança é tão vívida: Wesley sangrando do outro lado do telhado enquanto Owen pressionava a lâmina entre meus ombros e me oferecia uma opção, que não era uma opção de verdade por causa do metal cortando minha pele.

Não precisa terminar assim.

Palavras, promessas, ameaças suspensas entre nós pelo tempo necessário para que eu girasse a chave no ar atrás das costas dele, abrisse uma fenda no mundo, uma porta do nada para o nada — para *lugar nenhum* — e o jogasse ali.

Agora meus olhos se deparam com a marca invisível, *impossível*. Não passa de um arranhão no ar; tudo o que restou da porta para o vazio. Mesmo que eu não possa ver a marca, sei exatamente onde ela está: a mancha escura por onde meus olhos deslizam, atraídos e repelidos ao mesmo tempo pelo fora de lugar, pelo anormal, pelo *errado*.

A porta para o vazio é uma coisa estranha, corrosiva.

Tentei revisitar aquele dia, decifrar o que aconteceu entre as estátuas no telhado, mas minhas lembranças foram todas arruinadas. A abertura para o vazio provocou uma superexposição, como a de um filme, devorando minutos inteiros — os mais importantes da minha vida —, deixando só ruído branco no lugar.

Mas não preciso ler as imagens nas pedras: eu me *lembro*.

Uma pedra se solta de uma estátua do outro lado do telhado e dou um pulo, quase perdendo o equilíbrio em cima da gárgula. Minha cabeça começa a pesar daquele jeito perigoso, à deriva; por isso, desço antes de cair, mexendo o pescoço enquanto as primeiras lascas de luz arrastam-se no céu. Fico tensa quando as vejo. Não estou nada pronta para o dia de hoje, e não é só pela noite de sono perdida. Não estou pronta para o uniforme pendurado na cadeira nem para o novo rosto que terei que vestir com ele. Não estou pronta para o campus cheio de corpos cheios de barulhos.

Não estou pronta para a Escola Hyde.

Mas o sol continua a surgir, mesmo assim.

A alguns metros de distância, uma gárgula se destaca das demais. Seu corpo de pedra está coberto com almofadas velhas e fita adesiva: as almofadas, roubadas de um armário do saguão do Coronado; a fita, de uma gaveta da cafeteria. Um substituto fajuto para um boneco de treinamento de boxe, mas é melhor do que nada — e já que não posso dormir, posso aproveitar para treinar.

Agora, conforme a alvorada espalha-se pelo telhado, desenrolo a atadura de treinamento cuidadosamente das mãos, fazendo uma careta quando o sangue retorna ao meu pulso direito. Dor, baça e constante, irradia-se até os dedos. É outra relíquia daquele dia. *Owen me segura como um alicate, apertando até os ossos estalarem, e a faca em minha mão cai com estrépito no chão dos Estreitos.* Meu pulso provavelmente melhoraria mais rápido se eu não passasse o tempo socando bonecos improvisados, mas, por estranho que pareça, a dor me faz sentir com os pés no chão.

Estou quase terminando de tirar a atadura quando sinto o arranhão familiar das letras no pedaço de papel no bolso. Pego o bilhete e, à luz nascente do dia, mal consigo distinguir o nome no meio da folha.

Ellie Reynolds. 11.

Passo o polegar pelo nome, como se esperasse sentir as marcas deixadas pela caneta, mas aquela estanha escrita jamais deixa uma impressão real. Uma mão no Arquivo escreve o nome num livro, que ecoa em palavras no papel comigo. Era só encontrar a História e o nome desaparecia. (Sem deixar nenhuma marca. Pensei em manter uma lista das pessoas que encontrei e retornei, mas meu avô, Da, teria me dito que não fazia sentindo guardar esse tipo de coisa. *Fique olhando por muito tempo para alguma coisa,* diria ele, *e você começa a pensar. E aonde esses pensamentos te levam? A nenhum lugar que preste.*)

Sigo para a porta enferrujada do telhado. Encontrar Ellie Reynolds deve me manter ocupada, pelo menos até uma hora mais aceitável para estar acordada. Se eu contasse aos meus pais como tenho passado minhas noites — metade em pesadelos, metade aqui, no telhado —, me mandariam para um terapeuta. Só que, se contasse como passei os últimos quatro anos e meio da minha vida — caçando e retornando as Histórias dos mortos —, eles me trancariam num hospício.

Desço quatro andares das escadas de concreto, bem consciente do silêncio e do som dos meus passos cortando-o como uma faca. No terceiro andar, o patamar da escada me lança num corredor adornado com papel de parede amarelo e gasto, e lustres de cristal empoeirados. O apartamento 3F me espera do outro lado, e parte de mim deseja desesperadamente voltar para casa, mas a outra parte não quer correr o risco. Em vez disso, paro a meio caminho, logo após os elevadores similares a gaiolas de metal, no lugar emoldurado por um espelho velho e por uma pintura do mar.

Junto à pintura, posso ver uma ranhura, como uma ruga no papel de parede, que atrai e afasta meu olhar ao mesmo tempo. É uma maneira muito fácil de saber que alguma coisa não se encaixa quando os olhos mal conseguem distinguir aquilo que não é para ser visto. Como lá no telhado. Mas, diferente de lá, quando tiro o anel de prata do dedo, o desconforto desaparece e vejo a forma com a nitidez do cristal no meio da fenda.

O buraco de uma fechadura.

Uma porta para os Estreitos.

Passo os dedos pelo pequeno ponto escuro, hesitando por um momento. As paredes entre os mundos costumavam parecer ser feitas de pedra — pesadas e impenetráveis. Ultimamente, parecem finas demais. Os segredos, as mentiras e os monstros vazam por elas, destruindo limites claros.

Mantenha seus mundos separados, advertia Da. *Clara e firmemente separados.*

Mas está tudo confuso agora. O medo me segue para dentro dos Estreitos. Meus pesadelos me seguem.

Tiro o colar de couro do pescoço, passando-o por cima da cabeça. A chave na ponta brilha sob a luz artificial do corredor. Não é minha — não é de Da, quero dizer — e na primeira vez que a usei para abrir a porta para os Estreitos, lembro-me de ter ficado chateada por substituir a chave de meu avô com tanta facilidade. Como se fossem a mesma.

Sinto o peso desta na palma da mão. É muito nova e um pouco mais leve, e não é apenas um pedaço de metal, mas um símbolo: um aviso de que chaves, liberdade, lembranças e vidas podem todas ser tomadas. Não que eu precise de um lembrete. A pergunta de Agatha está gravada na minha memória.

Apenas alguns dias tinham se passado. Tempo suficiente para os hematomas colorirem minha pele, mas não o bastante para curar meu pulso. Agatha estava sentada na cadeira dela, sorrindo tranquilamente, e eu na minha, tentando não deixá-la ver como minhas mãos tremiam sem parar. Eu estava sem chave — ela confiscara a minha — e não poderia sair do Arquivo sem uma. O problema, segundo Agatha, era que eu tinha olhado por trás da cortina, visto as engrenagens e falhas do sistema. A pergunta era: eu deveria ter permissão para lembrar? Ou será que o Arquivo deveria arrancar tudo que eu já tinha visto e feito dentro de sua jurisdição, deixando-me cheia de furos, mas livre do peso daquilo tudo?

Se eu tiver escolha, respondi, *prefiro aprender a viver com o que eu sei.*

Vamos esperar que você esteja fazendo a escolha certa, disse ela, colocando a nova chave na palma da minha mão. Ela dobrou meus dedos sobre a chave e complementou: *E eu também.*

Agora, de pé no corredor, deslizo e enfio a chave de Agatha na marca do papel de parede amarelo e observo as sombras se espalharem para fora da fechadura, empapando-a como se fosse tinta cobrindo a parede à medida que a porta ganha forma. Quando se completar — suas beiradas marcadas pela luz —, poderei virar a chave. No entanto, por um segundo, não consigo. Minha mão começa a tremer, então aperto a chave até sentir o metal machucar a pele, e a dor me liberta para eu escancarar a porta e adentrar os Estreitos.

Quando a porta se fecha atrás de mim, prendo a respiração como fazem as crianças quando passam por um cemitério. É uma superstição — apenas o desejo bobo de que coisas ruins não aconteçam, a menos que você o permita. Eu me obrigo a ficar parada no escuro até que meu corpo reconheça que Owen não está aqui, que somos só eu e, em algum lugar do labirinto de corredores, Ellie Reynolds.

Ela se revela como um retorno simples quando eu a encontro.

Histórias são mais fáceis de rastrear quando fogem, já que projetam lembranças como sombras por cada centímetro de chão que cobrem. Mas Ellie fica parada, encolhida num canto dos Estreitos, próxima aos limites do meu território. Quando a encontro, ela me acompanha sem lutar — o que é bom. Me apoiar contra a parede úmida é tudo que posso fazer para manter os olhos abertos. Eu me arrasto de volta para as portas numeradas que me levam para casa, bocejando quando chego àquela com o numeral romano que pintei com giz. Volto para o Exterior, aliviada ao encontrar o corredor do terceiro andar tão silencioso quanto o deixei. É muito fácil perder a noção do tempo nos Estreitos, onde relógios não funcionam, e hoje, principalmente, não posso me dar ao luxo de me atrasar.

A luz do sol inunda o apartamento pelas janelas enquanto fecho a porta com todo o cuidado e atravesso a sala, os passos abafados pelo som da cafeteira e pelo zumbido baixo da TV. Sob o letreiro de data e hora na tela — seis e quinze da manhã, quarta-feira —, um âncora de noticiário fala do tráfego e da rodada de esportes antes de mudar de assunto.

— A seguir — diz ele, remexendo nos papéis —, as últimas notícias sobre um crime que confundiu a todos. Uma pessoa desaparecida. Uma cena de crime desarrumada. Terá sido invasão, sequestro ou algo pior?

O âncora solta a manchete com um pouco de entusiasmo demais, mas algo na cena congelada atrás dele atrai minha atenção. Estou me aproximando da TV quando o som abafado de passos no quarto de meus pais me lembra de que estou parada no meio do apartamento, ainda vestida com as roupas pretas justas de Guardiã, às seis da manhã.

Enfio-me no banheiro e abro o chuveiro correndo. A água está quente, e a sensação é maravilhosa. O calor solta meus ombros e alivia os músculos doloridos, o som da água preenche o banheiro com ruído branco, contínuo e apaziguador. Meus olhos começam a se fechar, e então...

Oscilo e me seguro no instante que já ia caindo para frente, na direção da parede. A dor atravessa o pulso ferido quando me firmo no ladrilho e xingo baixo, abrindo o registro de água fria. A água gelada atinge minha pele, o choque me fazendo sofrer, mas me despertando também.

Estou enrolada na toalha, indo para meu quarto, as roupas de Guardiã enroladas debaixo do braço, quando a porta dos meus pais se abre e meu pai surge. Está com uma caneca de café na mão, exalando sua aparência comum de falta de sono e excesso de cafeína.

— Bom dia — resmungo.

— Ótimo dia, minha querida. — Ele me tasca um beijo na testa e o barulho, a estática que todas as pessoas vivas carregam consigo, o som de seus pensamentos e lembranças, me atravessa, as imagens em si contidas apenas pelo anel de Guardiã no meu dedo. — Acha que está pronta?

— Duvido — respondo, resistindo ao impulso de dizer que não tenho escolha.

Em vez disso, eu o escuto dizer que estarei à altura do desafio. Até consigo sorrir, dar de ombros e responder "Com certeza" antes de escapar para o quarto.

A água fria pode ter bastado para me despertar, mas dificilmente me preparou para o uniforme da escola à minha espera na cadeira. A água escorre do cabelo para os olhos enquanto analiso a camisa polo preta, mangas compridas, detalhes prateados e um brasão no bolso sobre o peito, e a saia quadriculada com um padrão preto, prateado, verde e dourado. As cores da Escola Hyde. No catálogo, meninos e meninas estudam sob carvalhos centenários, uma antiga cerca de ferro de um lado e um prédio coberto de musgo do outro. O retrato da classe, charme e inocência protegida.

Pego meu celular recém-carregado e mando uma mensagem rápida para Wesley.

> Não estou pronta para isso.

Wesley Ayers, que se rotulou no meu telefone como *Wesley Ayers, Parceiro no Crime*, está fora há quase uma semana; viajou logo depois do casamento do pai para uma lua de mel estilo "reforço dos laços familiares". A julgar pela frequência de suas mensagens, eu diria que ele está escapando de boa parte dos laços.

Pouco depois, ele responde.

> Você é uma Guardiã. Você caça registros animados dos mortos em seu tempo livre. Tenho certeza de que vai dar conta de um colégio particular.

Posso imaginar Wesley apoiando a cabeça nas mãos ao dizer isso, uma sobrancelha arqueada, os olhos castanhos calorosos e brilhantes, marcados com delineador preto. Mordo os lábios, sorrindo de leve. Estou tentando pensar em alguma coisa sagaz para responder quando ele me escreve de novo.

> O que você está vestindo?

Meu rosto enrubesce. Sei que ele está apenas implicando, já que viu meu uniforme antes de viajar, mas não consigo deixar de me lembrar do que aconteceu no jardim, na semana passada, no dia do casamento. O jeito como seus lábios sorriram junto do meu queixo, seu ruído agora familiar — uma cacofonia de baterias e contrabaixos — me pressionando com seu toque antes que eu encontrasse forças para lhe afastar. A mágoa em seus olhos logo após minha rejeição — tão bem disfarçada que a maioria das pessoas sequer perceberia. Mas eu percebi. Vi em seu rosto quando ele recuou, nos ombros dele ao se afastar, nos cantos dos lábios quando me disse que tudo bem. Que *nós* estávamos bem. E quis acreditar nele, mas não acreditei. Não acreditei.

E esse é o motivo pelo qual ainda estou parada aqui, enrolada na toalha, tentando pensar numa resposta, quando ouço a porta do apartamento abrir e depois bater. Um segundo depois, uma voz ofegante chama meu nome, e depois alguém bate na porta do quarto. Largo o telefone.

— Estou me vestindo.

Como se tivesse sido um convite, a porta começa a se abrir. Impeço com a palma da mão e forço para fechar novamente.

— *Mackenzie* — diz minha mãe, bufando —, só quero ver como ficou o uniforme.

— E vou te mostrar — respondo no mesmo tom — assim que eu *vestir* ele. — Ela fica em silêncio, mas sei que continua parada no corredor, junto da porta. Enfio a polo pela cabeça e abotoo a saia. — Você não deveria estar na cafeteria, preparando para abrir?

— Eu não queria deixar de te ver — diz minha mãe do outro lado da porta. — É o seu primeiro dia...

A voz dela vacila antes de se calar, e solto um suspiro alto. Aproveitando a deixa, ela se afasta pelo corredor, os passos ecoando. Quando finalmente saio do quarto, ela está sentada à mesa da cozinha, usando um avental da Bishop's, dando uma olhada no folheto da Escola Hyde sobre os comportamentos aprovados e os rejeitados. (Os estudantes são estimulados a agir de maneira solícita, respeitosa e polida, mas a não usar maquiagem, piercing, cabelos pintados ou adotar comportamento buliçoso. A palavra *buliçoso* foi mesmo usada no folheto. Destaquei os pedaços que acho que Lyndsey vai gostar — só porque ela está a uma hora daqui, não significa que não possa dar uma boa risada às minhas custas.)

— E aí? — pergunto, concedendo um giro lento para minha mãe. — Que tal?

Ela levanta o olhar e sorri, mas os olhos brilham e sei que entramos em território sensível. Meu estômago revira. Tenho feito o máximo para não pensar no assunto, mas, ao ver o rosto dela — o súbito conflito entre a tristeza e uma teimosa alegria —, não consigo deixar de pensar em Ben.

Meu irmão caçula foi morto ano passado, a caminho da escola, poucas semanas antes do início do verão. Aquele dia terrível do último outono, quando voltei às aulas sem Ben, permanecerá como um dos mais infelizes da história da minha família. Foi como sangrar até a morte, só que ainda mais doloroso.

Assim, quando vejo a tensão nos olhos de mamãe, agradeço por já termos superado o espaço de um ano desde então, apesar da fugacidade do tempo. Deixo que passe os dedos ao longo dos detalhes prateados na linha do ombro de minha blusa polo, esforçando-me para permanecer imóvel sob o som triturador que seus dedos despejam e que atravessa minha cabeça quando ela me toca.

— É melhor você voltar para a cafeteria — digo entre dentes, e mamãe deixa a mão cair, confundindo meu desconforto com aborrecimento.

Ainda assim, ela consegue sorrir.

— Já está pronta?

— Quase — respondo.

Em vez disso, faço uma verificação rápida: primeiro, as coisas mundanas — mochila, carteira, óculos escuros — depois, o específico — anel no dedo, chave pendurada no pescoço, lista no... Nada de lista. Volto para o quarto para procurar o pedaço de papel fornecido pelo Arquivo, ainda enfiado no bolso da calça. Meu celular ainda está lá também, caído no pé da cama, onde o larguei antes. Transfiro a folha de papel — momentaneamente em branco — para o bolso da frente da blusa e digito uma resposta rápida para a pergunta de Wesley...

O que você está vestindo?

Armadura.

... antes de jogar o telefone dentro da mochila.

No caminho para a rua, mamãe faz o discurso completo sobre ter cuidado, ser gentil, jogar limpo com os outros. Quando chegamos ao final da escada de mármore do saguão, ela tasca um beijo na minha bochecha (soa como pratos se quebrando na minha cabeça) e me manda sorrir. Então, um homem idoso chama do saguão, perguntando se o café já está aberto, e fico olhando ela se afastar, apressada, manifestando sua alegria matinal ao conduzi-lo para a cafeteria Bishop's.

Empurro as portas giratórias do Coronado e vou para o bicicletário recém-instalado. Apenas uma bicicleta está presa com um cadeado ali, um troço de metal velho marcado — *adornado*, como diria Wes — com uma fita adesiva na qual a palavra DANTE foi escrita com um marcador permanente. Eu sabia que um carro estava fora de questão, pois todo o nosso dinheiro tem sido direcionado para a cafeteria ultimamente, mas tive a ideia de pedir uma bicicleta. Meus pais se surpreenderam; acho que acreditavam que eu fosse simplesmente pegar o ônibus (o urbano, é claro, não o escolar; a Escola Hyde não se rebaixaria a ter seu nome aplicado na lateral de uma monstruosidade amarela, e, além disso, é mais provável que os alunos normais de lá dirijam os próprios Lexus). Só que ônibus não passam de caixas estreitas lotadas de corpos cheios de ruídos. Só pensar nisso já me dá calafrios.

Tiro a calça comprida de trabalho da mochila e a visto sob a saia antes de destrancar Dante. O toldo do café balança com a brisa, e as gárgulas do telhado olham do alto enquanto passo a perna sobre o quadro e uso o meio-fio para pegar impulso.

Estou na metade da quadra quando alguma coisa, *alguém*, atrai meus olhos, e eu diminuo a velocidade e olho para trás.

Tem alguém do outro lado da rua do Coronado, olhando para mim. Um homem, trinta e poucos anos, cabelo louro e pele bronzeada. Está de pé no meio-fio, protegendo os olhos do sol e examinando o velho hotel como se estivesse profundamente interessado. Posso jurar que, no momento anterior, quando passei depressa, ele estava de olho em mim. Mesmo agora, quando não está, a sensação não dá trégua.

Paro na esquina, fingindo ajustar as marchas da bicicleta enquanto observo-o não me observar. Há algo familiar nele, mas não consigo apontar bem o que é. Talvez tenha passado na Bishop's durante o meu turno, talvez seja amigo de algum morador do Coronado. Ou talvez eu nunca o tenha visto antes e ele simplesmente tenha um rosto comum. Talvez eu só precise dormir. No momento em que deixo a dúvida se instalar, ela acaba com minha convicção e, de súbito, nem tenho mais certeza de se estava me observando no começo. Quando ele atravessa a rua, segundos depois, e desaparece pelas portas da frente do Coronado sem nem mesmo se virar para mim, afasto os pensamentos e saio pedalando.

A manhã está fresca e eu aprecio o ar puro e o vento nas orelhas enquanto percorro as ruas. Mapeei o trajeto ontem — fiz um desenho na mão hoje cedo, só para garantir — mas nem chego a olhar para esse mapa. A cidade se desdobra parente mim, uma malha vasta, iluminada pelo sol, em contraste com os corredores emaranhados e escuros com os quais estou acostumada.

E, por alguns minutos, enquanto o mundo passa como um borrão ao meu redor, quase me esqueço de como estou cansada, de como temi o dia de hoje. Só que então viro a esquina e este momento se vai, pois me deparo com as pedras cobertas de musgo, os muros cobertos de hera e os portões de ferro da Escola Hyde.

DOIS

Minha família está prestes a fugir.

Faz quase um ano que Ben morreu e o nosso lar, de algum jeito, se transformou numa casa, algo mantido a certa distância. Dizem que a única forma de escapar é enfrentando, mas, pelo que parece, isso não é verdade. A outra opção, eu sei agora, é virar as costas e sair correndo. Meus pais começaram a fazer as malas; as coisas estão sumindo, uma a uma, dentro de caixas. Tento não olhar. Junto com me esforçar para sobreviver ao segundo ano e manter minha lista de Histórias vazia, tenho realizado um ótimo trabalho de ignorar o vazio em forma de Ben na minha vida, mas, a esta altura, está difícil de não enxergar os sinais, mesmo para mim.

Mamãe se demite de novo.

Papai começa a viajar vestindo seus ternos mais acadêmicos.

A casa passa mais tempo vazia do que habitada.

Até que certo dia, quando estou sentada na mesa da cozinha, estudando para as provas de fim de ano, papai chega de viagem — uma entrevista, pelo jeito — e coloca um folheto diante de mim. Termino o parágrafo que estou lendo antes de deixar meus olhos se moverem sobre o papel brilhante. À primeira vista, parece uma faculdade, mas as pessoas espalhadas pela capa, em posições estudadas, vestem uniformes pretos, verdes, com detalhes prateados e dourados, e a maioria deles parece jovem demais para serem universitários. Leio o nome impresso em maiúsculas góticas no alto: ESCOLA HYDE.

Eu deveria me recusar. Já é difícil se enturmar numa escola com mil e quinhentos alunos, e, entre o vazio em forma de Ben e o papel do Arquivo sendo constantemente preenchido, mal consigo manter minhas notas altas.

Mas papai está com aquele terrível olhar de esperança — nem tenta o discurso de que "isso vai aprimorar meu portfólio acadêmico", não se preocupa em me dizer que "é uma escola menor,

mais fácil de conhecer pessoas"; e parte direto para o golpe de misericórdia. O incentivo questionador, silencioso, de que aquilo "será uma aventura".

E talvez ele esteja certo.

Ou talvez eu só não suporte nosso lar que virou casa.

Talvez eu também queira fugir.

Aceito.

Eu deveria ter me recusado.

É tudo em que consigo pensar ao parar a bicicleta e olhar para a Escola Hyde. O campus está oculto pela grade de ferro antiga e o estacionamento na frente está lotado de carros bacanas e estudantes que parecem ter saído direto do catálogo que papai me trouxe na primavera passada. Também tem um bicicletário, mas os únicos estudantes por ali ou são calouros ou então do segundo ano. Dá para saber pela cor dos frisos nas camisas dos uniformes. (De acordo com o folheto, alunos do primeiro ano são identificados por detalhes em preto brilhante; do segundo, por frisos verdes; do terceiro, por prata; do último, por ouro.)

Passo ao largo do estacionamento, encosto a bicicleta numa árvore e tiro o celular da mochila para reler a mensagem de Wesley.

> Tenho certeza que você dá conta da escola particular.

Dando uma olhada ao redor, não me sinto tão confiante. Não são os uniformes que me abalam, nem mesmo o ar óbvio de famílias antigas muito ricas — eu não seria uma Guardiã se não fosse capaz de me misturar. É o fato de que posso contar o número de alunos aqui em menos de um minuto, se quisesse. São tão poucos que acredito que posso acabar por saber o nome e reconhecer o rosto de todos. O que significa que todos também poderão vir a me conhecer. Minha outra escola era grande o suficiente para me assegurar certo nível de anonimato. Tenho certeza de que *havia* um radar, mas era fácil ficar de fora dele — e consegui. Mas aqui? Já é difícil o bastante manter minha segunda vida em segredo enganando apenas algumas pessoas. Numa "atmosfera íntima" — palavras do livreto, não minhas —, serei notada se tentar desaparecer discretamente.

Que diferença isso faz?, pergunto a mim mesma. *É só questão de mentir para mais algumas poucas pessoas.*

Não é o caso de contar mentiras diferentes para grupos diferentes aqui. Tenho só que convencer a todos de uma coisa muito simples: de que eu sou normal. O que com certeza seria mais fácil se eu tivesse dormido mais de algumas horas por noite nas últimas três semanas, se não estivesse sendo assombrada pelas lembranças de uma História que tentou me matar. Mas, e daí? Cenários perfeitos não existem.

A maioria dos alunos já seguiu para o campus agora, então atravesso o estacionamento, prendo Dante ao bicicletário e tiro as calças de trabalho de debaixo da saia. Chegando ao portão da frente, não posso deixar de sorrir levemente. Um enorme *H* de metal foi entremeado às barras. Tiro uma foto com o celular e mando para Wes com a legenda *Abandonai toda a esperança, vós que aqui entrais* (a inscrição nos portões do inferno, segundo Dante, e o trecho favorito de Wesley). Segundos depois, ele responde com uma carinha sorridente, o que basta para que eu me sinta menos só ao pisar no campus.

A Escola Hyde é feita de pedra e musgo; a maioria dos edifícios está distribuída em torno de um pátio quadrado. Todos são interligados por caminhos, pontes e corredores, em uma versão em miniatura da universidade em que papai está trabalhando agora. (Acho que essa é a ideia por trás de uma escola preparatória para a faculdade). Tudo em que consigo pensar ao longo do meu caminho por uma rua arborizada até o prédio da administração, com sua fachada coberta de hera e um relógio na torre, é como Lyndsey iria adorar isso aqui. Mando uma mensagem para ela dizendo isso e, segundos depois, ela responde.

Quem é?

Ha. Ha.

A Mackenzie Bishop que conheço não carrega o celular, muito menos envia mensagens de texto.

As pessoas evoluem.

Você fez isso por causa do menino emo, não foi?

Não.

Não tem problema, eu te perdoo.

Reviro os olhos e guardo o celular antes de soltar um último e profundo suspiro, e abrir as portas do prédio da administração. Sou posta num enorme saguão de vidro, com corredores partindo em várias direções. Consigo encontrar a secretaria e uma mulher com um coque assustadoramente esticado me entrega o horário e informa a sala, mas, em vez de dar meia volta, sou mandada para umas portas diferentes que dão num salão repleto de estudantes. Não tenho a menor ideia do que fazer em seguida. Faço o possível para ficar fora do caminho, repetindo mentalmente a frase *Não vou pegar um mapa, não vou pegar um mapa*. Estudei o layout do campus, de verdade. Mas estou cansada. E mesmo com um bom senso de direção, é como nos Estreitos, onde temos que conhecer o labirinto andando por ele.

— É no prédio ao lado, segundo corredor e terceira sala à esquerda.

A voz vem de trás de mim e me viro para dar de cara com um veterano (listas douradas sobre o uniforme preto) olhando para mim, de cima.

— Perdão?

— Pré-Cálculo, com o Bradshaw, ala da matemática, sala 310 — diz ele, apontando para o papel na minha mão. — Me desculpe, não tinha a intenção de olhar por cima do seu ombro. É que você parecia um pouco desorientada.

Dobro o papel e enfio de volta na mochila.

— Ficou tão óbvio assim? — pergunto, tentando manter um tom calmo.

— Parada no meio do prédio da administração com um horário de aulas e um jeito perdido? — pergunta ele. — Não pode me culpar por querer ajudar. — Ele sugere certa sensibilidade, dos cabelos negros e bronzeado intenso ao sorriso aberto e olhos dourados. Mas então se adianta e estraga tudo ao dizer: — Afinal, a situação toda tem um toque "donzelesco".

O ar esfria ao redor.

— Não sou uma donzela — digo, sem qualquer humor na voz. — E não estou em apuros, se é o que você iria dizer em seguida.

Ele recua; mas em vez de se retirar, não cede terreno. O sorriso se suaviza, tornando-se algo mais genuíno.

— Acho que acabei de dar uma bola fora, não foi? Deixa eu começar de novo. — Ele estende a mão. — Meu nome é Cash.

— Mackenzie — respondo, controlando-me ao toque de sua mão. O som que enche minha cabeça é alto, já que o ruído dos vivos sempre é alto, mas estranhamente melódico. Cash é feito de jazz e risadas. Nossas mãos se soltam e o som desaparece, substituído em seguida pelo primeiro sino, que ecoa pelos corredores vindo da torre do relógio.

E é assim que começa.

— Deixa eu te levar até a sala de aula — diz ele.

— Não é preciso.

— Eu sei. Mas eu ficaria feliz do mesmo jeito.

Hesito, mas tem algo nele que me faz lembrar de Wes — talvez o jeito como ele para, talvez aqueles sorrisos fáceis — e, a essa altura, provavelmente eu chamaria mais atenção recusando; as pessoas já estão nos olhando ao passarem apressadas para a aula. Então concordo com a cabeça e digo:

— Vá na frente.

Logo me arrependo.

O resultado de ter Cash como acompanhante é um caminho cheio de interrupções — ele fica parando para cumprimentar, abraçar, bater os punhos com *todo mundo* —, além de chamar ainda mais atenção do que jamais almejei, já que ele me apresenta para cada um. E mesmo com o primeiro sino já tendo tocado e os corredores se esvaziando, todo mundo para e cumprimenta de volta, acompanhando-nos por alguns passos enquanto conversam. Quando por fim Cash me leva por um dos corredores elevados que interligam os prédios até a ala da matemática e me deixa na sala 310, estou aturdida com toda aquela atenção.

Então ele simplesmente desaparece, com não mais do que um sorriso e um "Boa sorte!".

Nem tenho a chance de agradecer, quem dirá pedir alguma indicação de para onde ir depois. Dezesseis pares de olhos se deslocam até mim quando entro, com o espectro de interesse comum. Apenas a atenção do professor se mantém no quadro, onde ele escreve algumas instruções sob o título *Pré-Cálculo*. A maioria das cadeiras já está ocupada; em uma estranha e distorcida versão da dinâmica da minha antiga escola, e o que sobra para mim é a última fileira, em vez de os desprezados lugares da frente. Ajeito-me na última cadeira vazia com o professor já começando, e sinto meu peito finalmente começar a relaxar.

Esperar pelo começo de algo é sempre pior do que o começo de fato.

Quando a aula começa, fico aliviada ao perceber que, mesmo sob o musgo, as pedras e os uniformes, a escola ainda meio que parece uma escola. A gente pode vestir um uniforme, mas isso não muda muito como são as coisas nos diferentes lugares. Eu me pergunto qual terá sido a primeira aula da Lyndsey. Ela vai se sentar na primeira fila, é claro. Quem será que vai ficar à sua esquerda, quem vai rabiscar nas margens de seus livros quando ela não estiver olhando? Fico imaginando o que Ben estudaria, mas me dou conta disso e direciono os pensamentos para as equações no quadro-negro.

Sempre fui boa em matemática. É objetivo, preto no branco, certo ou errado. Equações. Da via as pessoas como um livro a ser lido, mas sempre pensei nelas mais como fórmulas — cheias de variáveis, mas sempre o resultado da soma de suas partes. É isso o que o barulho delas é, na verdade: todos os componentes da pessoa sobrepondo-se em camadas confusas. Pensamentos, sentimentos, memória, tudo desorganizado, até que a pessoa morra. Então, tudo é compilado, ordenado nessa coisa linear, e dá para ver exatamente no que resultou a soma das partes. Ao que se igualam.

Tique. Tique. Tique.

Percebo o som na pausa entre duas explicações de Bradshaw. É um relógio na parede do fundo e, assim que começo a ouvir, não consigo parar. Mesmo com a projeção de voz eficiente de Bradshaw (será que ele fez um curso de oratória ou de teatro, e como será que acabou virando professor de Pré-Cálculo?), ali está: baixo, constante e nítido. Da costumava dizer que era possível isolar os sons nos Estreitos caso se tentasse, distinguir as notas e trazê-las para o primeiro plano, deixando o resto se perder de volta. Eu me fixo no *tique tique tique*, e logo a voz do professor desaparece, o relógio é tudo que consigo escutar, discreto e constante, como um pulso.

Tique. Tique. Tique.

Tique. Tique.

Tique...

Então, entre um tique e o próximo, as luzes se apagam.

De uma vez, todas as luminárias com lâmpadas fluorescentes piscam e se apagam, mergulhando a sala na escuridão. Quando voltam, a sala está *vazia*. Dezesseis alunos e um professor, todos desaparecidos num piscar de olhos, sobrando apenas cadeiras vazias, o tique-taque do relógio e uma faca tocando meu pescoço com a suavidade de um beijo.

TRÊS

— Owen.

Seu nome sai de minha boca quase como um sussurro, minha voz tensa de medo. *Aqui não. Agora não.*

Ele respira de leve atrás de mim, e sinto seus lábios roçarem minha orelha.

— Olá, M.

— Não... — começo, mas as palavras morrem quando ele pressiona a faca na minha garganta.

— Olhe só você — diz Owen, usando o metal para erguer meu queixo. — Fazendo toda uma performance. Sorrindo e cumprimentando, tentando se passar por normal.

A faca se afasta e, no momento seguinte, ali está ele, contornando a cadeira e estalando a língua em desaprovação enquanto se empoleira sobre a mesa diante da minha, curvado para a frente, o cotovelo apoiado nos joelhos. O cabelo prateado está jogado para trás, os olhos fixos em mim, selvagens como os de um lobo, azuis.

— Será que eles sabem como você está quebrada? — pergunta ele, brincando com a lâmina entre os dedos. — Vão saber, muito em breve. Será que devemos mostrar?

Agarro a mesa.

— Você não existe.

— E, mesmo assim, eu poderia te quebrar — retruca Owen suavemente — bem na frente de todo mundo. Te abrir, deixar que vejam todos os monstros dos quais você é feita. Eu poderia libertá-los. Poderia libertar *você*. — Ele ajeita a postura. — Você não pertence a este lugar.

— E aonde eu pertenço?

Num piscar de olhos, ele deixa a outra mesa e se coloca bem diante da minha. Apoia a faca na minha mesa, a ponta a centímetros das minhas costelas. Coloca a outra mão no meu ombro, segurando-me contra a cadeira, inclinando-se para mais perto e sussurrando:

— Comigo.

Ele dá o bote com a faca, solto um arquejo e me estico junto ao encosto, encolhendo o peito para longe da beirada da mesa no momento em que o sino toca. Owen desapareceu, e a sala está cheia de estudantes arrastando as cadeiras para trás e pondo as mochilas nas costas. Volto a relaxar, esfregando as costelas, depois me levanto e enfio o caderno em branco na mochila, tentando afastar os resíduos do pesadelo. Quase na porta, o sr. Bradshaw me faz parar.

— Senhorita Bishop? — diz, arrumando a mesa.

Eu me viro para ele.

— Sim, senhor?

— Eu a entediei?

Eu abaixo a cabeça.

— Não senhor.

— Ah, ótimo, que alívio — responde ele, ajeitando os óculos. — Fico muito preocupado quando entedio meus alunos.

— Ah, o senhor não deveria — digo. — O senhor é um excelente orador. Já fez teatro?

Maldigo as palavras antes mesmo de saírem da minha boca. Falar impensadamente no Arquivo é uma coisa, mas o sr. Bradshaw não é um Bibliotecário, é um professor. Felizmente, ele sorri.

— Presumo então que, apesar das aparências, você estava totalmente atenta à aula. Ainda assim, quem sabe, no futuro, você possa me ouvir de olhos abertos? Só para eu ter certeza.

Consigo esboçar um sorriso, um cumprimento com a cabeça e mais um "Sim, senhor" antes de sair para o corredor e começar minha procura pela sala de Teoria e Análise Literária, que não sei por que não se chama simplesmente "Inglês". Contudo, antes de me orientar, alguém pigarreia alto. Viro e vejo Cash, apoiado na porta, esperando com um copo de café em cada mão, oferecendo um para mim.

— Ainda tentando bancar o cavaleiro? — pergunto, estendendo a mão num reflexo para pegar o copo.

— A sala da sua aula de Inglês com o Wellson fica do outro lado do pátio — diz ele. — Cinco minutos não é tempo suficiente, a não ser que você saiba como chegar.

No momento em que pego o café, ele sai andando pelo corredor. Mal consigo acompanhá-lo sem derramar toda a bebida na roupa e, ao mesmo tempo, desviar dos esbarrões e do ruído que os acompanha.

— Antes que me pergunte como eu sabia da aula do Wellson — acrescenta Cash —, saiba que caçar novatas não é o meu lance. — Ele bate com o dedo do lado da cabeça. — É só que eu tenho memória fotográfica.

— O que deve vir a calhar numa escola dessas.

Seu sorriso fica ainda maior.

— É verdade.

Vou tentando memorizar a rota pela qual ele vai me guiando.

— Logo, logo você vai saber esse caminho de cor e salteado, até de trás para a frente.

Serei obrigada a isso. Uma das "estratégias inovadoras de ensino" mencionada no livreto é o horário das aulas. Os semestres na Hyde são constituídos por cinco matérias: três antes do almoço, duas depois. As aulas são invertidas em dias alternados, de forma que a matéria que vem primeiro num dia será a última no dia seguinte, a última será a primeira etc. Então às segundas, quartas e sextas são assim: Pré-Cálculo, Teoria Literária, Boa Forma, (almoço), Fisiologia e Governo. Nas terças e quintas, temos: Governo, Fisiologia, Boa Forma, (almoço), Teoria Literária e Pré-Cálculo.

O folheto continha uma longa explicação, baseada num estudo de caso, para demonstrar *por que* o sistema funciona; neste exato momento, parece apenas mais um desafio a superar.

Cash vai mostrando o caminho, passando por uma sequência de portas, saindo num átrio interno cercado por construções. Depois, ele vira à direita. Ao longo do caminho, vai bebendo o café e, todo animado, enumera fatos divertidos sobre a Hyde: existe desde 1832; já tinha sido duas escolas (uma para meninos, outra para meninas), que depois foram unidas; um dos fundadores era escultor e o campus está repleto de estátuas, quatorze no total, embora este número seja sempre alvo de controvérsia. Cash continua com o passeio, acenando sempre que alguém o chama (o que ocorre com surpreendente frequência), sem nem uma pausa no discurso.

Felizmente, não se interrompe para conversar com ninguém dessa vez, de modo que chegamos à sala de aula no instante em que soa o segundo sino. Ele dá um sorriso triunfante e começa a se afastar, mas não antes de eu conseguir agradecer dessa vez. Responde com uma saudação que se torna uma mesura e vai embora. Termino o café, jogo o copo no lixo e abro a porta. Os alunos ainda estão se sentando e, com um pouco de esforço, consigo um lugar na penúltima fila enquanto uma mulher de meia-idade, com uma postura impecável — presumo que seja a senhora Wellson — escreve no quadro com uma caligrafia perfeita. Quando ela se afasta e vejo as palavras, não consigo evitar um sorriso.

INFERNO, DE DANTE.

É verão, e procuro uma cafeteria sob as camadas de poeira enquanto Wesley Ayers se recosta numa cadeira de metal. Dá para ver o contorno de uma chave sob a camisa dele. O segredo compartilhado de nossa segunda vida pendendo entre nós, não como um peso, mas como uma corda de resgate. Vou fazendo a faxina enquanto ele tira um livro de cima da pilha de lençóis ao lado da cadeira.

— O que temos aqui? — pergunta ele, levantando o texto.

***Inferno*, de Dante.**

— Leitura obrigatória — digo a ele.

— É uma pena que façam isso — responde Wesley, folheando as páginas não lidas. Há certa reverência na maneira como segura o livro, os olhos percorrendo as palavras como se as soubesse de cor. — A obrigação acaba até mesmo com o melhor dos livros.

Pergunto se ele já leu e a resposta é sim; eu admito que não, e ele sorri e me diz que livros como esse foram feitos para serem ouvidos.

— Vou provar — diz, com um sorriso debochado para mim. — Você limpa, eu leio.

E lê. Naquele primeiro dia e pelo resto do verão. E eu me lembro de cada palavra.

Quando o sino toca de novo, gabaritei um teste-surpresa — os demais alunos nem tiveram a decência de parecer chateados com isso quando a sra. Wellson fez o anúncio — e passei uma aula inteira sem ter nenhum pesadelo, graças a Cash e seu café. Pergunto-me se vou encontrá-lo à minha espera no corredor, mas não há sinal dele. (Fico surpresa por sentir uma leve pontada de decepção ao observar o fluxo de alunos vestidos de preto e verde, prata e dourado, sem vê-lo aparecer.) Os prateados e dourados, no entanto, parecem seguir todos na mesma direção, e, como o livreto diz que juniores — que são os alunos do terceiro ano — e seniores — que são os do quarto — têm aula de Boa Forma (que, para mim, não passa de um nome pretensioso para *educação física*) juntos antes do almoço, resolvo seguir o fluxo.

Ele me leva pelo gramado, para trás do anel de edifícios, até uma estrutura majestosa, toda em pedras antigas com detalhes góticos. Finalmente consigo ver uma das esculturas mencionadas por Cash: um gavião de pedra empoleirado sobre o lintel das portas.

— O gavião da Escola Hyde — diz ele, aparecendo do nada ao meu lado, ligeiramente ofegante. — É a nossa mascote. Dizem que representa visão, iniciativa e engenhosidade.

Um grupo de meninas juniores está no caminho, alguns metros à nossa frente; ao ouvir Cash falar, uma delas volta a cabeça para nós e revira os olhos.

— Cassius Arthur Graham, eu vivo te falando que você dá para impressionar as garotas com fatos escolares. A história de Hyde nunca vai ser excitante.

Sinto meu rosto corar, mas Cash não dá qualquer sinal de rubor. Só abre um grande sorriso.

— Pode ser surpreendente para você, Safia, mas nem *todos* nós abrimos a boca com a única intenção de levar alguém para a cama.

As amigas riem, mas a menina aperta os olhos com a irritação típica reservada a um ex ou a irmãos mais novos. A julgar pelos traços dela — o mesmo cabelo escuro de Cash, só que preso num rabo de cavalo, e os mesmos olhos dourados —, desconfio da segunda opção. A carapuça do comentário de Cash parece ter servido, porque Safia passa o braço pelo da amiga, solta uma curta rajada de palavras desagradáveis e se apressa para entrar no Centro de Boa Forma. Cash dá de ombros, indiferente.

— Irmã — confirma quando cruzamos as portas. — Mas, *de qualquer forma*, desculpe o atraso. O senhor Kerry entrou por uma das tangentes típicas dele... aliás, sinta-se feliz por ainda ter um ano antes de ser submetida a esse sujeito... e nos segurou depois do sino. Terei sacrificado meu cavalheirismo? Ou será que minha valorosa exibição diante de dragões cuspindo fogo me rendeu algum crédito?

— Acho que você pode manter seu escudo.

— Que alívio — conclui ele, com um gesto de cabeça para a irmã, que desaparece com seu rabo de cavalo para dentro do vestiário. — Acho que vou precisar dele mais tarde.

Quando encontro meu armário, pré-designado a mim e já contendo os shorts e a camiseta de ginástica — faço uma careta diante da visão das mangas curtas; ainda bem que não tenho nenhum machucado no momento (apesar de algumas cicatrizes) —, já esbarrei acidentalmente em três garotas diferentes e consegui desviar de dezenas de outras. A escola é como um campo minado: gente demais e pouco espaço pessoal. Os vestiários são ainda piores, mas consigo passar por ele apenas com uma dor de cabeça incômoda.

Observo as outras meninas tirarem os colares e anéis — a Hyde permite um mínimo de enfeites — e guardá-los nos armários antes de trocarem de roupa. Não estou disposta a abrir mão do anel, mas me atrapalho com a chave pendurada no pescoço, sabendo que vai chamar mais atenção. Se alguém me chamar a atenção por causa do colar, certamente vão exigir que tire o restante também. Puxo a chave por cima da cabeça e a deixo na prateleira, sentindo-me leve até demais sem ela.

Quando estou terminando de vestir a camiseta, ouço alguém chamar:

— Vamos lá, Saf!

— Já estou indo — responde alguém de voz já conhecida. Olho em volta e vejo Safia amarrando os tênis na ponta do banco. Ela não levanta a cabeça, mas não tem mais ninguém em volta, portanto sei que está falando comigo quando diz:

— Você sabe que esse é o trabalho dele, não sabe? — pergunta, conferindo os tênis.

— Perdão?

Ela estica e aperta o rabo de cavalo antes de dirigir o olhar para mim.

— Meu irmão é um embaixador da escola. Isso de circular com você por aí, fazer com que se sinta bem-vinda, é só mais uma das tarefas dele. Um *emprego*. Achei que você deveria saber.

Ela quer que eu sinta a ferroada, e eu sinto. Mas nem sonhando vou deixar que ela perceba.

— Ah, ufa, que bom — digo alegremente. — Ele é meio grudento; eu já estava começando a achar que deveria dar uma chance. — Fecho o armário com firmeza e passo por ela. — Obrigada — acrescento, batendo de leve em seu ombro. (Vale a pena o ruído de metal sendo rasgado na minha cabeça ao sentir a tensão dela com o toque.) — Estou me sentindo *bem* melhor agora.

O lado de fora do Centro de Boa Forma de Hyde pode exibir a mesma fachada de pedra e musgo do resto do campus, mas, passando dos vestiários — que funcionam como antessalas do ginásio — o interior é todo de madeira caiada, vidro e aço. Há salas menores de um lado e uma piscina do outro, e a área de treinamento é um enorme quadrado subdividido em quadrantes por faixas pretas no chão e cercado por uma pista de corrida. Não consigo deixar de me sentir um pouco mais animada ao ver aquele equipamento brilhante. É um grande avanço em relação ao meu ginásio improvisado no teto do Coronado.

Avalio o perímetro, absorvendo a cena. Um grupo joga vôlei, outro corre pela pista. Meia dúzia de alunos trocam golpes de esgrima, entre eles Safia, que vejo ajustando a luva e se alongando. Nunca pratiquei esgrima, mas me sinto um pouco tentada só pela oportunidade de dar uns golpes nela. Sorrio e dou alguns passos na direção da garota quando um grito chega até mim vindo da outra extremidade do ginásio.

Numa plataforma elevada, num dos cantos daquele espaço gigantesco, dois alunos estão lutando.

É algo como um ringue de boxe, mas sem as cordas — são ambos seniores, a julgar pelas faixas douradas nas roupas de ginástica, onde o tecido escapa para fora dos protetores. A cor é tudo o que vejo, uma vez que o resto está coberto pelos protetores; até os rostos estão ocultos por capacetes acolchoados. Um punhado de alunos — logo identifico Cash entre eles, com uma máscara de esgrima debaixo do braço —, e um professor robusto, de meia-idade, assistem em pé ao redor, observando os dois quicando na ponta dos pés, socando, chutando e se defendendo. O mais baixo dos dois parece estar se esforçando bem mais.

O mais alto se move com graça fluida, evitando a maioria dos socos com facilidade. Até que, em um piscar de olhos, ele age em vez de reagir, lançando um pé para a frente junto ao chão, firmando-o no último momento para dar um giro e acertar um chute circular na cabeça do outro.

O cara acaba com as costas no chão, atordoado, mas não ferido. Duvido que alguém mais tenha percebido o oponente diminuir a velocidade do movimento logo antes do impacto, reduzindo a força do golpe. O professor assopra um apito, os alunos aplaudem e o vitorioso ajuda o derrotado a se levantar. Ele dá um tapinha em suas costas antes que o vencido desça da plataforma com um pulo.

Consegui cruzar todo o ginásio enquanto observava a luta, e acabei de chegar perto do grupo de espectadores quando o vencedor se curva num cumprimento teatral, obviamente desfrutando da atenção.

Quando tira o capacete, percebo que estou olhando para Wesley Ayers.

QUATRO

Wesley Ayers é o estranho nos corredores do Coronado.

É o Guardião no jardim que conhece meu segredo.

É o garoto que lê livros para mim.

É o que me ensina a tocar.

E hoje, é o cara no banco de pedra vestindo um smoking.

É o fim do verão, e estamos sentados no jardim do Coronado. Estou na ponta de um dos bancos, com as calças de treino e uma camisa de manga comprida dobrada até os cotovelos, e Wesley está deitado no outro banco, no melhor estilo preto e branco. Falta apenas uma hora para o casamento do pai dele, mas ele ainda está aqui.

Alguma coisa o corrói por dentro, posso ver. Desde que ele chegou, e, idiota, presumo que é apenas o fato de ele detestar a noiva do pai, ou pelo menos o que ela significa para a família dele. No entanto, ele não faz nenhuma de suas observações cáusticas; nem dá atenção ao casamento ou ao smoking. Só se espalha no banco e começa a recitar a última de minhas leituras obrigatórias, como se fosse apenas mais um dia como todos os outros.

Até que, em algum ponto entre uma linha e a seguinte, sua voz falha. Olho para ele, para ver se adormeceu, mas os olhos não estão fechados, tampouco desfocados. Estão voltados para mim. Devolvo o olhar.

— Tudo bem aí? — pergunto.

Uma centelha de sorriso passa por seu rosto.

— Só estava pensando.

Ele coloca o livro de lado e se levanta do banco, ajeitando a frente do smoking amassado e diminuindo o espaço entre nós dois.

— Sobre o quê? — pergunto, mexendo-me para abrir espaço quando ele vem sentar ao meu lado. Ele se aproxima o suficiente para me tocar, o braço dobrado esbarrando no meu ombro, o joelho encostado ao meu. Respiro fundo com o som de banda de rock que me invade, alto, mas familiar.

— Sobre a gente.

A princípio, quase não o reconheço.

Os olhos castanhos de Wesley estão sem o delineador que eu o vi usar durante todo o verão; o cabelo continua preto, mas, em vez de arrepiado, está colado à testa pelo suor; as orelhas estão sem qualquer sinal dos brincos de prata. Ele se desfez de todas as pequenas esquisitices, mas continua com os ombros orgulhosos e o sorriso maroto, e seu rosto inteiro brilha por conta da luta. Mesmo sem os adereços e fanfarras, é inegável que ainda é Wesley Ayers. E, agora que o estou vendo, não sei como não reparei nele antes.

Talvez por que Wesley Ayers — o *meu* Wesley — deveria estar numa praia qualquer, estreitando laços com a família.

O meu Wesley não estaria aqui, nesta escola metida a besta, não mentiria para mim sobre estar aqui e com certeza não pareceria pertencer a este lugar.

— Quem é o próximo? — pergunta, os olhos brilhando.

— Eu — grito de volta.

Os espectadores, todos meninos, viram-se em conjunto, mas meus olhos se mantêm fixos em Wes. O canto de sua boca sobe ligeiramente. É claro que ele não está surpreso em me ver. Há meses que sabe que fui matriculada. Nunca disse nada. Nada de "ah, legal, vamos ficar juntos". Nada de "não se preocupe, você não vai ficar sozinha". Nem mesmo "olha só, que coincidência". Por quê? Por que ele não me contou?

— Bem, minha jovem, eu não creio que... — começa o professor de educação física grandalhão quando me aproximo da plataforma e começo a colocar os protetores.

— Eu assinei os termos — interrompo, enfiando os protetores dos antebraços, imaginando se *existe* algum termo de responsabilidade a ser assinado para essa aula. Imagino que esta escola seja do tipo que tenha essas coisas.

— Não é isso — diz o professor. — É uma luta mano-a-mano, é importante que as condições dos alunos sejam equivalentes e...

— Como o senhor sabe que não somos equivalentes? — respondo, apertando um protetor de canela. — A não ser que esteja achando isso só porque sou uma garota. — Olho o professor nos olhos. — É isso? — Não espero pela resposta. Subo na plataforma e ele não me impede, o que, para mim, já basta.

— Acaba com ele! — grita Cash quando coloco o capacete.

Ah, penso, pode deixar comigo.

— E aí? — diz Wesley quando o encontro no centro da plataforma.

— E aí? — imito, debochando.

— Eu posso explicar — começa a dizer, mas é interrompido pelo apito.

Dou um chute frontal rápido e forte, acertando Wesley no meio do peito antes que o silvo metálico chegue ao fim. A audiência segura o fôlego quando ele cai, acertando o chão, girando e se levantando num instante. Ataco com outro chute, que ele bloqueia. Com o canto dos olhos, vejo que estamos atraindo uma multidão. Ele mira um soco, do qual desvio, seguido de um gancho, que me acerta. Perco o ar, mas isso não me impede de agarrá-lo pelo pulso — sentindo a dor subir pelo meu antebraço —, girar rapidamente e lançá-lo por cima do meu ombro.

Ele deveria cair de costas no tatame, mas, de alguma forma, se vira no meio do ar e aterrissa agachado, com a elegância de um gato. Num piscar de olhos, está de volta, diminuindo o espaço entre nós. Dobro o corpo para trás a tempo de evitar um golpe, e rápido o bastante para ver uma abertura — lado esquerdo, estômago —, mas não o acerto ali. Faz três semanas que Owen esfaqueou Wesley. Mesmo sem deixar isso transparecer em sua postura, sei que ainda dói. Vi as risadas intercaladas com uma leve careta, a rigidez com que fica de pé e se senta.

Minha hesitação faz com que leve um chute rápido no peito e tenho tempo apenas para enganchar o pé por trás de seu joelho, agarrar seu protetor do peito e cair, arrastando-o comigo. Caio no tatame com força e me protejo contra o peso de Wesley vindo sobre mim, mas ele apara a queda com a palma das mãos e consegue se segurar.

Wesley para a poucos centímetros de mim, respirando forte. A boca então se contrai num sorriso enviesado, um sorriso familiar, e ele bate o capacete contra o meu, achando graça.

— Sentiu minha falta?

O jardim está em silêncio, a não ser pelo som das batidas do meu coração.

Wesley se inclina ao longo do banco de pedra e aproxima os lábios com a leveza de uma pluma da minha têmpora. Depois, na minha bochecha. No queixo. Uma trilha de beijos que me deixa

sem fôlego, pois a única vez em que Wesley me beijou — me beijou de verdade — foi para ler minhas lembranças. Foi um beijo raivoso, forçado e duro. Esses são diferentes. São cautelosos, esperançosos.

— Wes — advirto.

Ele apoia a testa no meu ombro.

— Você tem o som de trovoadas e chuva forte, sabia disso? — Ele ri baixinho. — Eu nunca gostei de mau tempo. Não até te conhecer.

A voz dele tem o charme fácil de sempre, só que agora também vem entremeada com algum anseio.

— Fale alguma coisa, Mac.

O corpo de Wesley está apoiado sobre o meu. Os protetores de combate funcionam como amortecedores, e, por um momento, ouço apenas os sons de sua respiração e do meu coração batendo. Que estranho. É tão... silencioso. Acostumei-me com o ruído de Wesley — aprendi a flutuar nele em vez de me afogar —, mas mesmo o silêncio relativo do que é familiar não se compara a isso. Seu corpo sobre o meu. Simples como a pele.

Meu pulso acelera e tenho que lembrar que eu o afastei de mim. *Eu* afastei *ele* de mim. Agora, ao olhar para seus olhos através da máscara, os cílios escurecidos pelo suor, me forçarei a fazer isso de novo.

— O que você está fazendo aqui? — pergunto entre dentes, tentando disfarçar a dor na minha voz.

— Esse pode não ser o melhor momento para...

— Desembucha.

Ele abre a boca.

— Mac...

E então o apito toca.

— Muito bem, já chega — grita o professor. — De pé, os dois.

Wesley fecha a boca, mas não se mexe. Percebo que ainda estou agarrando seu protetor do peito, segurando-o contra mim. Solto depressa, e ele pisca antes de se levantar num pulo. Wesley me oferece a mão enluvada, mas já estou me levantando. Tiro o capacete, ajeito o cabelo, e examino a multidão de alunos que se formou enquanto lutávamos.

Eles estão me olhando, parecendo... atordoados. Confusos. Impressionados. Mas estão *olhando*. Que ótimo. Mais olhares.

— A gente conversa depois — diz Wes, ofegante. — Prometo.

Antes que eu possa responder, ele já está indo para a beira da plataforma e tirando o equipamento.

— Espera aí — chamo. Ele desce e já estou indo atrás dele quando o professor grandalhão corta o meu caminho.

— Um dos dois tem que ficar — diz, enquanto Wesley joga o equipamento numa pilha. Cash passa um braço por trás do pescoço dele e diz alguma coisa que não consigo ouvir. Ambos dão uma gargalhada. Quem é esse garoto? Ele se parece tanto e, ao mesmo tempo, nem um pouco com o meu Wesley.

— Normalmente é o vencedor — continua o professor —, mas, verdade seja dita, não tenho muita certeza de quem venceu.

Penso em dizer que não quero ficar, mas Wesley já está atravessando a multidão e o próximo aluno, um estudante júnior fortinho, sobe na plataforma. Não quero que o professor pense que basta uma luta para me derrubar, portanto, solto um suspiro, ajeito o capacete e espero o apito, enquanto Wesley some da minha vista.

Wesley levanta a testa do meu ombro e vira os olhos para encontrar os meus.

— Por favor, diga alguma coisa.

Mas o que posso dizer? Que, quando ele me toca assim, penso em como Owen me imprensou contra a parede dos Estreitos, transformando meu desejo em medo à medida que me segurava com mais força? Que, quando sinto os lábios dele e meu coração vacila, penso em quando ele me beijou no corredor do Coronado, lendo minha memória e se afastando abruptamente, a expressão tomada pelo sentimento de traição? Que, quando penso no que sinto por ele, eu o vejo sangrando mortalmente no teto — e a dor que isso me causa faz com que eu me sinta paralisada?

Em vez disso, o que eu digo é:

— A vida está meio confusa agora, Wes.

— A vida é sempre confusa — responde ele, sustentando meu olhar. — É assim que deve ser.

Suspiro, tentando encontrar as palavras.

— Há dois meses, eu nunca tinha encontrado outro Guardião. Não tinha ninguém na minha vida com quem pudesse conversar,

quem dirá confiar. E talvez seja egoísmo, mas não posso aguentar a ideia de te perder agora.

— Você não vai me perder, Mac.

— Você foi embora — digo suavemente.

Ele franze a testa.

— O quê?

— Quando você descobriu sobre Owen, você foi embora. Sei que você não se lembra, não estou te culpando; sei que a culpa foi minha por mentir, mas ver você ir embora... Eu já estou sozinha nisso há muito tempo e sempre consegui porque nunca tive ninguém comigo. Mas ter você e te perder... Pela primeira vez eu me *senti sozinha*, Wes. Ter alguma coisa e depois perder é muito mais cruel do que nunca ter tido.

Wesley olha para as próprias mãos.

— Isso faz com que você preferisse que nunca tivéssemos nos conhecido?

— Não, pelo amor de Deus. Mas o que temos agora ainda é novo para mim. O compartilhamento, a confiança. Não estou pronta para mais. — *E eu só vou estragar tudo*, penso.

— Compreendo — diz num tom suave, tranquilizador. Ele me beija de leve no ombro, como um presente de despedida, e se afasta.

— É tudo novo para mim também, lembra? — diz ele, alguns minutos depois. — Eu nunca tinha encontrado outro Guardião antes de você. E ter você na minha vida é aterrorizante e viciante; não vou mentir e dizer que meu coração não dispara. É o que acontece. — Eu me pergunto se ele consegue sentir meu próprio coração pulsando através do ruído quando entrelaça os dedos nos meus. — Mas estou aqui. Não importa o que aconteça com a gente, estou aqui.

Ele me solta e volta para o canto do banco. Não pega o livro, só inclina a cabeça para trás e olha para as nuvens. O silêncio cai sobre nós, mais pesado do que o habitual.

— A gente está bem, Wes? — pergunto.

— Sim — responde ele, com um sorriso luminoso, quase capaz de esconder a mentira. — Estamos bem.

Quando termino de tomar banho, o vestiário está vazio, graças a Deus, sem olhos curiosos observando enquanto passo o cordão com a chave pela cabeça e a enfio por dentro da gola. Meu peito relaxa quando sinto o peso da chave repousar sobre ele. É estranho ficar sem a chave, mesmo que ela não seja realmente minha.

Estou ajeitando a camisa polo quando sinto o arranhar das letras como um alfinete no bolso. Pego a minha lista para descobrir um nome:

Harker Blane. 13.

No entanto, estou completamente fora do meu território — não faço ideia de quem cuida do território da Escola Hyde, ou onde se esconde a porta mais próxima para os Estreitos, e, mesmo se eu pudesse encontrá-la, minha chave não funcionaria, já que não estou autorizada a utilizá-la aqui — e ainda tenho metade do dia letivo pela frente, de forma que Harker terá que esperar sentado. Não gosto de deixar as Histórias esperando; quanto mais esperam, mais sofrem e mais perigosas se tornam. Espero que ele aguente e não comece a se desgarrar.

Meu estômago ronca quando coloco a mochila no ombro e vou atrás do almoço.

Em vez disso, encontro Wesley. Ou pelo menos essa nova versão dele.

Está sentado de pernas cruzadas num banco de pedra, no meio do caminho para o refeitório, com um livro no colo. Parece um estranho. Falta o esmalte preto que normalmente enfeita suas unhas e o cabelo está penteado cuidadosamente para trás; ele tem um ar... *elegante* com o uniforme, todo preto, a não ser pelos adornos dourados.

Eu o vejo, mas ele não me vê — não a princípio —, e não resisto a observá-lo. Só o anel de prata e o contorno sutil da chave sob a camisa polo o identificam como o mesmo que conheci no verão. É como se estivesse disfarçado, só que o disfarce lhe cai tão bem que fico pensando se o meu Wesley, aquele com cabelos arrepiados e olhos com delineador, com um eterno sorriso malicioso, não seria apenas um personagem. Meu estômago revira ao pensar nisso.

Seu olhar então se afasta do livro e pousa em mim — algo nele volta a se modificar, e subitamente vejo suas duas versões de uma vez: o estudante rico e o garoto abusado, que gosta de uma briga e combina perfeitamente com seu ruído de banda de rock. Ele ainda está em algum lugar ali embaixo, o meu Wes, mas não deixo de pensar, quando ele desce da escultura e se ajeita, esperando eu chegar perto: quantas serão as faces de Wesley Ayers?

— Achei que você fosse vir por aqui — diz, guardando o livro e pendurando a mochila no ombro.

— Não conheço outro caminho.

— Vamos lá — incentiva ele, indicando o caminho com a cabeça. — Eu te mostro.

Viramo-nos para ir na direção do refeitório, mas chegamos a uma bifurcação. Mesmo vendo o movimentado prédio principal à nossa direita, Wes desvia por um caminho estreito e vazio. Apesar dos roncos do meu estômago, eu o sigo. Não consigo parar de olhar para ele, focando e desfocando os olhos, tentando enxergar as duas versões.

— Vá em frente. — Ele mantém os olhos no caminho diante de nós. — Pode falar.

Engulo.

— Você está diferente.

Ele dá de ombros.

— A Hyde tem um código de vestuário. Eles reprovam a excentricidade, o que é uma pena. Nós dois sabemos que sou um grande apreciador. — Ele devolve meu olhar com a mesma intensidade. — Você parece cansada, Mac. Tem dormido?

Dou de ombros. Esse é um assunto que não quero abordar.

Mencionei meus pesadelos um tempo atrás, mas, como não pararam, resolvi parar de falar neles. Já é difícil lidar com meus pais me sufocando com suas preocupações; a última coisa que quero é alguém que sabe a verdade sentindo pena de mim. E talvez Wes também fosse ter pesadelos, caso pudesse se lembrar daquele dia; mas ele teve 24 horas de sua memória apagadas e apenas meu relato e a cicatriz deixada pela faca de Owen em que se apoiar. Eu o invejo, até lembrar que *eu* quis lembrar. Foi minha escolha.

— Tem alguma coisa que eu possa fazer para ajudar ou...?

— Há quanto tempo você está de volta? — interrompo. — Se é que você viajou mesmo.

Ele franze a testa.

— Voltei ontem à noite. Nem tive tempo de desfazer a mala, que dirá ir te ver. Ou a Jill. Você conseguiu ficar de olho na pirralha para mim?

Ignoro a mudança de assunto.

— Por que você não me contou que estudava aqui?

Ele coloca as mãos nos bolsos e dá de ombros.

— A princípio, foi só um reflexo. Eu não sabia como lidar com o fato de que você iria cruzar por mim em outro dos meus caminhos, por isso, fiquei na minha.

— Eu entendo, Wes, de verdade. — O Arquivo nos ensina a fragmentar nossas vidas em diferentes pedaços e a mantê-los em segredo, separados. — Mas e depois? — pergunto, quase sussurrando. — Foi por causa do que aconteceu no jardim?

— Não — responde com segurança. — Não tem nada a ver com aquilo.

— Então por quê? — digo bruscamente. — Você passou as últimas semanas lendo para mim livros que você já conhecia porque tinha lido no ano passado. Ficou vendo eu me estressar por causa deste lugar e nunca me disse nada.

Ele torce a boca com um sorriso divertido.

— Você acreditaria se eu dissesse que só queria te fazer uma surpresa?

Olho para ele demoradamente, com uma expressão carregada.

— Bom, você conseguiu. Mas é difícil para mim acreditar que você esteja mentindo há semanas apenas para ver com que cara eu ia ficar...

— Eu não menti — ele se apressa em dizer. — Você nunca me perguntou onde eu estudava.

As palavras me acertam como um soco direto. Não fiz essa pergunta específica, ele tem razão. Mas só por que Wesley nunca quis falar da própria vida. Não era o caso de eu não querer fazer parte dela; simplesmente, eu me acostumei com ele sendo parte da *minha*.

— Eu disse a mim mesmo — prossegue — que, se você perguntasse, eu ia contar. Mas não, você não perguntou. Fez uma pressuposição e eu não te corrigi.

— Por que não?

Ele tira a mão do bolso e ajeita o cabelo. É tão estranho ver os fios entre seus dedos — macios, escuros, sem gel. Tenho vontade de tocá-lo, mas consigo me controlar.

— Eu não sei — continua. — Talvez eu tenha achado que, se você soubesse que eu estudava aqui, me veria de outra forma.

— Mas por que eu te julgaria por estudar aqui? — pergunto, apontando para o meu próprio uniforme. — Cá estou, também.

— Pode até ser, mas você odeia isso aqui — interrompe ele, fazendo então uma pausa. — Você nem conhece o lugar e já o detesta. Passou semanas detestando a ideia, debochando... — Contraio o rosto, lamentando o dia em que dramatizei a leitura de alguns trechos marcantes do livreto com um sotaque afetado. — Mas eu cresci aqui. Não foi minha escolha e não tenho como mudar, mas foi assim. E tive medo de que você fosse *me* julgar se soubesse. — Ele solta uma risada nervosa, os olhos fixos no caminho. — Surpresa, Mac: eu me importo com o que você pensa de mim.

Sinto o calor se espalhando pelo meu rosto, e ele acrescenta:

— Mas sinto muito. Eu sabia que você estava estressada com sua vinda para a Hyde e poderia ter facilitado para você, mas não facilitei. Deveria ter contado.

Deveria mesmo. Só que penso em todas as vezes em que omiti coisas de Wes, no começo, por hábito ou por medo, e como foi preciso que ele quase morresse e que o Arquivo roubasse suas memórias para que eu enfim lhe contasse toda a verdade. Sinto minha raiva dar trégua.

— Então o seu alter-ego é um estudante engomadinho — digo. — Tem mais alguma coisa que você queira me contar?

O alívio que toma conta de seu rosto é óbvio, alívio por nos entendermos, mas ele não perde a piada.

— Não consigo comer pimenta dedo-de-moça.

— Sério? — pergunto.

— Sério — responde, erguendo-se rápido na ponta dos pés. — Mas também odeio explicar que é porque cresci acreditando, desde pequeno, que eram dedinhos cortados, então prefiro dizer que tenho alergia.

Acho graça e seu sorriso se abre, e assim, num piscar de olhos, meu Wesley está de volta. Fazendo piadas e sorrindo de lado, olhos cintilando mesmo sem a maquiagem.

Voltamos a andar pelo caminho.

— Estou feliz por você estar aqui — digo, um pouco para dentro, e ele parece não me ouvir. Levanto a voz, mas, em vez de me repetir, pergunto:

— Aonde estamos indo?

Ele me olha de volta, levanta uma sobrancelha.

— Não é óbvio? — pergunta ele. — Estou te levando para o mau caminho.

CINCO

Vários passos adiante, o caminho ladeado por árvores termina num pátio de pedra. Fica alguns degraus acima do nível do chão, cada um dos quatro cantos marcado por um pilar. Três alunos relaxam na plataforma e, bem no centro, há uma estátua de um homem com a cabeça coberta por uma capa.

— É a única escultura humana no campus — explica Wesley —; provavelmente São Francisco, o santo protetor dos animais. Mas todo mundo a chama de Alquimista.

Dá para ver por quê. Coberta com um manto, a estátua parece mais um druida do que um padre. Os cotovelos estão dobrados, as palmas das mãos, viradas para cima, e a cabeça, curvada, como se concentrado num feitiço. A mística é ligeiramente reduzida apenas pelo fato de que suas mãos de pedra, no momento, seguram uma caixa de pizza.

— Aqui — diz Wes, apontando para a plataforma — é o Pátio.

Os alunos levantam os olhos ao som da voz de Wesley. Um deles eu já conheço. Cash está sentado com as pernas esticadas por cima dos degraus.

— Mackenzie Bishop — chama ele enquanto subimos para a plataforma. — Jamais cometerei o erro de te chamar de donzela novamente.

Wesley franze um pouco a testa.

— Vocês se conhecem?

— Eu tentei salvá-la — responde Cash. — Acabou que ela não precisava da minha ajuda.

Wesley olha para mim e pisca um olho.

— Acho que a Mac é capaz de cuidar de si mesma.

O sorriso de Cash é surpreendentemente rígido.

— Você parece estar sendo amigável demais com uma garota que acabou de te detonar. Suponho que vocês já se conheçam.

— A gente se conheceu nas férias — responde Wes, subindo os degraus. — Enquanto você e a Saf estavam passeando de barco em... onde mesmo? Espanha? Portugal? Não consigo acompanhar muito bem as excursões da família Graham.

É genial observar Wesley conduzir os outros, desviar a conversa de volta para eles. Afastar as atenções de si.

— Não seja azedo assim — diz Cash. — Você sabe que o convite continuava de pé.

Wesley responde com um muxoxo.

— Não gosto de barco — responde, pegando uma fatia de pizza dos braços esticados da estátua, sinalizando para que eu o acompanhe.

— O *Saint-Marie* — diz Cash com um floreio — não é *só* um barco.

— Mil perdões — responde Wes, imitando o floreio. — Não gosto de *iate*.

Não sei dizer se estão de brincadeira.

— Vejo que você já começou a vandalizar nosso pobre Alquimista mais uma vez — completa Wes, acenando com a fatia de pizza para a estátua.

— Ainda bem que a Safia não resolveu fantasiá-lo — ouço uma voz feminina falar, puxando minha atenção para uma dupla de estudantes sentados nos degraus da plataforma: um menino júnior de pernas cruzadas e uma menina sênior com a cabeça ruiva no colo dele.

— Pura verdade — diz Cash enquanto a menina se apoia no cotovelo e olha para mim.

— Você trouxe uma extraviada — diz ela, mas sem malícia na voz, e seu sorriso tem um toque de provocação amigável.

— Ela não é uma extraviada, Amber — responde o menino que ela usa de travesseiro. — Ela é uma júnior.

Ele me olha e sinto um frio na barriga. Seu uniforme tem uma faixa prateada, mas ele aparenta não ter mais de 15 anos. Pequeno e magro, cabelo escuro com cachos sobre a testa e, com aqueles óculos de armação preta apoiados no nariz e rabiscos nas costas das mãos, parece tanto com meu irmão que chega a doer. Se Ben estivesse vivo — se tivesse passado por mais cinco aniversários — talvez ficasse com aquela exata aparência.

Ele desvia o olhar e eu pisco, a semelhança minguando para quase nada. Ainda assim, aquilo me deixa abalada, e subo os degraus para me aproximar de Wesley junto à estátua. Ele pega um refrigerante aos pés do Alquimista e faz um gesto para os demais colegas.

— Então você já conhece o Cassius — diz ele.

— Pelo amor de Deus, não me chame assim — diz Cash.

— O de óculos é o Gavin — prossegue Wes —, e, no colo dele, a Amber.

— Amber Kinney — corrige ela. — Tem duas Ambers douradas e uma prateada em Hyde, e não é um nome que possa ser abreviado para algum apelido, acredite; então, se você ouvir alguém chamando o nome Kinney... que eu odeio, por sinal, jamais faça isso... é comigo que estão falando.

Pego um refrigerante.

— Sou Mackenzie Bishop. Aluna nova.

— Claro que é— diz Gavin, e sinto o rosto corar até ele completar —, porque é uma escola pequena e a gente conhece todo mundo.

— Certo, hã, vocês podem me chamar de Mackenzie, ou Mac, se quiserem. Menos de Kenzie. — "Kenzie" pertencia a Da e fica estranho na voz de qualquer outra pessoa. — Nem de M. — M era como eu sonhei ser chamada durante anos. M era a versão de mim que não caçava Histórias ou lia memórias. M era a pessoa que eu poderia ter sido, caso não tivesse entrado para o Arquivo. E M foi destruída por Owen quando ele sussurrou o apelido no meu ouvido como uma promessa logo antes de tentar me matar.

— Bem, Mackenzie — diz Gavin, enfatizando cada uma das três sílabas lentamente, do jeito como Ben fazia —, bem-vinda à Hyde.

— Mackenzie, você pode me ajudar?

Estamos sentados à mesa, Ben e eu, enquanto a mamãe cantarola ao fundo, preparando o jantar. Estou girando meu anel de prata e lendo uma passagem para minha aula de inglês, e Ben tenta resolver a matemática do quarto ano, mas esse não é o forte dele.

— Mackenzie!

Sempre adorei o jeito como Ben dizia meu nome.

Ele nunca foi uma daquelas crianças que não conseguia falar, que pulava sílabas e contraía os sons das palavras. Aos 4 anos, orgulhava-se de pronunciar todas as palavras. Mamãe nunca foi *mamá*, papai nunca foi *papi*, vovô nunca foi *vô*, mas *Vovô Antony*, e eu jamais fui *Mã-ken-zi*, nem *Mec-kin-zi*, muito menos *Kenzi*, mas sempre *Má-ken-zi*, as três silabas cravadas como em pedras, na ordem.

— Você me mostra como resolver este problema?

Aos 9 anos, até suas perguntas são precisas. Ele tem essa obsessão em ser adulto; não apenas vestindo as gravatas do papai ou segurando o garfo e a faca como a mamãe, mas fazendo poses, imitando as posturas, as atitudes, a articulação. Ele tem o jeito de um Guardião, na verdade. Da não viveu o suficiente para vê-lo tomando jeito, mas eu posso ver.

Sei que já peguei o lugar de Da, mas muitas vezes me pergunto se o Arquivo não poderia abrir uma vaga para Ben, também.

É um desejo egoísta, eu sei. Poderia até ser considerado errado por algumas pessoas. Eu deveria querer protegê-lo de tudo, inclusive — não, *especialmente* — do Arquivo. Mas, sentada aqui, girando o anel de prata e observando Ben estudar, penso que eu daria qualquer coisa para tê-lo ao meu lado.

Entendi por que Da fez o que fez. Por que me escolheu. Entendo por que todo mundo escolhe alguém. Não é apenas para que alguém ocupe o seu lugar. É — ao menos por um breve período — para que não tenham que ficar sozinhos. A sós com o que fazem e com quem são. A sós com todos os segredos.

É egoísta, errado e humano, e, sentada aqui, observando Ben trabalhar, penso que eu faria isso. Eu o escolheria. Eu levaria meu irmão caçula comigo. Se me permitissem.

Claro que jamais saberei.

Na verdade, Gavin se parece muito pouco com Ben. Sei disso porque fiquei olhando para ele — tentando não olhar — pelos últimos quinze minutos. Felizmente, entre um banho demorado e a caminhada com Wes, quinze minutos é todo o tempo que me resta até o toque do sino.

Acaba que, mesmo separadas por um ano, Amber e eu temos aula de Fisiologia juntas. Ela me conta no caminho que tudo é parte de seu plano de preparação para o curso de medicina, que sua avó tinha sido uma cirurgiã de guerra incrível, atuando por trás das cortinas manchadas de sangue dos acampamentos, e que herdara as mãos firmes dela. Entre o Pátio e a ala de ciências — identificada pela estátua de uma cobra — descubro minha coisa favorita sobre Amber Kinney.

Ela gosta de falar.

Ela gosta de falar até mais do que a Lyndsey, e, pelo que posso ver, não é tanto pela necessidade de preencher o silêncio, mas pela simples ausência de filtro entre o cérebro e a boca — o que não é um problema para mim, porque ela é surpreendentemente interessante. Ela me conta fatos aleatórios sobre a escola e, em seguida, sobre cada membro do Pátio: Gavin não come nada verde e tem um irmão sonâmbulo, Cash fala quatro idiomas e chora em comerciais piegas, Safia — porque, aparentemente, Amber é *mesmo* amiga dela — costumava ser tão tímida que quase não falava, e parece que ainda não aprendeu a falar com um mínimo de gentileza; Wesley é um paquerador debochado, alérgico à pimenta e...

Amber para.

— Mas você já conhece o Wesley — diz.

— Não tanto quanto você imagina — digo, com cautela.

Amber sorri.

— Bem-vinda ao clube. Conheço Wes há anos, e muitas vezes sinto como se não o conhecesse de verdade. Mas acho que ele gosta disso, de um ar de mistério, então, a gente deixa Wes com os próprios segredos.

Quisera todo mundo se sentisse como Amber Kinney em relação a segredos. Minha vida seria muito mais fácil.

— Então — digo —, Wesley é um paquerador?

Amber revira os olhos e segura a porta aberta para mim.

— Digamos só que o jeito misterioso dele tende a ter efeito — Sinto meu rosto esquentar quando ela olha para mim. — Não me diga que você caiu na dele.

Dou uma risadinha.

— Difícil.

E pelo menos isso é verdade. Afinal, não são os *segredos* de Wesley que fazem meu pulso acelerar. É o fato de serem os mesmos que os meus. Ou, ao menos, a maioria é. Após o choque de encontrá-lo aqui, não consigo deixar de imaginar o que mais eu não sei.

A voz dele ecoa na minha cabeça: *Você não perguntou.*

Chegamos à sala de Fisiologia e conseguimos dois lugares lado a lado no momento em que o sino toca. Uma mulher surpreendentemente jovem, chamada srta. Hill, apresenta o programa do curso e, nos minutos que se seguem, folheio o livro em busca da informação de quais foram os ossos do meu pulso que Owen quebrou. É engraçado olhar os mapas dos ossos, músculos e nervos, os diagramas de flexão, movimento e potencial do corpo, pois boa parte disso eu já aprendi, mais por tentativa e erro e dedicação do que por leituras indicadas. Só que, mesmo assim, é bom ver que parte do conhecimento corresponde. Passo a ponta dos dedos de leve pelos dedos ilustrados na página.

Sobrevivo à aula e Amber me indica o caminho para a última: Governo. O professor é o sr. Lowell, um homem na casa dos 50 anos, uma moita de cachos grisalhos sobre a cabeça, voz suave e firme. Estou me preparando para me espetar com a caneta para ficar acordada, quando ele começa a falar:

— Tudo o que sobe, cairá — diz ele. — Impérios, sociedades, governos. Nada disso dura para sempre. Por quê? Porque, mesmo sendo produtos de mudanças, eles se tornam resistentes à mudança. Quanto mais tempo dura uma sociedade, mais ela se aferra ao poder e mais resistente ao progresso ela se torna. Quanto mais resiste ao progresso, à *transformação*, mais seus cidadãos clamam por isso. Como resposta, a sociedade fica ainda mais rígida, desesperada para manter o controle. Teme perder esse domínio.

Eu me reteso na cadeira.

Sabe por que o Arquivo tem tantas regras, senhorita Bishop?, foi o que Owen me perguntou no telhado, naquele dia. *É porque eles têm medo de nós. Têm pavor.*

— As sociedades têm medo de seus cidadãos — ecoa o sr. Lowell. — Quanto mais uma sociedade intensifica a repressão, mais as pessoas lutam contra ela. — Ele desenha um círculo no ar com o indicador, girando e girando, a cada vez, o círculo vai ficando menor. — O controle fica mais e mais apertado, e a resistência aumenta progressivamente, até que se transforma em ação. Essa ação pode assumir uma de duas formas.

Ele escreve duas palavras no quadro: *REVOLUÇÃO* e *REFORMA*.

— O primeiro módulo deste curso — diz o sr. Lowell — será dedicado à linguagem da revolução. O segundo será dedicado à linguagem da reforma.

Ele apaga a palavra *REFORMA* do quadro.

— Todos vocês já ouviram a língua da revolução: a retórica. Por exemplo, um governo pode ser chamado de corrupto. — Ele escreve a palavra *corrupto* no quadro. — Digam algumas outras palavras.

— O governo é podre — sugere uma menina sentada na frente.

— A empresa está abusando do poder — diz um garoto.

— O sistema está falido — acrescenta outro.

— Muito bom, muito bom — incentiva o sr. Lowell. — Continuem.

Eu me encolho ao ouvir a voz de Owen ecoando na minha cabeça. *O Arquivo é uma prisão.*

— Uma prisão — digo, minha voz acima das demais antes mesmo que eu perceba que falei alto.

A sala silencia enquanto o olhar do professor se fixa em mim. Por fim, ele aprova com a cabeça.

— A retórica do aprisionamento e, em contraposição, o clamor pela liberdade. Um dos mais clássicos exemplos do pensamento revolucionário. Muito bem, senhorita...

— Bishop.

Ele aprova com a cabeça mais uma vez e volta a atenção para a turma.

— Alguém mais?

Quando chega o final das aulas, minha resistência começa a fraquejar.

O café da manhã e o refrigerante do almoço não bastam para compensar os dias — semanas, na verdade — mal dormidas. E ficar com Owen voltando à minha mente durante boa parte do último período também não ajudou a aliviar meus nervos. Deixo escapar um bocejo sonoro ao abrir as portas da saída da ala de história e caminhar para o sol da tarde, afastando-me do caminho cheio de gente para um gramado afastado, onde posso parar, deixar o sol me cobrir e clarear os pensamentos. Tiro a lista de Guardiã do bolso da camisa e sinto um alívio por haver ali apenas um nome no papel.

— Quem é Harker? — pergunta Cash por cima do meu ombro. Sinto um leve sobressalto ao som de sua voz, mas abro o papel devagar, com cuidado para parecer despreocupada.

— Um vizinho — digo, enfiando o papel de volta no bolso. — Prometi que ia pegar umas informações sobre a escola para ele. Está pensando em vir para cá no ano que vem. — A mentira sai fácil, sem qualquer esforço, e tento não a alongar.

— Ah, sim, a gente pode passar pela secretaria no caminho para o estacionamento. — Ele vai em direção ao caminho.

— Você não precisa ficar me escoltando— digo atrás dele. — Tenho certeza de que consigo achar a secretaria.

— Não tenho dúvida, mas gostaria mesmo assim de...

— Olha — interrompo. — Sei que você só está fazendo seu trabalho.

Ele contrai a testa, mas não diminui o passo.

— Foi a Saf que te disse isso?

Dou de ombros.

— Bom, sim, é isso mesmo. É o meu trabalho, mas fui eu que escolhi. E não pense que fui designado para te acompanhar. Eu poderia agraciar qualquer *calouro* inocente com a minha assistência. Mas preferi te acompanhar. — Ele morde o lábio e vai em direção ao sol de verão antes de continuar. — Se você permitir.

— Está bem — concordo com um sorriso provocador. — Mas só para poupar os outros alunos inocentes.

Ele ri de leve e acena para alguém do outro lado do gramado.

— Então — digo —; *Cassius?* Que nome bonito.

— Cassius Arthur Graham. É muita pompa, não é? É nisso que dá ser filho de uma diplomata italiana com um linguista inglês. — Os fundos de pedra cobertos de hera do prédio principal aparecem em nosso campo de visão. — Mas é bem melhor do que o do Wesley, né?

— Como assim? — pergunto.

Cash me olha de um jeito como se eu tivesse que saber do que ele está falando. Então, quando fica óbvio que não sei, ele recua.

— Nada. Esqueci que vocês dois não se conhecem há tanto tempo.

Dou uma reduzida nos meus passos.

— Do que você está falando?

— Bom, é só que... O nome do Wesley não é de fato Wesley. Esse é o nome do meio.

Franzo a testa.

— Então qual é o primeiro nome?

Cash balança a cabeça.

— Não posso dizer.

— É tão ruim assim?

— *Ele* acha que é.

— Ah, qual é, preciso de *alguma* munição.

— Sem chance! Ele me mataria se soubesse que contei.

Acho graça e deixo o assunto para lá quando chegamos à porta do prédio da administração.

— Vocês dois parecem bem próximos — digo enquanto ele segura a porta aberta para mim.

— Somos, sim — responde Cash com uma simplicidade segura que faz com que eu sinta uma pontada no estômago.

Com Wes assombrando os corredores do Coronado durante todo o verão, simplesmente fiquei achando que ele vivesse do mesmo jeito que eu: mantendo todos afastados. Mas ele tem uma *vida*. Amigos. Bons amigos. Eu tenho a Lyndsey, mas somos próximas porque ela não me faz mentir. Jamais faz perguntas. Mas eu deveria ter perguntado a Wes. Eu deveria ter me perguntado.

— Nós crescemos juntos — explica Cash a caminho do saguão envidraçado. — Nos conhecemos em Hartford. É a escola fundamental antes da Hyde. Saf e eu entramos no quarto ano, ou terceiro, no caso dela, e Wes meio que nos adotou. Quando as coisas começaram a desandar com os pais dele, uns anos atrás, a gente tentou retribuir o favor. Mas ele não gosta muito de receber ajuda.

Concordo com a cabeça.

— Ele sempre recusa.

— É isso aí — diz Cash, parecendo realmente frustrado. — Só que depois a mãe dele se foi e as coisas foram de mal a pior.

— O que aconteceu? — insisto.

A pergunta o pega de jeito e ele parece se dar conta de que não deveria estar revelando tanto. Ele hesita, e então diz:

— Ele foi morar com a tia dele, Joan.

— Tia-avó — corrijo casualmente.

— Ele te falou dela?

— Um pouco — respondo.

Joan foi a mulher que passou sua chave e seu trabalho para Wesley. A quem o Arquivo dispensou, cheia de vãos na consciência, quando ela se aposentou, apenas para garantir que seus segredos estavam seguros. O fato de eu saber de Joan parece resolver alguma coisa para Cash, e sua relutância se desfaz.

— Pois é, bem, ele deveria ter ido ficar com ela no verão — diz —, para se afastar do divórcio. Foi terrível. Mas as aulas na Hyde recomeçaram no outono e ele não apareceu. Durante todo o nosso segundo ano, foi como se ele não existisse. Você precisa entender... ele não ligou, não escreveu. Ficou só esse vazio. — Cash balança a cabeça. — Ele é espalhafatoso de um jeito que a gente só percebe quando ele está ausente. Enfim, o segundo ano começou e terminou sem ele. E depois as férias de verão começaram e terminaram sem ele. Depois, finalmente, chegamos ao terceiro ano, e lá está ele na hora do almoço, encostado no Alquimista, como se nunca tivesse sumido.

— Ele estava diferente? — pergunto quando chegamos à porta da secretaria, na entrada do saguão envidraçado. Aquele foi o ano em que ele se tornou um Guardião.

Cash para com os dedos na maçaneta.

— Tirando o olho roxo que eu deixei na cara dele? Não muito. Se faz alguma diferença, ele parecia... *mais feliz*. E eu só achei bom ele ter voltado, então não fiquei perguntando. Espera aí, vou te dar uns folhetos para novos alunos em potencial.

Ele some no interior da secretaria e dou uma olhada distraída pelo saguão. É coberto de fotografias — e embora *coberto* possa dar uma ideia de caos, neste caso estão todas penduradas imaculadamente, cada moldura perfeitamente alinhada e equidistante da outra. Todas elas têm uma pequena e elegante data gravada no alto. Todas as fotos mostram grupos de alunos em pé, ombro a ombro, em várias filas. Turmas seniores, a julgar pelas faixas douradas nas fotos coloridas mais recentes. Os anos retrocedem ao longo das duas paredes, as fotografias mais recentes próximas à entrada do saguão e as mais antigas se afastando sucessivamente. Como na maioria das escolas particulares de elite, a Hyde nem sempre foi mista. Retrocedendo ao longo dos anos, as meninas desaparecem das fotos em grupo, aparecendo separadas e depois sumindo de vez, assim como os detalhes vermelhos, azuis e dourados, deixando apenas os meninos em preto e branco. Meus olhos percorrem as paredes aleatoriamente, sem saber o que procuro, até encontrar. Quando acontece, todo o meu corpo fica tenso.

Ele poderia ter ido para qualquer escola da cidade, mas não. Veio justamente para esta.

Na moldura identificada pelo ano de *1952*, dezenas de meninos sérios, bem arrumados, elegantes estão alinhados em fileiras rígidas. E ali, numa fila mais baixa com vários alunos, está Owen Chris Clarke.

Os cabelos louro-prateados aparecem brancos na foto em preto e branco — isso e mais a palidez assustadora dos olhos fazem com que ele pareça uma luz brilhante em meio aos uniformes escuros. Os lábios sugerem o fantasma de um sorriso, como se ele soubesse um segredo. E talvez saiba. A foto deve ser antes de tudo — antes de se formar, antes de entrar para a Equipe, antes de Regina ser assassinada, antes de ele trazê-la de volta, antes de matar os moradores do Coronado e pular do telhado. No entanto, na época em que essa fotografia foi tirada, ele já era um Guardião. Está em seus olhos, no sorriso provocador e na sugestão de um anel na mão apoiada no ombro de outro aluno...

— Pronta?

Eu me afasto da foto e me deparo com Cash parado ali, segurando um pequeno maço de folhetos.

— Aham — respondo com a voz um pouco mais trêmula do que eu gostaria ao dar outra olhada na foto.

Você e eu não somos tão diferentes.

Franzo a testa. E daí que Owen frequentou a Hyde? Ele se foi. Isso não passa de uma foto desbotada, um vislumbre do passado — um lugar perfeitamente razoável para um menino morto aparecer.

— Vamos embora — digo, pegando os papéis.

Cash me acompanha para o lado de fora.

— Onde está seu carro? — pergunta, inspecionando o estacionamento praticamente vazio já faz um tempo.

Vou até o bicicletário e faço um gesto de apresentação para Dante.

— Aqui mesmo.

Ele fica sem jeito.

— Eu não queria presumir que...

Faço um aceno para ele.

— É um conversível, na verdade. Cabelos ao vento. Bancos de couro... bem, um banco.

Tiro a calça de trabalho da mochila e a enfio por debaixo da saia.

Ele sorri, os olhos dourados se desviando para a calçada.

— Talvez a gente possa repetir a dose amanhã.

— Está falando da escola? — pergunto, destrancando a bicicleta e passando a perna por cima do quadro. — Acho que a ideia é essa. Não funciona muito bem se a pessoa só vem uma vez.

Tento falar com uma cara séria, mas não consigo segurar um sorriso. Cash solta uma risada, virando-se para ir embora.

— Bem-vinda à Hyde, Mackenzie Bishop.

Seu bom humor despreocupado é contagiante, e ainda estou sorrindo enquanto o observo retornar pelos portões. No entanto, quando me viro para o estacionamento de novo, todo esse sentimento desaparece.

O homem de hoje de manhã, aquele de cabelos louros e pele bronzeada, está encostado numa árvore, ao lado do estacionamento, bebendo café num copo para viagem e olhando para mim. Dessa vez, nem ao menos tenta disfarçar. Vê-lo ali é como um tijolo arremessado contra uma janela de vidro estilhaçando a vida mundana. Um lembrete de que minha vida não poderia ser ainda mais distante do normal. Normalidade é algo com que eu poderia sonhar, caso não estivesse tão ocupada tendo pesadelos.

Só há uma coisa mais assustadora do que o fato de eu estar sendo seguida. É *quem* está me seguindo. Porque só há uma resposta possível: o Arquivo. O pensamento faz meu sangue gelar. Não consigo imaginar nenhum *bom* motivo para estar sendo seguida pela Equipe. E é exatamente quem ele é. Quem ele só pode ser.

A maneira como bebe o café, como fica jogando o peso do corpo de um pé para outro, a linguagem corporal descuidada cria a ilusão de alguém entediado, desfeita apena por aquele olhar penetrante, alerta. Só que não é isso que o entrega. É a confiança. Um tipo muito específico e perigoso de confiança. O mesmo tipo que Owen exibia.

A confiança sugerida por alguém que sabe que pode te ferir antes de ser ferido.

Os olhos dourados do homem encontram os meus e ele dá um meio sorriso. O sujeito toma outro gole de café e eu dou um passo em sua direção no exato momento que alguém toca uma buzina no estacionamento. O som desvia minha atenção por um segundo, até menos, e, quando olho de volta, ele não está mais lá.

Ótimo.

Espero um segundo para ver se ele reaparece, mas isso não acontece e sou deixada somente com um peso no estômago e uma pergunta incômoda: *por que* o Arquivo está me seguindo?

A preocupação consome o que resta da minha energia enquanto pedalo para casa. Ao chegar, minha visão está começando a ficar borrada de cansaço. Quando desço da bicicleta, o mundo parece oscilar de levinho. Preciso ficar parada por um momento, esperando a tontura passar antes de me arrastar pela porta e subir a escada.

Quero dormir.

Preciso dormir.

Em vez disso, vou à caça.

SEIS

Eu seguro outro bocejo ao subir o último degrau da escada e pisar no corredor do terceiro andar, agradecendo por Harker ser ainda o único nome da minha lista. Depois de enfiar a saia na mochila e a mochila atrás de uma mesa no fundo do corredor, ajeito o rabo de cavalo diante do espelho sobre a mesa e tiro a chave pela gola da camisa. A transformação é completa: de estudante para Guardiã em menos de um minuto.

Do lado oposto ao espelho há uma pintura do mar e, bem próximo, uma rachadura na parede. Um corte onde o mundo parece não estar bem alinhado. Ninguém mais a vê, mas eu sim, e quando tiro o anel, a fenda fica mais nítida, com a fechadura encaixada bem no meio. Encaixo minha chave, e a porta dos Estreitos se expande como uma mancha; o papel de parede desbotado escurece à medida que a moldura pressiona a superfície. Um fio de luz traceja o contorno da porta e viro a chave, ouço um clique abafado e adentro a escuridão com um passo. Já vou colocando os dedos sobre a parede mais próxima, prestes a ler a superfície em busca de sinais de Harker, quando ouço algo.

Alguém cantarolando de lábios cerrados.

Meu coração acelera conforme me afasto da parede e me viro na direção do som, o pânico tomando conta. E então, entre uma pulsação — um passo — e a seguinte, o mundo desaparece.

Tudo se vai.

Escurece.

Em seguida, tão repentinamente quanto sumiram, as coisas retornam — *eu* retorno — e o cantarolar não está mais lá. Minha cabeça está me matando de dor e eu saio correndo. Em disparada. *Perseguindo.* Um garoto corre a vários metros na minha frente.

— Harker, pare! — As palavras saem antes mesmo que eu perceba que são minhas. — Não tem para onde correr! — acrescento, o que não é exatamente verdade, já que estamos os dois cobrindo uma longa extensão. O fato é que não há *lugar algum* aonde chegar.

Meus pulmões queimam, minhas pernas doem e meus ossos não dormiram o suficiente para isso, mas a adrenalina compensa a falta de sono enquanto os Estreitos ecoam os sons da caçada. Respiração pesada, membros latejando, sapatos batendo contra o concreto; os dele em fuga, os meus em perseguição.

E eu o estou alcançando.

O garoto perde um passo ao olhar para trás, e mais um ao virar uma esquina rápido demais e bater contra a parede. Harker se recupera e continua em disparada. Também faço a curva fechada, os sapatos derrapando de leve no chão liso dos Estreitos, mas conheço esses corredores, essas paredes, esse piso, e já recupero a velocidade, reduzindo a distância.

Ele está entre um passo e outro quando minha mão finalmente alcança sua gola e ele perde o equilíbrio. Puxo com força, e Harker cai estatelado para trás, a poucos metros da porta mais próxima para os Retornos, marcada por um círculo de giz cheio. Ele começa a se arrastar para longe, mas eu o puxo pelo pé e o imprenso contra a parede de novo enquanto enfio a chave na fechadura e giro. A porta se abre, nos banhando em luz branca e brilhante.

Dou uma boa olhada em seus olhos enquanto eles se arregalam — as pupilas oscilando, prestes a desgarrar — logo antes de empurrá-lo para dentro do brilho branco, mas é só depois que ele atravessa a porta, quando a luz some, e estou sozinha no escuro com o coração disparado que absorvo seu olhar para mim e percebo o que era.

Medo.

Não dos Estreitos ou do brilho dos Retornos, mas de *mim*.

Esse pensamento pesa como se eu tivesse sido jogada na água fria, tira o meu fôlego e me deixa tonta. Apoio a mão na parede para me equilibrar. Uma dor superficial atrai meus olhos para o braço e, pela primeira vez, vejo os arranhões paralelos sobre a pele. Sinto a náusea se espalhar.

Quando foi que isso aconteceu?

Quando foi que Harker resistiu?

Vasculho meu cérebro, tentando rebobinar, tentando lembrar quando ele me arranhou ou o que o fez correr quando nos encontramos, e o pânico se contrai ao meu redor assim que me dou conta de que *não consigo*.

Lembro-me de ter passado pela porta e entrado nos Estreitos. Lembro-me do som de alguém cantarolando e então... nada. Nada até já estar em meio à perseguição. O intervalo entre uma coisa e outra simplesmente *desapareceu*. Fecho os olhos com força, buscando as lembranças e encontrando apenas um borrão. Afundo no chão e apoio a testa contra os joelhos, forçando o ar para dentro dos pulmões.

Uma das lições de Da aparece na minha cabeça, sua voz baixa, firme e suave: Mantenha a cabeça no lugar, Kenzie. Não dá para pensar direito quando se está exausta. Histórias entram em pânico. Veja só o que isso faz a elas.

Respiro mais uma vez e tento me acalmar. O que eu estava fazendo? Lendo as paredes... Estava prestes a ler as paredes quando ouvi alguém cantarolando, e então... e então lambo os lábios e sinto gosto de sangue — num piscar de olhos, as lembranças voltam como um tufão.

Alguém estava cantarolando.

Exatamente como Owen costumava fazer. Meu coração disparou quando fui atrás da melodia pelos corredores. A princípio, parecia muito um cantarolar, mas depois, não mais — os Estreitos distorcem as coisas —, ficando cada vez mais alto até não se parecer em nada com uma voz cantarolando uma música, mas uma batida surda e constante, tum, tum, tum.

Harker chutando uma porta no meio do corredor, tão alto que não me ouviu chegar até eu estar atrás dele, com a cabeça latejando. Foi quando ele girou e, antes mesmo que eu pudesse conquistar sua boa vontade, me acertou desprevenida com um soco.

Aquilo volta em quadros estáticos, piscando como um estroboscópio.

Minha mão enrolada na camisa dele.

Empurrando-o para trás.

Uma confusão de membros se debatendo.

Seu sapato se dirigindo até minha barriga.

As mãos tentando se libertar.

Nós dois correndo.

Sinto-me enjoada de alívio. A lembrança é frágil, incerta, mas está lá.

Quando tiro a lista do bolso e vejo o nome de Harker sumir da página, uma pergunta se aferra aos meus pensamentos tumultuados: por que eu sofri esse apagão em primeiro lugar?

Se fosse para adivinhar, eu diria que foi devido ao sono. Ou melhor, devido à falta dele.

Isso — apagar, perder a noção do tempo, o que quer que seja — aconteceu uma vez antes. Poucos dias após toda a questão com Owen. Da última vez — que foi a primeira, e eu esperava que tivesse sido a *única* — eu também tinha passado um tempo sem dormir. Estava tão cansada que mal conseguia enxergar direito. Em um momento, eu estava tentando convencer uma História, uma adolescente; quando dei por mim, estava sozinha no corredor, os nós dos dedos machucados e o nome dela havia desaparecido da lista. Quando finalmente me acalmei, as lembranças voltaram; embaçadas e truncadas, mas voltaram. Ela já havia desgarrado; achou que eu fosse outra pessoa. Me chamou de M (provavelmente de Emília ou Ema). Foi o bastante para que minhas mãos começassem a tremer, o coração disparasse e minha mente apagasse. Um fragmento de Owen.

Na época, disse a mim mesma que não era nada demais. Tinha acontecido apenas uma vez — diferente dos pesadelos que se repetiam todas as noites, como um relógio —, por isso não contei para Roland. Não queria que ele se preocupasse. Da costumava dizer que você tinha que perceber os padrões, mas não sair procurando por eles, e eu não queria criar uma situação a partir de coisa nenhuma. Por outro lado, Da também costumava dizer que um erro era um acidente, mas dois eram um problema.

Ao olhar para os arranhões nos meus braços, eu reconheço.

Isso é oficialmente um problema.

Forço-me a ficar de pé. Considero a porta ao lado daquela pela qual acabei de enviar Harker, marcada com o círculo branco vazio que uso para indicar o Arquivo. Eu deveria contar para Roland. E vou — mais tarde. Neste momento, preciso ir para casa. Da outra vez, perdi um minuto, talvez dois, mas agora sei que perdi bem mais. Cravo as unhas na palma das mãos, com a esperança de que a dor me mantenha acordada enquanto me dirijo para as portas numeradas.

A chave oscila no cordão ao redor do meu pulso, e eu a balanço para segurá-la no alto e enfiar os dentes na fechadura da porta que leva ao terceiro andar. A porta se abre; o corredor do outro lado não é mais do que uma sombra deste e estou quase apoiando o sapato do lado de fora quando ouço uma foz familiar e recuo com um susto, o coração martelando no peito.

Erro idiota, muito idiota.

A porta não é visível para pessoas normais. Se eu passasse para dentro do Coronado, teria saído de dentro da própria parede — é o que teria parecido, pelo menos — e encontrado minha mãe.

— Vamos indo bem, eu acho... — O Coronado pode ter saído de vista, mas a voz dela chega através do espaço velado, abafada, mas audível. — Certo, leva tempo, eu sei.

Posso ouvi-la pelo corredor, aproximando-se da porta dos Estreitos enquanto fala, as pausas longas indicando que está no telefone. E então seus passos param exatamente diante de mim. Talvez ela esteja olhando o espelho do outro lado da porta invisível. Penso na mochila escondida atrás da mesa sob o espelho e espero que ela não a tenha descoberto.

— Ah, Mackenzie?

Fico tensa até perceber que ela está falando com a pessoa do outro lado da linha.

— Não sei, Colleen — diz ela.

Reviro os olhos. A terapeuta. Mamãe está indo à Colleen desde a morte de Ben no ano passado. Eu esperava que as sessões fossem terminar com a mudança. Aparentemente isso não foi bem o que aconteceu. Então, apoio as mãos de cada lado da porta e ouço parte da conversa. Sei que não deveria deixar a porta dos Estreitos aberta, mas minha lista está limpa e minha curiosidade, atiçada.

— Isso não entrou na conversa — diz mamãe. — Sim, certo, eu não trouxe à tona. Mas ela pareceu melhor. Parece. Pareceu. É difícil dizer quando se trata dela. Sou mãe de Mackenzie e deveria saber, mas não consigo. Dá para ver que há algo errado. Sei que ela está usando uma máscara, mas não consigo ver através dela. — Sinto um aperto no peito ao perceber a dor em sua voz. — Não. Não são drogas.

Aperto os dentes para não soltar um palavrão. Odeio Colleen. Foi ela quem disse para mamãe jogar as coisas do Ben fora. Na única vez em que nos encontramos cara a cara, ela viu um arranhão no meu pulso, que uma História irritada deixou, e se convenceu de que eu mesma tinha me machucado para *sentir coisas*.

— Eu conheço os sintomas — diz mamãe, fazendo uma lista que resume muito bem o meu atual comportamento: evasão, mau humor, sono problemático, afastamento, sumiços inexplicáveis... Embora, em minha defesa, eu faça o meu melhor para explicar tudo isso. Só que sem falar a verdade. — Mas não é, não. Sim, tenho certeza. — Fico feliz por ela estar falando em minha defesa, ao menos nessa frente. — Tudo bem — diz ela após uma longa pausa, começando a andar pelo corredor novamente. — Eu vou. Prometo. — Ouço ela se afastar, aguardo o som das chaves, a porta do apartamento abrindo e fechando, e então suspiro e saio para o corredor.

A porta dos Estreitos se dissolve atrás de mim enquanto enfio o anel de volta. A saia e a mochila parecem intocadas atrás da mesa, e após alguns passos já me transformei de volta numa aluna júnior comum, do terceiro ano da escola Hyde. O meu reflexo me olha de volta, pouco convincente.

Dá para ver que há algo errado. Sei que ela está usando uma máscara, mas não consigo ver através dela.

Pratico meu sorriso algumas vezes, verificando a máscara para ter certeza de que não apresenta rachaduras antes de seguir pelo corredor e ir para casa.

Naquela noite, armo um espetáculo.

Imagino Da aplaudindo daquele seu jeito lento e preguiçoso enquanto conto para mamãe e papai sobre o meu dia, injetando todo o entusiasmo que consigo em minha voz sem deixar escapar qualquer sinal que os leve a desconfiar em vez de se alegrarem.

— A Hyde é incrível — digo.

Papai se anima.

— Quero saber de tudo.

Então eu lhe conto. Basicamente repito para ele tudo o que está no folheto de propaganda, linha por linha, mas ainda que esteja exagerando um pouco na animação, o sentimento não é de todo falso. Eu *realmente* gostei. E é bom poder contar alguma coisa que pareça verdadeiro, ainda que de modo vago.

— E vocês nunca vão adivinhar quem estuda lá! — digo, roubando uma rodela da cenoura que mamãe está cortando.

— Você pode nos contar no jantar — diz ela, me mandando sair, levando uma pilha de pratos e talheres. — Vá colocar a mesa, primeiro. — Mas está sorrindo ao me dizer isso.

Papai tira uns livros de cima da mesa para que eu possa arrumar os lugares e se acomoda no sofá para assistir o noticiário.

— Quem está fechando a cafeteria hoje de noite? — pergunto.

— Berk está lá.

Berk é o marido de Betty, e Betty é a cuidadora do Nix. Nix é um idoso cego que mora no sétimo andar, de onde não desce por ser cadeirante e não confiar nos instáveis elevadores de metal.

Berk e Betty se mudaram para um dos apartamentos vazios do sexto andar duas semanas depois de Nix finalmente conseguir atear fogo em seu lençol com um cigarro. Fiquei chocada — não devido ao fogo, que era inevitável, mas por eles se mudarem por causa dele, mesmo sem qualquer parentesco. Mas, aparentemente, Nix já fora como um pai para Betty e agora ela estava agindo como filha. É um amor, e tudo deu certo porque Berk — que é pintor — estava em busca de um ajuste social e a mamãe precisava de alguém para ajudar na Bishop's. Ela ainda não tem como pagá-lo, mas parece que ele não se importa. A única coisa que ele pediu foi permissão para pendurar seus trabalhos na parede e colocá-los à venda.

— Vou levar o jantar para ele mais tarde — diz mamãe, separando um prato.

Estou a caminho da mesa com os copos quando a manchete na TV chama minha atenção, e olho por cima do ombro do meu pai para a tela. É a mesma história de hoje de manhã, sobre uma pessoa desaparecida. Um quarto desarrumado aparece na tela, e estou prestes a pedir para meu pai aumentar o volume quando mamãe diz:

— Desliga isso. O jantar está pronto.

Papai desliga a TV obedientemente, mas meus olhos permanecem na tela escura, retendo a imagem do quarto na mente. Parecia familiar...

— Mackenzie — chama mamãe, e eu pisco, perdendo a imagem ao me virar para meus pais, já sentados à mesa. Parece que tinham ficado à espera.

Balanço a cabeça e consigo sorrir.

— Desculpem. Estou indo.

Mas me sentar acaba sendo uma má ideia.

No momento em que me acomodo, sou tomada pelo cansaço e passo o resto do jantar falando aleatoriamente sobre Hyde, apenas para me manter acordada. Assim que os pratos ficam vazios, me recolho para o quarto, usando o dever de casa como desculpa, mas, antes de terminar de ler a primeira página, meus olhos já perdem o foco e as palavras se borram no papel. Experimento ficar de pé ou marcar o ritmo de leitura com uma caminhada, mas minha mente parece ser incapaz de reter qualquer coisa. É como se meus ossos fossem feitos de chumbo.

Meu olhar se volta para a cama. Consigo pensar apenas em me deitar...

O livro me escorrega dos dedos e cai no chão com uma batida leve.

... que vontade de dormir...

Aproximo-me da cama.

... como estou certa de que...

Afasto as cobertas.

... no momento em que deitar...

Me enfio entre os lençóis.

... não vou sonhar com nada.

SETE

O teto está cheio de monstros, e eles estão todos vivos.

Estão pousados sobre as garras de pedra, e os olhos de pedra observam Owen me perseguir pelo labirinto de corpos.

— Pare de correr, senhorita Bishop — diz, sua voz ecoando pelo telhado.

E assim, do nada, o chão de concreto se desfaz sob meus pés e despenco através dos sete andares, cruzando toda a carcaça do prédio até chegar ao saguão do Coronado e tombar no chão com tanta força que meus ossos cantam. Rolo de costas e olho para cima a tempo de ver as gárgulas caindo em minha direção. Levanto as mãos, preparando-me para receber o peso das pedras que nunca chega. Pisco e me vejo dentro de uma jaula feita de pedaços de estátuas quebradas, uma teia de braços, pernas e asas entrecruzadas. E parado bem no meio de tudo está Owen, a faca pendendo dos dedos.

— O Arquivo é uma prisão — diz ele, muito calmo.

Ele se aproxima e eu me levanto às pressas, recuando até encostar nos corpos de pedra. Aqueles membros ganham vida, movendo-se rapidamente, agarrando meus braços e pernas, envolvendo minha cintura. Quanto mais eu resisto, mais me apertam, e meus ossos estalam sob sua força. Mordo os lábios para conter um grito.

— Mas não se preocupe. — Owen passa a mão pela minha cabeça, afundando os dedos no meu cabelo. — Eu vou libertar você.

Ele passa a lateral da faca pelo meu corpo até encostar a ponta entre minhas costelas. Pressiona apenas o suficiente para a lâmina cortar a blusa e espetar a pele, e aperto os olhos com força, tentando me livrar, tentando acordar, mas a mão enfiada nos meus cabelos me segura ainda mais forte.

— Abra os olhos — ordena Owen, ameaçador.

Faço força para abri-los e me deparo com o rosto dele a centímetros do meu.

— Por quê? — digo entre os dentes. — Para que eu possa enxergar a verdade?

Seu sorriso se afia.

— Não — responde ele. — Para que eu possa ver a vida se esvair deles.

E então afunda a faca no meu peito.

Coloco-me sentada no escuro, uma mão agarrando a blusa, a outra apertando a boca para abafar o grito que já havia escapado. Sei que é um sonho, mas é *tão* real. Estou com o corpo todo dolorido devido à queda e à pressão das gárgulas, e o ponto no peito onde a faca perfurou queima com uma dor fantasma.

Meu rosto está molhado — não sei se de suor ou de lágrimas ou de ambos. O relógio mostra 12h45. Dobro os joelhos e apoio a cabeça neles, respirando várias vezes, fundo e devagar.

No minuto seguinte, alguém bate à porta.

— Mackenzie — ouço a voz tranquila do meu pai. Levanto os olhos quando a porta abre e vejo sua silhueta, destacada contra a luz do quarto de meus pais despejada pelo corredor.

Ele se senta na beira da cama e agradeço pela escuridão, que esconde o que quer que meu rosto possa estar demonstrando.

— O que está acontecendo, querida? — murmura ele.

— Nada — respondo. — Me desculpe se eu acordei vocês. Foi só um pesadelo.

— De novo? — pergunta meu pai com delicadeza. Ambos sabemos que isso vem acontecendo com *muita* frequência.

— Não é nada demais — respondo, tentando manter um tom despreocupado.

Ele tira os óculos do rosto e limpa as lentes com a camiseta.

— Sabe o que o Da costumava me dizer sobre pesadelos?

Sei o que Da costumava dizer para *mim*, mas duvido que fosse a mesma coisa para o meu pai, então, nego com a cabeça.

— Ele dizia que não existem pesadelos. Só sonhos. É quando a gente diz que foi um sonho bom ou um pesadelo que damos importância para eles. Sei que isso não ajuda muito, Mac. Sei que é fácil falar essas coisas quando estamos acordados. Mas a verdade é que os sonhos nos pegam despreparados.

Sem sentir confiança para falar, apenas concordo com a cabeça.

— Você gostaria de... conversar com alguém sobre isso? — Ele não quer dizer conversar com ele ou com mamãe. Está falando de um terapeuta. Como Colleen. Mas já tenho gente mais do que suficiente querendo entrar na minha cabeça no momento.

— Não. Sério, estou bem.

— Tem certeza?

Concordo com a cabeça mais uma vez.

— Pode acreditar.

Sinto meu coração apertado, pois vejo nos olhos do meu pai que ele quer acreditar, mas não consegue. Da costumava dizer que mentir é fácil, mas confiar, não. A confiança é como a fé: pode levar as pessoas a crer, mas, quando é perdida, torna-se cada vez mais difícil de ser reconquistada. Passei os últimos quatro anos e meio — desde que me tornei uma Guardiã — tentando manter a confiança dos meus pais, observando-a pouco a pouco ser substituída pela dúvida. E a dúvida, advertia Da, é como uma corrente contra a qual temos que nadar, uma coisa que vai sugando nossas forças.

— Bom, se você mudar de ideia... — começa ele, levantando devagar.

— Eu te aviso — concluo, observando-o sair.

Ele tem razão. Preciso falar com alguém. Mas não com Colleen.

Ouço seus passos se afastando depois que fecha a porta, e o murmúrio da voz de minha mãe quando ele chega de volta ao quarto. Espero todo o apartamento ficar silencioso e escuro; só quando tenho certeza de que adormeceram eu me levanto, me visto e me esgueiro para fora de casa.

Sinto um arrepio ao entrar no Arquivo.

Meu sono não foi a única coisa afetada pelo recente ataque de Owen e Carmen. O Arquivo também mudou. Sempre foi marcado pelo silêncio, mas a ausência de ruído costumava ser tranquilizadora. Agora parece haver uma tensão reprimida. O silêncio está mais pesado, imposto por vozes sussurrantes e olhares atentos. As enormes portas atrás da antecâmara foram pregadas para trás como asas de borboleta, mantidas abertas para assegurar a visibilidade total das novas sentinelas, recém-instaladas, e para que tenham acesso imediato ao átrio e à rede de corredores logo depois. As duas figuras são o acréscimo mais chocante — e mais pavoroso. Vestidas solenemente de preto, uma de cada lado da entrada para o Arquivo. As sentinelas são Histórias, como todos os demais que trabalham no interior das paredes do Arquivo; mas, diferente dos Bibliotecários, não carregam chaves douradas e tampouco parecem estar totalmente *despertas*.

Roland me contou que foram colocadas em cada divisão de sua jurisdição, ainda que ele próprio não tenha qualquer autoridade sobre a presença deles. A ordem para aumentar a segurança veio de um escalão ainda mais alto. Desconfio que isso signifique ter sido uma determinação de Agatha.

Agatha, a assessora que eu *nunca mais vi* desde o interrogatório, mas cuja presença parece assombrar o lugar da mesma maneira que Owen me assombra.

Roland não gostou nada daquilo. Até onde posso ver, ninguém gostou. Os Bibliotecários não estão acostumados a se sentir observados. Agatha pode alegar que as sentinelas estão lá para o caso de surgir outro Owen, mas a verdade é que também estão lá para o caso de surgir outra *Carmen*. Uma coisa é ser traído por um traidor já conhecido. Outra é ser traído por alguém que se imaginava ser um fiel servidor.

Os olhos das sentinelas me seguem conforme entro na antecâmara.

Faço força para passar sem olhar para elas; não quero que percebam os arrepios que me provocam. Em vez disso, foco na mesa e no meu alívio ao ver Lisa sentada do outro lado, com o cabelo chanel preto e os óculos verdes com armação de chifre. Ultimamente, cada vez que entro lá, é como uma aposta. Serei recebida pelo cinza calmo dos olhos de Roland ou pelo sorriso tímido de Lisa? Ou irei me deparar com o olhar reprovador de Patrick? Ou será que a própria Agatha estará à espera?

Esta noite, porém, dei sorte e encontrei Lisa. Ela está com a cabeça inclinada sobre o livro-caixa do Arquivo e posso apenas especular sobre *para quem* ela estará escrevendo. O livro que fica sempre sobre a mesa tem uma página para cada Guardião e uma para cada membro da Equipe da divisão; é a contraparte do papel no meu bolso e sua grossura, um estranho lembrete de que, mesmo embora com frequência eu me sinta sozinha, não estou verdadeiramente só. Sou apenas uma página de um livro velho e grosso.

Lisa para de escrever e me fita por tempo suficiente para perceber meus olhos cansados. O desgaste das últimas semanas também aparece no rosto dela, pelo jeito como seus olhos se apertam ao encarar as figuras atrás de mim antes de se voltarem para mim mais uma vez. Ela me faz um aceno com a cabeça e diz apenas:

— Ele está no átrio, mais para o fundo.

Abençoada seja por não me deixar plantada lá e me obrigar a falar o que vim dizer na frente das sentinelas — podem parecer estátuas, mas sem dúvida ouvem e veem tudo o que acontece por lá, mantendo Agatha diretamente informada.

Murmuro um *obrigada* e contorno a mesa, atravessando o arco e entrando no átrio. A sala central continua imensa como sempre, com o teto alto abobadado; os vitrais como os de uma igreja, preenchida por fileiras de estantes em lugar de bancos — dez corredores que se ramificam como raios.

Atravesso o vasto salão em silêncio e encontro Roland escondido entre duas fileiras; os tênis vermelhos de cano alto como uma mancha de cor sobre o piso claro. Está de costas para mim, a cabeça inclinada, observando uma pasta. Os ombros estão tensos e percebo, por sua imobilidade, que parou de examinar a página e agora olha para além dela, perdido em pensamentos.

Eu tive quatro anos e meio para estudar as posturas e humores de Roland, desde que Da me ofereceu aos cuidados dele e ele aceitou. Sua constância — a constituição alta, magra e inalterável — tem sido um conforto desde sempre, mas agora é também um lembrete sobre o que ele é. O Arquivo nos diz que os Bibliotecários não envelhecem desde que estejam aqui dentro, a suspensão da idade sendo uma troca pelo seu tempo e serviço. Até algumas semanas atrás, eu engolia essa. Foi então que Carmen me contou a verdade: Roland, assim como cada um dos outros Bibliotecários no Arquivo, não vem do Exterior, mas de dentro das prateleiras. São todos Histórias de antigos Guardiões e membros da Equipe, retiradas de seu sono eterno para voltarem ao serviço. Para mim, ainda é muito difícil acreditar que ele esteja *morto*.

— Senhorita Bishop? — diz Roland, sem levantar os olhos. — Você deveria estar na cama. — Sua voz é suave, mas mesmo sussurrando, posso perceber uma cadência peculiar. Ele fecha a pasta antes de se virar para mim. Os olhos cinzentos percorrem meu rosto, e ele franze a testa. — Continua tendo insônia?

Dou de ombros.

— Hã, talvez eu só queira te contar sobre o meu primeiro dia na escola.

Ele abraça a pasta junto ao peito.

— E como foi? Aprendeu alguma coisa útil?

— Aprendi que Wesley Ayers também estuda lá.

Ele levanta uma sobrancelha.

— Achei que você já soubesse disso.

— É, pois é... — digo, soltando um bocejo sem querer.

— Faz quanto tempo, Mackenzie?

— Quanto tempo o quê?

— Desde que você dormiu — pergunta, olhando sério para mim. — Dormiu de verdade.

Passo a mão pelo cabelo e calculo quanto tempo passou desde que uma História rebelde de um falecido membro da Equipe me enganou, conquistou minha confiança para roubar minha chave e me jogar numa sala dos Retornos, apunhalou Wesley, tentou me matar e quase conseguiu (com a ajuda de uma Bibliotecária) colocar abaixo toda aquela divisão do Arquivo.

— Três semanas, dois dias e seis horas.

— Desde Owen — diz Roland.

Assinto e repito:

— Desde Owen.

— Dá para ver.

Eu baixo a cabeça. Venho fazendo muito esforço para esconder, mas sei que ele tem razão. E, se ele consegue perceber, Agatha também consegue.

Minha cabeça começa a doer.

Roland estica o pescoço, olhando para o vitral que corta a parte mais alta das paredes e vai subindo como fumaça para o teto. O Arquivo está sempre claro, iluminado por uma fonte invisível, mas a luz se movendo fora das janelas é uma ilusão, uma maneira de sugerir mudanças num mundo estático. Neste momento, as janelas estão escuras, e me pergunto se Roland vê alguma coisa nelas que eu não vejo, porque, quando seus olhos se voltam para os meus de novo, ele diz:

— A gente tem algum tempo.

— Para quê? — pergunto, mas ele já está indo embora.

— Venha comigo.

OITO

Tenho treze anos e estou coberta de sangue, sentada de pernas cruzadas na mesa de uma sala asséptica. Sou Guardiã há menos de seis meses e não é a primeira vez que venho parar na ala médica do Arquivo. Roland está afastado, braços cruzados sobre o peito, enquanto Patrick prepara uma compressa gelada.

— Ele tinha duas vezes o meu tamanho — digo, segurando um pano cheio de sangue sobre o nariz.

— Como todo mundo, não? — pergunta Patrick. Ele está nesta divisão há poucas semanas. Não gosta muito de mim.

— Você não está ajudando — diz Roland.

— Achei que fosse exatamente isso o que eu estivesse fazendo — responde Patrick. — Ajudando. Você me pediu um favor, e aqui estou, remendando seu projetinho de estimação, fora dos registros.

Murmuro algo desagradável por trás do pano, uma das muitas frases que peguei do Da. Patrick não me ouve, mas Roland sim, porque levanta uma sobrancelha.

— A senhorita Bishop — diz ele, dirigindo-se a Patrick — é uma de nossas Guardiãs mais promissoras. Não estaria aqui se o conselho não tivesse votado por sua aceitação.

Patrick lança um olhar crítico para Roland.

— O conselho votou ou você votou?

Roland aperta os olhos cinzentos de leve.

— Eu gostaria de lembrá-lo de com quem você está falando.

Patrick bufa de leve e volta a prestar atenção em mim, tirando o pano das minhas mãos para examinar o estrago, olhando por cima dos óculos. A dor é quase insuportável, mas tento não demonstrar quando ele pressiona a compressa de gelo contra o meu rosto e volta a colocar minha mão sobre ela.

— Você tem sorte de não ter quebrado — diz, tirando as luvas de plástico.

Roland pisca.

— Nossa garota é feita de ferro.

Sorrio por trás da compressa. Gostei da ideia. Ser uma garota de ferro.

— Cabeça-dura — diz Patrick. — Mantenha o gelo no lugar e veja se não leva outro soco na cara.

— Vou me esforçar — respondo, as palavras abafadas sob a compressa. — Mas é tão divertido!

Roland segura o riso. Patrick guarda suas coisas e sai, resmungando alguma coisa entre os dentes que soa como "inútil". Observo ele ir embora.

— Você jogou os braços para cima quando a História desferiu o soco — diz Roland, soando despreocupado. — Foi isso que aconteceu?

Olho para o chão e concordo em silêncio. Eu deveria ter me defendido melhor. Da me ensinou a fazer melhor, mas é como se tivessem sido duas lições diferentes — uma no treino e outra para valer —, e eu não estava pronta. Da disse que os movimentos certos devem ser como reflexos: não apenas aprendidos, mas incorporados, e agora vejo o porquê. Não houve tempo para pensar, apenas para agir. Reagir. Meus braços vieram para cima, o soco da História os acertou e os braços acertaram meu rosto. Sinto o calor subir, mesmo sob a compressa de gelo.

— Desça daí — diz ele, descruzando os braços. — E me mostre o que você fez.

Desço da mesa e coloco a compressa de lado. Roland dá um soco, quase em câmera lenta, e levanto os braços com os pulsos cruzados. Seu punho se apoia de leve contra eles e ele me examina por cima de minhas mãos levantadas.

— Não há posição para atacar nem para defender. O pior que você pode fazer numa luta é ficar parada. Quando alguém ataca, a pessoa cria força, movimento, impulso, mas você continua bem desde que possa ver e sentir a direção dessa força, para poder acompanhá-la. — Ele aumenta o peso do punho, mudando de lado enquanto se inclina para a frente. Eu me movo para o mesmo lado e de volta, e seu punho é desviado. Ele concorda com a cabeça. — Isso aí. Agora, é melhor colocar esse gelo de volta no rosto.

Passos ecoam pelo corredor do lado de fora da sala e os olhos cinzentos de Roland se voltam para a porta.

— Preciso ir — digo, levando a compressa gelada comigo. Porém, quando chego à porta, hesito. — Você está arrependido? — pergunto. — Por ter votado para eu ser aceita?

Roland cruza os braços sobre o peito.

— Nem um pouco — responde com um sorriso. — Você deixa as coisas muito mais interessantes.

— Aonde estamos indo? — pergunto, ofegante. Roland não responde, só me conduz pela galeria até o sexto corredor que começa no átrio. O Arquivo é uma rede de espaços descontínuos, que se ramificam e se cruzam num sistema que apenas os Bibliotecários parecem ser capazes de compreender. Cada vez que sigo alguém pelo labirinto, tenho que me esforçar para não me perder enquanto vou registrando cada curva. Mas, essa noite, em vez de me levar por um caminho tortuoso entre diferentes andares, corredores e salas, Roland segue em linha reta, direto para o fim do longo corredor, até chegarmos a um conjunto menor de portas, lá no final.

Acabamos saindo em outra passagem, muito mais curta, estreita e mal-iluminada. Ele hesita, olha em volta e fica ouvindo para ter certeza de que estamos sozinhos.

— Onde estamos? — pergunto, quando fica claro que não há mais ninguém ali.

— Aposentos dos Bibliotecários — responde, antes de começar a andar de novo. No meio do corredor, para diante de uma porta simples, de madeira escura. — Aqui vamos nós.

A porta se abre para um quarto aconchegante, com paredes listradas de cor clara, pouco mobiliado: tem um sofá-cama, uma poltrona de couro baixa e uma mesinha. Música clássica toca baixo, saindo de um aparelho na parede. Roland se move pelo interior apertado com a familiaridade de quem conhece cada centímetro do lugar.

Ele vai até a mesa, onde casualmente deixa a pasta e tira algo brilhante do bolso. Passa o polegar sobre a superfície uma vez antes de colocá-lo sobre a mesa. O gesto é, ao mesmo tempo, rotineiro, gentil e reverente. Quando afasta a mão, vejo que é um relógio de bolso de prata. É antigo, e não consigo controlar meus batimentos ao pousar os olhos sobre aquilo.

Os únicos objetos que entram no Arquivo chegam com os corpos das Histórias. Ou Roland tirou o relógio de um corpo ou ele veio junto do seu próprio.

— Não funciona mais — diz Roland, percebendo meu interesse. — Não aqui. — Ele aponta para o sofá-cama. — Sente-se.

Afundo na almofada macia e passo a mão pelo cobertor preto dobrado ao meu lado sobre a cama.

— Eu não sabia que você precisava dormir — digo, pouco à vontade. Ainda é difícil processar a ideia de que ele não... está vivo.

— A necessidade é uma coisa estranha — responde enquanto arregaça as mangas metodicamente. — O ato de precisar de coisas físicas faz com que nos sintamos humanos. A ausência disso faz com que a sensação diminua. Eu não durmo, não, mas descanso. Sigo conforme o ritmo. Isso me traz mais alívio psicológico do que físico. Agora, tente descansar um pouco.

Balanço a cabeça, mesmo meu corpo implorando para que eu me deite.

— Não consigo — digo em voz baixa.

Roland se senta na poltrona baixa diante de mim, a chave dourada do Arquivo brilhando sobre a camisa. As chaves dos Guardiões destrancam as portas dos Estreitos, as da Equipe abrem atalhos para o Exterior, as chaves do Arquivo abrem as Histórias, ligando-as ou desligando-as como aparelhos, não como pessoas. Eu me pergunto como seria desligar uma vida simplesmente girando um objeto de metal. Lembro-me de Carmem estendendo a dela para mim, lembro-me do formigamento que tomou conta da minha mão quando tentei segurá-la.

— Senhorita Bishop — chama Roland, sua voz chamando minha atenção. — Você precisa tentar.

— Não acredito em fantasmas, Roland. Mas é como se ele estivesse me assombrando. Sempre que fecho os olhos, ele está lá.

— Ele se foi — é tudo o que Roland diz.

— Você tem certeza? — pergunto num sussurro, pensando no medo e na dor que me acompanham, vindos dos meus pesadelos. — É como se fosse uma parte dele que enfia as unhas na minha cabeça e me segura. Eu o vejo quando fecho os olhos, e ele parece tão *real*... é como se eu fosse acordar e ele fosse continuar comigo.

— Bem — diz Roland. — Se você dormir, eu fico de olho nele.

Dou uma risada triste, mas não me deito. Preciso contar a ele sobre os apagões. Seria tão mais fácil *não* contar — já está preocupado e isso só vai piorar as coisas —, mas preciso saber se estou me perdendo e, como sou eu a atormentada por pesadelos e esquecimentos, não acho que seja a melhor pessoa para avaliar.

— Aconteceu uma coisa hoje — digo em voz baixa — nos Estreitos.

Roland junta a ponta dos dedos.

— Diga-me.

— Eu... eu perdi tempo.

Ele se inclina para frente.

— O que você quer dizer?

— Eu estava caçando, e... foi como se eu apagasse. — Giro o pulso machucado. — Eu estava acordada, mas num minuto eu estava num lugar e, no seguinte, estava em outro, e não consegui lembrar-me de como cheguei lá. Como se tivesse dado um branco. Mas, então, tudo voltou — acrescento — depois que me acalmei.

Não menciono como a memória estava instável e como tive que me esforçar para recuperá-la.

Os olhos cinzentos de Roland escurecem.

— Foi a primeira vez?

Respondo baixando os olhos para o chão.

— Quantas outras? — pergunta ele.

— Só uma. Faz umas duas semanas.

— Você deveria ter me contado.

Levanto os olhos.

— Não achei que fosse acontecer de novo.

Roland se levanta e começa a caminhar. Ele deveria dizer que vai ficar tudo bem, mas não se dá ao trabalho de mentir. Pesadelos são uma coisa; apagar no meio do trabalho é outra. Ambos sabemos o que acontece a um membro do Arquivo quando é considerado inadequado. Aqui não há nada similar a uma licença médica.

Olho para o teto de cor creme.

— Quantos Guardiões já ficaram malucos? — pergunto.

Roland balança a cabeça.

— Você não está ficando maluca, Mackenzie.

Olho desconfiada para ele.

— Você passou por muita coisa. Isso que está acontecendo com você parece um trauma residual combinado com fadiga extrema e, junto com o influxo de adrenalina, está provocando uma espécie de visão de túnel. É uma reação possível.

— Não me importo se é possível. Como posso ter certeza de que não vai acontecer de novo?

— Você precisa descansar. Precisa *dormir* — diz, uma nota de desespero transparecendo na voz conforme ele afunda de volta na poltrona. Seus olhos cinzentos estão preocupados, uma versão mais tênue do medo que os atravessou quando Agatha me chamou para ser avaliada pela primeira vez. — Tente, por favor.

Hesito, mas enfim concordo, tiro os sapatos e me acomodo no sofá-cama, deitando a cabeça no cobertor dobrado. Pergunto-me se também devo contar para ele que acho que estou sendo seguida, mas não consigo fazer as palavras saírem.

— Você já se arrependeu? — pergunto. — Por ter votado para eu ser aceita?

Ele contrai a boca, mas não ouço a resposta porque meu corpo já me trai, arrastando-me para o sono.

Quando acordo, o quarto está vazio, e, por uma fração de segundo, não consigo lembrar onde estou ou como cheguei ali. Porém, quando ouço a música clássica tocando ao fundo, saindo do aparelho na parede, lembro-me de que estou no Arquivo, nos aposentos de Roland.

Pisco com força para afastar o sono, maravilhada pelo fato de que o sono de fato se vai. Sem sonhos. Sem pesadelos. Pela primeira vez em dias. Semanas. Deixo escapar uma risada rápida, sem fôlego. Meus olhos ardem de puro alívio devido a algumas horas de sono sem Owen e a faca.

Dobro o cobertor que Roland me emprestou e o coloco de volta no canto do sofá antes de me levantar. Desligo a música ao atravessar o espaço que lembra um claustro. Atrás de uma porta deixada aberta na parede oposta, encontro diversas versões do uniforme que ele mesmo se atribui: calças e suéteres, camisas abotoadas. Olho em volta, procurando um relógio, mesmo desconfiando que não há nenhum. Encontro o relógio de bolso de prata em cima da mesa. Não funciona, mas não resisto a casualmente estender a mão para pegá-lo, quando minha atenção é desviada para uma gaveta logo abaixo.

Está entreaberta, o suficiente apenas para que eu veja outro brilho de metal e, quando seguro a gaveta com as duas mãos e a puxo — a madeira murmura suavemente —, encontro duas moedas de prata gastas e uma caderneta menor que a palma da minha mão. Eu a tiro da gaveta. As bordas do papel estão amareladas e frágeis, e, quando abro a capa, vejo uma data escrita com caligrafia elegante no canto inferior.

1819

As páginas seguintes estão cobertas de anotações, pequenas e antigas demais para serem legíveis, e, em meio às notas, desenhos feitos a lápis. Uma fachada de pedra. Um rio. Uma mulher. O nome *Evelyn* cobre sua garganta com uma letra caprichada.

O diário canta sob meus dedos, repleto de lembranças, e hesito em guardá-lo de volta. Roland sempre foi um mistério. Nunca quis falar da vida que deixou para trás, para a qual costumava dizer que voltaria quando completasse o serviço. Mas agora sei que não deixou uma vida para trás, não de propósito, e que jamais vai voltar a ela.

A pergunta "quem é Roland?" virou "quem *foi* Roland?" e, antes que possa me conter, fecho os olhos e busco o fio da memória deixado na caderneta. Quando encontro a ponta, o tempo volta. Vai se desdobrando, e ondas escuras desenham um beco à noite: um Roland jovem e borrado de pé sob a luz trêmula de um poste. A caderneta está aninhada numa das mãos enquanto ele desenha as sombras do cabelo da mulher com um toco de lápis e segura a página oposta com o polegar. Enquanto desenha, letras se formam no papel. Um nome. Ele fecha o caderno e consulta o relógio de bolso, as três linhas da Equipe espalhando-se como uma sombra pela parte interna do pulso.

O som de vozes me afasta da lembrança e coloco a caderneta de volta na gaveta no momento em que a porta range de leve com o peso de alguém, mas não se abre.

Prendo a respiração ao fechar a gaveta devagar e me aproximar da porta e das vozes do outro lado. Quando encosto a orelha nela, ouço sua voz melodiosa e apenas o contorno suave do tom de voz calmo de Lisa. Sinto um aperto no peito ao perceber que estão falando de *mim.*

— Não — diz Roland, em voz baixa —, eu entendo que não é uma solução permanente. Mas ela só precisa de tempo. E de descanso — acrescenta. — Ela passou por muita coisa.

Outro murmúrio.

— Não — responde Roland. — Ainda não chegou a isso. E não vai chegar.

Afasto-me da porta enquanto sua voz ecoa.

— Eu sei, eu sei.

Quando Roland volta para o quarto, estou sentada no chão, calçando os sapatos.

— Senhorita Bishop, como está se sentindo?

— Novinha em folha — respondo e fico de pé. — Por quanto tempo fiquei fora de área?

— Quatro horas.

Quatro horas, e quero chorar. Quão melhor eu estaria me sentindo se tivessem sido oito?

— É incrível — digo. — A diferença. Livre de Owen por uma noite inteira.

Roland cruza os braços e baixa os olhos para eles.

— Você poderia se livrar dele por mais tempo. — diz ele, levantando os olhos cinzentos. — Não precisa viver com isso, com o peso de tudo pelo que passou. Existem opções. Alterações...

— *Não.* — *Alterações.* A palavra que o Arquivo usa quando raspa as memórias da mente de alguém, deixando a vida da pessoa cheia de furos. Penso em Wesley, com um dia de sua vida perdido. Penso em sua tia-avó, Joan; anos de vida arrancados quando se aposentou, apenas como *precaução.*

— Senhorita Bishop — insiste Roland, percebendo meu desgosto —, as alterações não são feitas apenas nas pessoas que saem ou que precisam ser mantidas alheias à existência do Arquivo.

— Não, são também para quem é considerado inadequado...

— E para quem *quer* esquecer — retruca Roland. — Não há vergonha nisso, Mackenzie. Querer se livrar de certas lembranças. Das ruins.

— Das ruins? — repito. — Roland, elas estão todas emaranhadas. Não é essa a ideia? A vida é confusa. E mesmo que não fosse, eu já tinha dito que não. — A verdade é que não confio neles para interromperem as lembranças que não desejo. Ainda que confiasse, seria como se estivesse fugindo. Preciso lembrar. Nós já conversamos sobre isso.

— Sim, conversamos, quando você estava apenas querendo se livrar dos pesadelos. Mas se você continuar a ter esses apagões...

— Então cuidaremos disso — respondo, deixando claro que essa conversa chegou ao fim.

Seus ombros caem, os braços pendendo junto ao corpo.

— Muito bem. — Ele pega o relógio de prata da mesa e o coloca de volta no bolso. — Vamos lá, vou te mostrar o caminho. — Enquanto vou atrás dele, percebo que os corredores não parecem se mover em torno de nós. Diferente dos corredores tortuosos entre as estantes, o caminho até os aposentos dos Bibliotecários é uma linha reta e contínua.

Chegamos à mesa da recepção e me incomoda ver Patrick sentado lá. Seus olhos brilham, frios atrás da moldura escura dos óculos, e ele aperta os lábios, formando uma linha fina. Roland antecipa algum comentário e fala primeiro:

— Veio ao meu conhecimento que o antecessor da senhorita Bishop não a preparou adequadamente antes de falecer.

— Não me diga — diz Patrick. — O que exatamente está lhe faltando?

Franzo a testa. Ninguém gosta de que falem de nós como se não estivéssemos na sala, especialmente quando o assunto da conversa são nossas deficiências.

— Tranquilidade — diz Roland. — Ela é mais do que competente em se tratando de combate, mas falta-lhe a paciência e o controle da energia advindos do treinamento adequado.

— E como você planeja auxiliá-la?

— Meditação — responde Roland. — Vai ajudá-la, de qualquer modo, quando entrar para a Equipe e...

— *Se* entrar para a Equipe — corrige Patrick, mas Roland continua.

— ... e, como ela aprende depressa, não deverá levar muito tempo até que pegue o jeito. Enquanto isso, quando ela aparecer, mande-a de volta. — Ele endireita o corpo e fala, do alto de sua estatura: — E faça isso sem interrogatórios, por favor. Eu gostaria de aproveitar ao máximo o tempo de *todos*.

Às vezes, esqueço que belo mentiroso é o Roland.

Patrick nos observa, nitidamente tentando identificar o ardil, mas, ao fim, simplesmente torce a boca num sorriso maldoso, os olhos em mim enquanto se dirige a Roland.

— Se você acha que consegue ensinar a senhorita Bishop a ser mais silenciosa e calma, para variar, então eu lhe desejo toda a sorte do mundo.

Mordo a língua e Roland nos cumprimenta com a cabeça para logo sumir de volta pelo átrio, deixando-me sozinha com as sentinelas e com Patrick, que me avalia com frieza. Nenhum de nós dois esqueceu de que foi ele o primeiro a convocar a Agatha. De que fez uma petição para que eu fosse removida. Agora não diz nada, não até eu passar pelas duas sentinelas e enfiar minha chave na fechadura da porta do Arquivo. Só então Patrick acrescenta em voz baixa, mas audível:

— Durma bem.

Estou a meio caminho de minhas portas numeradas, tentando engolir o gosto ruim que Patrick sempre deixa na minha boca, quando meus olhos encontram uma marca de giz na parede.

Não está numa das portas, mas num trecho de pedra escura. Eu a deixei ali há duas semanas e meia para marcar o ponto onde aconteceu. Alguns dias eu passo direto por ali, mas em outros, paro e me forço a lembrar. Para *reviver*. Roland ficaria furioso. Sei que eu deveria seguir em frente, fazer todo o possível para deixar essa lembrança para trás ou permitir que o Arquivo a tirasse de mim, mas não posso. Já está entranhada em minha mente de várias maneiras, tudo misturado, e preciso lembrar — não as distorções horrendas que se seguiram, mas o que aconteceu de verdade. Preciso lembrar para que isso me deixe melhor, mais forte. Da dizia que os erros eram inúteis se a gente tentasse esquecê-los. É preciso lembrar e aprender.

Arrasto a mão pela parede e praticamente nem é preciso tocá-la para que as lembranças disparem pelos meus dedos. Eu as rebobino, faço com que minha memória recue até chegar àquele dia — e mesmo além, através da luz ofuscante da porta dos Retornos, pelos nossos corpos engalfinhados, pela chave, e por todo o percurso de volta até aquele momento em que acreditei que tivesse uma chance. Sei exatamente onde está e quando parar, já que assisti a cena inúmeras vezes, estudando sua força e minha fraqueza. Assistindo a minha derrota.

Forço a lembrança a parar e a mantenho ali, um segundo antes de começar a luta. A mão de Owen esticada quando pede o fim da história; minha mão prestes a pegar a faca oculta. Sei o que vai acontecer.

E então acontece.

Nenhum som, nenhuma cor, apenas um movimento borrado quando tento pegar a faca junto à minha perna e Owen dá o bote. Antes que a lâmina chegue ao peito dele, sua mão se fecha no meu pulso. Ele a golpeia na parede, forçando o corpo contra o meu.

A dor fantasma se infiltra em meus dedos enquanto o vejo apertar com mais força. A faca despenca no chão. Tento me soltar, em vão, quando ele recupera a lâmina e gira meu corpo de encontro ao seu, o metal brilhante encostado sob meu queixo.

Ele libera o último pedaço da história — e, com isso, o último pedaço de sua chave — de dentro do meu bolso e me joga para longe, para poder juntar as peças. Não corro. Não faço nada, apenas fico parada, olhando e segurando meu pulso quebrado. Porque ainda acho que vou vencer.

Ataco e consigo mandar a faca para longe, deslizando pela escuridão — consigo até mesmo jogar Owen para trás também. Mas ele volta a se levantar, segura minha perna e me joga no chão duro novamente. Eu me encolho de dor, lutando para conseguir que o ar volte para os meus pulmões.

Agora está claro que Owen estava brincando comigo.

Minha recuperação é muito lenta, mas ele espera eu ficar de pé. Quer que eu acredite que, se eu conseguir me levantar, ainda tenho uma chance.

Mas quando finalmente reúno forças, ali está ele: rápido demais, um borrão que me pega pelo pescoço e me empurra contra a porta mais próxima. Eu me vejo engasgar com sua mão na minha garganta, tirando a chave do meu pulso com a outra mão, arrebentando o cordão com um único puxão. Destranca a porta atrás de mim e nós dois somos cobertos pela intensa luz branca. Vejo ele se inclinar para dentro, seus olhos se moverem, e não preciso de som para saber o que está dizendo. Lembro perfeitamente.

— Sabe o que acontece com uma pessoa viva nos Retornos?

É o que sai do movimento de seus lábios. E quando não respondo — não tenho como responder —, ele acrescenta "nem eu" e me empurra de costas para dentro da luz ofuscante, fecha a porta e se vai.

Minha mão escorrega pela parede. Uma dormência já familiar toma conta de mim na esteira da memória.

O Owen dos meus pesadelos aparece a cores e com som, e, mesmo sabendo que estou sonhando, parece insuportavelmente real, aqui e agora, aterrorizante. Mas, ao nos observar assim, não sinto nenhum medo. Frustração, raiva e arrependimento, talvez, mas nenhum medo. Essa cena está desbotada e cinza, como num filme antigo, tão obviamente um lampejo do passado. Nem parece ser o *meu* passado, mas algo que pertence a outra pessoa. Alguém mais fraco.

Penso na oferta de Roland — de deixar o Arquivo para lá e apagar tudo aquilo que Owen tocou e arruinou — e não consigo não pensar em como eu me sentiria a respeito dele depois disso. Se ele fosse apenas isso, uma lembrança na vida de outra pessoa, será que ainda poderia me ferir enquanto durmo? Ou eu estaria livre?

Afasto o pensamento. Eu não vou fugir. Não é assim que me libertarei. E jamais vou permitir que o Arquivo entre na minha cabeça — tão fácil seria para eles apagarem outras partes de mim. Apagar tudo.

Preciso lembrar.

NOVE

Pego o livro jogado no chão do quarto e consigo terminar a leitura para a aula de Governo quando o sol da manhã de quinta-feira começa a despontar no horizonte. *Pelo menos estará tudo bem fresco na minha cabeça*, penso enquanto arrumo a mochila. Contanto que consiga encarar três capítulos de Teoria da Literatura e uma seção de Pré-Cálculo durante o almoço, conseguirei não ficar para trás no *segundo dia* de escola.

Papai bate na porta, curto e grosso:

— Hora de levantar!

Faço o possível para soar com voz de sono quando respondo e fecho o zíper da mochila. Estou no meio da sala quando a TV chama minha atenção. É a *mesma* história. Só que, dessa vez, além da foto da sala destruída, aparece uma chamada em destaque na base da tela.

Desaparecido o juiz aposentado Phillip

Uma foto aparece ao lado da cara do âncora e sinto um peso afundar na minha barriga. Agora eu reconheço a sala, porque *conheço* o homem de quem estão falando.

Eu o conheci há dois dias.

O senhor Phillip gosta de manter as coisas arrumadas.

Percebo isso mesmo antes de entrar no apartamento. O tapete de boas-vindas está alinhado, os vasos na varanda estão distribuídos simetricamente, e, quando ele abre a porta, dá para ver a organização continuar pelo interior, a começar por um par de sapatos lado a lado, os cadarços desamarrados.

— Você deve ser da Bishop's — diz ele, apontando para a caixa sob meu braço. Tem um B em azul escrito em letra cursiva na tampa. Até o início do período letivo, mamãe me colocou para fazer entregas, como pagamento pela bicicleta nova. Não que eu me importe. O ar fresco me ajuda a ficar acordada e as pedaladas me ajudam a conhecer a disposição das ruas da cidade, que, por sua vez, nada tem de ordenado aqui na periferia, formando um emaranhado tortuoso de bairros, prédios e parques.

— Sim, senhor — digo, estendendo a caixa. — Uma dúzia de *cookies* com gotas de chocolate.

Ele concorda com a cabeça e pega a caixa, mexendo no bolso de trás e franzindo ligeiramente a testa.

— Devo ter deixado a carteira na cozinha — explica. — Pode entrar.

Hesito. Cresci aprendendo a não aceitar doces de estranhos, entrar em carros desconhecidos ou seguir homens mais velhos para dentro de casa, mas o senhor Phillip não me parece lá uma ameaça. Mesmo que seja, aposto que sou páreo para ele.

Giro os pulsos, ouvindo os ossos estalarem quando passo pela porta. O senhor Phillip já está na cozinha — limpa o suficiente para eu achar que nunca é usada —, ajeitando os biscoitos num prato. Ele inclina-se e, quando sente o cheiro deles, seus olhos se entristecem.

— Alguma coisa errada? — pergunto.

— Não é a mesma coisa — responde em voz baixa.

E me conta sobre a esposa, que faleceu. E sobre como, antes disso, a casa sempre parecia ter cheiro de biscoitos. Ele nem gosta muito de comê-los. Apenas sente falta do cheiro. Só que não é a mesma coisa.

Ficamos parados em sua cozinha nunca usada e não sei o que fazer. Parte de mim deseja que o senhor Phillip jamais tivesse me convidado para entrar, porque não preciso de seus sentimentos somando-se aos meus. Mas cá estou, aqui e agora, e posso melhorar as coisas para ele, ou pelo menos juntar algumas peças de volta. Por fim, estendo minha mão.

— Me dê a caixa — digo.

— Perdão?

— Aqui — digo, pegando a caixa vazia de sua mão e entornando o prato de biscoitos de volta dentro dela. — Eu já volto.

Uma hora depois, lá estou eu de novo e, em vez da caixa, trago uma embalagem de *Tupperware* cheia de massa de biscoito: o suficiente para uma dúzia. Mostro para ele como aquecer o forno, derramo algumas porções de massa numa forma e a coloco dentro do forno. Ligo o temporizador e digo para o senhor Phillip me acompanhar para fora.

— O senhor vai sentir o cheiro melhor — digo — quando voltar a entrar.

Ele parece muito emocionado.

— Como é seu nome? — pergunta, do lado de fora da casa.

— Mackenzie Bishop — digo.

— Você não precisava fazer isso, Mackenzie — diz ele.

Dou de ombros.

— Eu sei.

Da não iria gostar. Ele não era fã de olhar para trás, não quando o tempo ainda estava correndo, e sei que, no final do dia, não terei feito mais nada além de dar a um homem, numa cozinha vazia, um jeito de se prender ao passado. Mas gente como eu pode esticar o braço e tocar nas lembranças apenas com a ponta dos dedos, então não podemos criticar ninguém por querer lembrar também.

A verdade é que eu sei como é. Se alguém pudesse me devolver a maneira como nossa casa era quando Ben estava lá, mesmo que fosse apenas uma pontinha, eu daria qualquer coisa para essa pessoa. As pessoas são feitas de tantos pequenos detalhes. Alguns, como o cheiro de biscoitos no forno, nós podemos recriar. Ou pelo menos tentar.

O temporizador apita dentro da casa. O senhor Phillip abre a porta, respira fundo, e sorri.

— Perfeito.

O senhor Phillip gostava de manter as coisas arrumadas. Mas, na tela, seu apartamento está uma bagunça. A sala é a que eu vi ao passar da porta de entrada para a cozinha, uma sala aberta, com uma parede de janelas que dava para um pequeno e imaculado jardim. No entanto, agora o vidro está estilhaçado, a sala, destruída, e o senhor Phillip, desaparecido.

Aumento o volume, e a voz do repórter toma conta da sala.

— Um reconhecido servidor público, recentemente aposentado, o juiz Gregory Phillip foi considerado desaparecido e potencial vítima de sequestro.

— Mackenzie — interrompe meu pai, entrando na sala bruscamente. — Você vai se atrasar.

Ouço a porta se fechar atrás dele, mas não tiro os olhos da televisão.

— Como podem ver atrás de mim — continua o repórter — a sala de sua casa foi encontrada num estado de caos: pinturas arrancadas da parede, livros espalhados pelo chão, cadeiras reviradas, janelas quebradas. Serão sinais de luta violenta ou de um ladrão tentando disfarçar os rastros?

A imagem é substituída por uma entrevista coletiva em que um homem de cabelos ruivos curtos e queixo largo emite um comunicado. Uma barra na parte inferior da tela o identifica como o detetive Kinney. Eu me pergunto se é parente de Amber.

— Não há como negar os sinais de que houve um crime — diz o detetive. Sua voz é baixa e rouca. — E, por ora, estamos tratando o caso como um sequestro. — A imagem volta para a fotografia da sala destruída, mas a voz do detetive prossegue, num tom sinistro: — Estamos investigando todas as possíveis pistas, e qualquer pessoa com alguma informação deve entrar em contato...

Desligo a TV, mas o senhor Phillip e a sala destruída permanecem ecoando na minha cabeça. O que aconteceu? *Quando aconteceu?* Será que fui a última pessoa a vê-lo com vida? Devo contar para a polícia? E o que eu diria para eles? Que ajudei a deixar a casa do homem com cheiro de biscoito?

Não posso ir até a polícia. A última coisa de que preciso é de mais atenção. O que quer que tenha acontecido com ele é trágico... mas não tem nada a ver comigo.

Meu telefone toca e me dou conta que ainda estou de pé no meio da sala vazia, olhando para a tela escura. Tiro o aparelho da mochila e vejo uma mensagem de Wesley.

Já vestiu a armadura?

Dou um sorriso, puxo a mochila para o ombro e respondo:

Não consigo decidir o que vestir por cima.

A conversa me acompanha até o saguão.

Quais são as opções?

Preto, preto ou preto?

Minha cor favorita. Não precisava.

Emagrece.

Sexy.

Sensível.

E boa para esconder manchas de sangue.

Sorrio e guardo o celular no bolso quando chego à Bishop's. Mamãe está ocupada, conversando com a senhora Angelli, uma negociante de antiguidades que gosta de gatos do quarto andar — pego um bolinho e um café e saio, sentindo-me mais desperta do que nunca em comparação com as últimas semanas. *Quatro horas de sono*, penso, maravilhada, ao soltar as correntes da Dante e sair pedalando.

Fico atenta para flagrar o homem dourado de ontem, mas não o vejo em lugar nenhum e começo a me perguntar se ele estava mesmo lá ou se foi apenas algum outro efeito colateral da falta de sono. Espero que tenha sido, sem querer pensar em qual poderia ser o significado da alternativa.

A manhã está fresca e eu equilibro o café com uma mão sobre o guidão, guiando com a outra. Enquanto pedalo, algo preenche o meu peito. Não é medo, nem fadiga, mas uma coisa leve e adorável: esperança. Estava começando a achar que nunca mais conseguiria dormir sem sonhar; mas, se consegui no sofá-cama de Roland, é possível que também consiga em outros lugares. Neste exato momento, no embalo daquelas quatro horas de descanso, a possibilidade já basta.

Quando chego à Hyde, encontro Cash encostado no bicicletário com dois cafés nas mãos, enxotando como moscas os calouros da vaga que está guardando para mim perto do portão de entrada. Sorri ao me ver; um grande sorriso que ilumina a manhã e me ajuda a tirar da cabeça os pensamentos insistentes sobre o senhor Phillip. Ele se afasta para o lado, para que eu possa estacionar Dante.

— Eu não pretendia te esperar — explica —, mas, sabe como é, hoje o horário é diferente. Eu te mostrei o caminho para o bloco A, mas não para o B.

— Não é só o inverso do bloco A?

— Bom, é — responde, oferecendo um dos cafés. Aceito, mesmo tendo acabado de tomar o meu. — Mas eu queria ter certeza de que você sabia. Não queria que você ficasse achando que eu era um embaixador negligente.

— Isso seria um ultraje — digo, tirando a calça de ginástica de sob a saia.

— Sem dúvida — diz, dando um gole no café. — Do jeito que as coisas são, vou perder pontos se não for capaz de te levar para as aulas da manhã. Estou do outro lado do campus, e os professores daqui vão te trancar do lado de fora, se você se atrasar.

— Não vou te deixar na mão. — Tiro a primeira perna da calça.

— Ótimo. Tem uns cartões de avaliação por aqui em algum lugar, sabe?

— Pode deixar que vou preencher um para você... — Meu sapato fica preso na outra perna da calça quando tento tirá-la, a mochila escorrega do ombro e perco o equilíbrio. A mão de Cash vem para me segurar e seu ruído, puro *jazz*, risadas e pulso, estoura na minha cabeça, suficientemente alto para me fazer recuar, tropeçando na direção oposta, direto no ruído metálico de banda de rock de Wesley Ayers.

Ele sorri, e não sei dizer se é por esse meu raro momento de falta de jeito ou pelo fato de eu me aproximar de seu ruído, em vez de me afastar, que faz com que seus olhos brilhem.

— Calminha aí — diz, quando finalmente consigo soltar a boca da calça do sapato. Consigo apoiar os dois pés no chão, mas seu toque se demora um pouco antes de a mão deslizar para longe, levando o burburinho da música junto.

— Bom dia, Ayers — diz Cash, com um aceno.

— De onde você veio, Wes? — pergunto.

Ele indica a calçada com uma inclinação da cabeça.

— Ué, nada de carrão? — provoco.

— A Ferrari está na oficina — responde, sem perder a chance.

— E o Lexus? — pergunta Cash, irônico.

Wesley revira os olhos e volta a atenção para mim.

— Esse sujeito aí está te criando problema?

— Pelo contrário — respondo —, está sendo perfeitamente gentil. Diria que até parece um cavaleiro.

— De armadura brilhante — completa Cash, apontando para os adereços dourados do uniforme.

— Ele me trouxe café — digo, mostrando o copo.

Wes passa a mão pelos cabelos pretos e suspira dramaticamente.

— Você *nunca* me trouxe café, Cassius.

E aí, do nada, uma garota abraça Wesley por trás com um braço. Ele sequer fica tenso ao contato — eu fico — e apenas sorri quando a mão de unhas perfeitas cobre seus olhos.

— Bom dia, Elle — diz ele, alegre.

Elle — uma coisinha miúda, magra como um passarinho, cabelos pintados de louro — chega a dar uma *risadinha* quando se afasta.

— Como você sabia? — guincha ela.

Por causa do seu ruído, penso friamente.

Wesley dá de ombros.

— O que posso dizer? É um dom.

— Todos os poderes maneiros já têm dono — resmunga Cash, olhando para o café.

A garota ainda está pendurada em Wesley. *Empoleirada nele*. Como um passarinho num galho. Ela está piando sobre algum baile no outono quando finalmente toca o sinal, e me dou conta de que nunca me senti tão feliz em ir para a aula.

Foi bom ter tomado dois cafés para acompanharem as quatro horas de sono, porque o senhor Lowell começa o dia com um documentário sobre revolucionários. E não sei se foi pela robusta dose de cafeína ou pelo jeito estranho como o assunto me cativa, consigo me manter acordada.

— O que temos que lembrar sobre os revolucionários — diz Lowell, enquanto desliga o vídeo e acende as luzes — é que, enquanto são vistos como terroristas por seus opressores, sob os próprios olhos, são heróis. Mártires. Pessoas dispostas a fazer o que os outros não fazem, ou não podem fazer, em nome daquilo em que acreditam. De certa maneira, nós os vemos como as encarnações mais radicais do descontentamento da sociedade. No entanto, assim como as pessoas elevam seus revolucionários ao nível de deuses, anjos vingadores, heróis, os próprios revolucionários elevam a si mesmos...

À medida que ele prossegue, imagino Owen Chris Clarke, os olhos flamejantes no telhado do Coronado enquanto falava de monstros, de liberdade e de traição. De pôr o Arquivo abaixo, uma seção de cada vez.

— Mas a marca de um revolucionário — continua Lowell — é o fato de que a causa vem em primeiro lugar. Por mais superior que o revolucionário pareça para os demais, e para si próprio, sua vida sempre importará menos do que a causa. Ela é dispensável.

Owen saltou de um telhado. Tirou a própria vida para ter certeza de que o Arquivo não poderia destruir sua mente, sua memória. Para ter certeza de que se — quando — sua História despertasse, ele se lembraria de tudo. Não tive dúvida de que Owen teria dado a vida centenas de vezes para ver o Arquivo queimar.

— Lamentavelmente — acrescenta Lowell —, é comum os revolucionários acharem a vida dos outros igualmente dispensável.

Dispensável. Escrevo a palavra no caderno.

Com certeza, Owen achava a vida dos outros dispensável. A vida daqueles que ele assassinou para manter o segredo da irmã, daqueles que ele *tentou* matar — Wesley, sangrando, para deixar tudo bem claro para mim. Owen me deu a chance de acompanhá-lo em vez de ficar no seu caminho. No momento em que recusei, tornei-me inútil para ele. Nada além de mais um obstáculo.

Se Owen era um revolucionário, o que isso faz de mim? Parte do sistema? O mundo não é tão preto e branco assim, é? Não se resume em ser contra ou a favor. Alguns de nós só querem sobreviver.

DEZ

Amber chega atrasada para a aula de Fisiologia e só consegue um lugar lá no fundo da sala. Eu tenho que passar a aula inteira estudando o sistema nervoso e tentando me manter acordada. Assim que toca o sinal, pulo da minha cadeira e vou para perto da dela.

— Tão animada assim para ir para a ginástica? — pergunta, pegando a mochila.

— Pergunta — digo casualmente. — Seu pai é policial?

— Hã? — Amber levanta as sobrancelhas ruivas alouradas. — Ah, sim, detetive. — Ela coloca a mochila no ombro e saímos para o burburinho. — Por quê?

— Eu o vi no noticiário agora de manhã.

— Meio triste, não é? — diz ela. — *Eu* não consegui ver meu pai hoje de manhã.

Pisando em um campo minado, então.

— Ele trabalha muito?

Amber suspira.

— Um dia normal. E o caso desse juiz está matando ele. — Ela quase sorri. — Minha mãe odeia quando uso palavras como *matando* numa conversa normal. Acha que estou perdendo a sensibilidade para a morte. Detesto dizer para ela que agora é tarde.

— Meu avô também era detetive. — Bom, era um detetive particular, e principalmente por trás das cenas, mas próximo o suficiente.

Seus olhos se acendem.

— É mesmo?

— Sim. Cresci com isso. Não tem como a gente não acabar ficando meio mórbida. — Amber sorri, e aproveito a deixa. — Será que eles já têm alguma ideia do que aconteceu com aquele cara, o senhor Phillip?

Amber balança a cabeça e empurra a porta para sairmos.

— Papai não fala dessas coisas perto de mim. — Ela franze os olhos diante da luz do final da manhã. — Mas as paredes lá de casa são bem finas. Pelo que já o ouvi falar, nada está fazendo muito sentido. Tem só essa sala, toda destruída, e o resto da casa impecável. Não está faltando nada.

— A não ser o senhor Phillip.

— Exatamente — diz ela, chutando uma pedra solta no caminho —, mas ninguém consegue descobrir o motivo. Aparentemente, ele era um dos caras mais legais de lá, e estava aposentado.

— Um juiz, não é? Será que estão achando que alguém ficou com raiva de alguma sentença, alguma coisa desse tipo?

— Então por que não o matar? — questiona Amber, empurrando a porta do ginásio. — Sei que a coisa já esfriou, mas se alguém vai atrás de vingança, normalmente um corpo aparece. Eles não têm nenhum. Eles não têm nada. Ele só desapareceu. Então a minha pergunta é: quem se daria ao trabalho de sumir com alguém e deixar uma bagunça daquelas? Por que não fazer de um jeito que ficasse parecendo que ele simplesmente foi embora?

Ponto para ela. Aliás, ela já marcou vários pontos.

— Você realmente tem jeito para a coisa — digo, seguindo-a até seu armário.

Ela abre um sorriso.

— Seriados de investigação e anos ouvindo a conversa dos outros.

— Do que vocês duas estão falando? — pergunta Safia, deixando a mochila sobre o banco. Hesito, mas Amber me surpreende dando de ombros com displicência e mentindo descaradamente.

— Artérias e veias, principalmente.

Saf torce o nariz.

— Eca. — Ela insere os números do cadeado e começa a trocar de roupa, mas Amber sorri e prossegue:

— Sabia que as veias se movem debaixo da sua pele?

— Para com isso — diz Saf, empalidecendo.

— E sabia que... — prossegue Amber.

— Amber, *para* — diz Saf, vestindo o uniforme de ginástica.

— ...a artéria braquial — diz, cutucando o braço de Saf para enfatizar — é o primeiro lugar para onde vai o sangue bombeado para fora do coração, e que, se ela for cortada, provavelmente os cinco litros de sangue do seu corpo vão embora? Seu coração simplesmente vai bombear tudo pelo chão...

— Que nojo, que nojo, *chega* — retruca Saf, batendo a porta do armário e disparando na direção do ginásio.

Amber olha para mim com um sorriso depois que Safia desaparece.

— Ela tem nojinho — diz, divertindo-se.

— Deu para ver. — Seria mentira dizer que isso não melhorou meu humor. — Ei, você me avisa se eles descobrirem alguma coisa?

Ela concorda, relutante.

— Por que todo esse interesse pelo caso?

Eu sorrio.

— Você não é a única que cresceu em meio a seriados de investigação.

Amber ri de volta e faço uma anotação mental para me lembrar de assistir mais TV.

Há uma energia nervosa em meus ossos. Quero correr — *disparar* até que ela se dissipe —, mas tenho medo de provocar outro momento de apagão, por isso atravesso a primeira metade da ginástica apenas caminhando pela pista, tentando desanuviar os pensamentos. Amber e Gavin estão "alongando" num colchonete do outro lado do ginásio, tentando esconder uma revista no chão entre si. Safia está na esgrima — ela é *boa*, de um jeito que irrita — e Cash, nos aparelhos de musculação com uns outros caras. Já Wesley... bem ao meu lado. Num instante estou sozinha e, no outro, ele aparece casualmente andando junto de mim. Conto o número de passos que damos em silêncio — onze — até Wesley sentir a necessidade de rompê-lo.

— Você sabia — pergunta, imitando um sotaque que acho que deveria ser o de Cash — que o gavião, que é a mascote da Hyde, é conhecido por suas ousadas acrobacias aéreas para impressionar potenciais parceiros?

Não consigo conter o riso. Wes sorri e volta a falar em seu tom normal.

— Em que está pensando?

— Cenas de crime — respondo, distraidamente.

— Jamais uma resposta maçante, tenho que reconhecer. Gostaria de ser mais específica?

Balanço a cabeça.

— Bishop! Ayers! — grita o treinador junto à plataforma de treinamento. — Venham mostrar para esses idiotas como é que se luta.

Wesley me empurra de leve com o ombro — uma ondulação de notas de baixo através de duas camadas finas de tecido — e vamos até lá para nos prepararmos. Giro o pulso, testando.

— Você tem mesmo uma Ferrari? — pergunto enquanto aperto as luvas.

Ele me fulmina com os olhos.

— Para sua informação, senhorita Bishop — responde enquanto coloca o capacete —, eu sequer tenho carro.

Vamos até o centro da plataforma.

— Surpreendente — digo, e o apito toca.

Wes dá um soco, eu desvio e seguro seu pulso.

— Desperdício de gasolina — diz, antes que eu me vire e o jogue por cima do ombro. Em vez de resistir, ele se move comigo, cai de pé e me desfere um chute. Recuo depressa. Dançamos em torno um do outro por alguns segundos.

— Então você mora perto daqui? — pergunto, mirando um soco. Ele defende, segura o meu pulso machucado com uma leveza surpreendente e gira meu corpo contra o dele, um braço envolvendo meus ombros.

— Eu uso os Estreitos — diz junto ao meu ouvido. — O meio de transporte mais rápido por aqui, lembra? — Ele me empurra para a frente antes que eu possa jogá-lo de novo. Giro para encará-lo e o acerto na barriga, do lado saudável.

— Você só poderia fazer isso se a Hyde ficasse em seu território — digo, bloqueando dois contragolpes.

— E fica — responde, claramente tentando se concentrar na luta.

Sorrio para mim mesma. Isso significa que ele mora aqui perto — e as únicas casas próximas são mansões, propriedades enormes na área em torno do campus. Tento imaginá-lo numa festa num dos pátios de pedra que várias dessas casas ostentam, com a criadagem em volta, servindo taças de champanhe. Enquanto estou ocupada imaginando isso, Wesley negaceia um soco e segura uma das minhas pernas. Caio com força.

O apito toca e, dessa vez, quando Wesley estende a mão, aceito sua ajuda.

— É assim que se faz — diz o treinador, colocando a gente para fora do ringue. — Um pouco menos de conversa-fiada teria sido melhor, mas esse é o espírito.

Tiro o capacete e jogo na pilha de equipamento. O cabelo de Wesley está grudado pelo suor, mas ainda o imagino com um mordomo. E um cachimbo, talvez. No iate da família Graham.

— Do que você está rindo? — pergunta ele.

— Qual é seu nome de verdade? — deixo escapar a pergunta.

Ali, na fração de segundo após eu perguntar e antes de ele responder, vejo mais uma de suas expressões. Essa é pálida, bruta e exposta. Mas logo se vai, substituída por uma versão mais fina de seu jeito descontraído.

— Você já sabe meu nome — diz, tenso.

— Cash me contou que Wesley é seu nome do meio, não o primeiro.

— Ora, não é que você e o Cash estão se afinando? — diz ele. Sua voz soa tensa.

Ele é um excelente mentiroso, capaz de disfarçar o desconforto, e o fato de revelar ainda que uma fração disso me faz pensar se não quer que eu perceba. Atravessa o ginásio a passos largos e me apresso em segui-lo. — E, para sua informação — fala, sem olhar para trás —, ele é de verdade.

— O quê?

— Meu nome. Só porque não é o primeiro, não significa que não seja de verdade.

— Certo — respondo, tentando acompanhar seu passo —, é de verdade. Eu só queria saber o seu nome *completo*.

— Por quê? — pergunta, ríspido.

— Porque, às vezes, sinto como se eu não te conhecesse *totalmente* — respondo, segurando sua manga e obrigando-o a parar. Seus olhos brilham com reflexos castanhos, verdes e dourados. — As outras garotas por aqui podem achar que seu ar de mistério é fofo, mas eu sei o que você está fazendo mostrando faces diferentes para as pessoas, mas mantendo o todo escondido. E achei que... — hesito. *Achei que, se você pudesse ser honesto com alguém, seria comigo.* É o que gostaria de dizer, mas engulo as palavras.

Wesley me fita com os olhos apertados por um instante.

— Ninguém melhor do que você para falar de segredos, Mackenzie Bishop — diz ele. Mas o tom é divertido. Ele se vira para me encarar e me surpreende colocando as mãos com firmeza nos meus ombros. Minha cabeça se enche com a música carregada de seu ruído.

— Você quer saber meu nome completo? — pergunta em voz baixa. Concordo com a cabeça. Ele se aproxima e apoia sua testa na minha, fala através da pequena janela formada pelo espaço entre nossos lábios. — Quando são formados os pares da Equipe — diz, a voz suave e baixa, com o som de seu ruído no fundo —, eles fazem uma cerimônia. É quando são feitas as marcas do Arquivo na pele dos dois. Três linhas. Uma feita pela própria mão. Uma feita pelo parceiro. Uma feita pelo Arquivo. — Seus olhos olham no fundo dos meus. Suas palavras não são mais do que um sopro entre nós. — A Equipe marca as cicatrizes e o par faz os votos para o Arquivo e entre os dois. Os votos começam e terminam com seus nomes. Portanto — sussurra —, quando formos parceiros de Equipe, vou te dizer meu nome completo.

O sino ecoa pelo ginásio nesse instante, ele sorri e se afasta.

— Já era tempo — diz Wesley, animado, indo para o vestiário. — Estou morrendo de fome.

Da não vai falar sobre sua parceira de Equipe.

Certa vez, disse que me contaria qualquer coisa se eu fizesse a pergunta certa, mas, por um motivo qualquer, nunca consegui achar a pergunta que o fizesse me falar de Meg. Ele sequer conta o nome dela; descubro-o depois, quando Da já não está mais aqui e eu estou arrumando as coisas dele.

Cabe tudo numa caixa.

Uma jaqueta de couro, uma carteira, algumas cartas — a maioria para papai (uma para Patty, minha avó, que o deixou antes de eu nascer). Apenas três fotos, junto com as cartas (Da nunca foi do tipo sentimental). A primeira é ele, jovem, encostado numa grade de ferro, magro e forte, um pouco arrogante — de fato, a única diferença entre o Da jovem e o Da velho é o número de rugas no rosto.

A segunda é ele com mamãe, papai, eu e Ben.

E a terceira, dele com Meg.

Estão de pé, ombro a obro, apenas um pequeno espaço os separando, Da com a cabeça ligeiramente inclinada para a dela. As mangas dele estão esticadas, mas as dela estão dobradas, e dá para ver, na foto desbotada, as três cicatrizes do Arquivo

marcadas em seu antebraço. São como um reflexo no espelho das gravadas na pele de Da, os dois conectados por cicatrizes, juramentos e segredos.

Nenhum dos dois sorri na foto, mas ambos parecem prestes a começar a rir e, para mim, parecem formar um par perfeito. Não apenas pelo jeito como seus corpos se aninham, mesmo sem se tocarem. É a maneira consciente de como compartilham o espaço, sentindo onde o outro termina. São aqueles quase sorrisos espelhados — o mais próximo da felicidade que já vi Da sentir. Não sei quase nada da mulher, dos tempos de Da como membro da Equipe — apenas que ele saiu. Disse para mim que queria viver por tempo suficiente para me treinar (o que teria acontecido se tivesse morrido antes? Será que teria vindo alguma outra pessoa?), mas ao vê-lo — essa versão estranha, vibrante, mais feliz, do meu avô — dói pensar que ele desistiu dela por minha causa.

— Você acha que eles se amavam? — pergunto para Roland, mostrando-lhe a foto.

Ele franze a testa, passa o polegar pelas bordas gastas.

— O amor é simples, senhorita Bishop. A Equipe, não. — Seu olhar é, ao mesmo tempo, orgulhoso e triste, e lembro que, sob a manga do casaco, ele também carrega as cicatrizes. Três linhas paralelas.

— Como assim? — insisto.

— O amor se desfaz — diz. — O elo entre a Equipe, não. Mas inclui amor, sim, e transparência. Ser da Equipe com alguém significa se expor, se deixar ler: suas esperanças, desejos, pensamentos e temores. Significa confiar tanto no outro que você não apenas está disposto a entregar a vida em suas mãos, mas receber a vida dele nas suas. É um fardo pesado de carregar — conclui, devolvendo-me a foto —, mas a Equipe vale a pena.

ONZE

Tomo um longo banho frio.

O toque de Wesley permanece na minha pele. Sua música ecoa pela minha cabeça. Ao esfregar minha pele, fico me lembrando de que somos dois mentirosos e trapaceiros, de que sempre teremos segredos — alguns que nos mantêm atados um ao outro; outros que nos separam, que nos cortam em pedaços —, de que jamais nos veremos integralmente... não até que nos juntem como parceiros de Equipe. Mas não sei se quero ser a parceira de Wesley. Não sei se estou disposta a deixar que ele me veja completa, com todas as peças reunidas.

Tento afastar sua promessa da minha mente. Não importa muito no momento. Um mundo me separa de eu chegar a poder me tornar parte da Equipe: um mundo de pesadelos, de traumas e de *Agatha*. Como dizer para Wesley que eu talvez sequer possa chegar à cerimônia, que dirá aos nomes. Membros da Equipe são selecionados. São avaliados. São considerados aptos.

Se Agatha metesse as mãos na minha mente agora, eu jamais seria considerada apta. O que significa que preciso manter essas mãos longe de mim até descobrir um jeito de corrigir o que quer que esteja acontecendo.

Preciso torcer para que haja um jeito de acertar as coisas.

Um jeito que não envolva deixar o Arquivo entrar na minha cabeça e arrancar minhas lembranças. Se eu os deixar entrar, verão o estrago deixado por Owen. O estrago que ele continua a fazer.

Desligo o chuveiro e começo a me vestir. O vestiário já está vazio agora, mas, quando enfio o cordão da chave pela cabeça, com um leve arrepio quando o metal pousa sobre o esterno, Safia entra no corredor, concentrada na trança que está finalizando em seu cabelo, até que ela me vê. Os olhos se apertam mais do que o normal.

— O que é isso? — pergunta quando a camisa cobre a chave.

— Uma chave — respondo, tão casualmente quanto consigo.

— Claro que é uma chave — diz ela, terminando a trança e cruzando os braços — Foi ele que te deu?

Franzo a testa.

— Quem?

— Wesley. — Sua voz treme ligeiramente quando diz aquele nome — É dele?

Toco o metal sob a camisa. Eu poderia dizer que sim.

— Não.

— Parecem iguais — insiste.

Não parecem, na verdade. A de Wesley é mais escura e feita de um metal diferente.

— É só uma quinquilharia — digo. — Um amuleto da sorte. — Sustento seu olhar, esperando para ver se ela engole a história. Não parece convencida. — Li isso num livro, quando era pequena. A garota levava essa chave pendurada no pescoço e, aonde ela ia, as portas se abriam para ela. Quem sabe se o Wesley não leu esse livro também? Ou talvez ele sempre perca as chaves e por isso use uma no pescoço. Pergunte a ele — digo, sabendo que ela não vai perguntar.

Safia encolhe os ombros.

— Deixa para lá — diz, mexendo num dos brincos. Parecem ser de ouro verdadeiro. — Se vocês dois querem usar essas chaves velhas e xexelentas no pescoço, problema de vocês. Cuidado para não pegar tétano — diz, andando para a saída.

Meu estômago embrulha e quase saio atrás dela, mas um brilho metálico sob o banco chama minha atenção. Me ajoelho e acho um colar: um pingente de prata redondo numa corrente simples. O pingente foi tão esfregado que quase não dá para ver o *B* gravado nele. Sinto seu peso na palma da mão, sabendo que devia simplesmente deixá-lo ali e esperar que a dona venha procurá-lo. Não é problema meu. Mas o desgaste do pingente sugere que é importante para alguém. Também significa que há uma boa chance de haver uma ou duas lembranças gravadas nele. As lembranças em objetos são inconstantes — quanto menores, mais difícil que as retenham —, mas geralmente ficam impressas por qualquer repetição ou emoção forte, e esse tipo de objeto passa por uma boa quantidade de ambos. Não fará mal dar uma olhada.

Olho ao redor do vestiário para ter certeza de que estou sozinha antes de tirar o anel. O ar ao meu redor se transforma instantaneamente — não fica mais pesado ou mais leve, apenas muda — e meus sentidos afloram sem a proteção do metal. Fecho a mão em torno do pingente, sinto o zumbido sutil das lembranças formigar na palma da minha mão, fecho os olhos e procuro alcançar — não com a minha pele, mas com aquilo que há sob ela. Minha mão fica dormente quando seguro o fio, a escuridão atrás dos meus olhos se dissolve em luz e sombra e, finalmente, numa lembrança.

Uma menina — alta, magra, loura, de uma beleza clássica — está sentada num carro estacionado no escuro, o rosto coberto de lágrimas, uma mão fechada no volante, os nós dos dedos apertados, a outra segurando o pingente no pescoço. À medida que faço o tempo voltar, a lembrança sai do carro para um balcão de cozinha de mármore. Dessa vez, a menina está de um lado do balcão, segurando o pingente, e uma mulher, com idade para ser sua mãe, está do outro, segurando uma taça de vinho. Deixo a lembrança avançar e, em seguida, a menina grita algo — as palavras não são mais do que estática — e a mulher arremessa a taça de vinho na direção da cabeça da menina. Ela desvia para o lado e a taça de vidro acerta o armário atrás dela e se estilhaça, e juro que sinto a raiva, a mágoa e a tristeza subindo pela superfície do pingente.

Estou prestes a retroceder ainda mais quando uma batida cortante na porta do vestiário faz com que eu solte o fio. Pisco, forçando-me a voltar do passado no momento em que Amber aparece. Franzo a testa e ajeito a postura, enfiando o colar no bolso da camisa e recolocando o anel no dedo.

— Aí está você! — diz. — A gente estava começando a achar que você tinha fugido pelos fundos.

E antes que eu possa perguntar quem é *a gente*, ela me leva para a entrada, onde Wes, Cash e Gavin aguardam.

— Me desculpem — digo —, não sabia que vocês estavam me esperando.

— Eu não seria um bom embaixador se... — começa Cash, mas é interrompido por Wes:

— Imaginei que você saberia onde fica a comida.

— A pizza de ontem foi por minha conta — acrescenta Amber. — Uma tradição de primeiro dia. Mas, no resto do ano, a gente tem que correr atrás.

Gavin ri, e alguns minutos mais tarde, depois de me guiarem pelo gramado até o refeitório — ou salão de refeições, como a Hyde prefere chamá-lo —, entendo o motivo.

Correr atrás...? A Hyde tem uma das maiores cozinhas que eu já vi. Cinco estações, cada uma com uma refeição; cada refeição com uma opção regular, uma saudável, uma vegetariana e uma vegana. Do aperitivo à sobremesa, e uma estação dedicada a bebidas. A única grande falha, percebo quando deixo escapar outro bocejo, é a falta de refrigerante. A falta, na verdade, de *qualquer coisa* com cafeína. Estou sentindo meu corpo desacelerar, e enquanto encho minha bandeja, posso apenas esperar pela existência de algum tipo de mercado negro de cafeína rolando no *campus*. Pergunto para Cash, na fila de saída.

— Lamentavelmente — diz ele —, a escola Hyde *tecnicamente* é livre de cafeína.

— E os cafés que você trouxe ontem?

— Afanados da sala dos professores. Não conte para ninguém.

Parece que estou entregue à minha própria sorte. Não é tão ruim, digo a mim mesma. Ficarei bem. Só preciso comer alguma coisa. E comer ajuda, por pouco tempo, mas, meia hora depois, quando nossas bandejas estão empilhadas nos braços estendidos do Alquimista e estou encarando um capítulo de Pré-Cálculo, começo a ouvir da voz de Owen sussurrando na minha cabeça. Ela *cantarola*. A música vem do fundo da minha mente, saindo de meus pesadelos e penetrando no meu dia, envolvendo-me com seus braços num esforço para me arrastar para a escuridão. Fecho os olhos para me livrar dela, mas minha cabeça está pesada, a voz de Owen transformando a melodia em palavras...

— Esse é o dever de casa de hoje?

Levanto a cabeça com um susto e me deparo com Gavin, sentando-se no degrau acima do meu. Olho para baixo, para o livro de matemática aberto no meu colo, e concordo.

— Suponho que esse não seja — digo, apontando para o livro nas mãos dele.

Ele dá de ombros.

— A gente aprende a adiantar o serviço aqui sempre que dá. Porque, em algum momento, invariavelmente ficamos para trás.

Aponto para o meu próprio trabalho.

— Essa questão geralmente aparece na primeira semana?

Ele ri. Uma risada silenciosa, gentil, não mais que um suspiro, mas ilumina seu rosto. Ajeita os óculos sobre o nariz e sinto um aperto no peito quando vejo uma sequência de números escrita com caneta pilot nas costas da mão. Uma coisa tão idiota, mas me faz pensar em Ben. Ben, que desenhou um boneco na minha mão quando eu o deixei na esquina perto de sua escola no dia em que ele morreu, que me deixou desenhar um boneco na mão dele para combinar antes de eu deixá-lo ir.

Tantos alunos anotam coisas na pele; tão poucos se parecem com meu irmão.

— Mackenzie — diz Gavin, articulando cada sílaba.

— Oi?

— Não é nada demais assim, mas é que você está, hã, me encarando.

Desvio os olhos para o meu trabalho

— Me desculpe. É que você me faz lembrar de uma pessoa.

Ele força o livro para ficar aberto e tira a caneta de trás da orelha

— Bom, espero que seja de alguém legal.

A imagem de Ben se forma por trás de meus olhos — não como ele era antes de morrer, mas como estava na noite em que o trouxe de volta, na noite em que Carmen abriu sua gaveta e eu o despertei de seu sono. Vejo seus olhos castanhos calorosos escurecendo quando começa a escapar, vejo-o me empurrando para longe, não com a força de um menino, mas de uma História. Vejo-o desabar no chão, uma chave dourada do arquivo brilhando em suas costas antes que Roland devolva seu corpo miúdo para a prateleira. Vejo a gaveta sendo fechada e eu de joelhos, implorando para Roland parar, mas é tarde demais e a barra com a palavra Restrita em vermelho surge na frente da gaveta logo antes de a parede do Arquivo engolir meu irmão.

Os problemas de matemática na página se borram ligeiramente. A fadiga está tomando conta de mim, enfraquecendo minhas defesas. Tudo está começando a doer.

— Mackenzie? — insiste Gavin, em voz baixa. — É alguém legal?

Com algum esforço, consigo sorrir e concordar.

— Sim — respondo em voz baixa —, é sim.

Não consigo respirar.

A mão de Owen segura meu pescoço como um torno.

— Fique quieta — diz ele. — Você está piorando as coisas.

Ele está me segurando contra o chão frio, um joelho no meu peito, o outro pressionando meu pulso machucado. Tento resistir, mas isso não ajuda em nada. Nunca ajuda. Não aqui, não assim, quando ele só está ganhando tempo.

E é o que está fazendo. Está abrindo meu corpo em linhas. Dos tornozelos aos joelhos, dos joelhos aos quadris, dos quadris aos ombros, dos ombros aos cotovelos, dos cotovelos aos pulsos.

— Assim — diz, arrastando a faca do meu cotovelo para o meu pulso —, agora podemos ver suas costuras. — Se eu conseguisse respirar, gritaria. Meu uniforme está escuro, molhado de sangue. Vermelho contra o tecido preto, como tinta, espalhado pelo meu rosto, formando uma poça sob meu corpo. — Quase pronto — diz ele, trazendo a lâmina até minha garganta.

E então alguém arrasta a cadeira contra o chão e eu dou um pulo de volta para a aula de inglês.

Poucos minutos se passaram — a atenção da professora ainda está voltada para o ensaio que lê em voz alta —, mas foi tempo suficiente para que minhas mãos ficassem tremendo e eu pudesse sentir o gosto de sangue na boca depois de morder a língua.

Pelo menos não gritei, penso, apertando a mesa e tentando afastar o último resquício do pesadelo da minha mente. Meu coração está disparado dentro do peito. Sei que não é real. Apenas a minha imaginação — hoje, o papel dos temores de Mackenzie Bishop será apresentado pela História que tentou matá-la de várias maneiras diferentes. Passo o resto do dia imaginando o quarto de Roland no Arquivo — o sofá com o cobertor preto, o violino sussurrando da parede, a promessa de um sono sem sonhos — e enfiando as unhas nas palmas das mãos para me manter acordada.

No final da aula, crescentes vermelhos estão desenhados em ambas as palmas e eu vou empurrando as portas para sair do prédio, para a rua, sentindo falta de ar. Fecho os olhos e respiro fundo algumas vezes. Sinto como se estivesse prestes a me partir. Tudo dói, a dor atravessando os cortes fantasmas.

Dos tornozelos aos joelhos, dos joelhos aos quadris, dos quadris aos ombros, dos ombros aos cotovelos, dos cotovelos aos pulsos.

— Ei, Mac!

Abro os olhos e vejo Wesley um pouco abaixo do caminho, uma sacola esportiva pendurada no ombro. Não devo estar disfarçando meus nervos em frangalhos suficientemente bem, porque ele franze a testa. Cash está a apenas alguns passos atrás dele, falando com outro sênior.

— Tudo bem? — pergunta Wes, tão casualmente quanto possível.

— Tudo — respondo de volta.

Cash e o outro cara se aproximam. Ambos carregam sacolas esportivas.

— Oi, Mac — diz Cash, mudando a sacola de ombro — Será que você consegue encontrar o caminho sem mim?

— Acho que eu dou conta — respondo. — O estacionamento fica para lá, né? — Aponto na direção oposta. Cash ri. Wesley ainda está com os olhos em mim. Sorrio para ele, Cash empurra seu ombro e os três seguem em direção às quadras.

Respiro fundo uma última vez e atravesso o campus na direção do portão da frente e do bicicletário. Solto a Dante e passo a perna por cima do quadro. Estou prestes a seguir para casa quando vejo uma garota no estacionamento.

Eu a reconheço. É a garota do pingente que encontrei no vestiário. A garota que apertava o volante de um carro na entrada de uma garagem à noite, soluçando, e que se desviou da taça que sua mãe jogou contra sua cabeça.

Ela é sênior — listras douradas — e está com um grupo de meninas, apoiada num conversível, sorrindo com dentes perfeitos. Cada centímetro de seu corpo tem o aspecto bem cuidado geralmente associado ao dinheiro, e é difícil identificar essa garota como aquela das lembranças, embora eu saiba que é ela. Finalmente, ela se despede das outras e sai andando pela calçada, afastando-se da escola.

Antes mesmo que me dê conta, estou seguindo-a. Cada passo para longe da Hyde parece pesar um pouco mais sobre ela, modificando-a ligeiramente, da garota no estacionamento para a que aparece nas lembranças. Lembro-me da raiva e da tristeza gravadas no pingente e decido chamá-la. Ela se vira.

— Desculpe — digo, pedalando até ela —, sei que vai parecer meio nada a ver, mas isso aqui é seu?

Tiro o colar do bolso e estendo para ela. Ela arregala os olhos e concorda.

— Onde você achou? — pergunta, estendendo a mão.

— No vestiário — respondo, deixando o pingente de prata cair na palma de sua mão.

Ela cerrou as sobrancelhas perfeitas.

— Como você sabia que era meu?

Porque eu li suas memórias, penso, *e você continua a colocar a mão no lugar onde ele deveria estar.*

— Fiquei perguntando para os outros a tarde inteira — minto. — Umas das seniores no estacionamento acabou de me dizer que achava que era seu e me apontou para essa direção.

Ela olha para o pingente.

— Obrigada. Não precisava.

— Relaxa — digo. — Pareceu uma coisa que faria falta. — A garota concorda, olhando para a peça de metal. — O que significa esse *B*?

— Bethany — responde. — Eu não deveria ligar muito para isso — acrescenta. — É só um pedaço de lixo. Não tem nenhum valor, na verdade. — Mas seu polegar já está ali de novo, esfregando a face do pingente.

— Se é importante para você, então tem algum valor.

Ela concorda e continua esfregando o metal, distraída; ficamos em silêncio por um momento constrangedor, sozinhas na calçada, até que eu digo:

— Ei, está tudo bem?

Ela fica rígida e acerta a coluna. Vejo-a ajustar a máscara mentalmente.

— É claro. — Ela sorri um sorriso perfeito, ensaiado.

Sorrir é a pior coisa que se pode fazer quando queremos que o mundo acredite que estamos bem quando não estamos. Tem gente que não consegue evitar — é como um tique, uma entrega —, outras fazem de propósito, achando que todo mundo vai comprar o que você estiver vendendo se você mostrar seus dentes brilhantes. Mas a verdade é que sorrir só complica o caminho da mentira. É como uma rachadura gigante no meio de sua máscara. Mas eu não conheço Bethany, não de verdade, e ela não sabe o que eu vi. E como ela está se passando perfeitamente por uma pessoa saudável — muito melhor do que eu — simplesmente digo:

— Certo. Só para confirmar.

Estou me ajeitando para voltar a pedalar quando ela me chama.

— Espera. Eu nunca te vi na Hyde.

— Aluna nova — respondo. — Mackenzie Bishop.

Bethany morde os lábios, e imagino sua mãe brigando com ela por esse hábito tão desagradável.

— Bem-vinda à Hyde — diz —, e obrigada de novo, Mackenzie. Você está certa sobre o colar, sabe? Ele não é inútil. Estou muito feliz por você ter encontrado ele.

— Eu também — respondo. Sinto que eu deveria dizer algo mais, alguma outra coisa, mas não posso, não sem parecer chata ou esquisita, então apenas digo:

— Vejo você amanhã?

— Sim, até amanhã — responde.

Seguimos em direções diferentes. Quando chego à rua principal, tenho a impressão de ver o homem dourado parado na esquina, mas, ao atravessar a rua e olhar de novo, não tem ninguém lá.

Estou estacionando a Dante na frente do Coronado quando sinto as letras arranharem no meu bolso e vejo um novo nome na minha lista, mas não tenho como ir atrás dele porque mamãe me chama do saguão.

— Ah, que bom, você chegou em casa — diz, o que nunca é uma boa frase para começar, pois significa que ela precisa de alguma coisa. Considerando que está com uma caixa, um pedaço de papel e um olhar exausto, dá para ver que estou certíssima.

— Chegando — digo, cautelosa. — O que foi?

— Entrega de última hora — diz.

Meus ossos gemem em resposta.

— Cadê o Berk?

Ela sopra uma mecha solta de cabelo para longe dos olhos.

— Ele tem algum compromisso artístico; já saiu. Sei que você tem dever de casa e não te pediria isso normalmente, mas, como nosso negócio está apenas começando, preciso atender a todos os pedidos e...

Começo a sentir uma dor de cabeça atrás dos olhos, mas penso que qualquer coisa que convença minha mãe de que estou *bem*, *normal* e que sou uma *boa filha* está valendo. Pego a caixa e o papel de suas mãos e ela reage da pior maneira possível: joga os braços em volta do meu pescoço, me engolindo num abraço cheio de vidro quebrando, metal retorcido e caixas de placas arrastadas escada abaixo, e todos os outros sons penetrantes que constituem seu ruído. A dor de cabeça piora instantaneamente.

— É melhor eu ir logo — digo, afastando-me.

Ela concorda com a cabeça e volta para o café, e me arrasto de volta para Dante, lendo o endereço no papel. Atrás do pedido, mamãe desenhou um mapa básico. A entrega fica a poucos quilômetros, se é que seus rabiscos são confiáveis, mas eu nunca fui para aquele lado da cidade.

Pela primeira vez em muito tempo, eu me perco.

Distraio-me enquanto pedalo e acabo passando direto pelo condomínio, deixando-o vários quarteirões para trás, e sou obrigada a dar a volta. Depois que encontro o prédio certo, subo vários lances de escadas — o elevador está quebrado —, entrego a caixa para uma dona de casa e volto quando o sol já está se pondo. Todo o meu corpo começa a doer de cansaço.

Passo a perna por cima do quadro, esperando que mamãe esteja no telefone com Colleen neste exato momento, dizendo a ela como eu estou *bem*.

No entanto, enquanto pedalo de volta para o Coronado, não me sinto muito bem. Minhas mãos tremem e só quero chegar em casa, encerrar a noite e voltar para o quarto de Roland, então pego um atalho pelo parque. Não conheço o parque, mas se o mapa na minha cabeça está minimamente correto, vai ser mais rápido do que pelas ruas.

É mais rápido, até aparecer um cara agachado no meio do caminho e eu frear com tudo para não o atropelar. Quase perco o equilíbrio quando a bicicleta derrapa e para a poucos metros dele.

No momento em que apoio os pés no chão, sei que cometi um erro. Algo se move atrás de mim, mas não ouso desviar os olhos do cara diante de mim, que se levanta e enfia a mão no bolso do casaco. Ouço um estalo metálico e um canivete brilha entre seus dedos.

— Olá, gracinha — murmura ele.

Volto a pisar no pedal, mas ele não se move; viro-me no assento e vejo um outro cara com um cano enfiado entre os aros da roda de trás, imobilizando-a. Seu bafo cheira a óleo.

— Solta — digo, usando o tom que Da me ensinou para lidar com Histórias difíceis. Mas esses não são Histórias, são humanos, ambos armados.

Um deles ri. O outro assobia.

— Que tal descer da bicicletinha e vir brincar com a gente? — diz o que tem o canivete. Ele se aproxima e o que segura a roda pega o meu cabelo. Estar em cima da bicicleta me deixa ainda mais em desvantagem, então eu desço.

— Está vendo? — diz o do cano. — Ela *quer* brincar.

— Boa menina — sussurra o da faca.

— Boa *aluninha* — ecoa o outro.

Meu pulso está começando a disparar.

... trauma residual e fadiga extrema, combinados com o fluxo de adrenalina...

— Saiam do meu caminho — digo.

O que tem o canivete brande a lâmina de um lado para outro, como um dedo, fazendo tsc-tsc.

— Você deveria pedir com jeitinho. Na verdade — diz, dando um passo à frente —, talvez devesse implorar.

— Saia do meu caminho, *por favor* — rosno, o pulso latejando em meus ouvidos.

O do cano ri atrás de mim.

O que tem o canivete sorri.

Eles ficam se movendo de forma que só consigo ver um de cada vez. Quando tento dar um passo para o lado, o cano aparece, bloqueando meu caminho.

— Aonde você vai, queridinha? — diz o do canivete. — A diversão ainda nem começou.

Ambos se aproximam.

Minha cabeça lateja e minha visão começa a ficar borrada, o do cano me empurra para o que está com o canivete, ele segura meu pulso machucado *com força*, a dor dispara através do meu corpo como uma corrente, e é aí que acontece.

O mundo para.

Desaparece.

Escurece.

Um longo, lindo e silencioso momento de escuridão.

E quando volto, estou de pé no meio do parque, exatamente como antes, minha cabeça me matando e minhas mãos úmidas, quando olho para baixo, vejo por quê.

Estão cobertas de sangue.

DOZE

O homem com o canivete está caído aos meus pés.

Seu nariz está quebrado. O sangue escorre pelo rosto, e uma das pernas parece estar dobrada num ângulo errado. O canivete projeta-se da coxa. Não me lembro de esfaqueá-lo, nem mesmo de tocá-lo, mas minhas mãos revelam o que eu fiz. Os nós dos dedos estão machucados e tenho um corte superficial na palma de uma das mãos — provavelmente feito pelo canivete. A princípio, só me dou conta de como me sinto entorpecida e de como o tempo parece se mover devagar. É aí que sinto o baque, junto com a dor irradiando pelas minhas mãos e chegando à minha cabeça. *O que foi que eu fiz?* Fecho os olhos e respiro fundo algumas vezes, esperando que o corpo só desapareça — que tudo desapareça —, mas não é isso o que acontece, e desta vez, a respiração não me ajuda a lembrar. Só há mais pânico e escuridão.

Ouço então sons de briga e me lembro do sujeito com o cano, viro-me e o vejo sendo estrangulado pelo homem dourado.

Está ali parado, calmamente, com o braço em torno do pescoço do bandido, puxando-o para trás até tirar seus sapatos do chão. O homem se debate em silêncio, sacudindo os braços — o cano largado a poucos metros — conforme perde o fôlego. Quando o homem dourado aperta mais forte, sua manga escorrega para cima e vejo as três linhas gravadas em sua pele.

Marcas da Equipe.

Eu tinha razão... meu Deus, eu *tinha* razão. E isso significa que um membro da Equipe acabou de me ver fazer... isso. Nem mesmo sei o que fiz, mas ele viu. Mas e daí? Afinal, ele está estrangulando um sujeito na minha frente. Por outro lado, aposto que ele pelo menos vai se lembrar de tê-lo feito.

O bandido para de lutar e o homem dourado deixa o corpo inconsciente cair no chão.

— Detesto lutar contra humanos — diz, limpando as calças —, dá muito trabalho não os matar.

— Quem é você? — pergunto.

Ele franze a testa.

— Puxa, nem um *obrigada*?

— Obrigada — digo, trêmula.

— De nada. Eu não seria um cavalheiro se não ajudasse — seus olhos se movem para os meus pés —, embora não tenha muita certeza de se era mesmo necessário. Foi um belo espetáculo. — *Foi mesmo?* Ele estende a mão. — Deixe-me ver essas mãos.

Seus dedos quase tocam minha pele antes de eu me afastar bruscamente. Ele não está usando o anel.

— Ah — diz, percebendo minha desconfiança. Ele tira o anel de prata do bolso e o segura de forma a me mostrar as três linhas gravadas em sua superfície antes de colocá-lo no dedo. Dessa vez, quando ele estica as mãos, relutantemente entrego-lhe a minha. Seu ruído é baixo e constante, como um coração batendo dentro da minha cabeça. — Como você sabia? — pergunta, virando minhas mãos para verificar se há ossos quebrados.

— Postura. Atenção. Ego.

Ele dá um meio sorriso.

— E eu achando que você tinha acabado de ver as marcas. — E passa os polegares pelos nós dos dedos — Ou, sabe, tem também o fato de que nós nos conhecemos.

Estremeço quando ele passa os dedos pelos ossos das minhas mãos.

— Em sua defesa — acrescenta —, não chegamos a ser apresentados formalmente.

E, de repente, algo se encaixa. Quando Wesley e eu fomos convocados para o Arquivo no mês passado para explicar como tínhamos permitido que uma História adolescente escapasse para o Coronado, o homem dourado estava lá. Ele chegou no final e me deu um sorriso relaxado. Quando soube há quanto tempo Wesley e eu estávamos emparelhados antes de deixarmos a História escapar — três horas — ele chegou a *rir.* A mulher com ele, não.

— Eu te reconheci — minto.

— Não reconheceu, não — diz simplesmente, testando meus dedos. — Você achou que eu parecia familiar, mas há uma grande diferença entre conhecer um rosto e situá-lo. Fique olhando para alguém por um bom tempo e vai começar a ter a impressão de que já viu a pessoa antes. Meu nome é Eric, aliás. — Ele solta minhas mãos. — E você não tem nenhum osso quebrado.

— Por que você está me seguindo?

Ele levanta uma sobrancelha.

— Ainda bem que eu estava.

— Essa não é uma boa resposta — interrompo. — Por que você está me seguindo?

De novo, o sorriso relaxado.

— Por que alguém faz qualquer coisa para o Arquivo? Porque nos mandam fazer.

— Mas por quê? — Pressiono. — E quem foi que mandou?

— Senhorita Bishop, não acho que agora seja a hora para um interrogatório — argumenta ele, apontando para os corpos e, em seguida, voltando-se para mim. Volto a olhar para baixo, para as minhas mãos cobertas de sangue. Estão tremendo, por isso as fecho em punhos, mesmo que isso dispare lampejos de dor pela minha pele.

— Quero uma resposta.

Eric dá de ombros.

— Mesmo que seja uma mentira?

O homem com a faca na perna começa a se mexer.

— É melhor você ir para casa agora — comenta Eric, pegando o pedaço de cano e limpando as impressões com a manga antes de jogá-lo de volta no chão. — Eu cuido desses dois.

— O que você vai fazer com eles?

Ele dá de ombros.

— Farei com que sumam. — Ele levanta minha bicicleta e a traz para mim. — Vá — diz —, e tenha cuidado.

Minhas mãos ainda estão tremendo quando as limpo na camisa, subo na bicicleta e vou embora.

A caminho de casa, meu corpo se acalma e minha mente clareia; as lembranças começam a voltar em lampejos de cor e som.

O estalo do osso quando a palma da minha mão livre acerta a base do nariz dele.

O grito e o xingamento, o corte cego do canivete.

O estalo de seu joelho quando o acerto de lado com o sapato.

O momento de silêncio quando o canivete cai da mão dele para a minha.

O grito quando enfio a lâmina em sua coxa.

Meu punho contra seu rosto quando ele despenca para a frente. De novo. E de novo.

Segundos, penso, maravilhada. Apenas alguns segundos para quebrar tanta coisa.

E mesmo não conseguindo lembrar no início, não lamento o que fiz. Nem um pouco. Eu *queria* machucá-lo. Queria que se arrependesse da maneira como olhou para mim, como se eu não fosse capaz de reagir, como se eu fosse fraca. Olho para os nós dos dedos enquanto pedalo. Não sou mais fraca... Mas no que é que estou me transformando?

— O que aconteceu com suas mãos? — grita mamãe quando entro no apartamento. Ela está com o celular no ouvido e diz, apressada — nos falamos depois — para quem está do outro lado antes de desligar e vir correndo.

— Acidente de bicicleta — digo, cansada, largando a mochila. Não é uma mentira completa, e não estou disposta a contar que fui atacada no caminho, voltando de sua entrega. Ela teria um treco.

— Você está bem? — pergunta ela, pegando meu braço.

Estremeço, menos pelos machucados nas mãos do que pela súbita estática aguda que vem com seu toque. Ainda assim, consigo me controlar e não puxar as mãos enquanto ela me leva até a cozinha.

— Estou bem — minto, mantendo as mãos sob a torneira enquanto ela as lava com água fria. Consegui limpar a maior parte do sangue, mas os dedos estão vermelhos e ralados. — Você chegou cedo em casa — digo, mudando de assunto. — Pouco movimento no café?

Mamãe me olha, intrigada.

— Mackenzie — diz —, são quase sete horas.

Meus olhos se movem para as janelas. Já está escurecendo.

— Ah.

— Você estava demorando, comecei a ficar preocupada. E, pelo jeito, não foi sem motivo.

— Estou bem, sério.

Ela fecha a água e pega a toalha para secar minhas mãos, cantarolando para me acalmar enquanto tira um frasco de álcool medicinal de sob a pia. É uma sensação boa — não o álcool, que arde para caramba, mas mamãe me fazendo o curativo. Quando eu era pequena, certa vez cheguei em casa toda arranhada — o resultado normal de uma escapada infantil, é claro — e me sentei na bancada para mamãe cuidar de mim. O que quer que fosse, ela dava um jeito. Depois que me tornei uma Guardiã e comecei a esconder meus machucados, em vez mostrá-los com orgulho, eu a via cuidar de Ben, a mesma expressão de adoração nos olhos enquanto fazia o curativo de seus ferimentos de batalha.

Hoje em dia, estou tão acostumada a esconder meus cortes e contusões — tão acostumada a dizer para mamãe que não preciso dela, que estou bem quando não estou — que é um alívio não conseguir esconder um machucado. Mesmo tendo que mentir sobre como aconteceu.

Então, papai chega.

— O que aconteceu? — pergunta, deixando cair a pasta. Chega a ser quase engraçado, ainda que doentio, o grau de preocupação com alguns arranhões nos dedos. Detesto pensar em como reagiriam se vissem algumas das minhas cicatrizes maiores, o que diriam se soubessem a verdade por trás do meu pulso quebrado. Quase dou uma risada antes de me dar conta de que não é tão engraçado.

— Tombo de bicicleta — repito. — Estou bem.

— E a bicicleta? — pergunta ele.

— Tudo bem, também.

— Melhor eu dar uma olhada — diz, virando-se para a porta.

— Papai, já disse que está tudo bem.

— Não é por nada não, Mac, mas você não entende muito de bicicletas, e...

— Deixa para lá — interrompo, e mamãe tira os olhos do estojo de primeiros socorros e me lança um olhar de advertência. Fecho os olhos e engulo. — A pintura pode ter ficado arranhada em alguns pontos... — Tive o bom senso de raspá-la na calçada — ... mas vai sobreviver por mais algum tempo. Eu levei a pior — digo, mostrando as mãos.

Pela primeira vez, papai não está engolindo. Ele cruza os braços.

— Me explique a física desse tombo de bicicleta.

E a dúvida, dizia Da, *é como uma corrente contra a qual temos que nadar.*

— Peter — começa mamãe, mas ele levanta a mão para interrompê-la.

— Quero saber exatamente como aconteceu.

Meu coração bate forte enquanto sustento seu olhar.

— A calçada estava rachada — digo, tentando manter a voz firme. — A roda da frente ficou presa. Joguei as mãos para a frente quando caí, mas rolei e ralei os nós dos dedos no chão, em vez das palmas. Agora, se a inquisição e a enfermagem chegaram ao fim — completo, livrando-me de mamãe e empurrando papai —, tenho que fazer meu dever de casa.

Atravesso o corredor e entro no quarto, batendo a porta como medida de segurança, antes de me apoiar nela quando minha resistência chega ao fim. Parece um ataque de birra adolescente, mas, aparentemente, funciona.

Nenhum dos dois me incomoda pelo resto da noite.

Roland franze o cenho.

— O que aconteceu com suas mãos?

Ele me espera no átrio, sentado na beira da mesa com a pasta no colo. Quando me aproximo, seus olhos vão direto para os meus dedos.

— Tombo de bicicleta — respondo automaticamente.

Um brilho atravessa seus olhos. Desapontamento. Roland desce da mesa.

— Não sou seus pais, senhorita Bishop — diz ele, atravessando o salão. — Não me insulte com uma mentira.

— Desculpe — digo, seguindo-o para fora do átrio, pelo corredor em direção aos aposentos dos bibliotecários. — Houve um incidente.

Ele olha por cima do ombro.

— Com uma História?

— Não. Um humano.

— Que tipo de incidente?

— Do tipo que já está resolvido. — Considero contar para Roland sobre Eric, mas quando as palavras se formam na minha cabeça, *alguém do Arquivo mandou que eu fosse seguida*, soam como se eu estivesse pirando. Paranoica. A preocupação já está transparecendo nos olhos de Roland. A última coisa que eu quero é piorar tudo. Além disso, não posso provar nada, não sem deixar Roland entrar na minha cabeça, e, se eu fizer isso, se ele vir o estado em que estou, irá... Não, não vou entregar Eric, não até que eu saiba o que ele estava fazendo ali ou por que está me seguindo.

— Será que os nossos adoráveis porteiros viram suas mãos?

— As sentinelas? Não. — Mas Patrick, sim. Não disse nada, só olhou para mim como se eu fosse aquela criança inútil de novo. *Nariz sangrando ou dedos sangrando, não sabe cuidar de si mesma.* Se ele soubesse como o outro cara ficou...

— Foi outro apagão? — pergunta Roland.

Olho para minhas mãos.

— Eu me lembro do que aconteceu.

Vamos andando em silêncio pelo resto do caminho até seu quarto. Ele me deixa entrar, vejo-o tirar o relógio do bolso e passar o dedo pela superfície uma vez antes de colocá-lo em cima da mesa. Algo chama minha atenção. É a mesma sequência de movimentos de ontem à noite. Exatamente a mesma. É tão difícil pensar em Roland como uma História, mas a repetição me lembra de que sua aparência não é a única coisa estática a seu respeito.

Ele aponta para o sofá-cama, e me deixo afundar com gratidão na superfície macia, meu corpo implorando por descanso.

— Durma bem — diz ele, acomodando-se na cadeira. Fecho os olhos e ouço o som dele fazendo anotações, o arranhão das letras no papel, baixo e reconfortante como chuva. Eu me sinto afundar e, por um momento, um breve e aterrorizante momento, lembro-me dos pesadelos à minha espera. Mas o momento se vai e sou arrastada pelo sono.

Minha próxima sensação é a de Roland me balançando, para me acordar.

Sento, rígida devido à luta e ao sono. Analiso os machucados recentes que colorem minhas mãos enquanto Roland se move pelo quarto. O alívio por ter dormido é ofuscado pelo temor quando me lembro do pedaço de conversa que entreouvi atrás da porta.

Não é uma solução permanente.

Roland está certo. Não posso continuar assim. Não posso ficar vindo para cá todas as noites. Mas é o único lugar onde os pesadelos não me perseguem.

— Roland — digo baixinho — Se isso continuar piorando... se eu continuar piorando... a Agatha vai...?

— Enquanto você continuar fazendo o seu trabalho — responde ele —, ela não pode te fazer mal.

— Queria conseguir acreditar em você.

— Senhorita Bishop, o trabalho de Agatha é avaliar membros do Arquivo. Sua maior preocupação é garantir que as coisas funcionem bem e que todo mundo esteja dando conta do recado. Ela não é o bicho-papão. Ela não pode simplesmente estalar os dedos e apagar sua mente. Mesmo gostando de saber que é isso que você acha.

— Mas da última vez...

— Da última vez, você confessou seu envolvimento num crime, então sim, o seu futuro ficou sob o critério dela. Isso é diferente. Ela não pode nem ao menos olhar dentro de sua mente sem permissão, que dirá apagar lembranças.

— Consentimento. Quanta consideração. — Mas tem uma coisa me incomodando. — O Wesley autorizou?

Roland franze a testa.

— O quê?

— Naquele dia... — Nós dois sabemos de qual dia estou falando. — Ele não se lembra. Não se lembra de nada. — Ele quis esquecer? Ou foi obrigado? — Ele autorizou o Arquivo a apagar aquelas lembranças?

Roland parece surpreso ao ouvir isso.

— O senhor Ayers estava em péssimo estado — responde. — Duvido que estivesse consciente.

— Então, não poderia ter dado permissão.

— Isso seria uma quebra de protocolo. — Roland hesita. — Talvez não tenha sido obra do Arquivo, senhorita Bishop. Você sabe melhor do que ninguém o que um trauma pode fazer com a mente. Talvez ele lembre. Ou talvez tenha preferido esquecer.

Eu baixo a cabeça, cerrando os dentes. — Talvez.

— Mackenzie, o Arquivo tem regras, e elas são seguidas.

— Assim, enquanto eu não autorizar Agatha, supostamente estou segura? Minha mente é só minha?

— De maneira geral, sim — responde Roland, sentando-se na beira da cadeira. — Mas como acontece em qualquer sistema, existem formas de se contornar certas questões. Você não é a única que pode "autorizar".

Se negar o acesso para Agatha à sua mente e ela tiver bons motivos para crer que existe alguma culpa, ela pode solicitar a autorização ao conselho diretor. Ela não faria isso a não ser que tivesse evidências fortes de que você houvesse cometido um crime, de que não estivesse mais em condições de realizar seu trabalho ou de que tivesse deixado de ser confiável em relação ao que sabe. Mas se ela tivesse... — diz, perdendo o fio da meada.

— Se ela tivesse evidências fortes para montar um caso... — completo.

— Não podemos deixar que ela chegue a esse ponto — diz Roland — Todas as vezes que o conselho concordou que ela tivesse acesso à mente de alguém, a pessoa foi considerada incapaz e retirada de serviço. Seu histórico mostra que ela não faria uma solicitação dessas levianamente, mas também que o conselho jamais nega quando ela faz. E uma vez que ela tenha acesso à sua mente, seja por sua própria permissão, seja pela deles, qualquer coisa que ela encontrar lá pode ser usada contra você. Se ela te considerar incapaz, você seria condenada à alteração.

— *Execução.*

Roland desvia os olhos, mas não me corrige.

— Eu contestaria a decisão, haveria um julgamento, mas se o conselho mantiver o apoio a ela, não há nada que eu possa fazer. A situação fica, literalmente, nas mãos dos conselheiros. Você sabe, somente eles estão autorizados a realizar alterações.

Da me disse apenas uma coisa sobre o conselho: que jamais alguém vai querer se encontrar com eles. Agora entendo o motivo.

Roland franze a testa, imerso em pensamentos.

— Mas não vamos chegar a isso — completa. — Agatha foi a pessoa que te perdoou, em primeiro lugar. Duvido que esteja atrás de motivos para reverter a decisão.

Penso em Eric me seguindo. *Alguém o mandou.*

— Talvez não a Agatha — digo —, mas e se outra pessoa estiver? Alguém que discordou da decisão dela? Como Patrick. Será que ele iria tão longe? E se alguém entregar um caso para ela, será que ela ignoraria?

— Senhorita Bishop — diz Roland —, você não deve encher sua mente com esses pensamentos no momento. Não dê motivos para ela questionar a decisão anterior. Só faça seu trabalho, mantenha-se longe de problemas e tudo ficará bem.

Suas palavras são tranquilas, mas sua voz está falhando e ele continua com a testa franzida.

— Além disso — acrescenta baixinho, indo até a mesa de cabeceira para pegar o relógio —, prometi ao seu avô que cuidaria de você. — Ele enfia o relógio de prata no bolso. — É uma promessa que pretendo manter.

Enquanto o sigo para fora do quarto e pelos corredores tortuosos, não tem como não lembrar de que ele também fez uma promessa para o Arquivo, no dia da minha iniciação.

Se fizermos isso, e se ela se mostrar incapaz, disse um membro da mesa, *ela perderá a posição.*

E se ela se mostrar incapaz, disse um outro, *será você mesmo, Roland, quem vai removê-la.*

TREZE

Roland me deixa na entrada da antecâmara.

Cumprimento a Bibliotecária atrás da mesa com um aceno de cabeça — nós nos conhecemos de passagem —, mas ela nem tira os olhos do livro, e, mais uma vez, me pego pensando em como o livro é grande e que eu sou apenas uma de suas páginas. Quantas daquelas páginas pertencem a Guardiões? Quantas à Equipe? E por que eu nunca vi nenhum deles no Arquivo? Eu cresci aqui. E ninguém mais? Sou tão diferente assim? É por isso que Patrick me odeia?

Os olhos das sentinelas me seguem.

A caminho de casa, despacho um nome da minha lista sem maiores pretensões. O menino dá uma olhada nos nós dos meus dedos machucados e se encolhe, mas não corre, e eu estaria mentindo se não dissesse que, pela primeira vez, o medo em seus olhos foi gratificante. É muito mais fácil lidar com eles pela intimidação do que inventando histórias e conquistando sua confiança.

Giro os ombros para soltar a rigidez enquanto volto para casa para tomar uma chuveirada. Já estou pegando meu uniforme quando ouço uma batida na porta do quarto e papai me chama.

— É melhor se apressar ou vamos nos atrasar.

Termino de botar a camisa e quase me esqueço de colocar a chave para dentro do colarinho antes de abrir a porta.

— Do que você está falando?

Papai balança suas chaves.

— Vou te levar para a escola.

— Não vai, não.

— Não ligo de te levar — diz ele.

— Mas eu sim.

Ele suspira e vai para a cozinha encher sua caneca de viagem com café.

— Achei que você pudesse ter ficado nervosa com a bicicleta.

— Não fiquei, não. — Franzo a testa e prossigo. — E não tem aquele ditado sobre cair do cavalo e subir de novo?

— Tem, mas...

— Vou ficar *bem* — digo, jogando a mochila no ombro. Seus olhos se voltam para os meus dedos.

— E você tem certeza de que a bicicleta está em boas condições?

— Está tudo bem com a bicicleta, também. Mas se você está tão preocupado, por que não vem dar uma olhada?

Isso parece acalmá-lo um pouco, e descemos juntos. Desvio para a cafeteria para pegar um bolinho e um copo enquanto ele dá uma olhada em Dante. A Bishop's está movimentada esta manhã e mamãe sequer me vê entrar ou sair. Berk me entrega uma sacola de papel e um copo para viagem e me bota para fora.

— Bem, parece que está tudo nos eixos — diz papai, limpando as mãos quando o encontro na calçada. — Você tem certeza de que não quer uma carona?

— Tenho — digo, passando a perna facilmente por cima da bicicleta para mostrar como estou confortável com ela. — Viu? Igual a um cavalo.

Papai fica sério.

— Cadê seu capacete?

— Meu o quê? — Papai me lança um olhar absolutamente gélido, e estou prestes a abrir a boca para dizer que não preciso do capacete quando percebo que essa não seria uma boa fala depois de ontem à noite; em vez disso, digo-lhe onde está, desde o dia em que ele o comprou para mim. — Debaixo da minha mesa.

— Não. Se. Mexa. — Papai desaparece pela portaria e eu suspiro, parada ali, sentada na bicicleta com o café equilibrado no guidom. Percorro a rua com os olhos, mas não há sinal de Eric. Não sei se isso me faz sentir melhor ou pior, agora que sei que ele é real. Ainda não sei por que está me seguindo. Talvez seja um procedimento padrão. Uma verificação. Ou talvez ele esteja à procura de provas. Falhas.

Papai retorna e joga o capacete para mim. Pego-o no ar e o coloco na cabeça. Pelo menos não é rosa, nem coberto de flores, nem nada do tipo.

— Satisfeito? — pergunto. Ele concorda com a cabeça e saio pedalando antes que ele resolva achar que o café no guidão representa um risco à minha segurança.

A manhã está fresca, e respiro profundamente, tentando afastar a preocupação de Roland e a desconfiança de papai enquanto o mundo passa por mim como um borrão. Estou a meio caminho da escola quando viro uma esquina para subir num trecho de calçada em torno de um parque que se estende por alguns quarteirões em linha reta e vazio. Num momento de fraqueza — ou de arrogância, ou talvez de cansaço —, permito que meus olhos se fechassem. É só uma piscada longa, de um segundo ou dois, no máximo —; mas quando os abro de novo, tenho tempo apenas para ver o corredor sair do parque e entrar no meu caminho, e não há tempo suficiente para desviar.

A colisão é um emaranhado de guidão, rodas, braços e pernas, e caímos os dois com força contra o concreto. Bato com a cabeça na calçada. O capacete absorve a maior parte do impacto — tenho certeza de que meu pai ficaria encantado — e consigo tirar a perna de debaixo da bicicleta e ficar de pé, a dor ardendo através da manga e da calça de malha. Decido não olhar para o estrago.

A poucos passos de distância, o corredor demora um pouco mais para se recuperar. Apoia-se nas mãos e nos joelhos e descansa, verificando todo o corpo antes de se levantar. Corro para perto dele e estendo a mão, uma vez que, tecnicamente, fui eu que o atingiu, mesmo tendo sido ele quem surgiu no meio do nada.

— Você está bem? — pergunto. — Quebrou alguma coisa?

— Nada, tudo bem — diz, levantando-se. Não é velho; tem talvez uns 20 anos. E também alguns arranhões, mas, fora isso, não parece ter sofrido mais nada. A não ser um banho de café.

Ele olha para baixo e só então percebe.

— Ah — diz —, estou cheirando melhor do que antes.

Solto um gemido.

— Me perdoe, de verdade.

— Acho que foi minha culpa — diz, girando o pescoço.

— Sei que foi — digo —, mas lamento mesmo assim por ter te acertado. Você apareceu do nada.

Ele esfrega a cabeça.

— Acho que fiquei meio perdido com a música — diz, apontando para os fones de ouvido pendurados no pescoço. E sorri, mas parece meio atordoado.

— Tem certeza de que está bem?

Ele concorda, cauteloso.

— Sim, sim, acho que sim...

— Você sabe o seu nome?

Ele franze a testa.

— Jason. E *você*, sabe o seu?

— Eu não bati com a cabeça.

— Bom, e *eu* posso saber seu nome? — pergunta ele. Acho que ele pode estar me paquerando.

— Mackenzie. Mackenzie Bishop. — Mostro quatro dedos. — Quantos dedos você vê?

— Sete. — Estou prestes a dizer que ele precisa de um médico quando completa: — Estou brincando. O que houve com as suas mãos, Mackenzie?

— Tombo de bicicleta — respondo sem pensar. — Você não deveria brincar quando alguém quer saber se você está bem.

— Nossa, quantos tombos de bicicleta você levou esta semana?

— Semana difícil — respondo, levantando a Dante.

A bicicleta está um pouco arranhada, mas funcionando. Fico aliviada, pois, se tivesse quebrado, não sei o que diria para os meus pais. Não a verdade. Mesmo que, dessa vez, *seja* verdade.

— Você é bonita.

— Você bateu a cabeça.

— Isso é verdade. Mas, mesmo assim, você provavelmente continua bonita.

— Uhum.

— Mackenzie Bishop — diz, pronunciando cada sílaba com cuidado. — Bonito nome.

— Tá. — Tiro o telefone do bolso para ver a hora. Se eu não for logo, vou me atrasar. — Olha, Jason, você vai ficar bem?

— Eu estou bem. Mas acho que a gente devia trocar informações sobre seguro, ou alguma coisa do tipo. Será que eles cobrem atropelamento de bicicleta? Sua bicicleta está no seguro? Se você está sofrendo tantos acidentes, talvez fosse bom...

— Você tem um telefone?

Ele me olha como se não soubesse do que eu estava falando. Ou por que eu estava perguntando.

— Um telefone — repito —, para que eu possa te dar meu número. E aí você me manda uma mensagem quando chegar em casa. Para eu saber que você ficou bem.

Ele apalpa os bolsos.

— Eu não trago quando vou correr.

Procuro uma caneta e um papel na minha mochila e escrevo meu número.

— Aqui. Pegue. Me mande uma mensagem — digo, tentando deixar o mais claro possível que a intenção era cumprir minha obrigação como cidadã, e não para ele me ligar para marcar um encontro.

Jason pega o papel e já estou subindo na bicicleta quando ele tira o celular da minha mão e começa a digitar. Quando me devolve, vejo que inseriu seu contato, identificando-se como *Jason, o corredor atropelado.*

— Apenas por garantia — diz.

— Está bem, valeu — respondo, e antes que a situação fique ainda mais estranha, subo na Dante (cair do cavalo, subir de novo etc.) e saio pedalando. (Quisera Eric tivesse visto meu comportamento exemplar de boa samaritana e relatado *isso* para o Arquivo, mas é claro que ele não está por perto.) Olho de volta antes de virar a esquina para ver se Jason ainda está de pé (está!) e sigo para a escola.

Quando chego lá, o estacionamento está enchendo e vejo Wesley encostado no bicicletário. Outra garota — uma com listas prateadas, dessa vez — está pendurada no ombro dele, cochichando em seu ouvido. O que quer que esteja dizendo, deve ser ótimo; ele está olhando para baixo, mordendo o lábio e sorrindo. Sinto um aperto no peito, mesmo que não devesse, pois não deveria me importar. Wesley pode flertar com quem quiser. Desço da bicicleta e vou até ele. Seus olhos se movem preguiçosamente ao encontro dos meus e ele se endireita.

A garota em seu ombro quase cai no chão.

Não consigo deixar de sorrir. Ele diz alguma coisa e o sorriso sedutor dela desaparece. Quando chego ao bicicletário, ela já sumiu pelo portão — não sem antes me lançar um olhar fulminante.

— Alô, você! — diz alegremente.

— Oi — respondo; então, pois não consigo me conter, olho em volta e completo — Cadê o Cash?

Ele sente o golpe e seu humor fica abalado. Seus olhos então se desviam para minhas mãos e o que restava do bom humor se acaba.

— O que aconteceu?

Quase minto. Abro a boca para lhe dizer a mesma coisa que tenho repetido para todo mundo, mas paro. Tenho uma regra sobre mentir para Wesley. Não faço mais isso. Posso justificar algumas evasivas e omissões, mas nenhuma mentira direta, não depois do que lhe aconteceu no verão. Só que também não quero reviver a noite de ontem aqui nos degraus da Hyde, por isso digo:

— É uma história engraçada. Te conto depois.

— Não vou deixar você esquecer — diz ele, e olha para além de mim. — E aí está ele. A Mackenzie aqui estava começando a ficar preocupada.

Viro e me deparo com Cash vindo a pé pela calçada, o chaveiro do carro numa mão e uma sacola de papel na outra.

— Bom dia, queridinhos — diz ele, abrindo a bolsa e tirando três copos de café numa bandeja para viagem. Os olhos de Wesley se animam ao ver o terceiro copo. Ele estica a mão, mas, antes que seus dedos toquem o copo, Cash os tira de seu alcance.

— Você jamais poderá dizer que eu não sou legal com você.

— Jamais.

Cash me oferece um dos cafés e eu dou um longo e saboroso gole, já que só tive um gostinho do copo que peguei na Bishop's antes de entorná-lo em Jason, o corredor.

— Desculpe pelo atraso — pede ele. — Eles não conseguiam acertar o pedido.

— Qual a dificuldade de preparar três cafés pretos? — pergunta Wes.

— Nenhuma — responde Cash. — Mas o pedido eram dois cafés pretos... — ele pega o segundo café — ... e um achocolatado de soja com caramelo. — E vira a bandeja, estendendo-a para Wesley e oferecendo o último copo, com a bebida especial.

Wes faz uma careta.

Cash continua estendendo-lhe a bandeja.

— Se você for bancar a garotinha com esse negócio, vai ganhar bebida de garotinha. Agora, seja gentil.

— Meu herói — resmunga Wesley, pegando o copo.

— E não finja que não gosta — acrescenta Cash. — Lembro que você pediu isso no inverno passado.

— Mentira.

Cash toca o lado da cabeça.

— Memória fotográfica.

Wesley murmura algo indelicado em seu achocolatado de soja.

Nós três vamos andando devagar para o portão, bebendo nossos cafés e observando o fluxo de alunos, aproveitando o momento antes de o sino tocar. Então Cash quebra a paz com uma pequena pergunta, direcionada para Wes:

— Ouviu falar da Bethany?

O café congela na minha garganta.

— A loura sênior? Que tem ela?

Cash parece surpreso pelo fato de eu saber quem é ela.

— A mãe dela disse que ela não voltou para casa ontem. Não conseguiram encontrá-la em lugar nenhum. — Ele olha para Wes. — Você acha que ela finalmente fugiu de casa?

— Acho que é possível — responde ele. Parece chateado.

— Tudo bem? — pergunta Cash. — Sei que vocês dois-

— Estou bem — Wes o interrompe, mesmo que eu fosse gostar de ouvir o final da frase. — Apenas triste por ficar sabendo.

— Pois é — complementa Cash. — Embora eu não possa dizer que estou surpreso.

— Por que não? — pergunto.

No fundo da minha cabeça, ecoa a lembrança do pingente: uma Bethany perturbada, agarrada ao volante, forçando-se a partir. Mas o que aconteceu? O que a levou àquilo?

Cash hesita, depois olha para Wes, que apenas diz:

— Ela estava com problemas em casa.

E depois, antes que pudéssemos dizer qualquer outra coisa, o sino toca e seguimos pelos portões com o resto dos estudantes. Cash e Wes vão por outro caminho e a conversa morre, mas as perguntas me acompanham até a sala de aula. Será que Bethany realmente fugiu? Por quê? E, se fugiu, por que esperou até agora? Ela teve todo o verão. Será que foi por causa de ontem?

Uma ideia mais sinistra atravessa meus pensamentos.

Primeiro, o senhor Phillip, agora, Bethany.

Ambos têm algo em comum. *Eu.*

Eu me sinto afundar ao passar pelos corredores, a caminho da sala de aula.

Da dizia que é preciso ver os padrões, mas não ficar procurando por eles. Estarei traçando linhas onde elas não existem ou será que tem algo acontecendo bem debaixo do meu nariz?

Nenhuma mensagem de Jason.

Verifico o celular antes da aula de Pré-Cálculo, e de novo antes da de Teoria Literária. Finalmente, a caminho de Boa Forma, mando uma mensagem para ele.

> Chegou bem em casa?

Tento acalmar meus nervos quando coloco o telefone e a mochila dentro do armário, percebendo que o barulho no vestiário está diferente. Continua alto, cheio de batidas metálicas e burburinho de corpos e vozes, mas as vozes não estão cheias de risadas. Estão tomadas por boatos e boatos são o tipo de coisa que circula em sussurros, não em gritos, deixando o vestiário com uma falsa impressão de silêncio.

Capto somente fragmentos das conversas sussurradas, mas sei do que estão falando.

Bethany.

A garota popular. Escola pequena. As alunas só falam disso. Um grupo de juniores acha que foi um sequestro para pagamento de resgate. Outro acredita que ela fugiu com um garoto. Uma rodinha de seniores repete a fala de Wes e Cash, dizendo que não estão surpresas, depois do que aconteceu — mas ninguém diz exatamente o que aconteceu. Em vez disso, ficam em silêncio. Uma júnior acha que ela engravidou. Outra acha que ela morreu. Umas poucas falam aos cochichos e olham atravessado para as garotas que não têm a educação de fofocar em voz baixa.

Qualquer que seja a história, uma coisa é certa: Bethany sumiu.

— Não acho que seja tão simples assim — diz Amber, virando a esquina.

— Não dá para transformar tudo em crime — diz Safia, vindo logo atrás dela. — É doentio.

Elas se sentam no banco ao meu lado enquanto visto a camisa de ginástica, preferindo que fosse de manga comprida, para eu poder ocultar os nós dos dedos machucados. Em vez disso, enfio as mãos nos bolsos dos shorts.

— Só estou dizendo... existem provas, e são contraditórias.

— Admita, você apenas quer que seja mais dramático do que já é.

— Eu diria que já é dramático o suficiente. A vida da Bethany já era um novelão dos piores.

— Ai — diz Safia, com um arrepio. — Você falou "era". Como se ela estivesse morta. Não faça isso.

— Vocês estão falando da garota que fugiu? — pergunto, tentando parecer o mais de boa possível.

Amber confirma.

— Se é que ela fugiu.

Franzo a testa.

— O que te faz pensar que não?

— Não seria tão emocionante — diz Safia, revirando os olhos.

Amber a ignora com um gesto.

— Há provas de que ela *ia* fugir, até concordo. Mas também há outras que dizem que alguma coisa aconteceu. De que ela mudou de ideia.

— O que você quer dizer? — pergunto, fechando o armário.

— Bom, meu pai me disse que...

— O seu pai está no caso? Mas já?

— Não *oficialmente* — responde Amber. — Mas ele conhece a mãe da Bethany e concordou em dar uma olhada.

Sinto um aperto no peito. São duas coisas que os casos têm em comum. Eu. E o detetive. *Não é nada*, digo a mim mesma enquanto sigo Amber e Safia até o ginásio. *Não é nada porque eu não fiz nada. Fui legal. Ajudei. Melhorei o dia dessas duas pessoas. E as duas, por acaso, acabaram de desaparecer.*

— De qualquer modo — diz Amber —, a mochila e a bolsa da Bethany também sumiram. Mas o carro ainda estava lá, havia uma mala atrás, e a porta do carro estava aberta. Ou ela foi raptada ou mudou de ideia sobre sair de carro e resolveu ir andando.

Ela e Safia vão para os colchonetes e, mesmo querendo fugir, querendo fazer algo para clarear minha mente e acalmar meus nervos, vou com elas.

— O que seria inteligente — continua Amber —, se ela quisesse mesmo desaparecer, já que é muito fácil rastrear um carro.

— Por que todo mundo está convencido de que ela queria desaparecer? — pergunto, ajeitando-me no colchonete. — Todo mundo fica dizendo que não está surpreso, que era só uma questão de tempo. O que isso quer dizer?

Amber suspira.

— Durante o verão, meu pai foi chamado na casa da Bethany por uma reclamação de barulho. Houve uma gritaria e, quando ele chegou lá, encontrou a Bethany na entrada da garagem, empacotando tudo o que tinha.

— Espera aí — diz Safia. — Você está pulando as melhores partes. — Ela se vira para mim. — Então, a mãe da Bethany é uma sanguessuga. É como a gente chama uma pessoa que se casa só pelo dinheiro. Depois que a empresa do pai dela entrou em crise, a mãe largou dele assim — ela estala os dedos. — Pegou tudo o que podia, inclusive a casa, e depois se envolveu com esse outro sujeito para repetir a dose. Ele se mudou para a casa delas tipo três semanas depois.

— Meninas! — grita um dos professores de ginástica. — Mais exercício, menos conversa!

— O alongamento é uma parte essencial da Boa Forma! — grita Safia de volta. Ela prossegue exagerando cada um de seus movimentos, o que quase me faz rir.

— Então — continua ela —, o cara escroto depois de, tipo, uma semana, fica sozinho em casa com a Bethany e tenta agarrar ela.

Meu estômago revira.

— O que aconteceu?

— Ela fez o que qualquer aluna da Hyde com um mínimo de amor próprio teria feito. Acertou ele no meio da cara. Mas, quando tentou contar o que tinha acontecido, a mãe disse que a culpa era *dela*.

Em minha mente, vejo a mulher jogando o copo na direção da cabeça de Bethany.

— E o idiota distorceu a história toda — diz Safia. — Alegou que a Bethany tinha tentado seduzi-lo. Fico espantada por Bethany não ter metido o pé naquela mesma noite. Sei que ela considerou fazer isso.

— Papai reportou o caso, mas era a palavra de um contra a palavra do outro. Nada aconteceu. *Só que* ele disse para a Bethany ligar para ele se o cretino voltasse a tentar alguma coisa. Caso ela não se sentisse segura.

— Então seu pai acreditou nela.

Amber franze a testa.

— É claro. Ele não é idiota. Todo mundo achou que Bethany iria aguentar, só que não. Acho que entendo. Ela só teria que aguentar mais este ano e depois estaria livre. — Ela balança a cabeça. — Não sei o que aconteceu. Mas parece estranho. E por que a mala ficou no carro?

Safia mastiga o lábio.

— A Bethany uma vez disse para o Wesley que tinha uma mala feita para caso não aguentasse mais. Que, quando as coisas piorassem, seria só entrar no carro, que estaria tudo pronto. Ouvi ele contar para o Cash. Mas isso ainda não explica por que deixou a mala lá.

— Rolou alguma coisa entre o Wes e a Bethany? — pergunto.

Safia levanta a sobrancelha perfeita.

— Por quê? Ficou com ciúmes?

— Só estou querendo conhecer a história toda.

— Tanto quanto rola alguma coisa com Wesley e todo mundo — responde Amber. — O que não é muito.

— Ele é um idiota provocador — diz Safia, enquanto seus olhos se movem para a pista onde ele e outros caras estão correndo. Ela fica na ponta dos pés. — Olha, não que não tenha sido mórbido, ou uma boa conversinha entre amigas, mas tenho que arrumar uma companhia para o Festival de Outono para não morrer sozinha. Tchauzinho, queridinhas.

Safia se afasta, cruzando o ginásio. Amber a observa ir. Parece tão desconcertada quanto eu.

— Você não acha que ela fugiu.

Amber balança a cabeça.

— Sei que ainda é muito cedo para sair tirando conclusões, mas eu só tive um mau pressentimento.

— O padrasto escroto é suspeito? — pergunto.

— Ele tem um álibi, mas não seria a primeira vez que arranjou um jeito de livrar a cara. É só que... não acredito em nada disso. Você já teve esse sentimento de que alguma coisa não está batendo?

— O tempo todo.

— Pois é, bom, estou sentindo isso agora. E não é pelo carro abandonado na entrada da garagem, ou pelo fato de a mãe e o senhor boçal fingirem que estavam se importando — diz Amber, alongando os pés. — Tem outra coisa. Pode parecer bobeira ou idiotice, mas ela tinha um pingente que não tirava nunca.

Sinto o sangue gelar.

— E o que aconteceu com esse pingente?

— Foi encontrado no banco do motorista.

Hora do almoço e nada de uma resposta de Jason.

Envio outra mensagem para ele e me apoio na estátua do Alquimista, no Pátio. O resto do grupo está conversando sobre o Baile de Outono, as inscrições para as faculdades e o professor nazista de educação física, mas não consigo parar de pensar sobre o senhor Phillip e Bethany. Duas pessoas que desapareceram logo depois de terem se encontrado comigo.

Pego o telefone.

E se vierem a ser três? E se *já* forem três?

Tento afastar o pensamento. É ridículo. Isso não tem nada a ver comigo. Eu nem conhecia essas pessoas. Nossos caminhos se cruzaram. As pessoas se cruzam o tempo todo. Bethany pode ter fugido. Talvez tenha se assustado com alguma coisa — uma ligação da mãe, um carro passando —, e desistiu da mala, do carro e saiu andando antes que perdesse a coragem. É bem fácil desaparecer quando se tem dinheiro e há necessidade.

Mas ela não teria deixado o pingente. Teria saído de casa, deixado o carro e a sua vida para trás, mas não o pingente. Sei disso apenas por tê-lo segurado.

Só que, se ela não o deixou, o que aconteceu? Outro sequestro?

— Esperando uma ligação?

Wesley senta ao meu lado. Ponho o celular de lado.

— Sinto muito sobre Bethany.

— Eu também — diz Wes. — Vocês se conheceram?

— Eu a encontrei uma vez. Você acha mesmo que ela fugiu?

— Você acha que não?

Respiro fundo.

— É só que... é a segunda pessoa que desaparece essa semana.

— Estamos numa cidade, Mac. Coisas ruins acontecem.

— Sim, eu sei — digo em voz baixa. — Mas essas duas coisas ruins têm algo em comum.

— O que?

— Eu. — Olho para as minhas mãos. — Acho que fui a última pessoa a vê-los. Os dois.

Ele fica sério e conto a história do senhor Phillip e os biscoitos, depois, de Bethany e o pingente. E depois pego o celular e conto para ele sobre o corredor de hoje de manhã.

— Então você se encontrou com essas pessoas e elas, simplesmente, o quê? Sumiram? Por quê? Como?

— *Eu não sei*. Mas são muitas coincidências, uma atrás da outra, Wes.

— Isso está te incomodando para valer, não está?

Puxo a manga da blusa por cima das mãos.

— Olha — diz ele —, é estranho o jeito como as coisas aconteceram, mas o fato é que nada disso foi culpa sua. Você não fez nada de errado. Tenho certeza de que você lembraria se tivesse feito.

Um buraco negro se forma na boca do meu estômago.

Será mesmo?

Passo o resto do dia remoendo aquilo, procurando momentos perdidos, tentando lembrar se eu me esqueci de alguma coisa, por mais difícil que possa parecer. Enquanto o senhor Lowell discorre sobre a inquietação social, vasculho minha memória em busca de pedaços congelados e obscuros, retalhos perdidos de tempo, mas não encontro nada.

Fui direto de casa para a casa do senhor Phillip.

Fui direto para casa depois de falar com Bethany.

Fui direto para a escola depois do acidente com Jason.

Então por que eles estão desaparecendo?

— Essas são as peças fundamentais de uma revolução — explica o senhor Lowell, batendo de leve no quadro. — Não basta engendrar o descontentamento, enfraquecer a fé das pessoas. Uma revolução é mais um jogo de habilidades do que de poder. É preciso haver uma estratégia...

Não faz o menor sentido.

— ... um método...

Eu não conheço essas pessoas. Nossos caminhos apenas se cruzaram.

— ... um plano de ataque.

Um pensamento sinistro então me ocorre.

E se estiverem armando para mim? E se essas pessoas se tornaram alvos *porque* cruzaram comigo?

Mas por quê?

As palavras de Roland ecoam na minha cabeça.

Para que alguém te considere inadequada, é preciso haver um caso. Precisaria de provas.

Engulo em seco, enfiando as unhas nas palmas das mãos. Estou delirando de novo, ligando pontos que eu talvez não devesse ligar, me enredando a tal ponto que acabo perdendo a solução mais simples.

Começar do começo.

Juiz Gregory Phillip.

Ninguém sabe o que aconteceu com ele, mas eu posso descobrir. Afinal, o sequestro aconteceu dentro da casa dele, numa sala entre quatro paredes. Paredes que eu posso *ler*.

Tudo o que eu preciso fazer é invadir a cena do crime.

QUATORZE

Assim que o sino toca, estou de saída e a caminho do estacionamento. Mas paro logo que chego ao portão e vejo Eric na esquina, depois da última fileira de carros, fingindo ler um livro. Ótimo. *Agora* ele aparece.

Ele ainda não me viu, então recuo alguns metros, esbarrando nos alunos e sendo tomada pela torrente de movimento e energia enquanto me afasto para sair do campo de visão dele.

Não sei o que está acontecendo com essas pessoas, mas quer Eric esteja atrás de alguma prova ou não, a última coisa de que preciso é do Arquivo me vigiando enquanto invado uma cena de crime. Deixo a Dante em sua vaga no bicicletário e saio procurando outra rota para casa, imaginando por quanto tempo Eric vai ficar por lá, esperando eu aparecer.

A casa do senhor Phillip fica a uns poucos quarteirões do Coronado, então dá para eu ir a pé quando chegar em casa. E, para minha sorte, conheço alguém que pode me levar até lá.

Só espero que ele ainda esteja *aqui*.

Atravesso o prédio principal de saguão envidraçado e painéis de ex--alunos, forçando meus olhos a passarem direto pela foto de Owen, para ir conferir o salão de refeições e o Pátio, mas ambos estão vazios. Então me lembro de ver os meninos levando equipamento esportivo para o ginásio. No meio do caminho para o Centro de Boa Forma, vejo uma trilha batida saindo da principal e a sigo até o fundo do prédio, onde ficam as quadras abertas.

Lá está Wesley, no meio do gramado, jogando bola com mais uma dúzia de outros seniores.

Todos os garotos vestem o mesmo uniforme preto e dourado — metade ainda com o uniforme completo e a outra metade apenas de calça —, gritam e correm, xingando uns aos outros na camaradagem, pedindo a bola. Mesmo com apenas um vislumbre de suas costas nuas, eu o reconheço imediatamente.

Não apenas por sua altura, pela curva dos ombros ou pelos músculos definidos das costas — lembro vividamente de passar os dedos ao longo de sua coluna, tirando cacos de vidro da pele — mas também pela maneira como se move. A facilidade fluida com que joga o corpo e dribla, a calma substituída por arranques súbitos de velocidade que se desfazem voltando à calma anterior. Ele joga como luta: sempre no controle.

Na beira do campo, há um conjunto de arquibancadas de metal, sento num dos bancos e tiro o celular da mochila. Ainda não há nenhuma mensagem de Jason. Respiro longa e profundamente e digito seu número. Chama, chama e chama; enquanto isso, todas as possibilidades dançam na minha cabeça.

Talvez Jason tenha me dado o número errado por engano.

Talvez Bethany tenha deixado o pingente cair como no vestiário.

Talvez o senhor Phillip tenha arranjado inimigos.

Talvez...

Mas o telefone para de chamar e a voz de Jason atende no correio de voz, dizendo para deixar um recado, e todos os *talvez* se desfazem. Guardo o celular no bolso da blusa e vejo Cash no meio do campo, menos elegante e mais barulhento que Wes. Ele vibra ao roubar a bola, dar um balão e correr em direção ao gol improvisado. Mas Wesley está lá no último segundo, cortando o caminho da bola e jogando-a para longe com as mãos. Cash ri e balança a cabeça.

— Que negócio foi esse, Ayers? — questiona um dos outros garotos.

Ele dá de ombros.

— A gente precisava de um goleiro.

— Você não pode jogar em todas as posições — reclama Cash, e, por algum motivo, isso me faz rir. Baixinho, impossível alguém ouvir, mas naquele exato momento, os olhos de Wesley atravessam o campo para além dos outros jogadores em direção às arquibancadas. Na minha direção. Ele sorri, chuta a bola de volta para o jogo e abandona a pelada para vir caminhando. Logo depois, Cash abandona o campo também.

— Alô, você — diz Wes, ajeitando o cabelo com a mão. Os músculos se destacam em sua constituição esbelta; *olhe para cima, Mac, para cima;* e o ferimento na barriga está cicatrizando rapidamente e bem. Agora não é mais do que uma linha escura.

Antes que eu possa lhe dizer por que estou ali, Cash nos alcança.

— Tenho que admitir, Mackenzie — diz ele —, você nunca me pareceu fazer o tipo garota de arquibancada.

Levanto a sobrancelha.

— O quê? Você acha que eu não pareço gostar de esportes?

Wes ri.

— Garota de arquibancada — diz, apontando para as fileiras de bancos de metal onde um grupo de meninas com uniformes de listras verdes ou prateadas está reunido, os olhos treinados, ávidos, na partida cheia de rapazes do último ano, sem camisa e suados. Algumas olhando na minha direção. Ou melhor, para Wes e Cash. Reviro os olhos.

— Sem ofensa, meninos, mas não estou aqui para bajular vocês.

Cash fecha o punho sobre o emblema da escola no seu peito.

— Esperanças destruídas.

Wes apoia o tênis no banco mais baixo e se inclina para frente, apoiando o cotovelo no joelho.

— Então, o que você *está* fazendo aqui?

— Vim falar com *você* — digo; dessa vez, Cash parece verdadeiramente decepcionado.

Wes, por outro lado, me olha de um jeito estranho, precavido, como se desconfiasse de uma cilada.

— Para...?

— Não lembra que você disse para eu vir? — minto, com um gesto de impaciência, por garantia. — Você disse que ia me emprestar o seu *Inferno*, já que sua versão é melhor do que a minha.

Wesley relaxa visivelmente. Agora que estamos os dois de volta ao nosso elemento, a mentira, ele sabe o que fazer. E tenho que tirar o chapéu para ele. Mesmo sem saber o que eu quero de fato ou para onde o estou levando com isso, não perde a pose.

— Se por "versão melhor" — diz —, você se refere ao fato de o meu estar cheio de anotações ou com indicações de respostas para testes e provas, a resposta é sim. E me desculpe, eu havia esquecido completamente. Está no meu armário.

Cash franze a testa e abre a boca, mas Wes o interrompe.

— Não é cola, senhor Conselho de Classe. Todo mundo sabe que os testes são alterados todos os anos. É só um apoio escolar de alto nível.

— Não é o que eu ia dizer — retruca Cash. — Mas agradeço o esclarecimento.

— Minhas sinceras desculpas, Cassius — diz Wesley, tirando a mochila de debaixo de um banco da arquibancada. — Prossiga.

Cash chuta a grama.

— Eu só ia salientar que Wes copiou metade desse curso de mim...

— Mentira — diz Wes, escandalizado. — Isso é calúnia!

— ... então, se você quiser alguma ajuda...

— Até parece! Como se eu não fosse capaz de encontrar soluções mais criativas para colar — continua Wes.

— ... provavelmente, sou sua melhor aposta.

Sorrio e me levanto.

— Muito bom saber.

Wes ainda está resmungando quando a bola de futebol atravessa nosso caminho e Cash a pega no ar...

— Estou aqui para ajudar — diz, animado, voltando para o campo.

— Vou incluir isso no cartão de avaliação — grito de volta enquanto ele se afasta correndo devagar. Minha atenção se volta para Wes, em pé ali do lado, sem camisa e olhando para mim.

— Eu vou precisar que você vista a camisa de volta — digo.

— Por quê? — pergunta, levantando uma sobrancelha. — Fica difícil se concentrar?

— Um pouco — admito. — Mas principalmente porque você está todo suado.

Seu sorriso adquire um tom provocador.

— Ah, não, para... — tento falar, mas é tarde demais. Ele já está diminuindo a distância entre nós dois, envolvendo-me em seus braços e me apertando num abraço. Consigo levantar as mãos quando ele me envolve, e meus dedos se espalham contra seu peito, o som de banda de rock toma conta de mim, vindo de todos os pontos onde nossas peles se tocam. E através de seu peito e de seu ruído, ou talvez, lá de dentro, sinto as batidas de seu coração, o pulsar contínuo na palma das minhas mãos. Sentindo o eco dentro do meu próprio peito, tudo o que consigo pensar é: *Por que as coisas não podem ser simples assim?*

Quer dizer, nada nunca será *simples* para nós — não do jeito que é para os outros — mas será que não poderíamos ter algo assim? Será que *eu* não poderia ter algo assim? Um menino e uma menina e uma vida normal?

Ele encosta a testa úmida contra a minha seca e uma gota de suor escorre pela minha têmpora e pela bochecha antes de fazer a curva até o queixo.

— Você é tão nojento — sussurro. Mas não o empurro. Na verdade, preciso resistir ao desejo de deixar minhas mãos deslizarem pelo seu peito até o abdômen nu e pelas costas. Vontade de puxar nossos corpos um contra o outro, ficar na ponta dos pés para meus lábios encontrarem os dele. Não preciso ler sua mente para saber que seu maior desejo é me beijar também. Sinto isso na tensão sob meu toque, no gosto circulando no espaço apertado entre sua boca e a minha.

Me forço a lembrar que fui eu quem disse *não*. De que sou aquilo que nos mantém apartados. Não porque não sinta o que ele sente, mas porque tenho medo.

Tenho medo de perder a cabeça.

Medo de o Arquivo decidir que eu não valho o risco e me apagar.

Medo de entregar a Wesley uma parte de mim que ele não poderá guardar.

Medo de que, se formos por esse caminho, estaremos arruinados.

Eu serei a ruína dele.

— Wes — imploro, e ele me poupa a dor de ter que me afastar e me solta. Seus braços caem para os lados e ele dá um passo para trás, levando consigo a música ao se agachar e tirar a chave de dentro da mochila. Enfia o cordão pelo pescoço antes de se levantar, a camisa polo na mão.

— Então — diz, enfiando a camisa pela cabeça —, por que você veio de verdade?

— Na verdade, eu estava pensando se você poderia me dar uma carona até em casa.

Ele franze a testa.

— Eu não estava brincando, Mac. Eu não tenho carro.

— Não — digo devagar —, você tem algo melhor. O caminho mais rápido pela cidade, foi o que disse... e, por acaso, eu sei que dá direto na minha porta.

— Os Estreitos? — Sua mão escorrega para a chave apoiada em seu esterno. — O que há de errado com a Dante?

— Nada. — *A não ser sua atual proximidade de Eric.* Inclino a cabeça para trás. — É só que parece que vai chover. — Para falar a verdade, o tempo está mesmo meio nublado.

Ele também olha para cima.

— Aham. — Não *tão* nublado assim. Seus olhos se voltam para os meus. — Seja honesta. Você só quer passar pelos meus corredores.

— Bem, sim — digo, provocando. — Corredores sinistros me deixam *maluca*.

O canto de sua boca se move ligeiramente para cima.

— Venha comigo.

Wes me leva pela parte de trás do campus até um prédio abandonado. *Abandonado pode ser uma expressão exagerada; é um prédio pequeno, antigo e elegante, coberto de hera, mas nada nele sugere que tenha estruturas sólidas, muito menos que possa ser usado.* Wes faz outro gesto cavalheiresco, indicando a porta na lateral do prédio.

— Não estou entendendo — digo. — Sua porta mais próxima para os Estreitos é... uma porta *de verdade*?

Wes sorri.

— Linda, não?

A pintura está toda descascada e a janelinha de vidro no meio da porta, quebrada e coberta por teias de aranha. Mesmo assim, é estranha e adorável. Eu sabia que todas as portas para os Estreitos começaram como portas reais — madeira e molduras —, mas que, ao longo do tempo, as paredes mudaram, os prédios foram postos abaixo e os portais se mantiveram. Todas as portas dos Estreitos que eu já vi não passavam de uma fenda no mundo, uma costura quase invisível. Uma entrada impossível que só ganha forma quando ativada por uma chave.

Mas aqui está: essa pequena porta de madeira e metal. Tiro o anel, o mundo se altera sutilmente ao meu redor quando o guardo no bolso da saia e estico a mão. Encosto a palma da mão contra a porta e sinto o estranhamento, o zumbido do encontro de dois mundos reverberando pela madeira. Faz com que as pontas dos meus dedos fiquem entorpecidas. Wesley puxa a chave de dentro da camisa, enfia na fechadura enferrujada — uma fechadura verdadeiramente de metal — e gira.

— Alguma coisa que eu deva saber? — pergunto quando a porta se abre para a escuridão.

— Fique de olho em uma garota chamada Elissa — responde. Olho ao redor em busca de Eric, e depois sigo Wesley.

Os Estreitos são os Estreitos.

O fato de o território de Wesley se parecer, cheirar e ter o mesmo som que o meu — escuro, úmido, cheio de ecos distantes, como tubulações gemendo — é apenas um lembrete do que é o sistema do Arquivo. As únicas diferenças são as marcas que ele fez nas portas; eu uso *X*s e *O*s, mas Wes desenhou grandes traços vermelhos em cada uma das portas trancadas, e marcas verdes nas que ele pode usar. E, é claro, o fato de eu não fazer a menor ideia de para onde estou indo. Parece tanto com o meu território que sinto como se eu devesse reconhecer cada curva, mas os corredores e a porta são como um espelho desorientador.

— Qual o caminho para casa?

— A *sua* casa é por ali — diz ele, apontando para o fundo do corredor.

— E a sua? — pergunto.

Ele faz um gesto vago para trás.

A curiosidade toma conta de mim.

— Posso conhecer?

— Hoje não — responde, uma estranha tensão na voz.

— Mas estamos tão perto. Como deixar passar a oportunidade de conhecer a intimidade do misterioso Wesley Ayers?

— Porque eu não estou oferecendo-a — diz, esfregando os olhos. — Olha, é uma casa grande. Sem vida. Que eu odeio. É tudo o que você precisa saber. — Ele parece mesmo aborrecido, então deixo o assunto para lá. Ele defende a escola prontamente, por mais pretensiosa que seja, mas, seja lá como for sua casa, deve ser bem pior. A imagem de Wesley sentado num grande terraço, com um mordomo, estremece e se desfaz em minha mente.

Ele começa a se afastar, e o sigo. Avançamos em silêncio pelos Estreitos, os sentidos apurados pela penumbra dos corredores ao nosso redor. Tento fazer um mapa mental desses novos caminhos. Não basta saber o número de curvas para a direita e esquerda — Da me ensinou como aprender o espaço, criar uma memória a partir dele e conseguir encontrar o caminho em ambas as direções para corrigir meu percurso, caso me perca. É mais difícil dessa vez, pois já existe um território praticamente idêntico mapeado em minha mente.

— Você vai me contar o que aconteceu com as suas mãos? — pergunta Wes.

— Nada que eu não tenha dado conta.

— Você me prometeu uma história.

— Não é das melhores — respondo, mas conto para ele mesmo assim. Wesley diminui o passo. Mesmo no escuro, percebo que fica pálido ao me ouvir.

— Eu os teria matado — diz em voz baixa.

— Eu quase os matei — digo. Não incluí Eric na história. Não quero que Wesley se preocupe, não até haver um bom motivo para isso. Felizmente, chegamos à parede que separa os territórios e não digo mais nada.

O limite entre o território de Wesley e o meu parece um beco sem saída, a não ser pela fechadura inserida ali. É estranho, penso, como os Guardiões são mantidos separados. A Equipe forma pares, mas nós ficamos isolados. Cada um em sua página.

Wes enfia a chave na pequena marca brilhante, o único ponto a se destacar na parede nua; em seguida, a porta ganha forma em torno da fechadura, e a superfície de pedra ondula ao se transformar em madeira. A fechadura é acionada com um clique metálico suave, e ele empurra a porta para revelar a minha seção dos Estreitos. A mesma coisa — uma imagem espelhada —, e, mesmo assim, diferente. Mais familiar.

Tiro minha própria chave pelo colarinho e enrolo o cordão no pulso. Wes sorri e se curva com um floreio, antes de dar um passo para o lado e me deixar passar.

— Se cuide — diz, segurando a porta aberta enquanto atravesso.

Ouço-a se fechar atrás de mim, e, quando me volto, não há mais nada, a não ser a parede lisa de pedra e uma pequena fechadura iluminada. Uma sombra passa por ela depressa e depois desaparece. Quando encosto o ouvido na parede, imagino ouvir os passos de Wes se afastando. Sinto as letras arranharem minha lista, mas não pego o papel. A História vai ter que esperar. Poderá não estar feliz ou sã, mas tratarei disso quando voltar.

Sigo direto pelo território de portas numeradas, a cabeça já voltada para a casa do senhor Phillip quando encaixo a chave na primeira porta, saio no corredor do terceiro andar e paro.

Eric está apoiado no papel de parede amarelo, lendo seu livro.

— Se eu já não te conhecesse — diz, virando uma página —, acharia que está tentando me evitar.

— Pneu furado — respondo, colocando o anel de volta enquanto a porta dos Estreitos se dissolve atrás de mim.

— É claro. — Ele fecha o livro e o guarda no bolso.

— Sabe — digo —, tem um termo para caras que ficam espreitando escolas.

Eric quase sorri.

— Quando alguém tenta escapar, a gente pode achar que essa pessoa está tramando alguma coisa.

— Quando você começa a seguir alguém sem dizer o motivo, a gente pode pensar o mesmo.

Eric pisca.

— Como estão as suas mãos?

Hesito. Ele pergunta como se realmente se importasse. Talvez eu estivesse errada sobre ele. Mostro as mãos.

— Ótimas — diz Eric. — Cicatrização rápida.

— Bem conveniente.

— Agradeça aos seus genes, senhorita Bishop. Sua taxa de recuperação resulta disso, assim como sua visão.

Olho para as feridas nos dedos. Nunca tinha pensado nisso antes, mas faz sentido.

Neste momento, a porta da escada de serviço é escancarada e vejo uma mulher, com uma chave da Equipe pendurada nos dedos. Ela é alta, de olhos negros com cílios escuros, um rabo de cavalo preto pendendo entre os ombros e descendo pelas costas, reto e pontiagudo como uma faca. Na verdade, tudo nela parece afiado, da linha do queixo e dos ombros às unhas e botas de salto, arrematando as pernas longas e finas. Eu a reconheço daquele dia, no Arquivo.

A parceira de Eric.

— Aí está você — diz ela, os olhos indo de um a outro.

— Sako, meu amor. — O tom caloroso de sua voz combina com a frieza da voz dela. — Eu estava terminando de dar algumas lições para a nossa jovem Guardiã aqui. Não ensinam nada para os jovens hoje em dia.

Eu apostaria que sei bem mais do que Eric pensa sobre como o Arquivo funciona, mas seguro a língua.

— Bom, hora de encerrar a aula. Temos que trabalhar.

Eric sorri, seus olhos brilham.

— Maravilha.

Meu peito relaxa. Maravilha. Isso deve mantê-lo longe do meu rastro por tempo suficiente para eu fazer uma visita à casa do senhor Phillip.

Ele vai na direção de Sako e já estou quase suspirando de alívio quando ele para e me olha de volta.

— Senhorita Bishop?

— Sim?

— Veja se consegue se manter longe de problemas.

Sorrio e abro os braços.

— Por acaso eu tenho cara de encrenqueira?

Sako bufa e desaparece na escada, Eric vai logo atrás.

No momento em que se vão, entro em casa e tiro a caixa com as coisas de Da do fundo do armário, revirando-a até encontrar o que estou procurando: um jogo de gazuas de metal para arrombamento. Troco a saia da escola por uma calça jeans e guardo as gazuas no bolso, estou quase saindo pela porta da frente quando meu celular toca.

Meu coração dispara.

No segundo entre ouvir o toque e tirar o celular do bolso, todos os meus temores subitamente parecem idiotice.

Será um texto de Jason, dizendo que está bem, se desculpando pelo telefone descarregado, que não conseguia achar o carregador, e me darei conta de que estive fazendo tempestade em copo d'água, teorias sobre teorias, e que, ao menos dessa vez, Da estava errado, que tudo não passou mesmo de coincidência. Talvez Bethany só tenha encontrado forças para deixar o pingente para trás, junto com o resto da própria vida. Talvez

Eric tenha sido chamado para me proteger, não para me apagar. Talvez o senhor Phillip... mas aí está o problema. Não há explicação para o senhor Phillip.

E a mensagem não é de Jason.

É de Lyndsey, só para dar um oi.

Minhas esperanças se desfazem, porque não existem respostas fáceis — só mais perguntas. E apenas um lugar aonde ir. Um lugar onde tenho que encontrar respostas.

Desço os degraus de dois em dois até o saguão. Viro à direita pelo corredor ao lado da escada, passo pelo escritório e chego ao jardim. Trepo no muro de pedra, pulo para a calçada, caio agachada e saio correndo.

QUINZE

Da e eu estamos caminhando de volta para sua casa num escaldante dia de verão, tomando sorvete de limão, quando ele recebe um telefonema. O toque do telefone é o específico de quando ele está sendo chamado para uma cena de crime. Não oficialmente, é claro — Da jamais faz qualquer coisa oficialmente. Ele me passa o resto de seu sorvete de limão, dizendo:

— Pode ir na frente, Kenzie. Eu te alcanço.

É claro que eu jogo os dois sorvetes fora e o sigo a distância. Ele faz o caminho atravessando mais três ruas, até uma casa cercada por faixas de isolamento, mas nitidamente vazia. Ele vai até a porta dos fundos, evita a da frente, e fica parado ali até eu ficar ao alcance de sua voz. Então fala, sem se virar:

— Não me ouviu? Eu disse para você ir para casa.

Porém, quando olha para trás, não parece aborrecido — parece estar achando tudo aquilo engraçado. Da sabe que consigo manter minhas mãos no lugar, por isso, acena com a cabeça para que eu me aproxime e me manda observar com atenção. Tira então um jogo de gazuas do bolso de trás da calça e me mostra como posicioná-las, uma sobre a outra, e me faz colar o ouvido junto à fechadura para ouvir os estalos. Da diz que todas as trancas falam com a gente, se soubermos ouvi-las. Ao final, apoia a mão na maçaneta e diz:

— Abre-te sésamo. — A porta se abre.

Ele tira as botas, amarra os cadarços numa alça para pendurá-las no ombro antes de entrar. Faço tudo o que ele faz e nada do que não faz, e entramos juntos na casa.

É uma cena de crime.

Sei disso porque está tudo muito quieto.

Quieto daquela maneira deliberada em que nada foi tirado do lugar.

Fico junto da porta e observo-o trabalhar, impressionada pela maneira como toca nas coisas sem deixar vestígios.

Olhando da rua, a casa do senhor Phillip parece quase normal.

As plantas ainda estão nos vasos, o tapete da entrada continua limpo e esticado no alto da escada, e sou capaz de apostar que, lá dentro, os pares de sapatos estão todos alinhados junto à parede. Mas a ilusão de ordem é interrompida pela fita amarela brilhante atravessada diante da porta e pela viatura estacionada na calçada.

Estou encostada numa cerca, algumas casas além, avaliando a situação. Tem um policial no carro, mas o banco está reclinado, e ele cobriu os olhos com o quepe. Mais adiante, na metade do quarteirão, uma mulher está passeando com um cachorro, mas, tirando isso, a rua está vazia.

Uma cerca de madeira alta rodeia ambos os lados da casa do senhor Phillip, mas o gramado do vizinho é aberto e posso atravessar a rua por trás da viatura, entrar no quintal e ir para os fundos, como se a casa fosse minha. Felizmente não há ninguém em casa para me contradizer. Assim que estou fora do campo de visão do policial, encosto o ouvido na cerca e tento escutar. Nada. A madeira mal solta um rangido quando me ergo para pular a cerca e cair agachada sobre o gramado aparado.

As duas janelas estilhaçadas foram fechadas com plástico nos fundos da casa, e a grama debaixo delas está coberta de vidro, o que já é bem estranho por si só. Normalmente, numa invasão, as janelas se quebrariam para dentro, mas o vidro ali no gramado sugere que as janelas foram quebradas de dentro para fora.

Fico de olho no chão, com cuidado para pisar apenas onde há claros indícios de que outras pessoas já pisaram e não deixar marcas nas áreas intocadas.

Quando chego à porta dos fundos, encosto o ouvido na madeira e tento escutar. Nada ainda — nenhuma voz, nada de passos, nenhum sinal de vida. Verifico a tranca, mas ela está firme no lugar, então tiro as gazuas da mochila e me ajoelho junto à fechadura. Por ali, consigo manobrar as duas barras de metal até que a tranca se move e estala sob meus dedos.

— Abre-te sésamo — murmuro.

Giro a maçaneta e a porta se abre. Guardo as gazuas de volta no bolso e entro, fechando a porta com cuidado ao entrar. A princípio, tudo parece normal — uma sala pequena, com piso de azulejos, um par de sapatos ajeitado junto à porta, um guarda-chuva num suporte, a mesma sensação de tudo em seu devido lugar. Então olho para o interior, à minha esquerda, e vejo o estrago. O plástico nas janelas deixou o lugar no escuro, mas, mesmo sem luz, dá para ver a bagunça espalhada por todo o chão. Na parede oposta às janelas quebradas, há um conjunto de prateleiras do chão ao teto. A maior parte dos restos parece ter vindo dali — as prateleiras estão praticamente vazias e um rastro de livros e objetos variados cobre o chão, diminuindo à medida que se aproximam das janelas.

Prendo a respiração. O silêncio na sala é horrível. Passaram-se apenas três dias, mas o ar já parece estagnado. É sinistro — uma cena de crime sem corpo, como uma locação cinematográfica sem atores.

Tiro o anel e o deixo sobre a mesa perto da porta. O ar se transforma ao meu redor, um zumbido distante ganha vida. Estou aproximando a mão da parede mais próxima quando algo acontece.

Deixo meus olhos percorrerem a sala. Perto das janelas, *ele se desloca*.

Sinto um aperto no peito. Um *atalho*? Aqui?

Um vazio se forma no meu estômago quando me dou conta de que não é um atalho. Atalhos — as portas invisíveis que a Equipe usa para cortar caminho pelo espaço — distorcem o ar, mas são limpos e estáveis, e isso aqui é irregular, atraindo e repelindo meu olhar ao mesmo tempo. Sinto meu batimento acelerando.

Um atalho não seria assim.

Mas um *vazio*, sim.

Vazios são ilegais, fendas abertas no mundo, portas para lugar nenhum. A última — e única — vez em que vi um vazio foi quando *criei* um. No dia em que Owen se libertou e a briga foi dos Estreitos para o Coronado, acontecendo pelos corredores, escadas acima, até o telhado.

Aperto os olhos com força e sinto o aperto de Owen, sua faca entre meus ombros, os olhos azuis gelados tomados de fúria e ódio no momento em que levanto a chave da Equipe por trás dele. Viro a chave no ar e há um clique e um vento esmagador, e Owen arregala os olhos quando o vazio se abre e o suga, para a escuridão engoli-lo.

Fecha-se em seguida, deixando apenas uma marca de costura irregular para trás.

Idêntica àquilo que vejo diante de mim agora. Sinto pelos ouvidos meu pulso disparar. Esse é o motivo dos escombros e do vidro quebrado, mas nenhum corpo. Os vazios abrem-se apenas por um instante, suficiente para devorar a vida mais próxima. Um crime perfeito quando pensamos que ninguém poderá identificar qualquer método ou marca.

Mas quem teria feito isso? Existe apenas uma ferramenta no mundo capaz de abrir uma porta para o vazio.

Uma chave da Equipe.

E então a ficha cai: Eric.

O que ele disse no parque, ontem à noite?

O que você vai fazer com eles?

Fazê-los sumir.

O senhor Phillip, Bethany e Jason. Todos sumiram depois que nossos caminhos se cruzaram. Eric não está me seguindo em busca de provas. Ele as está *plantando*. Armando para mim.

O pânico me consome conforme aproximo uma mão trêmula da parede, já sabendo o que vou encontrar. *Nada*. O mesmo ruído branco do nada com o qual me deparei no telhado do Coronado naquele dia. Os vazios cobrem os próprios rastros, devoram o tempo e a memória, deixam tudo ilegível. Mas preciso tentar ver, então fecho os olhos e deixo as lembranças fluírem pelos meus dedos. Procuro-as, para capturá-las, fazer com que recuem. A visão da sala estremece. No começo, está vazia; porém logo vai se enchendo de gente, policiais e homens tirando fotos. As imagens giram para longe e a sala volta a se esvaziar e, por um momento, penso ter visto algo. Posso sentir o vazio pairando sobre o silêncio.

A lembrança roça meus dedos.

E então *explode*.

Minha visão é tomada pelo branco, pela estática e pela dor. A sala desaparece ao meu redor, transformada em luz, e afasto minha mão bruscamente da parede, os ouvidos zumbindo enquanto pisco para desfazer a claridade ofuscante.

Destruído. Tudo destruído. Quem quer que tenha feito isso sabia que não ia aparecer. Sabia que o vazio ocultaria sua presença. Só que não é possível ocultar o próprio vazio. Mesmo que ninguém possa ver *essa* prova. Não, a única prova a ser encontrada será a minha. Minhas digitais em algum lugar da cozinha do senhor Phillip e no pingente de Bethany, meu número no telefone de Jason.

Puxo as mangas da blusa por cima das mãos e esfrego a parede para remover qualquer nova marca.

Ouço então a porta do carro bater.

O som me faz dar um pulo. Esbarro na mesa da entrada e meu anel de prata sai rolando, cai no chão e para sob os objetos espalhados, enquanto passos e vozes abafadas se aproximam pela porta da casa.

Eu me abaixo e caio para a frente, ajoelhando sobre um livro aberto. Afasto um fichário e um pesado enfeite de vidro, procurando pelo anel. O aro de metal liso parou junto a uma cadeira derrubada, e eu o pego e coloco de volta no dedo no momento exato em que a porta da frente se abre. Fico imóvel, mas a bola de vidro continua rolando pelo chão de madeira com um som pesado e contínuo, até parar junto à parede.

Eu ouço o ruído do impacto, e os policiais também.

— Ei, tem alguém aqui? — pergunta um deles.

Seguro a respiração e vou me esgueirando silenciosamente em meio ao lixo espalhado pelo chão até a parede, onde me encosto, apertando o corpo como se aquilo fizesse alguma diferença no caso de resolverem entrar.

— Deve ser só um gato — diz o outro, mas ouço uma arma sendo tirada do coldre e os passos pesados de botas se aproximado.

Estão vindo para cá. Passo os olhos pela sala — não há nada atrás do qual eu possa me esconder, e vejo apenas duas saídas: o corredor por onde os policiais estão vindo e a porta dos fundos, por onde entrei. Calculo o tempo que levaria para chegar até lá. Não tenho escolha.

Respiro fundo e saio correndo.

Os policiais também.

Estão no meio da casa quando disparo pelos fundos. Chego a dar três passos em disparada na direção da cerca, mas a muralha de um homem surge do nada e me segura pelos ombros. No momento em que tento me soltar, o policial me faz girar, torce meu braço para trás e me força para o chão, apoiando o joelho nas minhas costas. A dor me atravessa quando ele aperta as algemas no meu pulso machucado. Minha visão começa a ficar borrada e sinto o pulso latejando nos ouvidos, e aperto os olhos com força e imploro para que minha mente *fique aqui fique aqui fique aqui* enquanto o apagão se aproxima, tentando enevoar minha consciência.

Forço o ar para dentro dos pulmões e tento me manter calma — ou tão calma quanto possível, com o policial me pressionando contra o chão.

Porém, quando ele me coloca em pé novamente, eu ainda sou a mesma. Estou por um fio, mas consigo me segurar. Por fim, o reconheço da TV.

Detetive Kinney.

Ele me empurra por dentro da casa — desviando da cena do crime — e para fora, pela porta da frente. Estamos comendo poeira, e é ridículo, mas não consigo deixar de pensar em como estaria o juiz Phillip bem no momento em que o detetive Kinney me empurra de costas contra a viatura.

— Nome — grita.

Quase minto. Está na ponta da língua. Mas uma mentira só iria piorar a situação.

— Mackenzie Bishop.

— Que diabos você estava fazendo lá dentro?

Estou um pouco atordoada com a sua força e pela raiva em sua voz. Não o tipo de irritação profissional, mas raiva de verdade.

— Eu só queria ver...

— Você invadiu uma propriedade particular e contaminou uma investigação em andamento... — Arrisco olhar para os dois lados, procurando por sinais de Eric, mas o detetive Kinney agarra minha mandíbula e puxa meu rosto de volta para o seu. — É melhor você se concentrar e me dizer exatamente o que estava fazendo lá.

Eu deveria ter pegado alguma coisa. É mais fácil convencer os policiais que uma adolescente está roubando do que bancando a detetive.

— Vi a notícia na TV e achei que talvez eu pudesse...

— O quê? Achou que poderia bancar a Sherlock Holmes e resolver o caso sozinha? Isso aqui era a porra de uma *cena de crime fechada*, mocinha.

Franzo a testa. O tom de voz, o jeito como olha o tempo todo para o brasão da Hyde na minha blusa — é como se estivesse falando com Amber, não comigo. Amber, que gosta de brincar de detetive. Amber, que aposto que já se meteu no trabalho dele antes.

— Me desculpe — digo, procurando causar a melhor impressão possível, dando uma de filha arrependida. Não estou acostumada a que gritem comigo. Mamãe corre para a Colleen, e papai e eu não brigamos de verdade desde antes de Ben. — Sinto muito, de verdade.

— É bom sentir mesmo — resmunga ele. Um dos policiais ainda está lá dentro, sem dúvida avaliando o estrago, e o outro está ao lado de Kinney, sorrindo com deboche. Aposto que ele acha que sou só mais uma menina rica em busca de aventura.

— Esse tipo de comportamento vai para sua ficha — diz o detetive Kinney. — Isso afeta *tudo e todo mundo*. Pode até fazer com que você seja expulsa daquela escola bacana.

Pode fazer coisa muito pior, penso, *dependendo das provas que vocês encontrarem.*

— Quer que eu a leve para a delegacia e registre a ocorrência? — pergunta o outro policial, e meu peito aperta de novo. Registrar a ocorrência significa tirar digitais e, se tirarem as minhas e elas entrarem no sistema, vão encontrar a encomenda na casa do juiz e, talvez, também no pingente de Bethany, a não ser que ela as tenha apagado.

— Não — diz Kinney, dispensando-o. — Deixa comigo.

— Olha — digo —, sei que fiz uma coisa idiota, muito idiota. Não sei o que estava pensando. Não vai acontecer de novo.

— Fico feliz em ouvir isso — diz ele, abrindo a porta da viatura. — Agora, entre no carro.

DEZESSEIS

Da nunca gostou da palavra *ilegal*. Semântica. Não há linha que separe *legal* de *ilegal*, diria ele, apenas para separar *livre* de *preso*.

E estou presa na delegacia, algemada a uma cadeira ao lado da mesa do detetive Kinney. A ponta dos meus dedos está suja de tinta preta e Kinney segura a página com minhas digitais.

— Isso aqui — diz, brandindo a folha — não é só um pedaço de papel. É a diferença entre uma ficha limpa e uma suja.

Meus olhos percorrem as dez manchas escuras. Ele então dobra a folha e a guarda na gaveta da mesa.

— Este é o seu primeiro e último aviso — diz. — Não vou te fichar hoje, mas quero que pense sobre o que aconteceria caso eu fichasse. Quero que pense sobre as muitas consequências. Quero que pense muito bem.

O alívio toma conta de mim quando arrasto meu olhar da gaveta para o seu rosto.

— Eu juro que vou levar isso muito a sério.

O detetive recosta-se na cadeira e analisa o conteúdo dos meus bolsos, espalhado sobre a mesa diante dele. Meu celular. Minha chave de casa (ele não pegou a do meu pescoço). As gazuas de Da. E a minha lista do Arquivo. Prendo a respiração quando ele pega o papel, alisando-o com o polegar enquanto seus olhos leem o nome — *Marissa Farrow. 14.* — antes de deixar cair sobre mesa, virado para cima. Então pega as gazuas de Da.

— Onde você conseguiu isso? — pergunta.

— Eram do meu avô.

— Ele também era um transgressor?

Franzo a testa.

— Ele era detetive particular.

— O que aconteceu com suas mãos?

— Briga de rua — respondo. — Não é o que fazem os transgressores?

— Olhe os modos, mocinha.

Minha cabeça começa a doer e peço um copo d'água. Enquanto Kinney se afasta, penso em abrir a gaveta onde estão minhas digitais, mas estou sentada no meio de uma delegacia policial, cercada por agentes e algemada à cadeira, portanto, forçada a deixar onde está.

Kinney volta com um copo d'água e a notícia de que meus pais estão a caminho.

Fantástico.

— Fique feliz por eles estarem vindo — diz Kinney, em tom de repreensão. — Se você fosse minha filha, eu te deixaria passar a noite numa cela.

— Ela estuda na Hyde, não é? A Amber?

— Você a conhece? — pergunta, irritado.

Hesito. A última coisa que eu quero é que Amber saiba desse incidente, principalmente porque, mais do que nunca, preciso de suas informações sobre o caso.

— É uma escola pequena — digo, dando de ombros.

— Kinney — chama um dos outros agentes. Ele vem em nossa direção.

— Chegaram algumas digitais parciais do pingente daquela garota, Thomson. — diz o policial.

Thomson. Deve ser o sobrenome de Bethany.

— E?

— Nenhuma equivalência.

Kinney bate com o punho na mesa, praticamente derrubando a água. Quase sinto pena dele. São casos que ele jamais vai resolver, e só posso esperar que consiga pegar quem quer que esteja fazendo isso antes de um novo ataque.

— E o namorado da mãe? — pergunta Kinney, entre dentes.

— Verificamos o álibi. Sem vazamentos.

Volto a olhar para a mesa de Kinney. Então vejo que um segundo nome começa a aparecer no papel do Arquivo.

Forrest Riggs. 12.

Kinney começa a olhar de volta para a mesa e eu sacudo as algemas com força, esperando que ele entenda meu pânico como uma reação natural de uma adolescente encrencada e não como "pelo-amor-de-Deus--não-olhe-aquele-papel".

— Desculpe — digo —, mas será que daria para tirar isso antes de meus pais chegarem? Minha mãe vai infartar.

Kinney olha para mim por um momento, levanta e se afasta, deixando--me acorrentada à cadeira.

Dez minutos depois, papai e mamãe chegam. Mamãe me vê algemada e quase desmaia, mas papai a manda sair, dizendo para ligar para Colleen. Papai nem olha para mim quando Kinney explica o que aconteceu. Conversam como se eu não estivesse sentada bem ali.

— Não estou registrando nenhuma acusação, ela não está sendo fichada. Não desta vez.

— Ah, pode ter certeza, detetive Kinney: esta vai ser a *única* vez.

— Tenha certeza disso — diz Kinney, abrindo as algemas e me colocando de pé, sua estática pesada apenas piorando minha dor de cabeça. Ele devolve minhas coisas e papai me apressa para sair antes que Kinney mude de ideia.

Tento limpar a tinta das digitais na saia. Não sai.

Sinto os olhares sobre mim assim que passo pela porta e olho em volta, esperando ver Eric. Em vez dele, vejo Sako. Ela está num banco do outro lado da rua, os olhos negros me acompanhando por baixo da franja. É difícil decifrar seu olhar, mas sua boca é presunçosa, quase cruel.

Talvez não seja com Eric que eu deva me preocupar.

Começo a andar mais devagar e papai me empurra na direção do carro. Mamãe está sentada no banco da frente, falando ao telefone, mas desliga assim que nos vê. Do outro lado da rua, Sako se levanta e eu pigarreio.

— Está vendo, papai? — digo em voz alta para que ela me ouça. — Eu disse que tudo não passou de um mal-entendido.

— Entra no carro — ordena.

A caminho de casa, quase desejo ter outro apagão, sair de órbita. Em vez disso, estou consciente de cada pesado segundo de silêncio. Os únicos sons no carro são a respiração de mamãe e meus dedos no celular, enquanto apago as mensagens que enviei para Jason. Não posso apagar as digitais da cozinha do juiz Phillip ou do pingente de Bethany, nem desfazer o envio das mensagens ou as ligações, mas posso ao menos minimizar as provas. Murmuro um pedido de desculpas silencioso quando apago seu número.

Papai estaciona o carro e mamãe sai, batendo a porta, quebrando o silêncio por um instante, nos seguindo escadas acima até o apartamento.

Lá dentro, o mundo vem abaixo.

Mamãe se desfaz em lágrimas e papai começa a gritar.

— *Que diabos deu em você?*

— Papai, foi um acidente...

— *Não*, o acidente foi você ser pega. Mas você invadiu uma cena de crime. Chego em casa e vejo sua mochila aqui e a bicicleta não, então a polícia liga para me dizer que você foi presa!

— Não conta como prisão se a pessoa não foi fichada. Foi só uma conversa com...

— Qual o motivo de tudo isso, Mackenzie? — pergunta minha mãe, em tom de apelo.

— Eu só achei que eu poderia ajudar...

Ele joga o conjunto de gazuas na mesa.

— Com isso? — resmunga. — O que você estava fazendo com isso?

— Eram do Da.

— Eu sei de quem eram, Mackenzie. Ele era o meu pai! E não quero que você acabe ficando como *ele*.

Dou um passo para trás. Se ele tivesse me batido, teria doído menos.

— Mas o Da era...

— Você não sabe *o que* ele era — corta papai, passando a mão pelos cabelos. — Antony Bishop era maluco, um criminoso, e um babaca egoísta que se preocupava mais com seus segredos e suas várias vidas do que com a própria família. Ele enganou, roubou e mentiu. Só pensava nele mesmo e Deus que me perdoe se eu começar a ver você se comportando como ele.

— Peter... — diz mamãe, segurando-o, mas ele a afasta com um gesto.

— Como você pode ser tão egoísta, Mackenzie?

Egoísta? *Egoísta?*

— Eu só estou tentando... — Mordo a língua antes de deixar as palavras saírem.

Só estou tentando fazer o *meu trabalho.*

Só estou tentando manter as coisas no lugar.

Só estou tentando *sobreviver.*

— Só está tentando fazer o quê? Ser expulsa da Hyde? Arruinar seu futuro? Sinceramente, Mac. Primeiro suas mãos, agora...

— Foi um tombo de bicicleta...

— *Chega* — papai grita. — *Chega* de mentiras.

— Certo — resmungo, levantando as mãos. — Não foi um acidente. Querem saber o que aconteceu de verdade? — Eu não deveria falar, não agora, cansada e faminta, mas as palavras já estão saindo pela minha boca. — Eu me perdi voltando da entrega que mamãe pediu, estava escurecendo e cortei caminho por um parque e dois caras vieram para cima de mim. — Mamãe prende a respiração e olho para meus dedos machucados. — Entraram na minha frente... — é tão estranho contar a verdade — ... e me forçaram a descer da bicicleta... — Imagino como seria se eu contasse sobre meu pulso. Sobre Owen e todas as maneiras como ele me torturou — ... e não tive escolha...

Mamãe me agarra pelos ombros, seu ruído me atravessando até os ossos.

— Eles te machucaram?

— Não — respondo, levantando as mãos. — Eu machuquei eles.

Ela me solta e se senta na beira do sofá, uma mão cobrindo a boca.

— Por que você mentiu sobre uma coisa dessas?

Porque é mais fácil.

Porque é o que eu faço.

— Porque eu não queria que vocês se assustassem — respondo. — Não queria que se sentissem culpados. Não queria que ficassem preocupados.

A raiva se esvai, deixando-me completamente exaurida.

— Bom, tarde demais para isso, Mackenzie — diz ela, balançando a cabeça. — Eu *estou* preocupada.

— Eu sei — digo.

Também estou preocupada. Preocupada por não poder mais continuar assim. Por não ser capaz de dar conta de todas as partes.

Minha cabeça lateja, minhas mãos tremem, há dois nomes na minha lista e tudo que eu quero fazer é ir dormir, mas não posso por causa do menino com uma faca à espera em meus sonhos.

Eu me afasto.

— Aonde você vai? — pergunta papai.

— Tomar um banho — respondo, sumindo no banheiro antes que possam me impedir.

Eu me encaro no espelho, o olhar fixo. Dá para ver as rachaduras na máscara. Tem um copo ao lado da pia e tomo alguns comprimidos de analgésico da farmacinha particular que guardo sob o tampo antes de abrir a água da banheira.

Que bagunça, penso ao me sentar no chão de ladrilhos, dobrar os joelhos e apoiar a cabeça na lateral da banheira, esperando que encha. Tento enumerar as coisas pelas quais Da acabaria comigo — não ouvir os policiais a tempo, ser pega, levar dois dias inteiros para perceber que estão armando para mim — mas, enfim, parece que Da não era tão bom em separar suas vidas quanto ele imaginava.

Só pensava nele mesmo e Deus que me perdoe se eu começar a ver você se comportando como ele.

É assim que papai o via? É assim que meus pais *me veem?*

O som da água corrente é estável e calmante — fecho os olhos e me concentro no ruído que faz ao cair. Meus músculos relaxam com o murmúrio contínuo, minha mente clareia. Então, cortando a estática, ouço outro ruído — como o de metal batendo em porcelana.

Abro os olhos e vejo Owen sentando no tampo da pia, batendo com ponta da faca na louça.

— Tantas vidas. Tantas mentiras. Não se cansou ainda?

— Vá embora.

— Acho que já está na hora — diz, batendo no ritmo de um relógio.

— Hora de quê? — pergunto devagar.

— Hora de parar de se esconder. Hora de parar de fingir que você está bem. — Seu sorriso fica ainda maior. — Hora de mostrar para eles como você está quebrada por dentro.

Seus dedos se fecham na faca e fico em pé num pulo, correndo para a porta bem no momento em que ele desce da pia com um pulo e impede a passagem.

— Nada isso — diz ele, balançando a faca de um lado para outro. — Não vou embora antes de mostrarmos para eles.

A faca desliza de volta para o lado de Owen e eu me encolho, esperando um ataque que não vem. Em vez disso, ele deixa a arma sobre a pia, a meia distância de nós dois. No momento em que ele afasta a mão, estico a minha para pegar a lâmina; fecho a mão direita no cabo, mas antes que possa erguê-la, os dedos de Owen envolvem os meus, segurando-os contra a pia. Num piscar de olhos, está atrás de mim, a outra mão segurando meu pulso livre, envolvendo meu corpo. Suas mãos nas minhas. Seus braços sobre os meus. O peito contra as minhas costas. Sua bochecha encostada na minha.

— Nós combinamos — diz Owen, sorrindo.

— Me solta — digo, entre os dentes, tentando me soltar, mas sua pegada é de pedra.

— Você nem está tentando — diz em meu ouvido. — Só está se deixando levar pelo movimento. Bem lá no fundo, sei que você quer que eles vejam — diz, torcendo minha mão vazia de forma a virar o pulso para cima. — Então, que tal mostrá-los?

Minha manga subiu, o antebraço está exposto, e vejo as letras aparecerem como espectros sobre minha pele.

Q U E B R A D A

Owen aperta ainda mais a mão que segura a faca e coloca a ponta da lâmina junto a pele, junto à dobra do cotovelo esquerdo, em cima do Q espectral.

— Para — murmuro.

— Olhe para mim — levanto os olhos para o espelho e encontro os dele, azuis e gelados, no reflexo. — Você não está cansada, M? De mentir? De se esconder? De tudo?

Sim.

Não sei se chego a dizer ou apenas penso a palavra, mas é o que sinto, e uma estranha paz toma conta de mim. Por um momento, aquilo não parece real. Nada parece. É tudo um sonho. E então Owen sorri, e a faca completa seu caminho.

A dor é súbita, aguda, o suficiente para eu engasgar e o sangue jorrar e se espalhar pelo corte da lâmina, minha visão fica borrada e aperto os olhos, agarrando-me à pia para não perder o equilíbrio.

Quando abro os olhos no segundo seguinte, Owen se foi e estou de pé, sozinha, diante do espelho. Somente a dor continua lá e, ao olhar para baixo, vejo que estou sangrando.

Muito.

A faca desapareceu e os cacos do copo de vidro estão espalhados por cima do balcão, minha mão apertando o maior deles. O sangue escorre entre os dedos, onde pressionei o caco, e pelo outro braço, onde abri um único e profundo corte. Meus ouvidos estão tomados por um ruído contínuo, e percebo que é a banheira transbordado, *shhhhhhhh*; o chão inundado e as gotas de sangue se diluem na água corrente.

Alguém bate na porta, chamando meu nome, e tenho tempo apenas para jogar o caco na pia antes de mamãe abrir a porta, me ver, e gritar.

DEZESSETE

Na infância, tenho pesadelos.

Meus pais deixam a luz acessa. Fecham a porta do armário. Olham sob a cama. Mas nada disso ajuda, pois não tenho medo do escuro, do armário ou do vão entre o colchão e o assoalho, os lugares onde dizem que os monstros ficam. Nunca sonho com monstros, não com os que têm presas e garras. Sonho com gente. Gente ruim aparecendo de dia e de noite, de maneira tão simples e vívida que jamais questiono se é real.

Certa noite, no meio do verão, Da entra e se senta na beira da minha cama para me perguntar do que eu tenho medo.

— De ficar presa — sussurro. — De não acordar nunca mais.

Ele dá de ombros.

— Mas você vai.

— Como você sabe?

— Porque é assim que os sonhos funcionam, Kenzie. Sejam sonhos agradáveis ou pesadelos, eles sempre chegam ao fim.

— Mas eu só sei que é um sonho depois que eu acordo.

Ele se inclina, apoiando na cama as mãos cheias de calos.

— Trate tudo o que for ruim como sonhos, Kenzie. Assim, por mais assustador ou triste que seja, tudo o que temos a fazer é sobreviver até acordarmos.

Isto é um pesadelo.

Um *imenso pesadelo*. Papai está correndo e mamãe está sentada atrás comigo, pressionando meu braço, enquanto aperto os olhos bem fechados, esperando para acordar.

Foi um sonho. Eu estava sonhando. Não era real. Mas o corte é, e a dor também, e o sangue que ainda está espalhado pela pia do banheiro.

O que está acontecendo comigo?

Sou Mackenzie Bishop. Sou uma Guardiã do Arquivo e sou aquela que enfrenta a noite, não a que se esconde. Sou a garota de ferro, e, se tudo isso é um pesadelo, eu tenho que acordar.

Quantos Guardiões já perderam a cabeça?

— Estamos quase chegando — diz mamãe. — Vai ficar tudo bem.

Não vai. Não importa o que aconteça, não vai ficar tudo bem.

Eu não estou bem.

Alguém está tentando me incriminar, e nem precisam se esforçar muito, pois não estou apta para o serviço. Não desse jeito. Estou me esforçando ao máximo para ficar bem, e não está funcionando.

Você não está cansada?

Fecho os olhos com força.

Só me dou conta das lágrimas quando mamãe apoia as mãos no meu rosto.

— Me desculpe — murmuro sob o som de seu ruído contra minha pele.

Quatorze pontos.

É o total necessário para fechar o corte no meu antebraço (os da mão direita, causados pelo caco de vidro, são superficiais; bastam algumas ataduras). A enfermeira — uma mulher de meia-idade de mãos firmes e queixo grande — me julga enquanto trabalha, os lábios apertados como se eu tivesse feito isso para chamar atenção. E o tempo todo, meus pais estão ao lado, observando.

Não parecem zangados. Parecem tristes, magoados, assustados — como se não soubessem como chegaram a esse ponto, começando com dois filhos perfeitos e ficando com apenas uma problemática. Abro a boca para dizer alguma coisa — *qualquer coisa* —, mas nenhuma mentira vai melhorar a situação e a verdade só vai piorar as coisas, e a sala fica em silêncio enquanto a enfermeira trabalha. Papai não tira a mão do ombro de mamãe, que não solta o telefone, mas tem a consideração de não ligar para Colleen antes de a enfermeira terminar de dar os pontos e pedir para que a acompanhem para fora da sala. A sala tem uma janela com persianas, e vejo-os se afastarem pelo corredor.

Fizeram-me vestir um daqueles aventais azuis amarrados pela cintura, e meus olhos deslizam para meus braços e pernas em silêncio, avaliando não apenas o dano mais óbvio, mas também as piores cicatrizes dos últimos quatro anos. Cada uma delas tem uma história: pele ralada contra as paredes de pedra dos Estreitos, Histórias reagindo com unhas e dentes. E ainda há as feridas que não deixam cicatrizes: costelas quebradas, o pulso que não fica bom porque não paro de movê-lo e ouvir seus estalos, *tec, tec, tec.* No entanto, ao contrário das teorias de Colleen, o corte no meu braço — oculto por uma atadura branca e imaculada — é o primeiro que eu mesma me causei.

Não causei, penso. *Eu não...*

— Senhorita Bishop? — diz uma voz, e levanto a cabeça, assustada. Não ouvi a porta ser aberta, mas uma mulher que nunca vi antes está parada no vão. O cabelo louro escuro está puxado para trás num rabo de cavalo mal feito, mas a postura perfeita e o jeito como pronuncia meu nome faz com que vários alarmes comecem a soar na minha cabeça. Equipe? Ninguém que eu já tenha encontrado, mas o livro tem muitas páginas e só conheço algumas. Leio então a identificação em seu terno justo e quase chego a preferir que fosse mesmo da Equipe.

Dallas McCormick, psicóloga. Numa mão, um caderno e uma caneta.

— Pode me chamar de Mackenzie — digo. — Posso ajudar?

Um sorriso aparece em seu rosto.

— Acho que sou eu que deveria perguntar isso. — Ela se senta na cadeira ao lado da cama. — Parece que você teve um dia difícil — comenta, apontando para o curativo no meu braço com a caneta.

— Você não faz ideia.

Dallas sorri.

— Que tal me contar?

Olho para ela em silêncio. Ela me olha de volta. Então, inclina-se para frente e o sorriso se desfaz.

— Sabe o que eu acho?

— Não.

Dallas não se abala.

— Acho que você está vestindo uma armadura pesada demais — diz ela. Fico séria, mas a psicóloga continua. — O engraçado das armaduras é que elas não só mantêm as pessoas do lado de fora. Elas também nos mantêm do lado de dentro. Nós as construímos ao nosso redor, sem perceber que estamos entrando numa armadilha. E, na verdade, no final, a pessoa se divide em duas. Uma de metal brilhante...

A garota de ferro.

— ... e a humana, no interior, se destruindo.

— Não estou assim.

— Não dá para ser duas pessoas. A gente acaba não sendo nenhuma.

— Você não me conhece.

— Sei que você fez esse corte no braço — diz, simplesmente. — E sei que, às vezes, as pessoas se machucam por ser a única maneira de atravessarem a armadura.

— Eu não me corto — digo. — Não fiz isso de propósito. Foi um acidente.

— Ou uma confissão. — Sinto meu estômago dar um nó com a palavra. — Um pedido de ajuda — completa. — Estou aqui para ajudar.

— Você não pode. — Fecho os olhos. — É complicado.

Dallas dá de ombros.

— A vida é complicada.

O silêncio cai entre nós, mas não confio em mim mesma para falar qualquer outra coisa. Dallas finalmente se levanta e enfia o caderno que ela trouxe e nunca abriu debaixo do braço.

— Você deve estar cansada — diz ela. — Eu volto amanhã.

Sinto um aperto no peito.

— Eles já acabaram de dar os pontos. Achei que eu poderia ir embora.

— Mas que pressa. Tem algum compromisso?

Sustento seu olhar.

— Eu só detesto hospitais.

Dallas sorri sem alegria.

— Bem-vinda ao clube. — Ela então me manda descansar e vai embora.

Isso, descansar. Claro, isso só está deixando tudo melhor.

Dallas se afasta, e estou prestes a olhar para outro lugar quando vejo um homem parando-a no corredor. Pelas persianas, vejo-os conversar por um momento e ele então aponta para minha porta. Para mim. Seus cabelos dourados brilham, mesmo sob as luzes artificiais do hospital. Eric.

Dallas cruza os braços enquanto conversam. Não consigo ler seus lábios, então posso apenas imaginar o que ela está lhe dizendo. Quando termina, vira o rosto para mim. Espero por um olhar complacente, como o de Sako — *a Guardiã está cavando a própria cova* —, mas não é assim que ele me olha. Seus olhos estão pesados de preocupação quando ele concorda com a cabeça e vai embora.

Coloco a mão no peito, sentindo minha chave por baixo do tecido fino do avental hospitalar, e a enfermeira entra com dois pequenos comprimidos e um copo de papel com água.

— Para a dor — diz ela.

Eu gostaria de tomá-los, mas temo que "para a dor" signifique também "para dormir". Felizmente, ela os deixa em cima da mesa e eu os escondo no bolso, antes que meus pais vejam.

Mamãe passa o resto da noite no telefone com Colleen e papai finge que está lendo uma revista enquanto me vigia. Nenhum dos dois fala coisa alguma. O que, para mim, não tem problema, pois não tenho o que dizer para eles no momento também. Quando finalmente adormecem, papai numa cadeira e mamãe num sofá, me levanto. Minhas roupas e o celular estão numa cadeira, e eu me visto, guardo o celular no bolso e saio para o corredor. Saio em busca de uma máquina de refrigerante pelos corredores estranhamente silenciosos do hospital. Quando encontro uma e começo a enfiar uma nota de dinheiro pelo painel iluminado, sinto as letras arranhando no meu bolso e tiro a lista para ver um quarto nome aparecer.

Quatro nomes.

Quatro Histórias que não tenho como retornar. A advertência de Roland ecoa na minha cabeça.

Apenas faça seu trabalho, fique longe de problemas e tudo ficará bem.

Respiro fundo e tiro o celular do fundo do outro bolso.

E aí, parceiro no crime?

Wesley responde no segundo seguinte.

Ei, você. Espero que sua noite não esteja tão chata quanto a minha.

Quem dera.

Cogito contar a história pelo telefone, mas não é o momento de explicar.

Preciso de um favor.

Pode falar.

Mordo o lábio, pensando na melhor maneira de dizer isso.

Algumas crianças perderam a hora de ir para cama. Pode ir atrás delas para mim?

Deixa comigo.

Obrigada. Te devo uma.

Está tudo bem?

É uma história engraçada. Te conto amanhã.

Vou cobrar.

Guardo o telefone e a lista nos bolsos e tiro o refrigerante da máquina, acomodando-me num banco para beber. É tarde e o corredor está em silêncio. Repasso a cena do crime da casa do juiz Phillip na minha cabeça. Sei o que eu vi. O vazio era real. Preciso presumir que existem outros dois: um na entrada da garagem da casa de Bethany e outro onde quer que Jason tenha desaparecido. Três pessoas inocentes engolidas pelas trevas. Se existe alguma vantagem em eu estar presa aqui é que ninguém mais deve se ferir.

Termino o refrigerante e me levanto. O anestésico já perdeu o efeito, e a dor no meu braço é intensa o bastante para eu considerar tomar os comprimidos guardados no bolso. Jogo eles fora, por segurança, então volto para o quarto e subo na cama. Não me sinto nem um pouco sonolenta, sem tampouco me sentir próxima do normal. Penso em Lyndsey, que sempre me faz sentir um pouco mais perto da normalidade, e envio uma mensagem para ela.

Está acordada?

Olhando as estrelas.

Imagino ela sentada no telhado, de pernas cruzadas, com uma caneca de chá e o rosto virado para o céu.

E você?

De castigo.

Que chocante!

Que eu tenha feito algo errado?

Não. Que tenha sido pega. ;)

Dou uma risadinha triste.

Boa noite.

Durma com os anjos.

O relógio na parede mostra 23h45. Será uma longa noite. Abro a lista no colo e observo, pela próxima hora, os nomes irem se apagando como luzes.

DEZOITO

Acontece às cinco da manhã.

Primeiro, acho que é só mais um nome, mas logo vejo que não é. É uma nota. Uma *convocação*. As palavras se escrevem no papel do Arquivo.

Favor comparecer ao Arquivo. — A

Sei a quem corresponde esse *A*. Agatha. Era só uma questão de tempo. Mesmo com Wesley cobrindo a minha parte nos Estreitos, ele não pode resolver o incidente com os policiais, muito menos isso. Será que Eric contou a ela que vim parar aqui? Se ela sabe, então *sabe* que não tenho como atender ao chamado. Será que é com isso que ela está contando? Não atender a uma convocação do Arquivo é uma infração. Mais um registro contra mim.

Estou lendo a nota pela décima sétima vez, tentando decidir o que fazer, quando a porta se abre e Dallas entra. Dobro e guardo o papel às pressas enquanto ela me dá bom dia, se apresenta para os meus pais e pede para que esperem do lado de fora.

Ela se ajeita na cadeira ao lado da cama.

— Você parece péssima — diz, o que não me parece a abordagem mais profissional, para começar, mas, pelo menos, é precisa.

— Não consegui dormir — respondo. — Vão me deixar ir para casa hoje, não vão? — pergunto, tentando disfarçar o desespero na minha voz.

— Bom — diz ela, inclinando a cabeça para trás. — Suponho que a decisão seja minha. O que significa que depende de você. Quer conversar?

Não respondo.

— Você não gosta de mim por que estou no seu caminho — pergunta ela — ou por que sou uma terapeuta?

— Eu não tenho nada contra você — digo com indiferença.

— Mas sou as duas coisas — observa Dallas. — E a maioria das pessoas não gosta de nenhuma delas.

— Eu não gosto de *hospitais* — explico. — A última vez em que nossa família esteve num, meu irmão tinha acabado de ser morto atropelado a caminho da escola. E não gosto de terapeutas porque a da minha mãe mandou ela jogar fora todas as coisas dele. Para ajudá-la a seguir adiante.

— Ah, sim — diz ela. — Acho que eu e a terapeuta de sua mãe não iríamos nos dar bem.

— Essa é uma boa estratégia — digo.

Dallas levanta uma sobrancelha.

— Perdão?

— O inimigo do meu inimigo é meu amigo. É uma boa abordagem.

— Ora, muito obrigada — diz ela, alegre. — Isso de falar da outra pessoa costuma te ajudar a se safar, não é?

Mexo nas ataduras da minha mão. Os cortes superficiais estão cicatrizando bem.

— A maioria das pessoas prefere falar de si mesmas, de qualquer modo.

Ela sorri.

— Exceto terapeutas.

Dallas não se comporta como uma. Nada de "Como isso faz com que você se sinta?" ou "Conte-me mais" ou "Por que você acha que é assim?". Conversar com ela é como uma dança, talvez um treinamento de luta: uma combinação interligada de movimentos, ações verbais e reações. Ela olha para o meu braço. Tiraram as ataduras para que o ferimento respirasse.

— Isso parece estar doendo.

— Foi um pesadelo — digo, com cuidado. — Sonhei que alguém estava fazendo isso em mim e, quando acordei, ainda estava lá.

— Um tipo perigoso de sonambulismo.

Ela fala com suavidade, sem nenhum deboche na voz.

— Não estou louca — murmuro.

— Loucura nunca passou pela minha cabeça — diz ela. — Mas estive conversando com seus pais sobre Da, sobre Ben e sobre isso, e parece que você foi exposta a muitos traumas para alguém da sua idade. Já pensou nisso?

Se já pensei? A morte de Da. O assassinato de Ben. O ataque de Owen. O ferimento em Wesley. O ataque de Carmen. Segredos do Arquivo. Mentiras do Arquivo. Histórias violentas. Vazios. Incontáveis cicatrizes. Ossos quebrados. Corpos. Apagões mentais. Pesadelos. Isso.

Concordo.

— Algumas pessoas desmoronam devido ao trauma — diz ela. — Outras se cobrem com uma armadura. E acho que você construiu uma armadura e tanto, Mackenzie. Mas, como eu disse na noite passada, ela nem sempre pode proteger você de si mesma. — Ela se aproxima. — Vou dizer uma coisa e quero que você ouça com atenção, porque é meio importante.

Ela estica o braço e apoia a mão sobre a minha — seu ruído é como o de um motor; baixo, suave e contínuo. Eu não a afasto.

— Tudo bem não estar bem — diz ela. — Quando passamos por essas coisas, o que quer que sejam, e não nos permitimos ficar mal, isso só piora tudo. Nossos problemas nos destroçam quando tentamos ignorá-los. Eles exigem atenção, porque é disso que precisam. E então: você está bem?

Antes que eu perceba, minha cabeça está balançando de um lado para outro. Dallas sorri de leve.

— Está vendo? É tão difícil assim admitir?

Ela aperta minha mão de leve e eu olho para os seus dedos. Fico paralisada.

Dallas tem uma marca no dedo anelar.

— Divórcio — diz ela, percebendo meu olhar. — Estou começando a achar que a marca nunca vai sumir.

Ela retesa a mão e esfrega o local entre os nós dos dedos, e respiro fundo, lembrando que pessoas normais também usam anéis e também os tiram. Além disso, a manga dela está para cima, e seus antebraços não têm as marcas da Equipe.

Dallas se levanta.

— Eu vou te liberar, mas com a condição de que você procure ajuda psicológica na Hyde. Você faria isso por mim?

A convocação de Agatha queima, fazendo um buraco no meu bolso.

— Sim — respondo depressa. — Tudo bem. De acordo.

— Você tem certeza de que é uma boa ideia? — pergunta mamãe quando Dallas lhe conta isso. — Quero dizer, ela tentou...

— Não querendo ser rude, senhora — diz Dallas —, mas, se ela quisesse se matar, teria cortado a avenida inteira, não só uma ruazinha. E, na situação atual, ela está a muitos quarteirões de distância.

Mamãe parece horrorizada. Eu quase acho graça. Ela não é mesmo como Colleen.

A enfermeira recoloca a atadura no meu braço esquerdo, e volto a vestir a camisa da escola, cobrindo o curativo com a manga. Não posso esconder a bandagem na palma da minha mão direita, mas isso pode acabar sendo útil. Desorientação. A onda de autopiedade de ontem a noite se dissipou e, no momento, preciso me concentrar em sobreviver por tempo suficiente para descobrir quem está armando para mim. *Owen ainda não ganhou*, penso, e então lembro que não foi Owen que fez isso. Fui eu. Talvez Dallas esteja certa. Talvez eu precise parar de negar que fui abalada e começar a me recompor.

Falando em Dallas, ela me cumprimenta rápido no caminho e me diz para afrouxar a armadura. A enfermeira que fez os pontos e o curativo parece surpresa por Dallas me liberar, mas não questiona; apenas segue as instruções de limpeza e diz para meus pais ficarem de olho em mim, que me façam descansar. Ela se inclina e confidencia alguma coisa no ouvido de minha mãe, alto o suficiente para eu ouvir, que ela acha que eu nem ao menos dormi.

Ótimo.

Não há sinal de Eric ou Sako no saguão do hospital nem no estacionamento, e me dou conta, com desânimo, que o rosto de algum dos dois seria o único que eu reconheceria. Sei que um membro da Equipe criou o vazio, mas não sei quem. O Arquivo mantém seus membros isolados — cada um na própria ilha — o que significa que não sei quantos membros da Equipe estão na minha divisão, muito menos como é a cara deles.

— Vamos lá, Mac — chama papai, e me dou conta de que estou parada na calçada, olhando para a rua.

A caminho de casa, sinto o arranhão de mais palavras no meu bolso, e, quando chegamos ao Coronado, a convocação aparece repetida na página, em letras mais escuras, como se alguém estivesse escrevendo com mais força no livro. Viro o papel e escrevo *sem condições de me apresentar* no verso, vendo as palavras se espalharem pela folha. Espero a resposta, um perdão, mas a convocação é simplesmente reescrita no papel. A mensagem é clara, mas não tenho autorização para fechar a porta do quarto ou ir ao banheiro sozinha, muito menos fugir para o Arquivo para encarar um belo interrogatório à moda antiga. Não conto nem mesmo com a desculpa da escola, já que hoje é sábado. Quando pergunto se posso sair para uma caminhada, tomar um ar fresco, mamãe olha para mim como se eu tivesse perdido o juízo.

E talvez tenha mesmo, mas, depois de uma hora tentando fazer o dever de casa, a despeito da vigilância e do silêncio pesado, não aguento mais. Desisto e mando uma mensagem para Wesley.

Me salve.

Mamãe não para de andar de um lado para outro, e papai finalmente se irrita e a manda descer para o café, para trabalhar um pouco e desestressar. Cinco minutos depois, alguém bate à porta e Wesley aparece com um saco de bolinhos e um livro, parecido consigo mesmo — bem, ao menos com sua versão de verão: jeans preto, olhos delineados, cabelo espetado — pela primeira vez em semanas. Quando papai abre a porta, observo a guerra interna entre o que ele deveria dizer — "Sem visitas" — e que ele quer dizer — "Oi, Wes!". O que finalmente sai é:

— Wesley, não sei se é um bom momento.

Mesmo assim, Wes fica sério e pergunta:

— Aconteceu alguma coisa?

Dá para ver que ele não está inteiramente alheio ao que aconteceu. Se me pedissem para adivinhar, diria que ele sabe da parte em que os policiais me pegaram, mas não da minha internação como automutiladora no hospital. Ele olha para a minha mão enfaixada e dá para perceber suas dúvidas.

Papai lança o olhar de volta para a mesa, onde estou enrolando com uma xícara de café, tentando não parecer tão cansada quanto me sinto.

— Na verdade, que tal entrar? — pede ele.

Wesley se senta ao meu lado e papai fica em pé junto à porta, claramente deliberando sobre sua próxima ação.

— Papai — digo, esticando o braço e pegando a mão de Wesley com a minha mão boa. A batida firme de seu *rock* enche minha cabeça. — Você nos daria um momento?

Papai oscila no lugar, olhando para nós.

— Eu não vou a lugar nenhum — prometo.

— Pode deixar que eu a mantenho longe das encrencas, senhor Bishop — diz Wes.

Papai sorri com tristeza.

— Estou contando contigo para isso — diz ele. — Vou dar uma descida e dar uma olhada na sua mãe. Vocês têm dez minutos.

Quando a porta se fecha, Wes aperta meus dedos de leve antes de soltar minha mão.

— Você machucou o pulso de novo? — pergunta, indicando a outra mão.

Balanço a cabeça.

— A Amber te contou?

— Que você foi presa? Sim.

— Não conta como prisão se a pessoa não é fichada.

Wesley levanta uma sobrancelha.

— Falou como uma marginal. Por que é que te pegaram?

— Ah, a Amber não te contou essa parte?

— Ela não sabia.

— Ah, ok. Sabe o sujeito que sumiu antes da Bethany? O juiz Phillip? Eu voltei lá para dar uma olhada na casa, já que foi de onde ele sumiu. E eu posso ter entrado no lugar usando métodos não exatamente legais.

Wes bate na mesa.

— Você invadiu uma cena de crime *sem mim?*

— Agradeça, Wes, ou nós dois poderíamos ter sido presos.

— Somos um time, Mac. Você não sai cometendo um crime sem o seu *parceiro no crime*. Além disso, se eu estivesse com você, provavelmente não iriam nos pegar. Eu poderia ter ficado na porta e piar como uma ave selvagem, ou algo do tipo, quando os policiais estivessem voltando. Além disso, se fôssemos pegos, as fotos das nossas fichas seriam fabulosas.

Não consigo segurar o riso ao imaginar.

— Me diga que, pelo menos, você descobriu alguma coisa.

Meu sorriso se desfaz.

— Descobri — digo devagar. — Um vazio.

Wesley franze a testa.

— Não entendi.

— Um vazio. Como aquele do telhado.

— No meio da sala de estar do juiz? Isso não faz o menor sentido. A única maneira de haver um vazio lá seria se alguém tivesse feito um. E precisariam de uma chave da Equipe para isso.

— Exatamente. — Aliso o cabelo com a mão boa e conto como foi que entrei na casa do juiz Phillip e vi o vazio, como aquilo tornou as memórias ilegíveis. Conto sobre Eric e Sako me seguindo. Sobre o que Roland disse quanto às provas e que eu sabia que parecia loucura, mas que eu estava desconfiada de que estavam armando para mim.

— Você precisa informar o Arquivo — diz ele.

— Eu sei.

Eu *sei*. Mas contar o quê? Eu sei como tudo isso pode parecer ridículo. Posso ver o ceticismo nos olhos de Wesley, e ele é bem mais tolerante do que a Agatha será. Não posso simplesmente entrar lá e anunciar que há outro traidor entre eles. Não depois do que aconteceu com Owen e Carmen. Preciso conversar com Roland, mas primeiro tenho que passar por Agatha. Sei que não posso continuar ignorando os chamados, mas, depois de tudo pelo que fiz meus pais passarem, não posso simplesmente desaparecer. Penso em mandar Wesley para o Arquivo em meu nome, mas a última coisa que eu quero é envolvê-lo nisso, principalmente com Agatha entrando em cena. Além disso, não somos parceiros de fato. Wesley não deveria estar me ajudando.

Ele me olha, muito sério.

— Você não achou que deveria ter mencionado essa história toda ontem à noite?

Mexo na ponta solta de um esparadrapo na minha mão.

— Não conseguiria traduzir tudo numa mensagem — digo. — E eu estava um pouco ocupada.

Ele pega a minha mão machucada e passa os dedos de leve sobre o esparadrapo.

— O que aconteceu, Mac?

Tiro a mão e levanto a manga esquerda para ele ver o curativo. Levanto a atadura para ele poder ver os catorze pequenos *Xs* vermelhos debaixo dela.

— Quem fez isso em você? — pergunta, nervoso.

Eu gostaria que houvesse uma resposta mais fácil. Inspiro e seguro a respiração por alguns longos segundos até finalmente dizer:

— Eu.

A confusão atravessa seu rosto, seguida de preocupação. Quando vou puxar a manga para baixo, ele segura minha mão e puxa meu braço para perto. Ele passa os dedos de leve sobre o corte.

— Eu não consigo entender.

— Não pretendia fazer isso — explico. — Começou como um sonho. Owen estava... Ele estava com a faca e então eu... — Wesley me puxa para me abraçar. Me aperta com tanta força que chega a doer, e sinto seu ruído martelando dentro da minha cabeça, mas não o afasto. — Não sei o que está acontecendo comigo — murmuro em sua camisa.

Wes me empurra apenas o suficiente para olhar nos meus olhos.

— Me diga como te ajudar.

Vá embora, penso. *Fique longe de mim e de tudo de ruim que está ao meu redor.* Só que eu o conheço suficientemente para saber que ele não faria uma coisa dessas.

— Para começar, você pode pedir para a Amber não espalhar para a escola inteira que eu fui presa.

— Não é considerado prisão se a pessoa não é fichada — ecoa Wes, completando: — Ela não vai contar para ninguém.

— Contou para você.

— Por que ela sabe que eu... — Ele hesita.

— Que você o quê?

— Sabe que eu me importo — diz Wes. — Com você. Aliás, você está com uma cara péssima. Você chegou a dormir desde...

Esfrego os olhos.

— Não posso.

— Você não pode ficar acordada para sempre, Mac.

— Eu sei... mas estou com medo. — Palavras que Da me ensinou a nunca dizer. Ele achava que dizer isso era meio caminho andado para a rendição. Agora, a confissão paira entre nós. A sala silencia e o ar fica pesado; posso sentir as rachaduras em minha armadura à medida que ela vai se afrouxando.

Wes se afasta da mesa. Se serve de café e se apoia no aparador.

— Certo — diz ele. — Se você está decidida a ficar acordada, posso ajudar. Mas isso... — ele aponta para os livros de Pré-Cálculo e Teoria Literária espalhados em cima da mesa — ... não vai funcionar. — Ele tira o de Fisiologia do fundo da pilha e sorri maliciosamente para mim. — Esse vai.

Quando papai volta, Wes já deu um jeito de se cobrir com uma quantidade absurda de notas adesivas, cada um identificando um músculo (Não tive coragem de dizer para ele que, no momento, estamos estudando o sistema circulatório). Papai olha para ele e *quase* sorri. E, quando Wes tenta meia dúzia de vezes colar um adesivo amarelo no meio das costas, chego a sentir dor no peito de tanto rir, esquecendo, por algum tempo, a quantidade de problemas em que estou afundada, de como estou cansada e de como o meu braço dói.

Seguimos assim até o fim da tarde, mas, mesmo com a companhia de Wesley, estou começando a ceder ao sono. Mamãe está de volta e não faz nenhuma tentativa de disfarçar que está me espreitando. A cada bocejo meu, ela diz que tenho que ir para cama. Diz que preciso dormir. Mas não posso. Sei que Dallas disse que eu devo confrontar meus problemas, mas simplesmente não tenho forças para enfrentar outro pesadelo agora. Especialmente agora que eu sei que sou capaz de me machucar. Quem sabe até machucar outras pessoas. Prefiro me manter exausta e acordada do que me transformar num perigo adormecido, então procuro aplacar minha mãe e abro uma lata de refrigerante. Estou quase encostando a bebida nos lábios quando ela segura a minha mão, enchendo minha cabeça com sua estática intensa e assustada, e substitui a lata por um copo d'água.

Suspiro e dou um grande gole. Ela passa o refrigerante para Wes, que comete o erro de bocejar quando o pega.

— Você deveria ir para casa — diz mamãe. — Está ficando tarde e tenho certeza de que seu pai está querendo saber onde você está.

— Duvido disso — diz ele para si mesmo, e completa: — Ele sabe que estou por aqui.

— Mamãe — digo, terminando a água —, ele está me ajudando a estudar.

— Será que ele sabe que você está aqui *aqui?* — insiste, me ignorando. — Ou será que ele acha que você está lá em cima, com a Jill?

Wesley cerra as sobrancelhas.

— Francamente eu não acho que ele se importe.

— Os pais sempre se preocupam — responde ela com rispidez.

— Querida — diz papai, tirando os olhos do livro.

Estão falando, todos os três, mas as palavras começam a se misturar nos meus ouvidos. Consigo pensar apenas em como aquilo é estranho quando minha visão perde o foco.

A sala oscila e me seguro no aparador.

— Mac? — A voz de Wes chega até mim. — Você está bem?

Concordo e ponho o copo de lado; ou pelo menos é o que tento fazer, mas o tampo não está onde achei que estivesse e o copo despenca no chão. E se estilhaça. O som chega de muito longe. A princípio, penso que vou sofrer outro apagão, mas eles acontecem subitamente e, dessa vez, é como uma espessa calda cobrindo todo o mundo.

— O que foi que você fez? — esbraveja Wes, mas não acho que esteja falando comigo.

Fecho os olhos, mas isso não ajuda. O mundo balança no escuro.

— O médico disse que ela precisava...

Tudo o mais está muito distante.

— *Allison* — reclama papai. Forço meus olhos a se abrirem. — Como você pôde...

Então minhas pernas cedem sob mim, sinto os braços de Wesley e seu ruído me envolve antes que o mundo escureça.

DEZENOVE

A princípio, tudo está escuro e silencioso.

Escuro e silencioso, mas não em paz.

De algum jeito, o mundo está vazio e pesado ao mesmo tempo, o nada me puxando para baixo, prendendo meus braços e pernas. E então, pouco a pouco, os detalhes começam a voltar, assentar e ascender, envolvendo-me.

O ar aberto.

Meu coração acelerado.

E a voz de Owen.

— Não há para onde fugir.

De um momento para o outro, a escuridão se dilui, passando do negror absoluto para a noite, do nada para o telhado do Coronado. Estou correndo em meio ao labirinto de gárgulas e ouço Owen atrás de mim, o som de seus passos, o som do metal contra a pedra de sua lâmina sendo arrastada pelas estátuas. O teto se estende para ambos os lados, infinitamente; as gárgulas estão por toda parte, e eu estou correndo.

Estou cansada disso.

Preciso parar.

No momento em que o pensamento me ocorre, paro abruptamente sobre o telhado. Meus pulmões ardem e meu braço dói, olho para ele e vejo a palavra completa — *D E S T R U Í D A* — gravada em letras de sangue, cortadas até o osso, do cotovelo ao pulso. Procuro nos bolsos e acho um pedaço de pano; estou cobrindo os cortes do antebraço com ele quando me dou conta do silêncio que tomou conta do lugar. Os passos cessaram, o metal arranhando a pedra parou, e tudo o que ouço é meu coração batendo. E então, a faca.

Giro no momento exato para desviar da lâmina de Owen, que desce cortando o ar, e dou alguns passos desesperados para afastar meu corpo do dele. As gárgulas se moveram para criar barreiras, nenhum espaço entre elas: sem escapatória. E tudo bem, porque não estou fugindo.

Ele golpeia outra vez, mas seguro seu pulso e o torço com força; a faca cai da sua mão para a minha. Dessa vez, não hesito. Quando sua mão livre vem na direção do meu pescoço, enterro a lâmina na barriga dele.

Owen se engasga com o ar na garganta e penso que enfim acabou — que consegui, que o venci, e que vai ficar tudo bem. Que eu vou ficar bem.

Ele então baixa o olhar para mim, para o ponto onde minha mão encontra a faca e a faca encontra seu corpo. Ele apoia a mão na minha e segura a faca ali, enterrada até o punho, e sorri.

Sorri enquanto seu cabelo escurece, seus olhos ficam castanhos e seu corpo se transforma no de outra pessoa.

— Não! — grito quando Wesley Ayers arqueja e cai sobre mim, o sangue se espalhando por sua blusa. — Wesley. Wesley, por favor, por favor, não...

Tento segurá-lo, mas nós caímos de joelhos no concreto frio, e sinto o grito subindo pela garganta.

É quando algo acontece.

O ruído de Wesley — aquela estranha batida caótica — se derrama pelo sonho como água, lavando seu corpo e o meu, e o telhado, preenchendo os espaços até tudo começar a escurecer e sumir.

Mergulho num novo tipo de escuridão, morno, pleno e seguro.

E, então, acordo.

Estamos no meio da noite, a mão de Wesley está entrelaçada com a minha. Ele está sentado numa cadeira encostada na minha cama, inclinado para a frente e ferrado no sono, a cabeça apoiada no outro braço, sobre o edredom. A lembrança dele caindo sobre o concreto quase faz com que eu me afaste. No entanto, aqui, agora, com sua mão quente e viva sobre a minha, a cena no telhado *parece* ter sido apenas um sonho. Um sonho horrível, mas ainda um sonho — já desaparecendo conforme o ruído de Wesley me inunda de maneira ainda mais suave e contínua do que o normal, ainda que continue alto o bastante para silenciar tudo o mais.

Minha cabeça permanece tomada por névoa, e as horas antes do pesadelo oscilam primeiro em lampejos.

Mamãe colocando o copo na minha mão.

A sala oscilando.

O copo se quebrando.

Os braços de Wesley ao meu redor.

Olho para ele, dormindo com a cabeça apoiada na minha coberta. Deveria acordá-lo. Mandá-lo para casa. Com cuidado, solto meus dedos de sua mão e, por um instante, ele levanta, semiacordado, e resmunga alguma coisa sobre tempestades. Em seguida, está em silêncio outra vez, a respiração baixa e uniforme. Fico sentada, observando-o dormir, descobrindo mais uma de suas inúmeras faces: uma sem armadura.

Decido deixar que durma, e quando estou voltando a me deitar, escuto: o som de alguém dentro do quarto, atrás de mim. Antes que eu possa me virar, um braço envolve meus ombros e uma mão de mulher cobre minha boca.

Seu ruído invade minha cabeça, todo metal e pedras, e tudo em que consigo pensar enquanto ela vai me segurando com mais força é que uma pessoa, para ter um ruído desses, deve ser alguém cruel. É como imagino que deva ter sido o som de Owen quando ele era vivo, antes de sua vida ser compilada e o ruído substituído por silêncio.

Quando ela se inclina para falar no meu ouvido, consigo ver a franja negra que balança sobre seus olhos pretos. Sako.

— Não grite, Guardiãzinha — murmura ela, arrastando-me para trás, para fora da cama e me pondo de pé. — Não queremos acordá-lo.

Suas mãos soltam minha boca, e os braços se afastam dos meus ombros. Eu me viro no escuro para ela.

— Que diabos você está fazendo aqui? — sussurro, quase inaudível, ainda tonta pelo que quer que mamãe tenha colocado na minha água.

— Pode acreditar — resmunga Sako, segurando meu braço e me arrastando pelo quarto. — Eu preferia estar em qualquer outro lugar.

— Então, vá embora — reajo, soltando-me. — Você não deveria estar caçando Histórias?

— Será que você ainda não entendeu, pequena Guardiã? — diz Sako, enfiando a chave da Equipe na porta do meu armário. — Nós caçamos *pessoas* para o Arquivo. Apenas algumas delas são Histórias.

Mal tenho tempo de tirar o anel antes de ela girar a chave, abrir a porta e me empurrar para dentro do escuro.

Agatha está esperando.

Ela está sentada atrás da mesa da entrada, com seu casaco creme e o cabelo ruivo emoldurando perfeitamente o rosto. Uma mão enluvada percorre o livro como se fosse uma revista enquanto Roland está em pé ao seu lado, pálido e rígido. Ele fica alerta quando Sako me arrasta para dentro, mas Agatha continua a brincar com as páginas.

— Viu só, Roland? — diz ela, as folhas pesadas de papel estalando sob seus dedos. — Eu disse que Sako a encontraria.

Sako cumprimenta de leve com a cabeça. Sua mão continua me segurando, firme como um torno no meu ombro, mas nada passa por seu toque agora. O isolamento silencioso do Arquivo nos cerca. Apenas bibliotecários podem ler pessoas aqui.

— Ela estava adormecida — diz Sako. — Com um garoto.

Agatha levanta uma sobrancelha.

— Lamento pelo incômodo — diz ela com sua voz macia.

— Sem problemas — digo prontamente. — Eu teria vindo antes, mas estava indisposta e minhas portas, fora de alcance. — Apenas membros da Equipe podem transformar qualquer porta num acesso ao Arquivo. Viro-me para Sako. — Obrigado pela carona.

Sako sorri sombriamente.

— Não há de quê.

Os olhos de Roland estão fixos nas ataduras que envolvem minha mão direita e até o pulso — *precisa ver só meu outro braço*, penso. Ele fica olhando para o machucado enquanto Agatha fecha o livro e se levanta.

— Se você nos der licença, acho que está na hora de Mackenzie e eu termos uma conversinha.

— Peço permissão para estar presente — solicita Roland.

— Negada — responde ela, indiferente. — Alguém precisa ficar na mesa de entrada. Sako, fique, por favor. Podemos precisar de você. — Agatha aponta para uma das sentinelas junto à porta. — Venha comigo, por favor. — Congelo.

— Eu acho *mesmo* que isso não é necessário — diz Roland, quando uma das figuras vestidas de preto se aproxima. É a primeira vez que vejo um deles se mover.

— Espero que não — diz Agatha —, mas é sempre bom estar prevenida.

Ela se vira para as portas abertas atrás da mesa e eu me empenho em ordenar meus pensamentos enquanto a sigo. Roland segura meu ombro quando passo.

— Não lhe conceda permissão — sussurra ele antes de a sentinela me empurrar pelas portas.

Atravesso o átrio do Arquivo com os pés descalços, as costas brancas do casaco de Agatha à minha frente, a capa preta da sentinela balançando atrás, e, pela primeira vez, sinto-me como uma prisioneira. Quando entramos num dos corredores, vejo Patrick de pé junto a uma fila de prateleiras. Ele nos segue com os olhos — curioso, mas, fora isso, com uma expressão indecifrável.

Agatha me leva para uma sala sem prateleiras e com duas cadeiras.

— Sente-se — ordena, apontando para uma enquanto se senta na outra. Quando hesito, a sentinela me força para baixo. Suas mãos permanecem pressionando meus ombros, mantendo-me no lugar, até Agatha dizer que aquilo não é necessário e ela dar um passo para trás. Sinto sua presença como uma sombra atrás da cadeira.

— Por que estou aqui? — pergunto.

Agatha cruza as pernas.

— Já faz quase um mês desde o nosso último encontro, senhorita Bishop. Achei que já era hora de um acompanhamento. Por quê? — pergunta, inclinando a cabeça inocentemente. — Será que você consegue pensar em algum motivo para esta convocação?

Um buraco se abre no meu estômago quando ela tira um pequeno caderno preto do bolso do casaco e o abre com um suspiro.

— Precedente à óbvia não observância de comparecer quando convocada... — Controlo o impulso de interrompê-la, chamar sua atenção para o fato de que *ela* sabia que eu não tinha como vir... —, compilei uma lista bem preocupante de irregularidades — diz, percorrendo a página com o dedo enluvado. — Temos noites passadas dentro do Arquivo.

— Roland está me treinando.

— O ataque de dois humanos no Exterior.

— Eles *me* atacaram. Eu apenas me defendi.

— E o Arquivo teve que limpar a bagunça.

— Coisa que não pedi ao Arquivo.

Ela suspira.

— Uma prisão por invadir uma cena de crime?

— Não fui fichada.

— E quanto aos crimes mais pertinentes ao Arquivo? — desafia ela. — Tais como não retornar Histórias... — Abro minha boca, mas ela levanta a mão. — Não me insulte alegando que foi você quem retornou aquelas almas perdidas, senhorita Bishop. Por acaso, sei que a chave do senhor Ayers foi usada para acessar os Retornos do seu território. O fato puro e simples é que você está negligenciando seu trabalho.

— Lamento. Eu andei indisposta.

— Ah, eu sei. Hospitalizada. Por automutilação. — Ela toca no papel com cuidado. — Você entende por que eu considero isso tão problemático?

— Não é o que você...

— É um trabalho estressante, senhorita Bishop. Estou ciente disso. A mente guarda tantas cicatrizes quanto o corpo. Mas a mente também guarda nossos segredos. Uma mente fraca é uma ameaça para o Arquivo. É por isso que alteramos aqueles que nos deixam. E aqueles que são removidos. — Os olhos de Agatha se fixam nos meus. — Agora me diga. O que aconteceu?

Respiro fundo. A maioria das pessoas faz isso antes de contar uma mentira — é quase uma preparação física automática e um dos sinais reveladores mais difíceis de controlar —, mas tomo o cuidado de deixar passar antes de começar, esperando que a hesitação seja interpretada como constrangimento. Seguro então a mão direita. Os cortes são superficiais, mas tomei cuidado de cobrir tudo com ataduras até o pulso.

— Mês passado — começo —, quando tentei impedir Owen, ele quebrou alguns dos ossos do meu pulso. — Penso em meu livro de fisiologia. — Quebrou o rádio, esmagou o escafoide, o semilunar e parte do piramidal. — Aponto a localização aproximada de cada um. — Os dois últimos não cicatrizaram direito. Alguns pedaços pequenos de osso nunca se calcificaram. Estavam atrapalhando e tentei tirá-los da melhor maneira possível. — Ela desvia o olhar para as ataduras no meu pulso, inclinando-se para a frente e reduzindo ainda mais a distância entre nós. É exatamente o que eu quero: que preste atenção na minha mão. Ela não precisa ficar sabendo do curativo no outro braço.

— Por que não foi ao hospital? — pergunta.

— Não queria que meus pais se preocupassem.

— E por que não deixou *Patrick dar uma olhada?*

— Ele não vai muito com a minha cara — digo. — Achei que poderia fazer isso eu mesma. Mas acho que o problema de ser uma adolescente é que as pessoas tendem a ver quando você enfia uma faca em si mesma, seja pelo motivo que for.

Um sorriso triste passa por seus lábios e começo a acreditar que ela está engolindo a mentira quando diz:

— Arregace as mangas.

Hesito, e essa pequena pausa é o bastante para me entregar. Agatha fica em pé, eu faço menção de me levantar, mas a sentinela me segura no lugar enquanto ela se aproxima e levanta a manga da minha camisa, a esquerda, não a direita, e expõe a atadura que envolve o antebraço.

— Diga-me — diz Agatha, passando o dedo delicadamente sobre o curativo —, os pedaços do osso vieram parar nesse braço também?

— Eu posso...

Mas ela levanta o dedo para me silenciar.

— Eu te perguntei uma vez — diz ela — se você gostaria de se lembrar de tudo o que lhe aconteceu. Eu te dei uma chance de esquecer. Receio ter cometido um erro ao fazer isso. Lembranças ruins deixadas numa mente fraca são como algo podre. Se espalham e contaminam.

Aperto a cadeira, mesmo que isso faça meu braço doer.

— Eu te garanto, Agatha, que não estou contaminada.

— Não — diz ela —, mas você pode estar *quebrada* mentalmente.

Estremeço.

— Não estou. Você precisa acreditar em mim.

— Na verdade — responde ela, tirando os dedos de uma das luvas pretas —, não preciso. Não quando posso ver por mim mesma.

O aperto da sentinela fica mais forte no meu ombro e a voz de Roland passa por meu ouvido. *Uma vez que ela tenha acesso à sua mente, qualquer coisa que ela encontrar lá pode ser usada contra você. Se ela te considerar incapaz, você seria condenada à alteração... não lhe conceda permissão.*

— Não — digo, as palavras tomadas pelo pânico. — Você não pode.

Agatha para, apertando os olhos.

— Perdão?

— Você não tem minha permissão — digo, lembrando a mim mesma que esta é a lei, mesmo parecendo suicídio. A falsa simpatia de Agatha se vai, e ela me observa friamente.

— Você está me negando acesso à sua mente. — Não está perguntando. É um desafio.

Concordo.

— Estou no meu direito.

— Apenas os culpados recorrem à cláusula cinco, senhorita Bishop. Recomendo enfaticamente que você reconsidere.

Mas não posso. Escolhi meu caminho e ela precisa respeitá-lo. Ela não pode me ferir — pelo menos não agora. Pode ser apenas uma postergação, mas é melhor do que uma sentença. Cubro a atadura com a manga, e ela entende o gesto como a negação que de fato é.

A sentinela solta as mãos dos meus ombros. Quando começo a me levantar, ela diz:

— Ainda não terminamos. — Minha barriga dá um nó enquanto ela circunda sua cadeira e envolve o encosto com as mãos enluvadas. — Você ainda não explicou a cena do crime nem o que estava fazendo lá.

Minta, minta, minta, bate meu coração. Mas uma mentira precisa ser tão rápida quando a verdade, e o fato de eu hesitar significa que não conseguirei convencê-la de uma só palavra. Ela vai enxergar através das mentiras. Se eu estava pisando em gelo fino antes, minha recusa deixou tudo coberto de rachaduras.

— Uma pessoa que eu conheci foi sequestrada — digo, as palavras saindo cuidadosamente. — Achei que poderia ver algo que os policiais tivessem deixado passar. O homem, Gregory Phillip, desapareceu da própria casa. A sala onde o sequestro aconteceu foi destruída, e a polícia não achou nenhuma pista. Eles não conseguiram entender as provas, não foram capazes de compreender como o homem desapareceu. Porque não podiam ver. Mas quando entrei lá, eu vi claramente.

— Viu o quê, senhorita Bishop?

— Alguém abriu um vazio.

Agatha aperta os olhos.

— Essa é uma acusação muito séria.

E é mesmo. Vazios só podem ser abertos com chaves da Equipe, as únicas pessoas que as têm são os membros da Equipe, e Agatha é pessoalmente responsável por todos dessa divisão, sejam eles Guardiões ou da Equipe. Esse é o motivo pelo qual deveria se interessar mais pela pessoa por trás disso do que em me botar na fogueira.

— Entendo a gravidade...

— Será mesmo? — diz ela, dando a volta na cadeira. — Você realmente sabe o que está sugerindo? Os vazios são fendas no mundo. Cada vez que um é criado, o Exterior e o Arquivo são colocados em risco. Como tal, a criação intencional de um é passível de punição por alteração. E você acha que um membro da Equipe desobedeceria ao Arquivo, desobedeceria a *mim*, para criar esse vazio no Exterior para se livrar de *um único humano?*

— Três — corrijo. — Foram três desaparecimentos na semana passada e acredito que vazios foram criados em cada uma dessas vezes. E não estou convencida de que o membro da Equipe responsável por isso esteja agindo por conta própria. Acho que é possível que alguém do Arquivo tenha dado a ordem.

— E por que motivo alguém faria isso?

— Acredito que... — Meu Deus, pareço maluca; mal consigo pronunciar as palavras — ... alguém esteja armando para mim. — Agatha levanta as sobrancelhas quando completo. — Cruzei o caminho de cada uma das vítimas antes de desaparecerem.

— E quem iria querer armar para você? — pergunta ela, com desdém pingando da voz.

— Existem membros do Arquivo — digo — que não concordam com sua decisão inicial. Pessoas que se opõem à minha permanência em serviço.

Agatha suspira.

— Estou muito ciente dos sentimentos de Patrick por você, mas você acredita mesmo que ele violaria as leis arquivais para te exterminar?

Hesito. Não tenho muita certeza de que ele faria isso. Foi fácil acreditar que Patrick mandaria Eric em busca de provas, mas foi mais difícil crer que ele as *plantaria*.

— Não sei — digo, tentando não vacilar. — Estou só contando o que eu encontrei.

— Você deve estar enganada.

— Eu sei o que eu vi.

— Como pode? — questiona. — Vazios não são visíveis *de fato* para ninguém. Você teve uma sensação ruim, achou que seus olhos perceberam um movimento de ar e presumiu que...

— Eu *li* a parede. As lembranças em torno da criação do vazio foram todas destruídas. Apagadas.

Ela balança a cabeça.

— Mesmo que exista um vazio, como vou saber que não foi *você* a responsável? Você faz alguma ideia da raridade de um vazio? Você já esteve vinculada a um...

— Eu estava fazendo o meu trabalho.

— ... e agora isso. Você mesma falou em três desaparecimentos e que cruzou o caminho de cada um.

— Eu não tenho uma chave da Equipe.

— Havia uma outra, não é mesmo? No telhado? A que pertencia àquela História traidora? O que aconteceu com ela?

Minha mente gira.

— Foi sugada pelo vazio — respondo —, junto com Owen.

— Que conveniente.

— Eu poderia ter mentido, Agatha — digo, tentando me manter calma —, mas não fiz isso. Eu te contei a verdade. Alguém está te desafiando. Desafiando o Arquivo.

— Você acha que eu permitiria que esses crimes e conspirações acontecessem debaixo do meu nariz?

Endureço.

— Com todo o devido respeito — digo —, há menos de um mês uma Bibliotecária tramou a libertação de uma História restrita para o Exterior e a destruição de uma seção inteira. E quase conseguiu. Tudo isso bem debaixo do nariz do Arquivo.

Num piscar de olhos, Agatha está em cima de mim, me prendendo na cadeira, os dedos enterrados no meu antebraço machucado. As lágrimas fazem meus olhos arderem e aperto-os com força, resistindo com força à escuridão vertiginosa de um apagão mental.

— O que é mais provável? — pergunta ela, sua voz, quase um rosnado. — Que um membro do Arquivo esteja conspirando contra você por pura implicância pessoal ou por vingança, elaborando algum esquema caprichoso para que você seja considerada inadequada, constituindo uma traição, ou que você esteja simplesmente alucinando?

Respiro rápido algumas vezes, com a dor cortando a minha pele.

— Eu sei que... você não quer... acreditar...

Agatha afunda as unhas no meu braço.

— Minha posição não se baseia no que eu *quero* acreditar, senhorita Bishop. É fundamentada na verdade e na lógica. É uma máquina muito complicada essa que eu ajudo a administrar. E quando encontro uma peça quebrada, meu trabalho é consertá-la ou substituí-la antes que possa causar danos a outras peças.

Ela me solta e se vira.

— Não estou quebrada — digo entre os dentes.

— É o que você diz. E, mesmo assim, as coisas que estou ouvindo sair de sua boca soam como loucura. Estou correta — diz, dando as costas para mim — em supor que você ainda se recusa a me conceder acesso à sua mente? Que você faz essas *alegações* contra o Arquivo, contra a Equipe, contra *mim*, e que mesmo assim me nega a possibilidade de descobrir se você é culpada ou inocente das acusações que está implicando contra aqueles ao seu redor?

Sinto-me enjoada. Se a minha teoria estiver errada, então também assinei minha própria execução, e nós duas sabemos disso. Concordo, resistindo. Agatha passa por mim e se dirige à sentinela.

— Chame Sako — ordena.

No instante seguinte, ouço a porta fechar. Fico a sós com ela.

— Começarei com a Equipe, então — diz ela —, pois nenhum deles seria tolo o bastante para me negar autorização. E, após examinar suas mentes e descobrir que cada um deles é leal e inocente, vou destrinchar sua vida, momento a momento, para descobrir sua culpa. Pois você provou uma coisa esta noite, senhorita Bishop: você é culpada de alguma coisa. — Ela segura meu queixo com a mão enluvada. — Talvez sejam os vazios, talvez seja loucura. O que quer que seja, eu vou descobrir. — Sua mão desce do meu queixo para o meu pescoço. — Enquanto isso — diz, tirando a chave de sob a blusa —, sugiro que você mantenha sua lista limpa.

A ameaça é clara e fria como gelo. *Se quiser continuar a ser uma Guardiã.*

A porta se abre e Sako aparece.

— Leve a senhorita Bishop para casa — diz Agatha, gentilmente, tirando a mão do meu pescoço. — E volte para cá. Precisamos conversar.

Algo atravessa o rosto de Sako — curiosidade, confusão, uma sombra de medo? — para desaparecer em seguida, e ela concorda. Ela enfia sua chave direto na porta atrás dela, segura meu cotovelo e me empurra para dentro.

Um instante depois, estamos no meu quarto de novo, Wesley dormindo com a cabeça sobre a cama e o ruído de Sako vibrando pelo meu corpo. Seu ruído de metal e pedra se chocando se transforma em *chateação desperdício de espaço o que ela fez o que Agatha quer agora queria uma noite com Eric me abraçando quente, dourado, forte e seguro*, e quando ela solta meu braço, estou surpresa pela intensidade dos sentimentos de Sako por ele.

— Saia da minha cabeça, Guardiãzinha — resmunga ela.

Coloco o anel de volta, pensando em quanto da *minha* mente ela viu. Ela dá meia-volta e desaparece pelo mesmo caminho da vinda, deixando-me ali parada, no escuro.

Meu braço dói, mas não consigo olhar para avaliar o estrago, então me deito na cama e apoio a cabeça na mão boa. Quisera Da estivesse aqui para me dizer o que fazer. Já esgotei sua sabedoria pré-embalada, suas lições sobre caçar e lutar e mentir. Preciso *dele*.

Quando o silêncio desce ao meu redor, o pânico começa a tomar conta. O que foi que eu fiz? Consegui ganhar alguns dias, mas a que custo? Conquistei a inimizade de Agatha, e, mesmo que minha teoria seja sólida e o membro da Equipe por trás dos vazios seja encontrado, ela não vai se esquecer da minha recusa. E se minha teoria estiver errada? Fecho os olhos com força. *Eu sei o que eu vi. Eu sei o que eu vi. Eu sei o que eu vi.*

Minha cabeça se enche de música, forte e contínua. Olho para baixo e vejo a mão de Wesley envolver a minha, os olhos turvos, mas abertos. Deve ter interpretado mal o choque e o medo na minha expressão como os ecos de um pesadelo — quem dera isso ainda fosse um —, pois não pergunta se há alguma coisa errada. Em vez disso, sobe na cama ao meu lado e se aconchega comigo, abraçando-me pela cintura.

— Não vou deixar ninguém te machucar — murmura, sonolento, contra o meu cabelo. Tudo em que consigo pensar, enquanto sua música toca na minha cabeça, é como Sako viu Eric em sua mente: como um escudo, forte e seguro. É assim que os parceiros de Equipe se sentem em relação um ao outro. Mas não somos da Equipe. Agora, talvez jamais sejamos. Só que, hoje, permito-me fingir. Eu me seguro em seu som de *rock* e no seu toque. Deixo que me envolva.

Dez minutos depois, o primeiro nome aparece na minha lista.

VINTE

Quando acordo, Wesley já se foi. O único sinal de que esteve aqui comigo é o edredom amassado. Já é tarde, há luz entrando pelas janelas, e fico deitada por um tempo, ainda sentindo o peso do sono — um sono sem sonhos, suave, repleto apenas de música — e saboreio a calma. No entanto, quando me mexo, a dor se propaga pelo meu braço e pelos ombros, e eu me lembro.

O que foi que eu fiz?

O que precisava ser feito, digo a mim mesma.

O papel do Arquivo está na mesa de cabeceira, enfiado debaixo do *Inferno*. Pelo menos a lista ainda tem apenas um nome.

Abigail Perry. 8.

Guardo o papel no bolso. O cheiro de café me puxa para fora da cama, e já estou com a mão na maçaneta quando vejo o sangue seco manchando a manga. Tiro a camisa; a mancha deixa o contorno dos dedos de Agatha quase visível. Desfaço a atadura tão rápido quanto possível — meus olhos fixos no corte como se fosse um vazio, algo errado, não natural, ao mesmo tempo atraindo e repelindo meu olhar — e visto uma camisa limpa antes de seguir para a cozinha. Papai já está lá, passando uma jarra de café forte.

— Mandei Wes para casa — diz ele, em vez de me dar bom dia.

— Fico admirada você ter deixado ele ficar — digo, puxando a manga da camisa limpa com cuidado para baixo, para cobrir os pontos. Quem sabe manter o corte fora das vistas o ajude a ser esquecido.

— Na verdade, foi mais ele que se recusou a ir embora — diz papai, servindo uma xícara para mim. — Depois do que aconteceu.

Pego a caneca e me deixo levar pelos pensamentos. Passando pelo interrogatório de Agatha, o pesadelo com Owen, a leitura da sala e o copo se estilhaçando no chão duro.

— Como ela pôde fazer aquilo, papai?

Ele esfrega os olhos e toma um longo gole.

— Eu não perdoo o que sua mãe fez, Mackenzie. Mas você precisa entender que ela só estava tentando...

— Não venha me dizer que ela estava tentando ajudar.

Ele suspira.

— Estamos *todos* tentando ajudar, Mac. Só não sabemos como. — Olho para o meu café. — E, que fique registrado, esse negócio do seu namorado passar a noite aqui foi só ontem.

— O Wesley não é meu namorado.

Papai levanta a sobrancelha por cima do café.

— Ele sabe disso?

Volto a olhar para minha xícara, lembrando-me de seus braços ao meu redor, seu ruído como uma coberta confortável sobre mim.

— Se importar com alguém assusta, Mac. Eu sei. Especialmente depois de já ter perdido uma pessoa. É fácil pensar que não vale a pena. É fácil achar que a vida dói menos assim. Mas não é vida a não ser que você a sinta. E se você sentir metade do que ele sente por você, não o afaste.

Concordo, pensativa, desejando poder dizer a papai que eu realmente sinto metade, mais do que metade, talvez até a mesma coisa que Wesley sente, mas não é tão simples. Não no meu mundo. Apoio os cotovelos com cuidado no balcão.

— E o que você vai fazer hoje? — pergunto, tentando soar descontraída.

— Preciso ir na universidade. Deixei um pouco de trabalho do qual não dei conta ontem por lá.

Porque você estava bancando o vigia.

— E mamãe?

— Desceu para o café.

Dou um gole da caneca.

— E eu? — pergunto, cautelosa. A lista parece um peso dentro do bolso.

— Você vai ficar com ela — responde. O que significa *ela vai ficar de olho em você.*

— Ainda tenho dever de casa para fazer — minto.

— Leve lá para baixo — responde. O tom é gentil, mas a mensagem é clara. Não vou ficar sem vigilância. O amor está lá, mas a confiança se foi.

Digo para papai que preciso de um banho primeiro e ele me libera com um aceno de cabeça. Uma pequena parte de mim fica maravilhada por ter permissão para tomar banho sem supervisão, até ver que eles já tiraram todo e qualquer objeto remotamente cortante do banheiro.

Espero que ele vá logo para o trabalho e que eu possa fazer um desvio rápido para os Estreitos no caminho para o térreo, mas, quando saio do chuveiro e me visto, com curativos novos no braço e na mão, ele está à minha espera na porta.

Papai segue comigo até a cafeteria como se eu fosse uma prisioneira e me deixa aos cuidados da mamãe. Ela nem olha para mim. Eu nem lhe dirijo a palavra. Sei que queria ajudar, mas não ligo. Não sou a única deste lugar capaz de perder a confiança em alguém.

Para uma mulher que não me olha nos olhos, é incrível como consegue jamais me perder de vista. Por sorte, a cafeteria está bem cheia, e acho ótimo não fazer contato visual durante a primeira hora, enquanto limpo as mesas e anoto os pedidos de bebidas. Berk também está trabalhando hoje, o que ajuda. Ele tem uma espécie de alegria contagiante e aversão ao silêncio, por isso fica de conversa-fiada para compensar o fato de mamãe e eu não trocarmos uma palavra sequer.

— Espero que o cara tenha merecido isso — diz ele quando estico a mão para pegar um café e ele vê o curativo na palma da mão e os machucados cicatrizando nos nós dos dedos. — É por esse motivo que vocês duas estão brigadas? — pergunta, apontando com um par de pegadores para a mamãe, que acabou de sair para o salão para conversar com uma mulher na mesa do canto, os olhos varrendo a área em que me encontro a cada minuto.

— Entre outros — respondo.

Felizmente, ele não pergunta mais a respeito nem pressupõe que é tudo culpa minha.

— Pais têm boas intenções — diz antes de me mandar levar o lixo para fora, completando: — Acho que um pouco de ar fresco pode te fazer bem.

Avalio minhas chances de escapar para os Estreitos, mas não são nada boas. Tem uma porta no armário nos fundos do café, mas não é o que eu chamaria de discreta, e minhas duas outras portas — uma no saguão e a outra no terceiro andar — não estão muito acessíveis. Quanto à mamãe, bem, mal Berk me entrega o saco de lixo e seus olhos já estão focados em mim. Levanto o saco para ela ver e aponto para as portas do fundo. Ela aperta os olhos e começa a vir na minha direção, mas é chamada em outra mesa no meio do caminho. Levanta então três dedos para mim.

Três minutos.

Tudo bem. Abigail Perry vai ter que esperar, mas pelo menos provarei para mamãe que ela pode me deixar sozinha. Saio pelos fundos, apreciando meus três minutos de privacidade e luz do sol. Assim que estou do lado de fora, diminuo o passo, saboreando cada segundo de liberdade.

Acabo de jogar o saco dentro da lata de lixo quando uma mão me segura pela camisa e me joga contra a parede do Coronado, com força.

— *Como você ousa?* — rosna Sako, seu ruído metálico áspero raspando pelos meus ossos.

— Do que você está falan... — Seu outro punho faz contato com minhas costelas e caio no chão do beco, sem fôlego.

— Você conseguiu mesmo armar a maior confusão. Não tinha nada que ir falar com a Agatha.

— Qual o problema? — Tusso ao me levantar. — Você tem algo a esconder?

Ela volta a me segurar e me joga de novo contra a parede de pedra do Coronado.

— Sou leal ao Arquivo, sua merdinha. Um fato que Agatha pode atestar, pois graças a essa sua cabecinha pirada e seus delírios paranoicos, acabo de passar a noite com ela enfiando as garras por toda a minha vida. — Ela se inclina, e seu rosto fica a centímetros do meu. Os olhos negros estão injetados de sangue, círculos escuros destacados sobre a pele pálida debaixo deles. — Você faz alguma ideia de como é isso? — sibila. — Porque você *vai* saber. Assim que ela esgotar os membros da Equipe, ela vai cair com tudo em cima de você. E espero que ela revire lembrança por lembrança, uma de cada vez, até não sobrar nada.

Ainda estou processando o fato de Sako ser inocente quando ela me empurra para longe.

— Ela ainda está com o Eric. Está com ele há quatro horas. E, se ela o punir por sua causa, eu rasgo sua garganta com as minhas unhas.

— Ele não deveria ter ficado me seguindo — digo.

Sako solta um ruído de exasperação.

— Ele só estava te seguindo porque Roland pediu. Para te manter *a salvo*. — A última palavra sai como um sibilo. Sinto-me como se tivesse sido atingida de novo, e o ar escapa de meus pulmões quando ela diz: — Mas eu não faço a menor ideia do que Roland viu em você.

Sako ajeita seu cabelo preto azulado, a chave da Equipe brilhando no pulso.

— Talvez eu devesse contar para Agatha sobre o seu namoradinho, Wesley. Talvez *ele* seja suspeito. Não faria mal ela dar uma olhada.

— Wes não tem nada a ver com isso — digo, trincando os dentes — e você sabe.

— Sei? — pergunta Sako. Ela se vira. — Aproveite sua liberdade enquanto durar, Guardiãzinha. Sua vez vai chegar logo, logo. E aí, espero que Agatha deixe que eu mesma te leve até lá.

Ela parte, pisando duro, e fico encostada à parede, sem fôlego e preocupada. Sako e Eric são inocentes, os dois?

Cabecinha pirada, a voz de Sako ecoa nos meus ouvidos.

Quebrada, ecoa Owen em minha mente.

Fecho os olhos com força e espero as vozes silenciarem. Eu sei o que eu vi. Eu vi um vazio. Vazios são feitos pelas chaves da Equipe, então, só pode ter sido um membro da Equipe. Eric e Sako não são as únicas páginas do livro. Tento visualizar o livro sobre a mesa do Arquivo, folheá-lo em minha mente. Tem uma página principal, um sumário, e depois uma página para cada pessoa que atua na divisão. Quantas no total? Cem? Mais? Nossa divisão cobre um território com o diâmetro de uns quinhentos *quilômetros*. Quantas cidades devem caber dentro desse círculo? Quantas páginas do livro devem ser dedicadas a *esta* cidade? E quantas dessas páginas pertencem a membros da Equipe? Quantas pessoas Agatha terá que examinar? Quatro? Oito? Doze? Meus caminhos se cruzaram com o das vítimas, mas será que eu cruzei com o criminoso?

Respiro fundo, verificando se tem alguma mancha de sangue em mim antes de voltar para dentro.

— Aí está você — diz Berk. — Estava começando a pensar que tinha te perdido.

— Desculpe — digo, abaixando-me para passar para trás do balcão. — Encontrei uma amiga.

Mamãe está no pátio, atendendo a um novo cliente, e a vejo olhar de soslaio através do vidro, para conferir se eu já voltei. Ela aponta para o próprio relógio, mas minha atenção se volta para Sako, que vai descendo a calçada tranquilamente. Está falando no telefone, agora, a cabeça ligeiramente inclinada para trás, como se relaxasse ao sol, e me dou conta de uma coisa. Minutos atrás, ela era um monstro, um animal, toda unhas e dentes. E agora, parece incrivelmente *normal*. Os membros da Equipe parecem *normais*. Têm a habilidade de se misturar. Mesmo Eric, feito de ouro. Eu só o percebi quando ele quis que eu o percebesse. Qualquer pessoa poderia ser da Equipe. E se quem estiver fazendo isso não se destacar? Se for alguém que se mistura à multidão? E se essa pessoa já tiver se metido na minha vida sem eu saber?

Berk ri e conversa com um cliente na ponta do balcão. Olho para as mãos dele e fico tensa ao ver que ele não usa nada além de um anel de prata no polegar. Ele está por aqui há poucas semanas. Mas as mangas estão arregaçadas e não há nenhuma marca. Examino as mesas do café, procurando fregueses. Procuro pessoas que vivem na periferia de minha vida, mas próximas o suficiente para me observarem sem que eu as perceba. Porém, ninguém se destaca. E é exatamente esse o problema.

Neste exato momento, um nome se inscreve na lista dentro do meu bolso — *Bentley Cooper. 12.* — e começo a achar que teria sido melhor arriscar a ira da minha mãe e ter ido atrás de Abigail. Terei de dar conta do serviço mais tarde.

— Ei, Mac — chama Berk, indicando a porta com a cabeça —, um cliente.

Guardo o papel no bolso e me viro, esperando ver um estranho, mas, em vez disso, dou de cara com Cash.

Wesley pode trocar sua *persona* de aluno de escola particular pelo garoto com delineador nos olhos e brincos de prata, mas o visual de Cash no fim de semana ainda é cem por cento Hyde. O jeans escuro e a camisa branca radiante fazem com que eu me sinta suja com o avental da Bishop's.

Seus olhos dourados se acendem ao me ver. Ele atravessa o café e se ajeita num banco junto ao balcão.

— Então é aqui que você mora! — diz alegremente.

— É aqui que eu *trabalho* — respondo enquanto seco uma caneca. — Lá em cima é onde eu moro.

Ele gira no banco e se apoia de costas com o cotovelo no balcão, fazendo o reconhecimento da cafeteria.

— Encantador.

Quando se vira, já lhe servi um café.

— E encantado — diz, apontando para a xícara.

— Imaginei que seria a minha vez de oferecer o café — respondo. — Então, o que traz você aqui?

Ele dá um gole lento no café.

— Eu trouxe sua bicicleta. Vi que ela tinha ficado na escola.

— Uau! — digo. — Você leva o papel de embaixador muito a sério.

— É verdade — concorda com ar de sobriedade. — Mas, para ser sincero, a bicicleta foi só uma desculpa para eu vir aqui te dar um oi.

Sinto que estou corando.

— É mesmo?

Ele concorda.

— Fiquei preocupado. Os seniores estão encarregados da organização do Festival de Outono, e Wesley não apareceu na escola ontem. Quando perguntei onde ele estava, respondeu que tinha ficado com você e eu já ia começar a detoná-lo por isso, por conta da minha obrigação como amigo, quando ele me contou que você tinha se machucado. Então pensei em vir dar uma olhada para conferir como você está.

— Puxa — digo —, não precisava, sério. Estou bem.

— Devemos ter definições diferentes do que é "bem" — diz, indicando minha mão enfaixada. — O que aconteceu?

— Uma coisa idiota, na verdade. Foi esse prédio velho — digo, mostrando-lhe a mão coberta. — Apoiei a mão numa janela e ela se quebrou. Não foi nada demais — completo, os quatorze pontos doendo debaixo da outra manga. — Vou sobreviver.

Cash toca minha mão com a ponta dos dedos, tão de leve que quase não ouço seu ruído de jazz e risos.

— Bom saber — diz, soando curiosamente sincero. Ele apoia os cotovelos no balcão, olhando para a xícara de café. — Então, andei pensando...

Alguém pigarreia, interrompendo Cash, levanto os olhos e vejo Wes parado a meio metro, observando-nos. Ou mais precisamente, observando fixamente a mão de Cash, que ainda está tocando a minha. Eu a afasto.

— Ora, mas isso é uma surpresa — diz ele. Parece recém-saído do banho, pretinho básico, o cabelo penteado para trás e ainda molhado, os olhos com delineador.

— Testando sua roupa do Festival de Outono? — provoca Cash.

Wes ignora a alfinetada.

— Estou interrompendo alguma coisa? — pergunta.

— Não — respondo ao mesmo tempo em que Cash resmunga:

— De forma alguma.

— Cash só veio trazer a minha bicicleta.

Wesley levanta uma sobrancelha.

— O conselho estudantil parece estar bem mais envolvido do que antes.

Cash aperta os olhos, mesmo sorrindo.

— Controle de qualidade.

Um tenso momento de silêncio cai sobre nós. Quando fica claro que Wesley chegou para ficar, Cash desce do banco.

— Por falar nisso — diz —, melhor eu voltar para a Hyde. Deixei alguns calouros pendurando as fitas e não confio naquele bando trabalhando com escadas. — Ele dirige sua atenção para Wesley. — Você aparece lá mais tarde?

Wes balança a cabeça.

— Não dá — diz, indicando o andar mais acima. — Preciso ficar com Jill por um tempo. Amanhã, fico até mais tarde.

— Seria bom. O orgulho sênior está ameaçado. — Ele se dirige para a porta. — Obrigado pelo café, Mackenzie.

— Obrigado pela bicicleta — respondo — e pelo papo.

— Quando quiser.

Wesley observa Cash ir embora.

— Você gosta dele — diz, em voz baixa.

— Você também — digo — Ele é um cara legal.

— Não é disso que estou falando.

— Eu sei do que você está falando e eu gosto do Cash. Ele é normal. Quando está por perto, quase esqueço que eu não sou.

— Eu teria vindo mais cedo — comenta Wes —, mas parece que meu acesso ao seu território foi revogado. Alguma ideia do motivo?

Franzo a testa. Agatha.

— Talvez tenham resolvido que já estava na hora de me entregar as rédeas — respondo o mais descontraidamente que consigo. — Como é que você veio, então? Dirigindo?

— Para a sua informação, peguei um ônibus.

Tremo só de pensar. Tanta gente dentro de uma caixa tão pequena. Mas Wes sempre lidou melhor com contato do que eu. Afinal, foi ele quem me ensinou a deixar o ruído passar por mim, como flutuar ao invés de afundar na corrente da vida das pessoas.

— Conversa e trabalho, criançada. Conversa e trabalho — chama Berk da outra ponta do balcão. Wesley sorri e passa por baixo, para o meu lado.

— E aí — pergunta, a voz mais suave —, dormiu bem ontem à noite?

O teto, as gárgulas e a faca de Owen atravessam minha mente como um flash.

— Começou mal — respondo. — Mas depois... — Sinto o rosto esquentar. — Ouvi seu ruído enchendo minha cabeça, e o pesadelo meio que se desfez.

— Eu não tinha muita certeza sobre o que fazer — diz ele, servindo-se de um café. — Você chamou meu nome.

— Ah — digo, enquanto ele dá um gole —, foi porque eu te matei.

Wes quase engasga com a bebida.

— Foi um acidente — digo. — Eu juro.

— Ótimo — diz, batendo com seu ombro no meu, rapidamente enchendo minha cabeça de rock, baixo e bateria. — Vamos ver se consigo te manter livre dos pesadelos. — Ele se afasta um pouco. — Ah, e conversei com a Amber. Pedi para ela me avisar se o detetive Kinney encontrar alguma pista. Ela me disse que ele fechou o bico pra valer, mas que vai tentar me manter informado. Acho que ela pensou que eu queria saber por causa da Bethany...

Eu quase já tinha me esquecido da história deles.

— Sinto muito por ela — digo. Um vazio é um rasgo no mundo. Fica aberto apenas pelo tempo necessário para sugar alguma coisa, *alguém*, e logo se fecha. E, depois que a pessoa se vai...

— Pois é. Bom. Eu não entendo o *porquê*, mas você estava certa sobre o *o quê* — diz Wes. — Eu passei pela casa dela para ver se alguma coisa aparecia.

— E? — pergunto.

— Com certeza tem alguma coisa lá. Na entrada da garagem, bem ao lado do carro. Não consegui olhar diretamente.

Solto um suspiro de alívio. Não tinha me dado conta do tanto que eu precisava que alguma outra pessoa visse os vazios. Neste minuto, minha mãe se aproxima.

— Wesley — diz, em lugar de um "oi", enquanto pega duas bebidas de cima do balcão.

Wes volta para o outro lado e acena com a cabeça.

— Oi, senhora Bishop.

Ela parece nervosa, ele, tenso, e me lembro de ele esbravejando com ela ontem à noite, bem no momento em que o mundo começou a oscilar.

O que foi que você fez?

Mas, em meio àquele desequilíbrio, eu vejo uma abertura.

— Mãe, o Wes vai ficar com a Jill por um tempo. Posso ir com ele?

É a primeira coisa que digo a ela desde ontem à noite, e dá para ver o conflito em sua expressão. Os olhos se movem de Wesley para mim (ou, pelo menos, para o meu avental, meu colarinho e meu queixo). Ela não quer que eu saia de suas vistas. Se disser *não*, sua posição de vilã ficará gravada em pedra. Estamos oscilando à beira de um lugar alto e íngreme, e nenhuma das duas quer ceder. Parte de mim acha que, depois de ontem à noite, mamãe já deu o salto, mas estou estendendo-lhe uma corda, uma chance de escalar de volta o precipício.

Dá para ver que ela quer segurar essa corda, mas algo a impede. Desconfio que possa ser a voz de Colleen em sua cabeça, advertindo-a contra as armadilhas de uma criação tolerante e estimulando para que se mantenha vigilante.

— Não sei bem se seria uma boa ideia... — Ela olha em torno do café, mas Colleen está a uma hora de distância daqui, Berk prefere se manter de fora do nosso drama familiar e papai não está aqui para lhe servir de apoio. Se estivesse, tenho certeza de que ele ficaria ao meu lado.

— Pode deixar que eu não vou permitir que a Mackenzie se meta em nenhum problema — assegura Wesley, oferecendo um leve sorriso e uma expressão franca. Se ele ficou surpreso por eu me convidar para ir com ele, está disfarçando muito bem. — Prometo.

Mamãe muda de posição, os dedos tensos segurando as xícaras de café. Um homem acena para ela de uma mesa do canto.

— Tudo bem — diz afinal, ainda sem olhar para mim. — Mas esteja de volta em uma hora — acrescenta. — Para o caso de o movimento aumentar.

— Com certeza — digo, passando por baixo do balcão antes que ela possa ver o alívio estampado no meu rosto.

— E Mac — chama, quando Wes e eu já estamos quase na porta.

— Diga.

Me desculpe. Vejo as palavras quase se formando em seus lábios enquanto ela olha ligeiramente à minha esquerda, mas não as pronuncia.

— Uma hora — repete, para enfatizar.

Concordo e saio atrás de Wes.

VINTE E UM

— Você está com pressa — diz Wes quando chegamos à escadaria principal.

— Muito o que fazer, meu caro Wesley.

— Estou intrigado — responde ele. — Mas, sabe, quando eu disse que estava indo ficar com a Jill, não era eufemismo. Não que eu me oponha, é só que...

— Tenho duas Histórias na minha lista — interrompo. — E meus pais assumiram o papel de vigilantes o fim de semana inteiro. Precisava de uma desculpa para sair de lá e poder ir atrás dos nomes.

— É a isso que se reduz a minha companhia para você? — pergunta ele, fingindo-se afrontado. — Uma desculpa?

Chegamos ao topo da escada, e seguro seu queixo com a mão, o rock soando pelos meus dedos.

— Se faz você se sentir melhor — digo, provocando —, você é uma desculpa muito simpática.

Ele franze a testa.

— Eu preferiria *vibrante*, mas dá pro gasto.

Faço menção de afastar minha mão, mas ele a segura, apertando de leve contra seu rosto. Ele me olha através dos cílios negros, com uma expressão insinuante. Mesmo sabendo que é brincadeira, sinto o calor chegando às minhas bochechas. Por fim, afasta a própria mão; mas, ao fazer isso, seus dedos roçam meu antebraço, e recuo com um tremor.

O flerte de Wesley se desfaz numa expressão tensa.

— Não acho bom você ir caçar.

Suspiro e sigo para a escada.

— Não tenho escolha.

— Eu poderia fazer isso para você.

Balanço a cabeça.

— Você não tem mais acesso ao meu território.

— Você poderia me emprestar a sua chave.

— Não — respondo apenas, abrindo a porta para o terceiro andar e saindo para o corredor. — Eu preciso fazer isso sozinha.

— Espere — pede ele. — Só um pouco. — Sou obrigada a parar ao lado do quadro com a paisagem marítima. Minha hora de liberdade faz tique-taque dentro da minha cabeça. Wes passa a mão pelo cabelo. — Você já passou por coisas demais. Devia se permitir um tempo.

— Não posso — respondo. — O Arquivo não pode. Preciso fazer isso. É o meu trabalho. Se não puder caçar, não mereço ser uma Guardiã. — Eu me dou conta, com uma sensação pesada, de que isso é verdade. Preciso provar que posso dar conta, que não estou quebrada. Agatha tem dúvidas quanto a isso, e, neste exato momento, eu também tenho. Mas não posso desistir. Por mais que eu queira uma vida normal, não quero perder isso. Perder a mim mesma. Perder Wes. — Não vou demorar — digo. Quando tiro o anel e o guardo no bolso, meus sentidos se ajustam ao corredor, à fechadura, que se torna visível na dobra do papel de parede, e à vibração da proximidade do corpo de Wesley, que murmura, cheio de vida.

Ele fica sério e tira o próprio anel.

— Então vou com você.

— E Jill?

Ele acena com a mão.

— É da Jill que estamos falando. Está com o nariz enfiado em algum livro. Ela está pouco se importando se eu estou ali para fica olhando ela virar as páginas.

— Você não precisa ir — aviso, tirando a chave do pescoço e a encaixando na parede.

— Mas eu vou — insiste Wesley com naturalidade conforme a porta para os Estreitos se espalha como uma mancha pelo papel de parede ao nosso lado. — Olha, entendo que você precise fazer isso, mas foram dias difíceis e não quero que você entre aí sozinha, tudo bem? Além disso, eu falei para sua mãe que não deixaria você se meter em nenhum problema, e problema é o que parece não faltar por aqui. Portanto, se você está decidida a entrar nos Estreitos com tudo, eu vou com você. — Seu sorriso torto volta a se revelar. — E se você tentar me impedir, bom, eu só começo a gritar.

— Você não faria uma coisa dessas — digo com um engasgo.

— Faria, sim. E você se surpreenderia com o alcance da minha voz.

— Tudo bem. Pode vir. — Suspiro e giro a chave na porta dos Estreitos. — Mas não fique no caminho.

Wes dá um passo à frente e para, lembrando-se de algo.

— E quanto à convocação? — pergunta. — Você não tinha que se apresentar?

Hesito.

— Já fui — digo, hesitante. — Conversei com Agatha ontem à noite.

— E? Contou sobre os vazios? E sua teoria?

Concordo com a cabeça, esperando que Wes diga que eu devia ter ficado de boca fechada, mas não é o que diz. Ele não conhece Agatha, não como eu. Para ele, trata-se da assessora. A autoridade. O Arquivo. Ele provavelmente não consideraria manter segredo.

— Ela não gostou muito — acrescento.

— Aposto — diz. — O que foi que ela disse?

Vou destrinchar sua vida, momento a momento, para descobrir sua culpa. Pois você provou uma coisa esta noite, senhorita Bishop: você é culpada de alguma coisa. Talvez sejam os vazios, talvez seja loucura, o que quer que seja, vou descobrir.

— Ela disse que cuidaria de tudo.

— Bom... — Wes esfrega o pescoço. — Acho que é um alívio, não? Afinal, é a Agatha. Ela vai até o fim desse negócio, do jeito que for.

— Isso — digo, abrindo a porta. Tenho a desconfortável impressão de que ele está certo.

Nos dias bons, os corredores sombrios e tortuosos dos Estreitos me deixam alerta. Hoje, me deixam com os pelos da nuca arrepiados. Cada pequeno barulho se transforma em som de passos. O bater de uma porta. Uma voz distante. Meu pulso acelera ligeiramente, antes mesmo de a porta para o Exterior se fechar, antes de a réstia de luz que escapa pela fresta entre os mundos se apagar, lançando-nos na escuridão amenizada apenas pelo brilho da fechadura.

Meu braço machucado pende ao meu lado, dolorido, é claro. Procuro me concentrar na tarefa diante de mim em vez de na dor que ofusca meus sentidos, ameaçando me arrastar para um lugar mais escuro. Quase sinto Owen me prendendo junto de si, suas mãos sobre as minhas sobre a faca...

— Mac? — chama Wes, quase inaudível.

Sacudo a cabeça para afastar esses pensamentos. Não posso permitir me perder aqui, não com esses nomes na lista e Wesley atrás de mim. Vem logo às minhas costas, tão próximo que sinto a vida irradiando dele como se fosse calor. Wesley se mantém tenso, como se achasse que eu fosse cair, como se fosse ter de me segurar.

Dois nomes. Duas Histórias. É tudo. Deveria ser rotina. Uma onda de raiva me invade. Se não consigo fazer nem isso, não mereço ser chamada de Guardiã.

— Estou bem — digo, apertando a mão contra a parede mais próxima para disfarçar os tremores.

Fecho os olhos com força por um momento. Segurando o fio do tempo, faço com que retroceda, e os Estreitos voltam a oscilar na minha cabeça. Faço com o que o tempo recue até que vejo um menino aparecer. Ele aparece e logo se vai, o suficiente para eu saber em qual direção seguir. É tudo de que preciso. Um passo de cada vez, um pé na frente do outro. Eu me afasto e sigo seu rastro, dobrando a esquina, avançando para cada vez mais fundo dentro dos Estreitos. Logo encontro o ritmo de minhas passadas, esqueço a dor no braço e o murmúrio na cabeça repetindo *quebrada quebrada quebrada* na voz de Owen.

— Está vendo? — digo, afastando-me de outra parede. — Eu falei que estava...

Já ia dizendo a palavra *bem* quando, ao fazer a curva, quase vou de encontro a alguém. O instinto dispara e eu jogo a forma contra a parede dos Estreitos antes mesmo de perceber que se trata de alguém bem pequeno e que sequer reage. Os sapatos da menina balançam acima do chão e ela me olha com olhos arregalados, aterrorizada, as pupilas vacilando.

Abigail Perry. 8.

Sua expressão é como um banho de água fria. O feitiço dos Estreitos se quebra, os ecos de pesadelo recuam, e me lembro de qual é o meu trabalho. Não é assustar nem lutar, mas retornar. Para que tudo fique certo.

— Por favor, não me machuque — murmura ela.

Eu a coloco com os pés no chão e afrouxo as mãos, sem soltá-la.

— Me desculpe — digo o mais suavemente possível. — Eu não queria te agarrar. Foi só que você me assustou.

Ela arregala os olhos um pouco mais, as pupilas estabilizando.

— Eu também estou com medo — diz a menina.

Seus olhos se desviam para Wesley, atrás de mim.

— E você? — pergunta para ele, e Wes, que sempre foi um Guardião do tipo retornar primeiro e conversar depois, ajoelha-se diante de Abigail e diz:

— Eu também estou, mas a Mac aqui vai nos mostrar a saída.

Ela me olha com expectativa e eu concordo com um aceno de cabeça.

— É isso mesmo — digo, ainda abalada. — Vamos dar o fora.

Encontro a porta dos Retornos mais próximo e a mando para dentro. Logo antes de eu fechar a porta — quando o corredor se enche de luz branca —, penso no dia em que fiquei presa naquela sala ofuscante e vi minha vida toda passar pelas paredes ante de começar a se dobrar, quadro a quadro, levando consigo meu fôlego e meu coração. Imagino, por um instante, se é assim que alguém é apagado.

Mas não tenho a menor vontade de descobrir.

Dois corredores adiante, nos deparamos com *Bentley Cooper. 12*. Ele levanta os punhos ao nos ver. O menino é todo pele, osso e medo, e não deixo de imaginar o tipo de vida breve que teve para ficar tão defensivo. A pergunta acalma algo dentro de mim. Sei que não deveria ficar especulando — Da costumava ralhar comigo por essa curiosidade —, mas estou começando a achar que ele estava errado. Cuidar e me importar é o que me mantém humana. Sei que Owen assombra meus sonhos por eu ser assim — se eu não me deixasse tocar pelas coisas, elas não poderiam me ferir —, mas papai pode ter razão. Não é vida a não ser que você a sinta.

Levanto as mãos como se estivesse me rendendo, e o menino abaixa as dele. Dentro de minutos ele já foi conduzido para a luz. Quando Wes e eu voltamos a pisar no corredor forrado de papel amarelo do terceiro andar, tanto minha lista como minha cabeça estão mais limpas. O alívio que sinto por dar conta de uma tarefa tão simples é lamentável — espero que Wes não perceba. Enfio o anel de volta e me encosto na parede, sentindo-me eu mesma como não acontece há semanas.

— Bom, foi divertido — diz ele, descontraído, enquanto coloca o próprio anel no dedo. — Verdade seja dita, eu meio que sinto saudade dos tempos em que seu território era cheio de condenados fortões e facas. E você se lembra daquele garoto? — completa, nostalgicamente. — Aquele que foi dar uma corrida pelo Coronado?

— Vividamente — respondo, fria. — Eu catei os cacos de vidro das suas costas. Logo antes de a gente ser detonado por não deixar a Equipe cuidar dele.

Wes suspira.

— A Equipe sempre fica com a parte divertida. Um dia... — Wes hesita, voltando a ficar atento. — Bem, senhorita Bishop, sua lista está limpa e sua mãe, provavelmente, acha que passamos os últimos — ele consulta o relógio — cinquenta e dois minutos dedicados a uma variedade de atividades nefastas. — Ele estica o braço e desarruma meu cabelo de leve, o rock tocando em minha cabeça pelos seus dedos.

— Wes — resmungo, tentando arrumar o cabelo.

— O quê? Estou só dando um toque de autenticidade. Seus pais já acham que estamos namorando.

— Eu disse para eles que não. Parece que não acreditam em mim.

Wes dá de ombros.

— Pouco importa — mente ele. — Isso te rende uma boa desculpa.

— Você não é só uma desculpa, Wes.

— Não, sou uma bela desculpa — diz, piscando um olho. — Mas acho melhor ir embora. Ver se a Jill não está tentando pôr em prática alguma ideia tirada daqueles livros dela. Ela anda entretida numa onda de piratas recentemente. Fez com que um dos gatos de Angelli caminhasse por uma prancha improvisada. — Ele se volta para a escada, mas para a menos de um metro e me lança um de seus olhares maliciosos. — Mas eu posso voltar mais tarde... se você quiser.

A ideia de uma noite inteira de sono envolvida por nada mais além de seu ruído faz meu coração doer, mas me obrigo a negar com a cabeça.

— Eles não vão deixar você ficar de novo.

— E quem disse que precisam saber?

— Entrar escondido no quarto de uma garota? — pergunto, fingindo surpresa. — Isso parece algo que um namorado faria.

O sorriso de Wesley fica ainda maior.

— É só deixar a janela aberta.

Volto para o café com cinco minutos de sobra, atraindo o olhar de mamãe ao entrar. Se eu estivesse esperando um sorriso, boas vindas, ou um pedido de desculpas, teria me decepcionado. O olhar eficiente de mamãe, do relógio para mim e de mim para o relógio, deixa claro: vai levar muito mais do que uma hora, sem promessas quebradas, para juntar os cacos da nossa família.

A primeira coisa que eu faço ao voltar para casa é abrir a janela do meu quarto (se meus pais perguntarem, posso dizer tranquilamente que preciso de ar fresco, já que essa parece ser a única maneira de conseguir respirar um pouco), mas, quando paro e olho para *baixo*, não vejo nenhum jeito de Wes entrar aqui à noite. Apoio os cotovelos na janela e considero a queda, até ouvir um grasnido nervoso, e me viro para dar de cara com mamãe parada na porta, olhando para mim como se achasse que eu ia me jogar.

— Noite bonita — digo, voltando com a cabeça para dentro.

— O jantar está pronto — diz ela, quase fazendo contato visual antes de voltar para a cozinha. Progressos.

Papai tem insistido em cozinhar, como se isso fosse consertar as coisas. Até preparou meu prato favorito — espaguete caseiro com almôndegas —, mas ainda passamos a maior parte da refeição em silêncio, quebrado apenas pelo som de facas e garfos raspando nos pratos. Papai não olha para mamãe e mamãe não olha para mim. Tudo em que consigo pensar — sentada ali, em silêncio — é que, se minha vida acabasse bem agora, ficaria esse rastro de destruição, um surto de confiança arruinada, e isso faz com que eu me sinta vazia. Será que Da algum dia se sentiu assim?

Antony Bishop era maluco, um criminoso e um babaca egoísta que se preocupava mais com seus segredos e suas várias vidas do que com a própria família.

É assim que papai realmente via o pai dele? E Da era isso mesmo? E o que eu sou? Algo que separa a família em vez de juntar todo mundo?

Ben era o que nos unia. Será que estamos enfraquecendo sem ele? Ou sou *eu* a nos separar?

Na metade do jantar, sinto as letras arranhando a lista de novo e um aperto no coração. Peço licença e escapo para o quarto. Meu pai me manda deixar a porta aberta, a ordem me seguindo como um peso.

O silêncio é ainda maior quando estou sozinha, logo preenchido por *comos, por quês* e *ses*. Como vai a busca de Agatha? Por que alguém está fazendo isso? E se a minha teoria estiver errada? Ligo o rádio e abro o papel do Arquivo. Outro nome.

Henry Mills. 14.

Despenco na cama, cobrindo os olhos com o braço bom. Ainda que eu não estivesse sendo vigiada, seria difícil dar conta dos nomes aparecendo nesse ritmo. Espera-se que os Guardiões lidem com eles o mais rápido possível para impedir que a lista aumente e para impedir que as Histórias escapem e enlouqueçam, pois fica muito mais difícil retorná-las depois disso. Por outro lado, não se espera que passem o tempo todo ao pé de uma porta para os Estreitos, aguardando os chamados. Ainda assim, não é o trabalho nem a vida dos outros que estão na balança. Alguma outra pessoa pode ser capaz de deixar os nomes esperando. Não eu. Não com Agatha buscando qualquer sinal de fraqueza.

Sento-me e observo a janela aberta. Será que Wes realmente conseguiria entrar? Se sim, será que eu conseguiria sair?

Em algum momento mamãe e papai vão se deitar, deixando a porta aberta, mas me autorizam a fechar a minha, provavelmente porque imaginam que a única maneira de eu sair é pela janela, e ninguém seria louco de tentar uma coisa dessas. Ninguém a não ser Wesley, aparentemente, que chega perto da meia-noite e senta no beiral da janela, como se fosse um espectro.

Sem me levantar, olho para ele quando entra no quarto e se curva dramaticamente, em silêncio, antes de se aproximar de mim.

— Confesso que estou impressionada — sussurro, a música do rádio abafando minha voz. — Pergunte se eu quero saber como você fez isso.

— Eu te disse que sabia escalar bem — sussurra de volta. — Mas nunca que tinha precisado escalar para *cima*. — Aponta com o dedo para o teto. — O quarto andar está vago.

— Bom — digo, ficando de pé —, fico muito feliz por você ter conseguido.

O olhar de Wesley se anima.

— É mesmo?

— É — respondo, enfiando as botas.

Wes franze a testa.

— Vai a algum lugar?

— Suponho que, se você entrou, sabe como sair.

— Bom, sim, teoricamente. Mas eu achava que não ia precisar tentar até de manhã.

— Tem outro nome na minha lista.

— E daí?

Vou até a janela, olho para fora e para cima, avaliando as paredes de pedra do Coronado. Não é uma subida das mais fáceis, especialmente com apenas um braço saudável.

— Tenho que apagá-lo.

— Mac — sussurra Wes, aproximando-se de mim na janela —, sou muito a favor da eficiência, mas isso já está beirando a obsessão. É só um nome. Deixe para amanhã.

— Não posso — respondo, colocando a perna para fora da janela.

Ele segura meu cotovelo para me firmar, a batida de sua vida deslizando pela minha blusa e sob a minha pele.

— Por que não?

Não quero mentir, não para Wes, mas também não quero que se preocupe. Já estou preocupada o suficiente por nós dois, e não há nada que ele possa fazer agora a não ser me mostrar como subir para o apartamento de cima pela janela.

— Porque é um teste. — O que não é uma mentira. Agatha de fato está me testando.

— O quê? — Seus olhos escurecem.

— Uma avaliação — digo. — Depois de tudo o que aconteceu, acho que eles, a Agatha, querem ter certeza... — Desvio os olhos para a manga da blusa, os curativos aparecendo em torno do pulso.

— Ter certeza de quê? — interrompe ele, e ouço algo novo em sua voz. Raiva, e contra o Arquivo. — Caramba, depois de tudo o que você passou, tudo pelo que *está* passando...

Passo a perna de volta para o quarto e seguro Wesley pelos ombros, ficando de olho na porta atrás dele, com medo que alguém ouça o movimento.

— Ei — digo, com cuidado para falar mais baixo do que o som do rádio —, está tudo bem. Eu não os culpo. Mas preciso manter minha lista limpa. Para isso, preciso da sua ajuda.

— É por isso que eles bloquearam o meu acesso para o seu território?

Faço que sim e ele espragueja em voz baixa antes de se recompor.

— Isso que estão fazendo... — diz Wes, balançando a cabeça como se quisesse clarear a mente. — Com certeza é só protocolo. — Ele não parece acreditar muito no que está dizendo, mas dá para ver que gostaria que fosse verdade.

— Com certeza — digo. Quisera eu acreditar também.

Ele sobe na janela, segurando o peitoril. Após respirar fundo, diz:

— Tem certeza de que consegue subir?

— Eu me viro — respondo com segurança.

— Mac-

— Eu consigo, Wes. É só me mostrar o que fazer.

Ele senta no peitoril e levanta uma perna, apoiando o sapato na madeira enquanto se agarra à janela aberta sobre sua cabeça. Depois, com um movimento fluido, levanta e fica de pé para o lado de fora. Mantém uma mão na janela, como apoio, enquanto vai chegando para o lado; tira o pé da janela e se apoia num ressalto pequeno de pedra, saindo de vista. Quando boto a cabeça para fora, vejo que está escalando a lateral do Coronado, usando cada pequeno ressalto da parede até chegar à janela aberta, uns três metros acima. Ele se ergue para a janela e senta lá, cotovelos nos joelhos, olhado para mim lá de cima.

— Me diga que isso é mais divertido do que parece — brinco.

— Muito mais — responde ele enquanto respiro fundo e piso para fora da moldura, seguindo seus passos. Sinto uma dor aguda no braço quando agarro a base da janela para me apoiar, de olho nos ressaltos de pedra que estão entre mim e o quarto andar. Não são lisos nem planos, mas irregulares, desgastados pelo tempo e pelo clima, assim como as gárgulas do teto. Cada um fica num ponto entre um tijolo e um bloco cinza; quando seguro o primeiro, uma pedrinha se solta e cai rapidamente ao longo da parede.

Eu vou morrer. Sempre achei que se alguma coisa do Coronado fosse me matar, seriam os elevadores, só que não. Vai ser isso aqui.

Respiro fundo, tiro o pé do peitoril e piso numa das pedras. Faço força para não olhar para baixo; em vez disso, concentro-me no número de pedras que me separam da segurança, e faço uma contagem regressiva. Oito... sete... seis... cinco... quatro... três...

— Não é tão ruim — digo quando me aproximo de Wes.

... Dois... um.

E é quando os dedos do pé se apoiam num pouco de musgo e eu escorrego, perdendo o equilíbrio antes que uma mão me agarre com força pelo pulso ruim. A dor corta meu braço, repentina e brilhante; minha visão falha, o apagão se aproxima. Wesley diz alguma coisa, mas sua voz parece distante, até sumir completamente. Sinto a escuridão me envolver, tentando me arrastar para baixo, mas agarro a mão de Wes e o som pesado de bateria de seu ruído. Concentro-me naquilo, não na estranha sensação de distância ou na impressão de que o tempo rola como uma pedra. Presto atenção na música até voltar a ver a parede diante de mim, até ouvir as palavras de Wesley implorando para que eu lhe estenda a outra mão.

E, do nada, o tempo volta a andar. Agarro seu braço com as duas mãos e ele me puxa para cima e pela janela. Caímos juntos no chão do apartamento vazio e ficamos ali por um momento, respirando de alívio.

— Viu? — diz Wes, ofegante, rolando de costas pelo chão de madeira. — Foi divertido.

— Precisamos urgentemente reavaliar o que você considera diversão. — Eu me coloco sentada devagar, gemendo, fico em pé e olho o apartamento ao redor, ou pelo menos tento. Está escuro como breu. A única luz vem da rua, pela janela, mas dá para saber que não tem nada aqui. Sinto aquela sensação de vazio, de espaço oco, ecoando pelo apartamento, e o único sinal na poeira claramente é o da passagem de Wesley, quando veio há pouco. Ele se limpa e me guia pela carcaça do quarto andar.

— Está vazio há quase dez anos — explica. — Mas você vai gostar. De acordo com as paredes, a última pessoa que morou aqui tinha, pelo menos, uns cinco gatos.

Sinto um arrepio. Odeio gatos, e Wesley sabe. Foi ele que me encontrou sentada no chão, do lado de fora da casa de Angelli, após ser atacada por uma horda deles.

— Então, quem estamos procurando? — pergunta Wes, indo para a porta da frente.

— Henry Mills. Quatorze anos.

— Esplêndido — diz Wes, abrindo a porta e nos banhando na luz do corredor. — Talvez, se dermos sorte, ele queira arrumar uma briga.

Wesley tem seu desejo atendido.

No pouco tempo que Henry está fora, já desgarrou o suficiente para, ao nos ver, enxergar alguma outra coisa de que tem medo — da polícia, no caso —, e Wes e eu acabamos perseguindo-o por metade do território até conseguirmos encurralá-lo. Não é dos retornos mais delicados — nós o arrastamos, esperneando e gritando, até a porta mais próxima —, mas o trabalho está feito.

São quase três da manhã quando voltamos para o quarto andar e enfrentamos a descida aterrorizante para o meu quarto, dessa vez sem nenhum incidente. Eu me afundo na cama, exausta. Wesley se aproxima da cadeira, mas eu seguro sua mão, a música me atravessando flamejante, e o puxo para a cama. Solto sua mão e me afasto para abrir espaço. Ele hesita por um momento, os joelhos encostados no colchão.

— Camas são para namorados — diz.

— E para pessoas que não gostam de dormir em cadeiras — respondo. Algo parecido com tristeza passa por seu olhar antes que sorria, acomodando-se no edredom ao meu lado. Ele apaga a luz da mesa de cabeceira e ficamos ali, deitados no escuro, separados por apenas alguns centímetros. Ele me oferece a mão e eu a pego, ele pressiona a minha palma contra a própria camisa. Seu ruído se derrama sobre mim, forte e bem-vindo.

— Boa noite, Wesley — murmuro.

— Durma bem — murmura ele de volta.

E, de algum jeito, é o que eu faço.

VINTE E DOIS

— É um fardo pesado de carregar — diz Roland, devolvendo-me a foto —, mas ser da Equipe vale a pena.

Olho para a foto de Da e sua parceira, Meg. Não consigo imaginar duas pessoas combinando tanto quanto eles; tão próximos que quase se tocam, mesmo sem estarem usando os anéis de prata. É isso que o amor significa para gente como nós? Ser capaz de compartilhar o espaço? Sem nossos anéis, ficamos com o coração na mão. Nossos pensamentos, desejos e temores. Nossas fraquezas. Não suporto a ideia de alguém vendo as minhas.

— Como? — pergunto. — Como pode valer a pena? — Passo o polegar pelo rosto de Da. Este não é o Da que eu conheci. Meu Da tinha muito mais rugas e nunca ficava relaxado assim. O meu Da está debaixo da terra há seis meses. — Deixar as pessoas se aproximarem, amar. É um desperdício. No final, só serve para doer mais quando as perdemos.

Roland encosta-se a uma prateleira, as datas de uma História logo acima de seu ombro. Olha para além de mim, os olhos cinza fora de foco.

— Vale a pena — diz ele — ter alguém de quem você não esconde nada. O peso dos segredos e das mentiras é grande e só tende a piorar com o tempo. A gente levanta um muro para deixar o mundo de fora. Nosso parceiro de Equipe é uma pequena parte do mundo que deixamos entrar. Vale a pena. Um dia, quando você estiver cercada por esses muros, você vai ver.

Quando eu acordo, Wesley já não está mais lá.

O que é bom, pois mamãe está andando pelo meu quarto, fechando a janela, arrumando pilhas de papel, recolhendo peças de roupa suja do chão. Aparentemente, a privacidade voou pela janela junto com a confiança. Ela diz para a mesa que está na hora de levantar, fala para a roupa suja em suas mãos que o café está pronto. Parece que recuamos um passo.

A lista do Arquivo está debaixo do telefone, na minha mesa de cabeceira, e quando vou conferi-la, vejo que tem uma mensagem de Wesley no celular.

> Sonhei com trovoadas. Você sonhou com shows de rock?

Na verdade, não sonhei com coisa nenhuma, e a sensação em meus ossos de um sono sem sonhos é gloriosa. Sem pesadelos. Sem Owen. Olho para meu braço e me pergunto como isso pôde ir tão longe. Sinto-me muito mais próxima da sanidade depois de umas poucas horas de descanso.

Estou prestes a responder quando vejo uma conversa com Lyndsey. Uma que eu nunca tive. É de sábado à noite, quando mamãe botou o remédio na minha água e Wes ficou aqui pela primeira vez.

> Terra para Mac!

> Terra para Mac!

> O cara mais GOSTOSO do mundo está na cantina.

> Preciso de você acordada para que você possa apreciar indiretamente.

Ele está carregando um estojo de violino. UM ESTOJO DE VIOLINO. *morri*

Desculpe, mas a Mac está dormindo.

Então, como ela está escrevendo?

Ela virou a sonâmbula do celular?

AI.

É O GAROTO DO DELINEADOR?

O próprio.

Ela carregou o celular para você. Espero que valha a pena.

Eu também espero.

Quase acho graça, mas sinto um nó se formar no estômago. *Vale a pena.*

Ser da Equipe vale a pena, ecoa Roland.

Coloco o telefone de lado e começo a me vestir. O corte na minha mão está cicatrizando bem. Meu antebraço, por outro lado, está me matando depois das aventuras de ontem à noite, e receio ter arrebentado os pontos. Dobro o braço com cuidado e faço uma careta de dor, então dou uma olhada na lista. Já tem outro nome lá.

Penny Ellison. 13.

— Mackenzie — mamãe me chama da porta. Os olhos estão quase na minha bochecha. — Vamos nos atrasar.

— Vamos? — pergunto.

— Vou te levar para a escola.

— De jeito nen...

— *Mackenzie* — adverte ela — Não é negociável. E antes que você corra para o seu pai, saiba que a ideia foi dele. Ele não quer você de bicicleta com o braço nessas condições, e eu concordo.

Agora fica claro que eu não deveria tê-los deixado sozinhos na mesa ontem à noite. Seria ótimo se pudesse eliminar Penny da lista antes de ir para a escola.

Termino de me aprontar e desço atrás de mamãe. Já estamos saindo pela portaria quando Berk aparece no pátio e acena para ela, falando algo sobre uma emergência com a máquina de espresso.

Olho para Dante e me aproximo do bicicletário.

— Eu poderia...

— Não — diz minha mãe. — Fique aqui. Volto rapidinho.

Suspiro e me encosto no muro do pátio, mexendo no esparadrapo na palma da minha mão. A sombra de alguém passa por mim e logo vejo Eric sentado no muro baixo, a meio metro de mim, um copo de café para viagem apoiado no joelho.

— Eu não sabia sobre o Roland — digo.

— Eu não contei — responde ele. Dou uma olhada em Eric. Parece cansado, mas ileso. — Agatha está terminando com os membros da Equipe.

Engulo em seco.

— Quanto tempo ainda tenho?

— Não muito — responde, dando um gole no café. — Você é inocente, senhorita Bishop? — Hesito, mas assinto. — Então por que se recusou?

— Fiquei com medo de falhar na avaliação.

— Mas você acabou de dizer...

— Uma avaliação mental — esclareço. O silêncio cai entre nós. Depois de um minuto, pergunto: -- Alguma vez você já quis que as coisas tivessem sido diferentes?

Eric me olha, ressabiado.

— Sinto-me honrado por servir ao Arquivo — responde. — É o que me dá um propósito. — E então relaxa um pouco. — Houve momentos em que vacilei. Quando achei que talvez eu fosse preferir ser normal. Só que, ainda assim, o fato é que isso é o que fazemos; está no nosso sangue. É quem somos. Não nos ajustaríamos à normalidade mesmo que quiséssemos. — Ele suspira e levanta. — Eu poderia dizer para você ficar longe de encrencas — diz —, mas parece que os problemas sempre acabam te encontrando, senhorita Bishop.

Mamãe volta com dois copos para viagem e, por uma fração de segundo, ao me estender o café, finalmente me olha nos olhos. Então vê o homem de pé ao meu lado.

— Bom dia, Eric! — diz, animada. — Como está o café?

Ele sorri para ela com toda a simpatia.

— Vale a pena atravessar a cidade por ele, senhora — responde, antes de sair andando pela calçada.

— Eric já virou freguês — explica mamãe enquanto vamos para o carro.

— Aham — respondo secamente. — Já tinha o visto por aí.

Mamãe tem a consideração de me deixar a um quarteirão e meio da escola e fora do campo de visão do estacionamento. Quando o carro se afasta, olho para o braço, esperando poder passar o dia sem nenhum incidente. Talvez Eric tenha razão. Talvez a normalidade não seja para nós, mas eu estaria disposta a fingir.

Vejo Cash apoiado no bicicletário, com um café e um sorriso. Cash, que sempre faz com que eu me *sinta* normal. Porém, no momento em que me aproximo, percebo que tem algo errado.

O cabelo escuro desce pelo lado do rosto, mas não esconde por completo o corte ao lado do olho ou o hematoma no queixo.

— Parece que não sou a única que andou se machucando — digo. — Futebol? Ou você e Wes subiram no ringue para alguns *rounds?*

— Nada disso — responde. Mas não parece muito disposto a falar.

— Ah, vamos lá — digo, pegando o café fresco que ele me oferece. — Eu te contei minha história desastrada. Seria justo você me contar a sua.

— Quem dera eu pudesse — diz ele, franzindo a testa. — Mas não tenho muito certeza do que aconteceu.

Fico séria e dou um gole no café.

— O que você quer dizer?

— Bom, eu estava voltando da sua casa ontem, indo para o ponto de ônibus, mas o dia estava tão bonito que eu resolvi ir caminhando. Já estava quase chegando à escola quando, do nada, houve uma explosão atrás de mim e, antes que eu pudesse me virar para ver o que era, alguém me puxou com toda a força para trás.

O café amarga na minha boca.

— Foi doido — diz. — Num minuto, lá estava eu cuidando da minha vida e, no outro, estava caído na calçada. — Ele aponta para o corte ao lado do olho. — Bati num banco quando estava caindo. Não fiquei apagado mais do que um minuto ou dois, mas, quando levantei, não havia ninguém por perto.

— Como foi o som? — pergunto devagar. — O barulho atrás de você.

— Foi alto, feito uma batida, algo rasgando ou uma ventania. É, tipo uma ventania. E essa nem é a parte mais estranha. — Ele fecha os dedos no copo. — Você vai achar que eu estou maluco. Cara, *eu* estou achando que fiquei maluco. Mas juro que tinha um sujeito andando a uns poucos passos atrás de mim logo antes de acontecer. Achei que tivesse sido ele que me puxou, mas, quando eu me recuperei, ele não estava lá. — Ele se endireita e ri. — Meu Deus, estou parecendo um doido, né?

— Não — digo, apertando o copo de papel. — Não está, não.

Um som de algo se rasgando, uma força suficiente para jogar Cash de costas e nenhum traço visível? Todas as marcas de um vazio. Será que o homem atrás dele era da Equipe? Ou uma quarta vítima?

— Como era o outro cara?

Cash dá de ombros.

— Parecia normal.

Franzo a testa. Não faz sentido. Se alguém tentou atacar Cash, então esta pessoa não conseguiu, e nem vejo motivo para atacá-lo, para começar — não quando eu estava trancafiada. Esse crime não teria nada a ver comigo, dessa vez. Então, qual o motivo?

— Você viu mais alguém, além do outro cara? — pergunto, me aproximando dele.

Ele balança a cabeça e eu seguro seu braço, seu ruído cantando através de mim.

— Será que você consegue se lembrar de *qualquer coisa* antes de acontecer? Qualquer coisa mesmo?

Cash baixa o rosto e olha para o chão.

— Você.

Recuo de leve.

— O quê?

— Eu não estava prestando atenção porque eu estava pensando em você. — Meu rosto fica quente quando ele sorri, disfarçando. — A verdade é que eu não consigo *parar* de pensar em você.

Então, do nada, Cash segura meu rosto nas mãos e me beija. Seus lábios são quentes e suaves, minha cabeça se enche de jazz e risadas; por um instante, sinto a doçura, a segurança e a simplicidade. Só que minha vida não tem nenhuma dessas coisas e me dou conta, no final do beijo, que não quero fingir nada disso — que existe somente uma pessoa que eu gostaria que me beijasse assim.

Alguém assobia perto do portão, outra pessoa solta um viva, e eu me afasto bruscamente.

— Não posso — digo, o rosto queimando. Sinto como se todo mundo no estacionamento estivesse olhando para nós.

Cash recua imediatamente, tentando não parecer ressentido.

— É o Wes, não é?

Sim.

— *É a vida.*

— Que abrangente — diz, encostando-se de novo ao bicicletário. — É muito mais fácil odiar *alguém*.

— Mas, sou eu. Olha, Cash, você é incrível. É doce e inteligente, me faz rir...

— Assim eu pareço legal mesmo.

— Você é — digo, dando um passo para trás. — Mas a minha vida, neste exato momento, está... complicada.

Cash concorda.

— Certo. Entendido. E, quem sabe? — Diz, animando-se — Pode ser que um dia fique mais simples.

Consigo sorrir de leve. *Talvez.*

Alguém então chama seu nome, e o rosto dele se ilumina quando ele vira e responde, e é como se nada houvesse acontecido. Eu me pergunto se ele também tem algumas máscaras. Talvez todo mundo tenha.

Wes aparece poucos minutos depois, em seu uniforme preto e dourado de aluno sênior, parecendo ter passado o fim de semana na piscina e não escalando as paredes do Coronado, afastando os meus pesadelos. Cash se envolve numa conversa com um grupo próximo, quando Wes esbarra seu ombro no meu e pergunta, sussurrando:

— Sem pesadelos?

— Sem pesadelos — respondo.

E esse é um motivo para me sentir grata. É um progresso; pequeno, uma fração, mas é alguma coisa. Sou eu me agarrando ao caminho de volta à sanidade.

O sino toca, e todos seguimos para o portão. O que quer que seja o Festival de Outono, ele está começando a tomar conta do campus. A estrutura já está espalhada em trechos de grama entre os prédios; enormes fitas pretas, verdes, prateadas e douradas estão enroladas, à espera, e todo mundo parece estranhamente animado para uma segunda de manhã.

Cada momento sem vigilância, sem supervisão e sem os lembretes constantes de que eu *não* estou bem faz com que eu me sinta mais próximo do normal. Às dez e meia, na aula de Teoria Literária, já me sinto bem mundana. Então a sra. Wellson arrasta o giz pelo quadro e o barulho é muito intenso, como metal na pedra.

Metal na pedra, penso. E no momento em que penso, meu corpo fica rígido e paralisado. O resto da sala continua normal. A sra. Wellson continua a falar, mas a voz dela, subitamente, parece abafada e distante.

Tento mexer a caneta na minha mão, o desespero começando a se infiltrar, mas a mão se recusa. Todo o meu corpo se recusa.

— Você achou mesmo — diz uma voz atrás de mim — que uma sonequinha seria o bastante para te deixar inteira, do jeito que você está quebrada?

Não. Fecho os olhos. *Você não é real.*

Mas passado um momento, *sinto* os braços de Owen envolvendo meus ombros, *sinto* sua mão percorrer a linha que ele abriu no meu braço.

— Tem certeza?

Ele pressiona meu braço. A dor corta minha pele, o ar fica preso na garganta e me levanto com um pulo, o corpo descongelando de repente. A turma inteira se vira para olhar para mim.

— Senhorita Bishop? — chama a Sra. Wellson. — Algum problema?

Murmuro alguma coisa sobre passar mal, pego a mochila e disparo para o corredor, chegando ao banheiro bem a tempo de vomitar. Meus ombros tremem enquanto devolvo o café da manhã e mais os dois copos de café; em seguida, eu me apoio no cubículo e encosto a testa nos joelhos.

Isso não deveria estar acontecendo. Eu deveria estar ficando melhor.

Você achou mesmo que uma sonequinha seria o bastante para te deixar inteira, do jeito que você está quebrada?

Meus olhos começam a arder e eu os fecho com força, mas algumas lágrimas ainda escapam pelas bochechas.

— Ressaca? — pergunta uma voz do cubículo ao lado. Safia. — Enjoo matinal? — Faço força para abrir os olhos e para me levantar. Ela sai do cubículo e vai até a pia, completando: — Transtorno alimentar?

Lavo a boca e ela se aproxima, sentando-se na bancada com um pulo.

— Comida estragada — minto casualmente.

— Sem graça — diz, pegando uma pequena caixa de balas de menta e me oferecendo uma. — Sempre digo para o Cash que ele não deveria comprar aquele café barato da esquina. Sinceramente, quem sabe o que aquilo leva? Mas acho que não deixa de ser uma gentileza.

— Tenho certeza de que ele só está fazendo o trabalho dele — resmungo, jogando água no rosto.

Safia revira os olhos. Ela desce da bancada e se vira para sair.

— Safia — digo quando ela está na porta. — Obrigada.

— Pelo quê? — pergunta, torcendo o nariz. — Só te dei uma bala de menta. Tipo, foi apenas um gesto educado, só isso.

— Bom, obrigada pelo gesto educado, então.

O canto de sua boca se move e ela vai embora.

No momento em que a porta se fecha, apoio minhas costas na parede ao lado da pia e abraço as costelas para que parem de tremer. Quando penso que as coisas não podem piorar, sinto o arranhar das letras no bolso. Tiro o papel do Arquivo do bolso enquanto um segundo nome — *Rick Linnard. 15.* —, aparece escrito debaixo de *Penny Ellison. 13.*

Dois nomes e ainda não estamos nem no almoço. Será que Agatha está fazendo isso de propósito? Ela iria tão longe assim para provar que está certa? Não sei. Não sei mais no que acreditar. Mas não importa como os nomes vão parar lá; tenho que dar conta deles. Além disso, limpar a lista é a única coisa sobre a qual ainda tenho controle. Minha mente gira. O sino do começo das aulas toca ao longe. Boa Forma. Vou faltar. Agora já sei onde fica a porta mais próxima para os Estreitos. O único problema é que minha chave não vai funcionar. Não é meu território. E com o acesso de Wesley ao *meu* território revogado, mesmo que ele me deixe entrar no dele, não tenho como passar pela divisória.

Tiro um lápis da mochila e abro o papel sobre a pia, batendo com a borracha várias vezes na superfície antes de, finalmente, escrever uma mensagem.

Solicitando acesso ao território adjacente: Escola Hyde.

Fico em pé junto à pia e olho para o papel, esperando ansiosa por uma resposta. Calculo o tempo que vou levar para chegar até a porta, atravessar o território de Wesley até o meu, encontrar e retornar Rick e Penny.

A resposta chega então. Uma única palavra horrível: *Negado.*

Não está assinado, mas reconheço a letra de Agatha. Sou tomada pela frustração e bato na coisa mais próxima da minha mão, que é o suporte de metal das toalhas de papel. O objeto cai fazendo barulho no chão.

— Mackenzie? — chama uma voz do corredor. Viro e me deparo com uma mulher. Tem a mesma aparência que no hospital, do rabo de cavalo desgrenhado às calças, mas trocou o crachá que dizia *Psicóloga* por outro que diz *Conselheira da Escola Hyde.*

— Dallas? — pergunto, amassando o papel do Arquivo antes que ela veja. A solicitação e a resposta se desfazem, mas os nomes continuam no lugar. — O que você está fazendo aqui?

— A gente tinha um acordo, lembra? — Ela se abaixa para pegar a caixa amassada de toalhas de papel e colocá-la de volta na beira da bancada. — Achei que fosse te encontrar no Centro de Boa Forma, mas encontrei com a sra. Graham e ela me indicou essa direção. Está tudo...? — Ela hesita e eu agradeço por não precisar responder à pergunta quando é óbvio que não, que não está tudo bem. — Você precisa de um momento? — Faço que sim e Dallas sai para me esperar do lado de fora.

Olho meu reflexo no espelho. Olhos azuis cinzentos me encaram de volta — os olhos de Da —, mas a expressão firme deles deu lugar à incerteza, o azul tornado mais brilhante pelo vermelho ao redor. As rachaduras na máscara estão aparecendo. Jogo água no rosto para esfriar e desfazer qualquer sinal das lágrimas, aliso o papel do Arquivo e o dobro para guardá-lo no bolso da camisa.

Minutos depois, quando saio para o corredor, pelo menos *pareço* uma aluna júnior normal. Dallas come uma maçã e finge interesse por um cartaz do Festival de Outono na parede. Cash está na frente, no meio da foto, usando orelhas de gato, segurando uma aluna sênior com uma mão e um tubo de faíscas de artifício com a outra.

— Quando combinamos a terapia — digo, puxando as mangas por cima das mãos —, eu não tinha me tocado de que seria com você.

— Isso é um problema? — pergunta ela, jogando o resto da maçã na lixeira mais próxima. — Porque ou é comigo, ou com um coroa chamado Bill que é legal, mas meio fedido.

— Prefiro você.

— Boa escolha — diz Dallas, saindo pelas portas para atravessar o pátio. Os materiais do Festival de Outono estão espalhados por toda parte e temos que desviar deles para chegar ao Centro de Boa Forma.

— Eu só não sabia que você trabalhava aqui também — digo quando entramos no prédio. Em vez de seguir para os armários, ela me leva por um corredor com vários escritórios.

— Na maioria das noites e aos finais de semana, pertenço ao hospital — explica ela quando chegamos a uma sala com o nome dela na porta e entramos. Tem uma cadeira, um sofá e uma mesinha de café. — Durante os dias da semana, fico aqui. Enquanto estivermos nos encontrando ficarei no lugar de sua aula de Boa Forma, já que estaremos *de fato* cuidando da sua boa-forma, só que de outro tipo.

— E por quanto tempo vamos nos encontrar?

— Acho que isso vai depender de você. — Ela se acomoda na cadeira e pega um caderno de cima da mesinha. — Como vão os ferimentos de batalha?

— Cicatrizando — digo ao me sentar.

— E *você*, como está?

Como estou? Três, talvez quatro, pessoas foram arrastadas para o vazio por minha causa; minha única teoria para explicar o motivo está se desfazendo, a assessora do Arquivo está decidida a me considerar incapaz e meus pesadelos estão se tornando reais. Só que é claro que não posso contar nada disso para Dallas.

— Mackenzie?

— Já estive melhor — digo baixinho. — Acho que posso estar pirando. — É a coisa mais honesta que digo em voz alta há dias.

Ela franze a testa de leve.

— Ainda tendo pesadelos?

— Atualmente, tudo parece um pesadelo — respondo. — Eu só queria acordar.

VINTE E TRÊS

Quando chego para o almoço, todos já deixaram as bandejas empilhadas nos braços esticados do Alquimista e estão sentados em círculo, conversando sobre o Festival de Outono. Fico surpresa ao ver Safia nos degraus, o braço de Amber entrelaçado ao dela, como se uma estivesse tomando a outra como refém.

— Oi, sentimos sua falta na aula de Boa Forma — cumprimenta Cash quando subo os degraus. — O que aconteceu?

— Tive uma reunião — respondo, sentando-me no espaço entre Amber e Gavin. Começo a comer, os grãos de arroz caindo pelos dentes do garfo. — O que foi que eu perdi?

— Vejamos — diz Gavin, que, em geral, passa a aula de Boa Forma deitado num banco de musculação, observando o pessoal. — Amber tentou ensinar ioga para Cash, Wesley foi lutar boxe e Saf ficou azarando um garoto sênior que estava correndo na pista e quase caiu de cara no chão.

Safia joga a lata de refrigerante vazia nele.

— Pena ter perdido isso — digo, com um meio sorriso. Em seguida, diante de seus olhos dourados me lançando chispas mortais, completo: — Quero dizer, isso *tudo*. Não estou conseguindo visualizar Cash fazendo todas aquelas poses.

— Saiba que consigo fazer uma saudação ao sol bem razoável. — Ele fica em pé e faz uma demonstração de algo que pode lembrar vagamente um exercício de ioga. Todo mundo ri e aplaude, mas Wesley olha para mim do outro lado do círculo com uma expressão inquiridora, então tiro o celular da mochila e mando uma palavra para ele.

Terapia.

Cash voltou a se sentar sob uma salva de palmas e o grupo começa a conversar mais uma vez sobre o Festival de Outono.

— O que é esse festival, exatamente? — pergunto.

— É só um baile — diz Wes.

— *Só* um baile? — pergunta Cash, fazendo-se de ofendido.

— É o que dá o tom para o resto do ano *inteiro* — acrescenta Safia.

— É a festa oficial do retorno às aulas — explica Gavin. — Amanhã à noite. É sempre no dia 1º de setembro, e a turma dos seniores fica encarregada de organizar tudo.

— E vai ser um estouro — diz Cash. — Vai rolar música, comida e dança, e a gente vai fechar a noite com fogos.

— Claro, estamos na Hyde — interrompe Safia —, então os trajes são bem rigorosos. A maioria das pessoas só usa o uniforme.

— Mas não tem regras para cabelo ou para maquiagem — completa Gavin. — Tem gente que acha que é um concurso para ver quem consegue ficar mais esquisito sem sair do código de vestuário.

— No ano passado, Saf e Cash vieram de cabelo azul claro — conta Amber. — E Wes aceitou o seu eu gótico interior.

— É sério? — pergunto. Wesley pisca para mim e eu rio. — Não consigo imaginar uma coisa dessas.

— Doido, né? — diz ela. — Bom, de qualquer modo, você pode se cobrir de bijuteria maluca e fazer uma maquiagem bizarra, talvez até usar uma legging neon.

— É sensacional ver todo mundo virando uma versão esquisita de si mesmo — diz Gavin.

— Você vem, certo, Mackenzie? — pergunta Amber.

Balanço a cabeça.

— Lamento, mas acho que não. — Estou bem certa de que minha prisão domiciliar não inclui uma brecha para festas no colégio.

— Ei — indaga Gavin —, está tudo bem?

— Por que não estaria? — pergunto.

— Disseram que você teve que sair da sala.

Wesley fica com uma expressão preocupada.

— Você está bem?

— Nossa — digo, virando os olhos para Safia. — As notícias chegam rápido mesmo por aqui.

— Não olhe para mim — reage ela. — Para falar sobre isso, eu teria que me importar, e eu não dou a mínima. Mas *ouvi* alguma coisa sobre você e Cash hoje de manhã, na frente do...

— O que aconteceu? — interrompe Amber. — Na aula?

— Nada — respondo. — Só não me senti bem e tive que sair.

— Café podre do Cash — provoca Saf.

— Oi — reage ele. — Só compro *gourmet*.

— O bar da esquina *não vende gourmet*, você sabe muito bem.

Saf e Cash começam a se bicar, mas Wes não desiste tão fácil do assunto. *Você está bem?*, pergunta apenas com os lábios do outro lado do círculo, olhando para mim com atenção. Forço um aceno de cabeça para dizer que sim. Ele parece desconfiado, mas Cash se volta para ele e pergunta:

— Já resolveu se você vai com a Elle, a Merilee ou com a Amber?

Wesley, ainda olhando para mim, diz:

— Não vou com nenhuma delas.

Safia se surpreende.

— Wesley Ayers? Desacompanhado?

Ele dá de ombros e finalmente volta a atenção para grupo.

— Não quis escolher só uma e privar as demais da minha companhia. — Ele sorri enviesado quando fala, mas não parece sincero.

— Ninguém vai levar ninguém — anuncia Amber. — Vamos em grupo.

— Que grupo o quê! — retruca Safia. — Eu já tenho companhia.

— Você andou dando duro para conseguir uma — provoca Cash.

Saf joga um livro nele. Quase acerta Gavin, e o resto do almoço vira uma confusão de conversas, discussões e preparação para o festival.

Praticamente não ouço nada do que estão dizendo.

Quando toca o sinal, escrevo um novo pedido para o Arquivo.

Que também é negado.

— Desde quando a Safia resolveu participar do Pátio?

Caminho ao lado de Amber para a aula de Fisiologia, nossos sapatos ecoando pela entrada de mármore do prédio de ciências.

— Ah, a migração — diz Amber, divertida. — Uma respeitável tradição, na verdade. Saf sempre começa o ano decidida a ficar popular, subir na escala social, criar uma comitiva de admiradores. Sabe-se lá por que, boa parte do primeiro e do segundo ano vai atrás, até que ela se dá conta de uma coisa.

— De quê?

Amber sorri e levanta o queixo.

— De que o Pátio, na verdade, é mais legal do que qualquer outro pessoal que ela possa encontrar na Hyde. Em geral, ela chega na época do Festival de Outono, e damos às boas-vindas como se ela nunca tivesse saído. Tenho certeza de que ela preferia esquecer isso, mas jamais vai admitir que, na verdade, o que ela quer é ficar perto do Cash.

E tenho certeza de que Wesley não tem nada a ver com isso, penso, quando Amber me fita com os olhos apertados.

— E por falar no Cash... — começa.

— Alguma pista nova sobre o caso do juiz Phillip? — pergunto, mudando de assunto da maneira mais óbvia possível. — Ou da Bethany? — Amber suspira, mas morde a isca e balança a cabeça.

— Não vejo papai tão estressado assim há muito tempo. Passaram mais um caso para ele neste fim de semana. Outro insolúvel. Esse não tem nem uma cena de crime, nem um ponto de partida. Foi só um cara que saiu para dar uma corrida de manhã e nunca mais voltou. O irmão acabou informando o desaparecimento.

Sinto um nó na barriga. Jason.

— Como ele acha que pode resolver uma coisa dessas? — pergunto.

Amber dá de ombros.

— É o trabalho dele, né? Agem como se o papai pudesse fazer milagres. Mas acredite, não faz. — No meio da escada, ela para e diz: — Posso te fazer uma pergunta?

— Claro.

Penso que ela vai me perguntar por que o pai dela me pegou no fim de semana, mas a pergunta é outra.

— Há quanto tempo você conhece o Wesley?

— Uns dois meses — digo, arredondando para cima. Certamente, parece muito mais.

— E há quanto tempo você acha que ele está apaixonado por você?

Sinto o calor subindo pelo rosto.

— Somos só amigos. — Amber tem um ar de quem não acredita. — Digo, somos próximos — acrescento. Ligados por segredos e cicatrizes. — Mas a gente não... eu não... eu gosto do Wesley e ele gosta de mim.

— Olha — diz ela quando chegamos à sala de aula —, acabei de te conhecer, mas conheço o Wesley há anos. Posso dizer que "gostar" está muito aquém. — Amber chega para o lado para deixar alguém entrar na sala. — Você beijou mesmo o Cash hoje de manhã?

— *Ele* me beijou — esclareço. — E acabou ali mesmo.

Amber faz um gesto com a mão.

— Não ligo para os detalhes. A questão é que não quero que você fique brincando com o Wes. Ele passou por muita coisa, acho que finalmente chegou a algum lugar, e...

— E você não acha que eu sirvo para ele.

As palavras caem como chumbo, mesmo sendo minhas. Porque é verdade. Não sirvo para ele. Pelo menos, não agora. Gostaria de servir. Mas como poderia? Eu me sinto como uma bomba prestes a explodir; não quero que ele esteja preso a mim quando isso acontecer. Mas ele não vai me deixar, e parece que eu também não.

— Não foi isso o que eu disse — responde ela. — É só que... Gavin, Saf, Cash e eu; a gente deu um duro danado para *segurar* ele. Ele pode morar numa casa enorme, numa colina, mas *nós* somos a família dele. Não sei o quanto você sabe da vida dele antes de você chegar, mas ele já foi magoado por muita gente. Ele pode não ter se recuperado por completo, mas não está mais tão mal. E é óbvio que ele gosta *muito* de você; então, só estou pedindo para você não magoá-lo, está bem? Porque é óbvio também que você está passando por algumas coisas e quero que você tenha certeza antes de deixar que ele fique ligado *mesmo* em você. Que tenha certeza de que será boa para ele.

Ela abre a porta.

— E, se não tiver, não o deixe ficar.

O sr. Lowell não veio e o substituto da turma de Governos passa a primeira metade da aula lendo tudo o que já tínhamos aprendido antes, direto do material impresso; em seguida, decide que revoluções são um assunto muito pesado para segunda de manhã e nos libera mais cedo. Tem uma mensagem de mamãe avisando que ela vem me buscar mais tarde — espero que isso sirva para alguma coisa quando o assunto transporte voltar à tona amanhã de manhã —, o que me deixa com mais meia hora livre. Envio um terceiro pedido para o Arquivo e vou dar uma volta pelo pátio, esperando a resposta.

Mesmo que o sino ainda não tenha tocado, uma dúzia de alunos seniores e suas listras douradas estão espalhados pelo pátio, montando barracas. Encontro Wesley num dos lados do gramado, martelando hastes de aço na grama.

Não o Wesley que caça Histórias, ou o que se deita ao meu lado na cama, afogando meus pesadelos em seu ruído; mas o que sorri e dá gargalhadas, o que parece *feliz*. Não que não se pareça do jeito que é quando estamos juntos, mas há algo mais nele quando estou por perto. Com a tensão das cicatrizes e os segredos comuns, certa preocupação transparece até mesmo quando sorri ou quando dorme. Eu o observo.

Uma tristeza profunda toma conta de mim quando me dou conta de uma coisa.

Wesley pode valer a pena — pode valer a pena amá-lo, valer a pena deixá-lo entrar, mas não posso fazer isso. Nem vou. Não enquanto houver um alvo pendurado nas minhas costas. Não posso arrastá-lo para o meio dessa confusão. Amber tem razão. Da última vez em que foi arrastado para os meus problemas, ele perdeu um dia da própria vida. Não permitirei quer perca outros, não por minha causa.

Saio andando pelo campus, caminhando de um lado para outro — a necessidade de me mexer é maior do que o desejo de ir a algum lugar específico. *Ossos agitados*, como Ben costumava dizer. Nunca consegui sentar e ficar parada. Talvez Eric tenha razão e fazer parte do Arquivo não seja só um trabalho. Talvez esteja no meu sangue. Talvez eu não possa ser normal, mesmo que tivesse a chance de tentar. Normal é como a imobilidade: desconfortável, antinatural. Então caminho. E, enquanto caminho, uma palavra aparece escrita no papel na minha mão.

Negado.

A resposta me atinge como um golpe certeiro enquanto meus pés vão me levando pelo caminho. Nem mesmo percebo que estava indo para o Centro de Boa Forma até olhar para cima e ver o lintel de pedra sobre a porta. Passo pelos armários e entro no enorme ginásio.

Com todo mundo ainda em aula ou preparando o Festival de Outono, o ginásio é um enorme casco branco e vazio — como uma sala dos Retornos, só que vasto, com paredes e repleto de equipamentos. É estranho ficar aqui sozinha, mas, por outro lado, é tranquilo. Como o Arquivo costumava ser. O silêncio aqui pode não ser tão reverente, mas está em toda parte e me faz lembrar uma vez, anos atrás, quando eu era normal — ou quase — e correr era a coisa mais próxima de me sentir em paz.

Quando eu corria, me perdia de mim mesma.

Tenho sentido medo de me perder assim, ultimamente. Medo de forçar demais. Medo de baixar a guarda. De ceder.

Vou para a pista de corrida com uma espécie de abandono e começo a correr. A princípio, bem devagar, mas começo a ir mais e mais rápido, até disparar por completo, dando tudo o que tenho. Não corro assim há dias, semanas, anos.

Corro até o mundo virar um borrão. Até eu não conseguir mais respirar, ouvir ou pensar. Até Owen se vai, assim como os vazios, Agatha, o Arquivo e Wesley, e não há mais nada a não ser o som dos sapatos na pista e o pulsar em meus ouvidos. Corro até todos os meus medos — de perder a cabeça, a memória, a vida — se desfazerem.

O tempo começa a escapar e, pela primeira vez, não tento retê-lo.

Corro até me sentir eu mesma de novo.

Corro até encontrar a paz.

Quando finalmente meus pés desaceleram e param, eu me inclino sobre os joelhos, respirando depressa. Começo a caminhar devagar, num círculo, esperando o coração desacelerar, os olhos fechados no meio do ginásio vazio. Concentro a atenção no som da minha pulsação.

— Senhorita Bishop? — chama uma voz rouca, abro os olhos e encontro o professor de ginástica, o que toma conta do ringue de luta, acho que se chama Metz; que vem trotando, carregando uma prancheta.

— Desculpa — digo. — Algum problema se eu ficar aqui?

O treinador Metz acena com a prancheta.

— Problema nenhum. Ainda não começaram com nenhum dos esportes. Falando nisso, você é uma ótima corredora. Já considerou se dedicar às pistas? — Nego com a cabeça — Deveria — diz —, leva muito jeito.

— Não sei se teria tempo, senhor.

— Você deveria conseguir tempo para as coisas importantes, Bishop. Os testes serão na semana que vem. Posso, ao menos, inscrever o seu nome?

Hesito. Onde estarei na semana que vem? Caçando Histórias nos Estreitos ou amarrada numa cadeira com minha memória sendo desencavada? E se na semana que vem isso tudo tiver sido só um pesadelo e eu estiver viva, sendo eu mesma?

— A gente tem lugar para alguém como você — acrescenta.

— Tá bom — digo. — Com certeza. Pode contar comigo. — É quase um nada, ainda assim, algo em que me segurar. Uma fração de normalidade.

O treinador Metz me passa a prancheta, e escrevo meu nome nela e a devolvo. Ele me saúda com um aceno de cabeça enquanto lê meu nome e anota alguma coisa na margem.

— Legal, legal — resmunga. — A honra da Hyde está em jogo, precisamos de velocidade... — E se afasta apressado até sumir atrás de uma porta do outro lado do ginásio, onde está escrito ESCRITÓRIOS.

Sento nos colchonetes para me alongar. Os músculos doem devido ao esforço súbito, mas é uma dor bem-vinda. Deito no chão e me alongo; então, encaro o teto e respiro, imaginando: e se o Arquivo vier atrás de mim? Eu vou correr? Será que vai chegar a esse ponto?

Minha teoria se desmancha a cada dia. Tudo apontava para uma armação, até o que aconteceu com Cash. Será que ele foi atacado por engano? Uma mensagem? Uma punição? Será que erraram de propósito? Ou estariam tentando quebrar o padrão para enfraquecer minha teoria? As perguntas se agitam dentro de mim e, no centro de todos os *comos* e *por quês*, está a questão principal: *quem?*

Você está se enrolando, diria Da. *A maioria dos problemas são simples no âmago. Você só tem que encontrá-lo.*

O que está no âmago desse problema?

A chave.

Tecnicamente, não é preciso ser da Equipe para criar um vazio — eu não era —; basta ter o tipo certo de *chave*. Só que os membros da Equipe são os únicos que recebem essas chaves, portanto, a pessoa que está abrindo esses vazios é da Equipe ou recebeu uma chave da Equipe. Roland me deu a que era de Da, então sei que é possível. Será que um Bibliotecário contrabandearia uma delas para fora? Entregaria para algum Guardião para disfarçar o rastro ou a culpa? E se Owen tivesse outros aliados no Arquivo, além de Carmen? Poderia um deles estar tentando se vingar? Bibliotecários são Histórias; será que também podem ser lidos como uma? Será que existe algum registro posterior que guarda o tempo em que estão a serviço do Arquivo depois de suas vidas serem compiladas?

Será que Agatha consideraria a leitura *deles?* Ou será que só quer ver os crimes atribuídos a mim? Isso não resolveria o problema; não alteraria o fato de que alguém está fazendo isso, mas ela teria uma saída, um bode expiatório. E, depois de nosso último encontro, não tenho dúvida de que ela quer me ver culpada de alguma coisa. Por que não iria me derrubar para conseguir isso? Seria fácil. Basta alegar que eu tenho a chave de Owen.

Eu me sento, puxando o ar com força.

A chave de Owen. Ele ficou com ela quando foi sugado para o vazio. Agatha me acusou de ter ficado com ela, e não fiquei, mas ele, sim. Talvez ainda esteja com ele.

É a única possibilidade que não considerei. Que não quis considerar. Seria ao menos possível? Um vazio é uma porta para o nada, mas, ainda assim, é uma *porta.* E todas as portas têm dois lados. E se os vazios não estiverem sendo abertos *deste* lado? E se alguém não estiver jogando as pessoas para dentro? E se estiver apenas querendo *sair?*

E se Owen estiver tentando chegar a mim?

Não.

Caio de volta no colchonete e me forço a respirar.

Não. Preciso parar. Preciso parar de ver Owen em tudo. Preciso parar de procurar por ele a cada momento da minha vida. Owen Chris Clarke se foi. Preciso parar de trazê-lo de volta.

Fecho os olhos e respiro fundo. Sinto então o arranhar das letras na lista e a pego, esperando encontrar outro nome. Em vez disso, encontro uma mensagem:

Acesso concedido. Boa sorte — R.

Roland. Algo se solta dentro do meu peito. Um fio de esperança. Uma chance de lutar. Levanto e estou quase no salão dos armários quando ouço o estardalhaço.

VINTE E QUATRO

Veio de algum lugar da outra ponta do ginásio.

O barulho foi distante o suficiente para parecer baixo e alto o suficiente para ecoar a minha volta, mas começou lá no canto oposto, na mesma direção para onde o treinador Metz foi. Disparo pelo chão do ginásio, passo pelas portas para os escritórios e chego a um pequeno saguão coberto por vitrines de troféus. Nenhum deles parece fora do lugar; além disso, o barulho foi grave, como algo pesado caindo — e não estridente, como vidro quebrando. Cada uma das portas que dá para o corredor tem uma janela de vidro; vou passando por elas e olhando para o interior de cada sala atrás de qualquer coisa estranha.

Três portas depois, olho por uma janela e paro abruptamente.

Do lado de dentro do vidro há um depósito. O interior está escuro demais para ver muito mais do que prateleiras de metal, e metade delas foi derrubada. Cubro a mão com a manga da blusa e testo a maçaneta. Está destrancada.

Entro, acendo um dos três interruptores na parede, iluminando apenas o espaço necessário para examinar as prateleiras melhor. Duas delas caíram para a frente, chocando-se ao cair. Bolas, bastões e capacetes estão espalhados pelo chão.

Estou tão concentrada em não tropeçar em nenhum equipamento que quase escorrego no sangue.

Consigo me segurar antes de cair e me afasto da mancha fresca e úmida sobre o concreto. Olho para o ar sobre o sangue, e meus olhos *perdem o foco* sobre um novo vazio. Prendo a respiração enquanto ouço os sons à minha volta, ouvindo apenas o bater do meu coração.

Mas esta cena está diferente das outras.

Não havia sangue na casa do juiz Phillip. Nem na entrada da garagem de Bethany.

Um bastão de alumínio de beisebol está caído no chão, ao lado do meu tênis; abaixo e o pego (com cuidado para manter a manga sobre os dedos e não deixar digitais), então levanto e giro num círculo lento, observando os cantos escuros da sala em busca de qualquer movimento. Estou sozinha. Não me sinto assim, mas a estranha sensação de *há algo errado* deve estar vindo da porta para o vazio, pois não tem mais ninguém ali. Volto a olhar para o sangue. *Não mais, pelo menos.*

Vejo uma prancheta virada para baixo a um palmo do sangue. Quando a viro com o tênis, vejo meu nome, escrito com a minha letra, e sinto um frio na barriga. Com clareza preocupada, entendo que isso é uma prova. Abaixo, tiro o papel e o guardo no bolso, desculpando-me em silêncio com o treinador.

Abro espaço no chão, ajoelho a cerca de meio metro da mancha de sangue, coloco o bastão de lado, tiro o anel do dedo e o toco no piso de concreto. A porta do vazio deve ter queimado todas as lembranças, mas pode haver *alguma coisa.* Apoio a mão aberta no concreto e o zumbido começa a subir por ela. Então paro.

Porque algo no depósito se *mexe.*

Bem atrás de mim.

Sinto a presença um segundo antes de perceber o movimento na minha visão periférica, primeiro apenas uma sombra, então o brilho do metal. Continuo abaixada e imóvel, uma mão apoiada no chão e a outra indo em direção ao bastão, a poucos centímetros de mim.

Fecho os dedos no punho ao mesmo tempo em que a sombra avança na minha direção, por trás; dou um salto e me viro a tempo de aparar o golpe de faca, que corta o ar, o som metálico alto e penetrante.

Olho por cima do bastão e da lâmina para a figura que a tem nas mãos, encontrando o cabelo louro prateado e os olhos azuis que vêm me assombrando há semanas. Ele sorri de leve, passando a faca pelo alumínio.

Owen.

— Senhorita Bishop — diz, parecendo sem fôlego —, estive procurando por você.

Ele desliza a faca pela extensão do bastão na direção da minha mão, obrigando-me a mudar minha pegada. Assim que faço isso, seu sapato vem rápido sob o metal e o faz voar pelo espaço entre nós. Durante o tempo que o bastão leva para cair, sua faca desaparece numa bainha em suas costas e ele agarra meu pé com as mãos nuas no momento em que meu chute ia acertá-lo no peito. Ele gira meu pé com força, perco o equilíbrio pelo tempo necessário para ele pegar o bastão no ar e acertar minha outra perna com ele. Bate atrás do meu joelho e me faz cair para trás sobre o concreto.

Giro pelo chão e me levanto de novo; ele avança e eu recuo. Ao menos, tento recuar, mas erro a distância e as prateleiras inclinadas batem nos meus ombros. Owen vem com o bastão sob meu queixo. Levanto as mãos no último segundo, mas tudo o que consigo evitar é que esmague minha garganta. Pela primeira vez, vejo o sangue espalhado pelos dedos dele.

— Ou você ficou mais forte — diz Owen —, ou estou pior do que eu pensava.

— Você não é real — digo com a voz entrecortada.

Owen aperta as sobrancelhas pálidas, confuso.

— Por que não seria? — Seus olhos então se estreitam. — Você está diferente. O que foi que te aconteceu? — Tento forçá-lo para longe de mim para pegar o bastão, mas ele me prende no lugar e pressiona a testa contra a minha. — O que foi que eles fizeram? — pergunta quando o silêncio, o *seu* silêncio se espalha pela minha cabeça. Tangível de um jeito como nunca antes nos meus sonhos. Não. Não, isso não é real. *Ele não é real.*

Mas também não é como o Owen dos meus pesadelos. Quando se afasta, parece... *cansado.* A tensão aparece em seus olhos e nos dentes apertados, e, dessa vez, quando tento reagir, eu consigo.

— Saia de cima de mim — digo com raiva, acertando seu peito com meu joelho. Ele cambaleia para trás, esfregando as costelas, e eu pego o bastão mais próximo e dou um golpe na direção de sua cabeça. Ele o segura bem a tempo e o arranca da minha mão. O bastão cai ruidosamente no chão, batendo na poça de sangue, quicando e deixando um rastro.

— O mínimo que você podia fazer era perguntar como foi a viagem — diz friamente, girando o seu próprio bastão, na outra mão. Ele não é real. Não pode ser. Só está acontecendo porque pensei nisso. É uma alucinação... será? Tem que ser, pois a alternativa é pior.

Owen para de girar o bastão e se apoia nele.

— Você faz alguma ideia de quanta energia é preciso para abrir um vazio pelo outro lado?

— Então como você saiu?

— Perseverança — responde. — O problema dessas coisas... — ele indica o rasgo no ar e solta um som baixo, exasperado — é que não ficam abertas muito tempo. Assim que sugam alguém para dentro, fecham. Primeiro achei que jamais fosse sair. Eu nunca conseguia desviar da pessoa. Por fim, resolvi que passaria *através* dela. — Ele olha para o sangue. Penso no corpo do treinador Metz, flutuando no vazio, cortado ao meio pela faca de Owen, e meu estômago dá um nó. Aperto os dedos na prateleira de metal atrás de mim. — Serviço sujo — diz, passando os dedos sujos de sangue pelo cabelo prateado. — Mas cá estou, e a pergunta é...

Owen não tem a chance de concluir. Puxo a prateleira com toda a minha força, saindo da frente no instante em que ela despenca ruidosamente sobre ele. No entanto, mesmo no atual estado, Owen é muito rápido. Ele se joga para longe, e o metal cai direto no concreto. No segundo seguinte, as luzes se apagam, mergulhando o depósito na escuridão.

— Mais brigona do que nunca — diz ele, sua voz chegando até mim. — E ainda assim...

Dou um passo para trás e seus braços me enlaçam por trás, pelo pescoço, como cobras.

— Diferente. — Ele me puxa com força para trás e para cima, tira meus pés do chão e eu engasgo, sem conseguir respirar. — Eu devia te matar — sussurra. — Eu poderia. — Fico me contorcendo, dando chutes, mas ele não solta. — Você está ficando sem ar. — Sinto uma ardência no peito, minha visão começando a ficar borrada. — Não é o pior jeito de morrer, sabia? Mas a questão é: como Mackenzie Bishop quer partir dessa vida?

Não consigo ar suficiente para formar a palavra, mas mexo os lábios, com todas as fibras do meu ser.

Não.

No mesmo instante, a pressão de Owen desaparece. Caio para a frente, mãos e joelhos no concreto, ofegando, a centímetros do sangue de Metz.

Meu anel de prata brilha no chão, e eu o pego, coloco no dedo, levanto e me viro, cambaleante. Mas Owen não está mais lá. Os sinais dele — as prateleiras derrubadas, o sangue — continuam lá, mas estou sozinha. Uma porta bate a distância, e disparo atrás pelo corredor iluminado dos troféus... mas nem sinal dele. Nada. Corro para a saída e para a luz da tarde. Mais uma vez, nada. Apenas as risadas distantes dos alunos preparando o Festival de Outono. O gramado está repleto de meninas do segundo ano. Um calouro. Dois professores.

Owen, porém, se foi.

Fico dez minutos na sala de armários das meninas, limpando o sangue do treinador da minha pele.

Não vi nenhum sangue do lado de fora do depósito, mas ficou um pouco em mim — no braço, na mão, no pescoço — onde Owen me segurou. Esfrego cada ponto em que me tocou. Quando termino, lavo o rosto com água fria sem parar, como se isso pudesse ajudar.

Não consigo voltar lá.

Não há digitais, nada que me ligue àquela sala — a *cena do crime*, penso com um arrepio —, e quanto mais tempo passar, mais chance há de alguém ir lá. Não posso deixar que me vejam por perto.

Mamãe me manda uma mensagem dizendo que está esperando no estacionamento. Eu saio arrastando os pés para longe da cena e atravesso o campus, passando por alunos que não fazem a menor ideia de que Metz não é mais do que uma mancha de sangue secando no chão de concreto. Ou será minha culpa?

Sako está encostada numa árvore próxima e fica me olhando passar. Não está mais observando. Está à *espera*. Como um cão de caça, preso até o disparar da arma. Sei o quanto ela quer ouvir o tiro. Sinto uma nova onda de náusea ao me dar conta de que, se Owen for *real*, ela vai ter a chance. Agatha *vai* terminar com a Equipe sem encontrar provas. O que devo dizer para ela quando isso acontecer? Que sei quem abriu as portas para o vazio? Que uma História que *eu* mandei para o abismo conseguiu fazer o caminho de volta para o Exterior com uma chave que eu o ajudei a montar? O único motivo que ela teve para me perdoar antes era o fato de Owen não estar mais lá.

Era para ele ter continuado lá.

E *ele* se foi.

Não era real.

Mas o sangue — o sangue é real, não é? Eu vi.

Assim como vi *Owen*.

— Está tudo bem? — pergunta mamãe quando sento no banco do carona.

— Dia longo — murmuro, grata, ao menos dessa vez, por não estarmos nos falando muito.

A dormência penetrou meu peito e se instalou ali, solidificando-se. Sei remotamente que isso não é bom. Tenho certeza de que Da diria algo a respeito, mas, neste exato momento, estou disposta a aceitar qualquer migalha de estabilidade, mesmo clandestina.

Fecho os olhos enquanto mamãe dirige. Para preencher o silêncio, ela começa a cantarolar para si e meu sangue gela. Reconheço a música. Há centenas de milhares de outras canções que ela podia cantar, mas ela não escolhe nenhuma delas. Escolhe a de Owen. Ele sempre cantarolava essa melodia. Ela canta com a letra.

— *...my sunshine, my only sunshine...**

Começo a ficar arrepiada.

— *...you make me happy...when skies are gray...*

— Por que você está cantando essa música? — pergunto, tentando manter a voz firme. Ela para.

— Ouvi você cantarolando — responde.

— Quando?

— Outro dia. É bonita. Era conhecida, há muito tempo. Mamãe costumava cantar quando estava cozinhando. Onde você ouviu?

Minha boca fica seca, eu olho pela janela.

— Não lembro.

Sigo o cantarolar pelos corredores.

Tão baixo que quase não consigo ouvi-lo. Percorro os Estreitos, e a melodia me leva de volta por todo o caminho, até minhas portas numeradas, até Owen. Ele está encostado na porta que tem um I desenhado com giz, cantarolando para si mesmo. Está de olhos fechados, mas quando me aproximo, ele os abre devagar e se vira para mim. Olhos claros e azuis.

— Mackenzie.

---

* *You are my sunshine* (Você é meu raio de sol), sucesso da *country music* nos EUA, na década de 1930, regravado por vários artistas ao longo do século. (N.T.)

Cruzo os braços.

— Estava começando a me perguntar se você era de verdade.

Ele ergue uma sobrancelha, quase divertido.

— O que mais eu poderia ser?

— Um fantasma? — digo. — Um amigo imaginário ?

— Muito bem — diz, com um quase sorriso. — E eu? Sou tudo o que você imaginou?

Assim que chegamos em casa — em segurança, atrás das paredes do apartamento —, sento na mesa da cozinha, pego o celular e escrevo para Wesley.

Nada de dormir aqui esta noite.

Ele responde logo depois.

Está tudo bem?

Não, eu gostaria de dizer. *Acho que Owen pode ter voltado e não posso contar para o Arquivo, porque a culpa é minha* — ele *é culpa minha — e preciso da sua ajuda. Mas você não pode vir aqui porque não suporto a ideia de ele vir atrás de mim e te encontrar. Isto é, se ele for mesmo de verdade.*

Será que eu *desejo* que seja real? Seria ainda pior: Owen na minha cabeça, ou de carne e osso e livre? Ele *parecia* real. Mas pessoas reais não desaparecem *do nada.*

Ele não é real, sussurra outra voz na minha cabeça. *Você está apenas perdida.*

Cabecinha pirada, ecoa Sako.

Quebrada, sussurra Owen.

Fraca, acrescenta Agatha.

Por fim, respondo para Wesley.

Só estou cansada.

Não posso continuar fugindo.

Ou me escondendo.

Preciso encarar meus pesadelos mais cedo ou mais tarde.

A triste verdade é que não estou com medo de adormecer, pois meu pesadelo já está se tornando realidade. Fico sentada junto da mesa, esperando ele responder. Até que, finalmente:

Vou sentir falta do seu ruído.

A dormência no peito começa a se desfazer, e desligo o telefone antes que eu possa ceder e escrever de volta. Preciso de todas as minhas forças para não sair durante o jantar, conseguir manter algo próximo de uma postura e juntar as palavras para falar da escola. O que me incomoda é que, se eu me levantar, só vou gerar mais preocupação, mas, assim que a louça está limpa, corro para o quarto. Meu peito dói quando vejo a janela aberta, e me aproximo para fechá-la. Hesito, os dedos segurando a alça.

Há três nomes na lista em meu bolso. Parte de mim acha que esse é o menor dos meus problemas, mas a outra parte se agarra a esse último vestígio de senso de dever, ou, pelo menos, de controle. Penso em escalar para o apartamento de cima, e, depois, a queda.

— Mackenzie? — Eu me viro e vejo mamãe parada na porta. Está olhando direto para mim. — Você está bem?

— Sim — respondo automaticamente.

Ela continua a me olhar nos olhos. Abre e fecha a boca como um peixe, e sei que ela está tentando articular um pedido de desculpas. Mas quando consegue finalmente falar, tudo o que diz é:

— Melhor fechar a janela. Parece que vai chover.

Minha atenção retorna à queda — o que eu estava pensando? Quase não consegui subir ontem à noite com Wesley ajudando — e puxo a janela para baixo e dou boa-noite. Mamãe me surpreende fechando a porta ao sair. Um pequeno passo, mas já é alguma coisa.

Assim que ela sai, despenco na cama. Além das paredes do meu quarto, ouço meus pais conversando em voz baixa, circulando pelo apartamento; para além dele, os sons distantes do Coronado encerrando o dia, os moradores se recolhendo, o trânsito da rua diminuindo até sumir por completo. Percebo como este quarto é silencioso, sem sono e sem Wesley. Algumas pessoas poderiam considerá-lo tranquilo. Talvez eu também considerasse, se minha cabeça não estivesse tão bagunçada.

Ainda assim, o silêncio é pesado e, finalmente, o sono me leva.

Mas no momento em que meus olhos começam a perder o foco, o rádio em cima da mesa liga sozinho.

Ergo a cabeça na hora, uma música popular tomando conta do quarto. *Está com defeito*, digo a mim mesma. Eu me levanto para desligar o rádio quando ele troca para uma estação de rock e metal. Depois, música country. Fico em pé no meio do quarto, prendendo a respiração enquanto o rádio transita por meia dúzia de estações — não dando para ouvir mais do que umas poucas falas — até parar numa que toca antigos sucessos. O sinal é fraco, sinto um arrepio quando a melodia irregular, cheia de estática, de um *crooner* — um cantor de jazz, a voz tão suave — chega até mim.

O volume começa a subir.

Estou quase tocando no botão para desligar quando a janela ao lado da mesa começa a ficar *embaçada*. Não a janela inteira, mas só uma pequena parte do vidro. Meu coração começa a martelar no peito quando uma sequência de letras se forma sobre a superfície úmida.

A N E L

Olho para meu anel de prata e de novo para janela, quando uma linha é traçada por cima da palavra.

~~*A N E L*~~

Fico encarando a mensagem, tomada pela confusão e pela desconfiança antes de finalmente tirar o anel e deixá-lo no peitoril. Quando volto a olhar, lá está Owen, seu reflexo pairando bem atrás de mim, no vidro. Eu me viro, pronta para atacar, mas ele segura meu pulso e me segura contra a janela, com a faca sob meu queixo.

— A violência *nem sempre* é a resposta — diz ele, calmamente.

— Mas é você que está com a faca na minha barriga — digo entre os dentes.

Posso ver o contorno da chave da Equipe sob a camisa preta. Se eu conseguir me afastar dele, chegar até a porta do armário sem ter a garganta cortada, eu posso...

Ele pressiona a lâmina um pouco mais como advertência, e eu me encolho, a lâmina afiada da faca marcando a pele sob meu maxilar. Se ele pressionar um pouco mais forte, vai cortar.

— Péssima ideia — diz Owen, lendo meus pensamentos pela pele. — Além disso, a chave debaixo da minha roupa não é a que você precisa. — Ele deixa a faca encostada no meu pescoço e usa a outra mão para puxar o cordão para fora da gola e deixar que eu veja a peça tão familiar de metal enferrujada ali pendurada. Não é uma chave da Equipe coisa nenhuma. É a chave de Da. *É minha.* — Talvez, se você se comportar, eu possa devolvê-la.

A faca começa a recuar, e, no momento em que se afasta da minha pele, eu o seguro pelo pulso e torço seu braço com força. A lâmina cai no chão, mas, antes que eu tenha a chance de me inclinar para pegá-la, Owen a chuta para o outro lado do quarto. Ele me segura pelos ombros e me prende contra a parede, ao lado da janela.

— Você sabe *mesmo* usar as mãos — comenta.

— Então por que você não me matou? — o desafio. Ele recuou mais cedo e agora, de novo. O Owen dos meus pesadelos jamais hesitou.

— Se quiser mesmo, posso continuar atacando, mas esperava podermos conversar antes. Seu pai está sentado na sala, dormindo na cadeira com um livro. Eu vou soltar você — diz ele —, mas se tentar alguma coisa, corto a garganta *dele*. — Fico tensa sob seu toque. — E mesmo que você grite para acordá-lo — completa Owen —, ele não pode me ver, então não vai ter nenhuma chance.

Ele tira as mãos do meu ombro, e eu me controlo para não atacar.

— O que está acontecendo? — pergunto. — Por que ele não pode te ver?

Owen olha para as próprias mãos, mexendo os dedos.

— O vazio. Parece que tem alguns efeitos colaterais. Você me ajudou a confirmar isso entrando naquele depósito. Eu estava bem ali no meio do cômodo, e você só me viu quando tirou...

— Meu anel — digo em voz baixa. É uma proteção, afinal. Um conjunto de filtros.

— É bem útil, imagino — diz Owen. — E tudo o que importa agora é que estou aqui.

— Mas *como* você está aqui? — pergunto, irritada. — Você disse que teve que abrir caminho, mas não entendi. As portas que você fez não foram criadas ao acaso. Por que você atacou aquelas pessoas?

Owen apoia o ombro na parede. Ainda parece estar... exausto.

— Eu não pretendia machucá-los. Estava procurando por você.

Sinto um aperto no peito.

— Como assim?

A música do rádio termina e outra começa, mais lenta, mais triste.

— Parece que — diz ele — o vasto e infinito vazio onde você me jogou não é, de fato, vazio. É mais como um atalho, mas sem destino certo. A metade de uma porta. Mas não se pode usar metade de uma porta — diz, os olhos azuis dançando. — É preciso encontrar um lugar para onde ir. Ou alguém com quem se encontrar. Alguém em quem você possa se concentrar com toda a força. Escolhi você.

— Mas você não me encontrou, Owen. O que encontrou foram *cinco pessoas inocentes*.

Ele franze a testa.

— Cinco pessoas que cruzaram com *você*. Há um ditado no Arquivo: "Coisas estranhas brilham mais forte." Você percebe isso quando lê a memória dos objetos. A mesma coisa acontece com as lembranças que temos aqui. — Ele toca na têmpora. — Nós nos destacamos mais na cabeça dos outros do que em nossa própria. Quem quer que fossem, você deve ter causado uma impressão. Deixado uma marca.

Sinto uma dor na barriga. Posso vê-los no fundo da minha cabeça:

Juiz Phillip, à beira das lágrimas ao sentir o cheiro dos biscoitos no forno.

Bethany agarrada ao colar de prata que encontrei e a entreguei.

Jason, atordoado, tentando um jeito de conseguir meu nome e meu telefone.

O treinador Metz, com seu *bom, bom* abafado quando concordei em experimentar o treino de corrida.

E Cash? Eu não estava prestando atenção, disse ele, *porque estava pensando em você. A verdade é que eu não consigo parar de pensar em você.*

Abraço meu peito com força, enjoada. Ele poderia ter sido levado, arrastado para a escuridão. Os outros *foram*.

— Tem algum jeito — pergunto — de trazê-los de volta?

Owen balança a cabeça.

— O vazio não é lugar para os vivos. Nem para os mortos.

Mesmo na penumbra, consigo ver como aquilo o abalou. Ele parece estranhamente frágil. Mas sei que é melhor não confiar nas aparências.

Quatro pessoas morreram por pensarem em mim. Por amizade. E quantas mais poderiam ter sido levadas? Meus pais? Wesley? Tudo por causa de Owen. Tudo por minha causa.

— O que você está fazendo aqui? — pergunto entre os dentes.

— Eu já disse. Vim conversar. — Owen se vira, examinando o resto do quarto. — Odeio este lugar — murmura, as palavras quase engolidas pela melodia que continua saindo do rádio.

Lembro-me então de que este nem sempre foi o meu quarto. Era *dela*; de Regina. Da irmã de Owen que morava aqui. Ela morreu no corredor ao lado. Owen olha para o chão, onde as manchas apagadas de sangue ainda resistem, sombras gastas pelo tempo.

— Engraçado como a lembrança não se desfaz.

As mãos abertas ao lado do corpo se fecham em punhos. Ele deveria desgarrar. Se fosse uma História comum, a visão deste quarto e a lembrança do que aconteceu seriam o bastante. O preto das pupilas começaria a se espalhar, cobrindo o azul gelado de seus olhos. Quando isso acontecesse, ele enlouqueceria tamanho medo, raiva e culpa.

Só que Owen jamais foi uma História comum. Um prodígio que virou o filho pródigo do Arquivo. Um brilhante, ainda que astuto, membro da Equipe. Um manipulador. Um garoto disposto a pular do telhado para morrer inteiro e poder voltar para punir o sistema que ele considerava culpado.

Observo-o andar em torno da marca no chão, como alguém rodearia um corpo.

— Quanto tempo eu fiquei fora? — pergunta, abaixando-se para pegar a faca no canto do quarto.

— Três semanas, seis dias e vinte horas — digo, preferindo que a resposta não viesse com tanta facilidade.

— O que aconteceu com Carmen? — pergunta ao se levantar.

— Foi colocada de volta na prateleira — respondo — depois que tentou me estrangular em seu nome.

Owen se vira para mim, guardando a faca na bainha, nas costas.

— Ela fez alguma outra coisa?

— Além de despertar metade do setor? Não.

Um sorriso amargo passa por seu rosto.

— E o Arquivo? Simplesmente te liberou?

Não digo nada e ele diminui a distância entre nós.

— Não — responde Owen, por mim. — Não te liberou. Tem alguma coisa diferente em você, senhorita Bishop. Algo errado. Podem ter deixado você manter a memória, mas não devolveram sua vida.

— Pelo menos estou viva — respondo, desafiando-o.

— Mas sua cabeça está estilhaçada — diz ele, os dedos entre os meus cabelos, encostando o rosto no meu. — Pedaços partidos, com pesadelos, terror e dúvida — cochicha no meu ouvido. — Me conta, foi o Arquivo que fez isso contigo?

— Não — respondo. — Foi você.

Ele deixa a mão cair, recua e olha para mim.

— Eu abri seus olhos — diz com uma estranha sinceridade. — Eu te contei a verdade. Você não ter aguentado não é culpa minha.

— Você mentiu para mim, me usou e tentou me matar.

— E você me jogou no vazio — responde com naturalidade. — Para mim, nós dois fizemos o que tínhamos de fazer. Eu não gostei de te enganar e não queria te matar. Falei isso na época. Mas você estava no meu caminho. Estou aqui para saber se ainda está.

— Sempre estarei no seu caminho, Owen.

Uma sobrancelha clara se ergue.

— Se ao menos seus pensamentos fossem tão seguros quanto as palavras, senhorita Bishop. Mas eles não mentem com tanta facilidade. Sabe o que está escrito por toda a sua mente? Dúvida. Você costumava ser tão segura de seus ideais; o Arquivo é a lei, é bom, é deus, confie neles, confie em Da... mas agora esses ideais estão se perdendo. O Arquivo está quebrado. Da sabia, *tinha* que saber, mas deixou que eles ficassem com você mesmo assim. Sua cabeça está cheia de perguntas, cheia de medo, e eles são tão intensos que mal consigo ouvir o resto de você. E quando Agatha te ouvir, ela vai te tratar como algo podre no precioso Arquivo dela. Ela vai te ver como algo a ser eliminado antes que se espalhe. E nem mesmo o seu adorado Roland poderá impedi-la. — Ele apoia as mãos na parede, uma de cada lado da minha cabeça, me enclausurando. — Você quer saber por que estou aqui? Por que eu simplesmente não cortei sua garganta? Porque, ao contrário do Arquivo, acredito que devo salvar o que pode ser salvo. E você, Mackenzie... bem, seria um crime deixar que você fosse descartada. Quero que você me ajude.

— Te ajude a fazer o quê?

O fantasma de um sorriso toca seus lábios.

— Terminar o que eu comecei.

VINTE E CINCO

Eu quase acho graça. Até perceber que Owen está falando sério.

— E *por que* afinal eu te ajudaria?

— Autopreservação, por exemplo? — pergunta Owen, afastando-se da parede. — Posso te dar o que você quer. — Ele contorna a cama e vai até a mesa de cabeceira. — Posso te devolver o seu avô. — Passa os dedos na moldura da foto antes de pegar o urso azul ao lado da lâmpada. — E seu irmão, Ben.

Os dedos de Owen fecham-se no urso logo antes de eu empurrá-lo contra a parede. O bicho de pelúcia de Ben cai da mão dele.

— Como você ousa? — sibilo, segurando-o. — Acha que eu cairia nessa de novo? Você já deu essa cartada, Owen. Já chega. E Ben se foi. Não tenho qualquer desejo de tirá-lo do sono outra vez. A única coisa que eu quero é ver você numa prateleira.

Ele não reage. Em vez disso, olha para mim com aquela calma enervante.

— Isso não vai resolver seus problemas. Não mais.

— Já é um começo.

A mão de Owen se move depressa para cima, e ele segura meu pulso ruim.

— Tanta raiva mal direcionada — diz, apertando mais forte. A dor me sufoca, mas o quarto se mantém firme ao meu redor quando recuo; para minha surpresa, ele me solta. Seguro o pulso com a outra mão e Owen cruza os braços.

— Ótimo — diz. — Vamos deixar seu pai descansar. Posso te dar outra coisa.

— O que seria? — interrompo. — Liberdade? Propósito?

Owen aperta os olhos azuis.

— Uma vida.

Franzo a testa.

— O quê?

— Uma *vida*, Mackenzie. Uma em que você não precise esconder quem é ou o que faz. Fim dos segredos que você não quer guardar. Fim das mentiras que não quer mais contar. *Uma vida.*

— Você não pode me dar isso.

— Você está certa. Não posso te *dar.* Mas posso te ajudar a conseguir.

Uma vida? Ele está falando de uma chance de largar isso tudo? Ser normal? Sem mais mentiras para a minha família, sem omissões para Wes? Mas então não haveria um Wes, pois ele pertence ao Arquivo; Wes *acredita* no Arquivo. Mesmo que eu pudesse sair, ele não poderia. Eu jamais pediria isso para ele, e não importa, já que é impossível. O Arquivo não deixa ninguém sair. Não inteiro, pelo menos.

— O que você está prometendo não existe.

— Ainda não — diz Owen. — Mas vai existir, depois que eu terminar.

— Quer dizer quando você puser o Arquivo abaixo. Como é que você dizia, Owen? Setor por setor, prateleira por prateleira? Você sabe que não vou deixar.

— E se você não tivesse que me impedir? Se o Arquivo permanecesse e você pudesse continuar lá, se quisesse? Só que sem mais segredos. Seria algo pelo que valeria a pena lutar?

— Você está mentido — murmuro. — Está apenas dizendo o que eu quero ouvir.

Owen suspira.

— Estou dizendo a verdade. O fato de que você quer ouvir significa que deveria ouvir.

Mas como posso lhe dar ouvidos? O que ele está dizendo é loucura. Um sonho, e um sonho venenoso ainda por cima. Observo Owen ir até o rádio e desligá-lo.

— Já é tarde — diz. — Pense no que eu disse. Durma com isso em mente. Se ainda estiver decidida a lutar contra mim, poderá fazer isso pela manhã. E se, nesse momento, eu me sentir misericordioso, te mato em vez de deixar o Arquivo te destruir pedacinho por pedacinho.

O Owen dos meus pesadelos jamais vai embora, mas esse vai. Ele está no meio do quarto, indo para a porta, quando para e se vira, tira a chave de Da de dentro da camisa e a oferece para mim. Ela oscila entre nós como uma promessa. Ou uma armadilha.

— Como prova — diz — de que sou real.

Tudo em mim tensiona quando o metal cai na minha mão. O peso frio da chave de Da — *minha* chave — provoca um arrepio que me atravessa por inteiro. Eu passo o cordão pela cabeça, o peso se acomodando contra meu peito. Parece que uma pequena parte do mundo voltou ao lugar. Owen então se vira, abre a porta e sai andando em silêncio.

Eu o sigo, vendo a luz se espalhar pela sala escura quando sai do apartamento e passa para o corredor amarelo. Ouço um leve baque atrás de mim, viro-me e vejo papai dormindo numa poltrona no canto, um livro caído no chão ao seu lado. Mesmo adormecido, tem o rosto contraído de preocupação. Eu me ajoelho para pegar o livro e imagino como seria contar para meus pais o motivo de meus pesadelos. O motivo de minhas cicatrizes. O lugar para onde vou quando desapareço. O porquê de eu estremecer quando me tocam.

Odeio Owen ainda mais por plantar a ideia na minha cabeça, porque nada disso é possível. Um mundo sem esses segredos e mentiras jamais poderá existir.

Mas, quando coloco o livro de papai sobre a mesa e puxo um cobertor sobre os ombros dele, uma pergunta sussurra na minha mente.

E se?

Não me lembro de me deixar levar pelo sono, mas em um minuto eu olhava para a porta e, no outro, meu alarme está tocando. Deveria me sentir aliviada por não ter sonhado e por sentir uma pequena faísca de alegria no peito, que desaparece assim que me lembro de Owen: meu pesadelo vivo. Exceto que começo a desconfiar de que ele não seja apenas um sonho.

A chave de Da ainda está junto à minha pele e eu a tiro, pesarosa, guardando-a na gaveta de cima da minha mesa de cabeceira. Meu anel continua no peitoril da janela, mas não ouso colocá-lo, pois isso me cegaria à presença de Owen. Em vez disso, acho um cordão de prata e penduro o anel nele, passando a peça pela cabeça e a escondendo por dentro da blusa do uniforme.

Sem a proteção, o dia vai ser longo.

Minha lista continua firme com os três nomes, mas não posso forçar a sorte, especialmente agora que sei que a busca de Agatha entre os membros da Equipe não dará em nada. Mamãe está na cozinha, reclamando por não conseguir achar as chaves enquanto o noticiário passa na TV. Fico olhando, esperando que a cena do crime na Hyde seja a matéria principal, mas ela sequer é mencionada — só posso achar que o depósito ainda não foi descoberto.

Enquanto isso, mamãe continua procurando as chaves no meio dos papéis, dentro da bolsa, nas gavetas. Não vai achá-las porque estão enfiadas dentro do freezer, debaixo de um pacote de ervilhas.

— Não preciso que me leve de carro — digo. — De verdade. Me deixa ir sozinha.

— Isso não é negociável — responde, quase derrubando uma xícara de café quando procura no meio da bagunça da mesa da cozinha.

— Sei que você não confia em mim...

— Não se trata disso — diz. — Só não quero que ande de bicicleta enquanto seu braço ainda não estiver curado.

Ao dizer isso, eu a tenho nas mãos. Anzol. Linha. Chumbada.

— Você está certa. Eu pego um ônibus.

Mamãe para de procurar e se endireita.

— Você odeia ir de ônibus — diz ela. — Diz ser uma caixinha cheia de micróbios e sujeira.

— Bom — respondo, colocando a mochila no ombro —, a vida tem dessas coisas. E tem um ponto a um quarteirão da escola. — Não sei se isso é verdade. Felizmente, ela também não.

Seu telefone toca em algum lugar debaixo dos papéis em que ela procurava a chave.

— Certo — diz. — Certo, tudo bem. Mas, por favor, tenha cuidado.

— Sempre — digo, correndo para fora.

Eu jamais pegaria o ônibus. Especialmente com meu anel pendurado inutilmente no pescoço. A mentira me faz ganhar tempo; no entanto, já que não preciso me preocupar em guardar a bicicleta antes de entrar nos Estreitos.

Duas das três Histórias vão sem resistir, e a terceira não é páreo para mim, mesmo nas minhas atuais condições. Eu me aproximo do limite entre o território de Wesley e o meu e enfio a chave na fechadura, esperando que gire. Funciona. A luz da porta se espalha e ganha forma antes de abrir.

Estou com tanta pressa que nem me dou conta de que este não é o meu território até virar uma esquina e quase bater de cara com Wesley. Eu me jogo para trás a tempo de evitar a colisão, e ele levanta os braços a tempo de evitar derramar um suporte de café.

— Minha nossa, Mac! — diz, com a mão livre no peito.

— Desculpa! — digo, levantando as minhas mãos em rendição.

— O que você está fazendo aqui?

— Caçando — respondo enquanto nos dirigimos para a porta da Hyde.

— Bem, isso eu acho que percebi — diz Wes. — O que quero saber é o que está fazendo no *meu* território?

— Ah. Roland me liberou o acesso para eu poder limpar minha lista lá da escola.

Wes assente com a cabeça.

— Que bom que finalmente estão aliviando um pouco a barra para você. Não que escalar as paredes não seja legal, mas isso aqui parece um pouco menos perigoso.

— Só porque você não está com aquele seu pedaço de pau.

— Bastão *bō* — corrige ele. — Está na minha mochila. Mas minha lista está limpa, e minhas mãos, cheias.

— Qual é a do café? — pergunto.

Ele levanta o suporte.

— É para você.

— Você sabe que meus pais são donos de uma cafeteria, não sabe? — digo.

— O que nunca te impediu de aceitar o café do Cash — diz com um muxoxo. — E imagino que, depois do incidente de ontem, você pode estar procurando um novo fornecedor. — Levo um segundo para entender que, por "incidente", ele se refere ao café de Cash ter me deixado enjoada, e não ao beijo. Se ouviu falar disso, não deixa transparecer, e não quero trazer o assunto à tona, já que esse no momento é o menor dos meus problemas.

Ele oferece um copo, que aceito com cuidado para nossos dedos não se tocarem. A última coisa de que preciso é Wesley vendo Owen escrito por toda a minha mente.

— Alguma notícia de Agatha? — pergunta ele. — Sobre os vazios?

O café vira chumbo na minha boca. Tento engolir.

— Nenhuma ainda.

— Não se preocupe — diz ele, interpretando minha preocupação da maneira errada. — Ela vai descobrir quem está por trás disso. — Chegamos a uma porta com uma marca verde. — Como você dormiu? — completa. — Senti falta da sua cama.

— Ela também sentiu a sua — respondo enquanto ele abre a porta.

Diferente das portas para o Exterior que não existem mais, as que se escondem em fendas e dobras, a porta da escola Hyde não se abre para a escuridão, mas para o campus. Dá para ver a escola mesmo de dentro dos Estreitos. Olho para fora, procurando algum sinal do cabelo louro prateado de Owen pelo gramado. Não o vejo, o que não significa que ele não esteja lá — e não posso sequer considerar levar Wesley até ele.

— Você vem? — pergunta Wes.

Tiro a lista do bolso da saia como se pudesse sentir as letras se escrevendo na folha.

— Só mais um — digo com um suspiro e olho para trás, por cima do ombro. — Pode ir na frente.

Wes hesita, mas concorda e pisa no gramado da Hyde. Fecho a porta entre nós e conto até dez, vinte, trinta... e, quando abro a porta com minha própria chave, saio e vou direto para o Centro de Boa Forma. Eu quase esperava ver a fita amarela isolando a cena do crime, mas o prédio está em silêncio. O corredor de troféus está vazio e em perfeita calma. Seguro o fôlego quando vou em direção ao depósito, preparando-me para ver a cena pela janela de vidro da porta. Mas, quando olho lá dentro, perco o fôlego. Abro a porta e acendo os três interruptores de uma vez, enchendo o espaço de luz.

Está intocado. Imaculado. Nenhuma prateleira derrubada, nenhum equipamento espalhado, nada de sangue no chão. A não ser pelo vazio, cujos resíduos ainda pairam no meio da sala, atraindo e repelindo meu olhar ao mesmo tempo, não há nenhuma prova de que alguma coisa tenha acontecido.

— Achei que seria melhor fazer uma limpeza.

Viro e vejo Owen apoiado na parede, as mãos nos bolsos.

— Bom dia.

Fecho os punhos com força. Odeio me sentir aliviada por vê-lo. Temi este momento desde ontem à noite e, ainda assim, a ideia de ele não estar aqui era, de certa forma, mais assustadora. Mas agora ele está, e preciso pensar no que fazer. Preciso despachá-lo, e logo, mas as perguntas que encheram minha cabeça a noite inteira agora querem sair.

Owen tira a faca da bainha nas costas.

— Ainda decidida a lutar comigo? — diz ele.

Hesito, olhando da faca para seu rosto e de volta para a faca. Não será esse o jeito de vencê-lo. Relaxo as mãos, não sem resistência.

— Está pronta para ouvir, então? — Owen levanta uma sobrancelha, fingindo surpresa.

— Você afirma ser possível viver sem mentiras — digo. — Como?

Owen sorri, guardando a faca de volta na bainha oculta.

— Não é óbvio? — pergunta ele. — Sua vida só é feita de segredos porque o Arquivo também é. Você existe nas sombras porque o Arquivo também existe. — Seus olhos azuis brilham, animados. — Eu vou tirar o Arquivo dessa escuridão empoeirada e jogá-lo na luz do dia. Vou devolvê--lo ao mundo que ele alega servir.

— Como?

— Abrindo as portas — responde, abrindo os braços. — Deixando o Arquivo sair e o mundo entrar.

— O mundo nem ao menos pode *ver* as portas, Owen.

— Só porque se esqueceu de como é. O mundo inteiro usa vendas. Se as tirarmos, os olhos se ajustarão. As vidas se ajustarão. Serão obrigadas a isso. — Balanço a cabeça. — Está na hora de mudar, Mackenzie. É confuso, mas a era dos segredos precisa acabar. O mundo se adaptará, assim como o Arquivo. É preciso. — Ele aperta as sobrancelhas e seus olhos escurecem. — Pense nas coisas que os segredos do Arquivo nos custaram. As Histórias só desgarram porque despertam num mundo que não conhecem. Sucumbem ao pânico. À confusão. Ao medo. Mas se o Arquivo não fosse um segredo, se todos soubessem o que vem depois, não sentiriam medo. E se perderem o medo e começarem a entender, se e quando despertarem, não vão escapar. Ben não teria escapado. Regina não teria escapado. Ninguém escaparia.

— As Histórias não deveriam acordar, para início de conversa — retruco. — E o que você está sugerindo, um despertar em massa, é uma loucura, para os vivos e para os mortos. A Equipe vai te caçar antes mesmo de você começar.

— Não se estiverem comigo. — Ele se aproxima um passo. — Você acha que é a única que tem dúvidas, Mackenzie? A única que se sente aprisionada? Sabe por que o Arquivo mantém todo mundo isolado? Para que se sintam sós. Para quando alguém sentir medo, raiva ou dúvida... e *todos* sentem... achar que é a única pessoa que sente essas coisas. Ficam em silêncio porque sabem que as vidas pessoais não importam para o Arquivo. A Equipe conta com mentes mais fortes, emparelhadas, dispostas a obedecer ou desobedecer como um grupo, mas sem coragem suficiente para isso. Todos os Guardiões e membros da Equipe sabem: se alguém, ou um par, se levanta, o Arquivo simplesmente os corta. Sempre é possível extinguir uma voz isolada, Mackenzie. Mas não se pode eliminar *todas*. Medo. Raiva. Dúvida. Esses sentimentos vêm se acumulando como gravetos dentro do Arquivo, e o lugar inteiro está pronto para queimar. O Arquivo faz qualquer coisa para impedir que o incêndio comece, mas tudo o que é preciso é que alguém acenda um fósforo. Então, pode acreditar quando digo que a Equipe vai me acompanhar. E os outros Guardiões, também. A pergunta é: você vem?

Abro a boca, mas sou interrompida pelo som de passos no corredor de troféus, do outro lado da porta. Owen também se cala enquanto as vozes vão ficando mais claras.

— Sei que o prazo oficial para alguém ser considerado desaparecido são 48 horas — alguém está dizendo. — Mas, com todos esses sumiços, achei que seria melhor que o senhor soubesse.

— Agradeço — responde uma voz rude, que reconheço imediatamente. Detetive Kinney. Fico encostada na parede ao lado da porta enquanto os passos se aproximam. Owen não tenta se esconder, mas também não se move.

— A esposa dele ligou hoje de manhã — diz o primeiro homem. — Aparentemente, ele não foi buscar o filho na pré-escola ontem nem voltou para casa à noite.

— Ele tem o hábito de andar por aí?

— Não. Além disso, não apareceu aqui hoje de manhã. Achei que seria melhor ligar. Gostaria de saber mais.

Os passos param do outro lado da porta.

— Ele foi visto aqui pela última vez? — pergunta Kinney, olhando pelo vidro.

— O treinador Kris o viu no escritório antes de o sinal tocar.

Kinney se afasta da porta.

— Vamos começar por lá, então — diz.

Os passos e as vozes desaparecem quando vão embora. Solto um suspiro profundo, apoiando as mãos nos joelhos.

— Isso é tudo sua culpa — digo. — Se não tivesse arrastado aquelas pessoas pelo...

— Na verdade, é sua — retruca. — Já que foi você quem me empurrou para o vazio. Mas quem está fazendo essa contagem?

O sinal toca ao longe, verifico se a barra está limpa antes de abrir a porta.

— O detetive — respondo.

Owen vem caminhar ao meu lado. Quando chego ao pátio, preciso me lembrar de que ninguém mais consegue vê-lo. E, mesmo que pudessem, ele se misturaria com a multidão. O cabelo louro prateado brilha no sol, e quase posso imaginar como devia ser quando ele estudava aqui. O traje preto simples não tem nenhum detalhe dourado, mas, de resto, é parecido com o de qualquer sênior. Não sei até que ponto isso pode ter alguma relação com o fato de ele ser — ter sido — da Equipe, e também pelo fato de que, mesmo sendo velho, ele não aparenta isso.

Segundos depois de me juntar ao fluxo de alunos, percebo como é difícil ficar sem o anel. O caminho está cheio e imediatamente sou tomada por um coral de *que cor de meia-calça eu devo usar hoje de noite será que o Geoffrey ao menos vai perceber nunca vou conseguir passar para o nono quantas referências vou precisar devia ter incluído arte melhor o treinador Metz não nos fazer correr ainda estou dolorido mamãe vai me matar eu vou matar Amelia odeio este lugar queria que Wesley Ayers dançasse comigo por que eu aceitei não esquisito às vezes metatarso se junta com o eu queria ter uns biscoitos fazer direito a casa vazia papai foi um idiota cornetas prateadas ou fitas pretas posso colocar umas asas* e tudo tão enredado com estresse e medo e desejo e hormônios adolescentes.

Cerro os dentes para aguentar a vida esmagadora das pessoas.

— Hora de deixar o mundo entrar — insiste Owen ao meu lado.

Ele apoia a mão no meu ombro, seu silêncio me pressionando, e, em vez de falar — ostensivamente sozinha —, *penso* na próxima pergunta.

E o que acontece depois?, desafio. *Os vivos vão fazer o quê? Ficarão livres para visitar os mortos?*

— Por que não? — pergunta Owen em voz alta. — Já fazem isso, nos cemitérios.

Sei, penso, *mas os mortos não podem despertar nos cemitérios.*

Movimento o ombro para afastá-lo antes que possa ouvir meus pensamentos girando.

As pessoas não são muito inteligentes quando se trata dos mortos. É o que Da dizia, e estava certo.

Quanta gente não iria com unhas e dentes ao encontro das pessoas amadas para arrancá-las do sono, para ficarem ao seu lado? Quanto tempo levaria para as paredes irem abaixo, junto com as portas e o mundo se partir ao meio?

Como ele pode não ver que isso é loucura? Será que é tão cego para não ver as consequências? Ou será que quer o mundo partido apenas para conseguir seus objetivos? De qualquer modo, preciso impedi-lo. Mas como? Mesmo nesse estado enfraquecido, as chances não estão a meu favor. Owen não pode morrer. Eu posso.

Paro no caminho e finjo olhar um caderno. Owen apoia o queixo no topo da minha cabeça, silenciando tudo mais, menos a sua voz.

— Quer dividir seus pensamentos?

Se você está tão convencido de que todos irão te seguir, para que precisa de mim?

Ele se afasta e, quando se coloca de frente para mim, sua expressão está nublada por algo que não consigo ler.

— Antes de chamar qualquer pessoa, tem uma coisa de que eu preciso — diz. — Pertence ao Arquivo e tenho um plano para conseguir, mas planos assim precisam de duas pessoas.

Meu coração acelera. Mas não é o medo que o faz disparar, é animação. Pois Owen acaba de me entregar o meio para derrotá-lo. Posso não conseguir arrastá-lo para o Arquivo, mas posso segui-lo. Ninguém mais se machucará. Ninguém mais precisa morrer.

Começo a caminhar de novo e Owen vem me seguindo. Uma leva de estudantes nos conduz para o prédio, numa onda de *ia ter um teste no que eu estava pensando tomara que esse dia acabe.*

Vamos em silêncio até o saguão lotado, até pararmos na porta da minha turma.

— O que é isso que precisamos roubar? — pergunto num sussurro.

Owen sorri quando digo *precisamos*. Ele ajeita uma mecha de cabelo preto atrás da minha orelha. Sinto o silêncio se espalhar das pontas de seus dedos e sinto que está me lendo em busca de mentira, mas já aprendi seus truques e estou aprendendo os meus. Quando chega à minha mente, eu me concentro numa simples verdade: *Algo precisa mudar.*

— Fico feliz por ter sua atenção — diz, afastando a mão. — E gostei do uso do plural. Mas, antes que nossa parceria progrida, preciso saber se você está nela de coração.

Sinto um leve aperto. Um teste. É claro que não seria simplesmente dizer que sim. Owen Chris Clarke não arrisca. Joga apenas quando acredita que vai vencer. Será que estou disposta a entrar no jogo? Será que tenho mesmo opção?

Sustento seu olhar com o toque do segundo sinal e o corredor se esvazia ao nosso redor.

Minha voz mal chega a ser um sussurro, mas as palavras são firmes.

— O que você quer que eu faça?

VINTE E SEIS

— Entre no Arquivo — diz Owen — e roube alguma coisa para mim.

— Que tipo de coisa? — pergunto, apertando com força a alça da mochila. A dor envolve meu pulso. Isso me ajuda a manter o foco.

— Algo pequeno — diz Owen. — Apenas uma demonstração de boa fé. Se conseguir, eu vou te dizer o que nós vamos tirar deles de verdade. Se não, não tem por quê. Você apenas vai estar no meu caminho. — Ele olha para o relógio na parede. — Você tem até a hora do almoço — diz e se vira. — Boa sorte.

Fico ali, olhando ele ir embora, até alguém pigarrear atrás de mim.

— Evitando minha aula, senhorita Bishop?

Viro e me deparo com o sr. Lowell segurando a porta aberta para mim.

— Desculpe, senhor — digo e o sigo para dentro.

Ele passa a mão pelo meu ombro quando me conduz pela sala, e sou atingida por *preocupado garota estranha distante problemas em casa tem hematomas muito quieta manchas de tinta* antes de continuar andando para longe de seu toque e sentar no meu lugar. Dezesseis pessoas numa sala de aula sem a proteção do anel fazem com que o ar pareça cantar. Fico sentada ali, encolhendo-me cada vez que um aluno se aproxima demais, as ideias loucas de Owen rodando na cabeça enquanto Lowell dá uma aula sobre as ideias loucas de outras pessoas. Não estou prestando atenção até algo que Lowell diz ecoar as palavras de Owen.

— Toda revolta começa com uma faísca — diz Lowell. — Às vezes essa faísca é apenas um momento, desequilibrando a balança. E, às vezes, essa faísca é uma decisão. No segundo caso, não há dúvida de que é preciso certa dose de loucura para derrubar o dominó, mas também exige coragem, visão e uma crença absoluta, mesmo equivocada, na missão...

Owen vê a si mesmo como um revolucionário; expor o Arquivo é a sua causa. Esse foco obsessivo é a fonte de sua força, mas também de sua fraqueza. Mas será uma fraqueza que posso usar?

Está com essa ideia tão fixa que não consegue ver as falhas. É a prova de que até mesmo alguém frio e calculista como Owen já foi humano um dia. Pessoas — tanto as vivas quanto as mortas — veem aquilo que querem ver e acreditam no que querem acreditar. Owen quer acreditar na sua missão e quer acreditar que eu posso ser salva.

Tudo o que preciso fazer é provar isso a ele.

No momento em que o sino toca, já estou de pé, andando pelos corredores e pela bagunça de *soma total de prata ou dourado prata ou dourado sábado escola para laços lilases se ele me bater de novo eu vou* do lado de fora, no pátio e no caminho até a porta para os Estreitos posicionada na lateral daquele galpão, diante da qual pego a chave de dentro da blusa e entro. O sistema de código de Wesley é diferente do meu, mas logo entendo que ele identificou os Retornos com um + branco e o Arquivo com um *x* branco, encaixo minha chave, respiro fundo, e entro na antecâmara.

Patrick está sentado atrás da mesa, virando as páginas do livro. Ele para, anota alguma coisa, e continua folheando.

— Senhorita Bishop — diz, meu nome não mais do que um resmungo. — Veio confessar?

— Ainda não — respondo. Ainda é difícil para mim que ele não seja o responsável pelos vazios. Eu tinha certeza de que estava fazendo de tudo para me sabotar. Para me apagar. Mas não, pelo menos não dessa vez, não desse jeito. — Preciso falar com Roland. Só por alguns minutos. — Patrick olha do livro para mim. — Por favor, Patrick. É importante.

Ele fecha o livro devagar.

— Segundo corredor, terceira sala — diz, acrescentando: — Seja breve.

Passo pelas portas abertas, chegando ao átrio, mas não sigo as instruções de Patrick. Em vez de entrar no segundo corredor, terceira sala, vou par o sexto corredor, seguindo até o fim, como Roland fez quando me mostrou seu quarto na primeira vez. Fico achando que os corredores vão se mexer ao meu redor, como aconteceu quando o segui pelo labirinto, mas a linha reta se mantém reta. Encosto o ouvido no pequeno conjunto de portas no final, procurando o som de passos, depois entro no corredor menor, mal iluminado, onde ficam os aposentos dos bibliotecários.

No meio do corredor, encontro sua porta simples, de painéis escuros. Está destrancada. O quarto continua aconchegante como antes, mas sem a música de fundo sussurrada da parede — e sem Roland sentado em sua cadeira —, o espaço parece estar muito vulnerável. Murmuro um pedido de desculpas pelo que estou prestes a fazer.

Vou até a mesa ao lado da cadeira e abro a gaveta. O relógio de bolso de prata não está lá — com certeza está com Roland — mas a caderneta velha, do tamanho da palma da mão, está. Ela canta sob meus dedos quando a guardo cuidadosamente no bolso de trás, meu coração dando um nó. Vasculho o resto da gaveta e acho um pedaço de papel e uma caneta, e escrevo um bilhete. Não peço desculpas nem digo que vou devolver, mas anoto três palavras.

Confie em mim.

Nem olho para o papel, já que as vidas são confusas e será mais fácil esconder esse pequeno desvio da missão se for sutil. Se Owen for olhar, quero que não seja mais do que um murmúrio na minha cabeça em vez de uma imagem. Em vez disso, concentro-me na culpa que sinto ao dobrar o bilhete, deixá-lo na gaveta e sair. Meu coração bate com força no peito por todo o caminho até o átrio.

Madeira e pedra e vidro colorido, e tudo em meio a uma sensação de paz.

É assim que Da descreveu o Arquivo para mim quando eu era menor. Passando pelas estantes agora, tento manter a calma que costumava vir tão facilmente. Agora isso tudo me parece uma lembrança, uma que tento alcançar e agarrar, mas não consigo. Madeira e pedra e vidro colorido. Foi tudo o que me contou. Não mencionou o fato de que eu jamais poderia sair, que os Bibliotecários são mortos, ou que as Histórias não eram as únicas coisas a temer.

Sua vida só é feita de segredos porque o Arquivo também é.

Reprimo a voz de Owen dentro da minha cabeça antes que se torne a minha própria. Passo de volta pelas portas para a antecâmara, sentindo que há algo errado no momento em que passo da madeira para a pedra, mas é tarde demais. As enormes portas se fecham atrás de mim e me viro para encontrar Agatha diante delas, o cabelo cor de sangue e casaco creme como uma mancha de tinta contra a madeira escura.

Olho para a mesa, onde Patrick está sentado. É claro que ele a chamaria.

— Minha lista está limpa — digo o mais calmamente possível.

— Mas eu esgotei a Equipe — responde ela, sua voz tendo perdido a calma aveludada — e a minha paciência. — Ela dá um passo em minha direção. — Você me fez iniciar uma perseguição, senhorita Bishop, mas já estou cheia disso. Quero que me responda honestamente. Como você abriu os vazios?

— Não fui eu — respondo, tentando ao máximo manter a voz firme enquanto dou um passo para trás, em direção à porta e das sentinelas de guarda.

— Não acredito em você — diz ela, tirando uma luva preta ao se aproximar de mim. — Se você é inocente, então me mostre. — Balanço a cabeça. — Por que não quer que eu leia a sua mente? Tem medo do que vou encontrar? Quem é inocente não tem nada a esconder, senhorita Bishop. — Ela tira a outra luva.

— A senhora não tem permissão.

— *Não me importa* — diz num rosnado, as mãos nuas segurando minha blusa.

— Agatha — adverte Patrick, mas ela não escuta.

— Tem ideia de como você é pequena? — murmura, irritada. — Você é um dente de uma engrenagem num canto de uma máquina infinita, e tem a audácia de impedir *a mim?* A *me* desafiar? Sabe como se chama isso?

— Liberdade — digo em desafio.

Um sorriso frio aparece no canto de sua boca.

— Traição.

Sinto as duas sentinelas se moverem atrás de mim e, antes que possa me virar, suas mãos agarram meus ombros e pulsos. Elas se movimentam rápido e com eficiência, torcendo meus braços para trás, forçando até que eu dobre os joelhos. Meu pulso dispara dentro dos ouvidos e minha visão começa a escurecer, mas, antes que eu possa reagir aos homens ou ao apagão que começa a me levar, as mãos de Agatha pressionam minhas têmporas.

A princípio, ouço apenas o silêncio que vem com seu toque.

Até a dor começar.

VINTE E SETE

A dor é como pregos quentes perfurando a minha cabeça, mas logo depois para, junto com o toque de Agatha. As sentinelas soltam meus braços e eu caio para frente, mãos e joelhos no chão do Arquivo. Quando olho para cima, Roland está com os dedos fechados no pulso de Agatha, e Patrick está de pé, na entrada do átrio, segurando uma das portas abertas.

— O que você está fazendo? — pergunta Roland, ríspido.

— Meu trabalho — responde Agatha friamente.

— Seu trabalho não é torturar Guardiões na minha antecâmara.

— Tenho todos os motivos para crer que...

— Se tem tanta certeza, peça permissão para o conselho. — Há um tom de desafio na voz dele, e Agatha fica tensa, uma pequena sombra de medo percorrendo sua pele perfeita. Apelar ao conselho diretor significa admitir que ela não apenas permitiu novas traições no Arquivo, mas também que não conseguiu descobrir a fonte. — Você não vai tocar nela de novo sem autorização.

Roland solta o pulso de Agatha, mas não tira os olhos dela.

— Senhorita Bishop — diz ele quando me levanto. — Acho melhor você voltar para a aula.

Concordo, trêmula, e já estou a caminho da porta quando Agatha diz:

— Ela pegou algo que pertence a você, Roland. — Fico rígida, mas ele não. Sua expressão permanece indiferente quando Agatha completa:
— Um caderno.

Não tenho coragem de olhar para ele, mas sinto seus olhos cinzentos me avaliando.

— Eu sei — mente. — Eu dei a ela.

Só então olho para cima, mas sua atenção já se voltou para Agatha. Estou quase na porta quando ela diz a ele:

— Você não pode protegê-la. — Mas o que quer que ele tenha respondido se perde quando deslizo para a escuridão.

Não paro de andar até chegar ao consultório de Dallas. Estou adiantada e ela ainda não chegou, então relaxo no sofá, o coração disparado. Ainda sinto as mãos de Agatha nas minhas têmporas, a dor das lembranças sendo arrastadas para os dedos dela. *Por pouco.* Tiro o diário de Roland do bolso. As lembranças rumorejam contra minha pele enquanto seguro-o na palma da mão, mas não vou atrás delas — já tirei coisas demais dele. Em vez disso, fecho os olhos e apoio a cabeça no encosto do sofá.

— Estou impressionado.

Abro os olhos e vejo Owen na cadeira de espaldar baixo, girando a faca distraidamente no braço de couro enquanto olha intensamente para mim.

— Preciso admitir — diz ele —, não tinha certeza de que você faria isso.

— Sou cheia de surpresas — digo secamente. Ele estende a mão para o diário, e hesito antes de abrir mão dele. — Isso é importante para alguém.

— Tudo no Arquivo é importante — diz, pegando-o da minha mão. Sua mão se demora ligeiramente sobre a minha, reconheço o toque pelo que é: uma leitura. Seu silêncio desliza por minha mente enquanto minha vida passa pela dele. Quase posso ver a luta com Agatha desenrolar-se nos seus olhos, pelo jeito como os abre e depois ficam semicerrados.

— Ela está com raiva porque não autorizei o acesso à minha mente.

— Ótimo — diz, retesando a mão. Ele folheia a caderneta de Roland e surpreendo-me com a delicadeza com que manuseia o objeto. — É estranho — acrescenta em voz baixa —, o jeito como nos apegamos às coisas. Meu tio não conseguia se separar de suas plaquinhas de identificação do Exército. Estava sempre com elas penduradas no pescoço, junto com sua chave, um lembrete. Ele serviu nas duas guerras. Foi um herói. E era da Equipe. Leal como todos são. Quando voltou da Segunda Guerra, eu tinha acabado de fazer 13 anos e ele começou a me treinar. Nunca foi do tipo gentil e atencioso. O Arquivo e as guerras cuidaram disso. Mas eu acreditava nele. — Fecha o diário de Roland e passa o dedo pela capa. — Fui iniciado no Arquivo com apenas 14 anos, sabia? — Eu não sabia. — Naquela noite — continua —, após minha iniciação, meu tio voltou para casa e deu um tiro na própria cabeça.

Perco o fôlego por um momento, mas me controlo para não dizer nada.

— Não consegui entender — diz, quase para si mesmo — por que um homem que tinha passado por tanta coisa faria algo como aquilo. Deixou um bilhete. *Como eu sou*. Foi tudo o que escreveu. Passaram-se dois anos até eu saber da política do Arquivo de alterar aqueles que viviam por tempo suficiente para se aposentarem, e aí eu entendi. Ele preferiu morrer inteiro a permitir que deixassem sua vida em pedaços, arrancando tudo o que era importante para manter seus segredos. — Ele tira os olhos do diário. Há uma luz neles agora, sutil e brilhante. — Mas a mudança está a caminho. Logo não haverá mais segredos para guardarem. Você me acusou uma vez de querer criar o caos, mas estava errada. Estou apenas fazendo o meu trabalho. Estou protegendo o passado.

Ele me devolve o diário e eu o pego, aliviada.

— Foi muito adequado você escolher justo isso — diz, enquanto guardo o diário na mochila. — O que vamos roubar não é muito diferente.

— O que vai ser? — pergunto, tentando disfarçar o desespero na minha voz.

— O livro do Arquivo.

Franzo o cenho.

— Eu não enten... — Mas sou cortada pelo abrir da porta e pela chegada de Dallas, equilibrando seu diário, um celular e uma caneca de café. Ela olha para mim por uma fração de segundo, e parece que vê Owen, também. Ao menos o espaço em torno dele. Mas pisca, sorri e deixa as coisas na mesa.

— Perdão pelo atraso — diz ela. Owen se levanta e recua para um canto da sala enquanto ela se acomoda na cadeira. — Sobre o que você quer falar? Sobre quem vai levar para o Festival de Outono? Parece que é disso que *todo* mundo quer falar. — Ela pega o diário e começa a virar as páginas. Surpreende-me o fato de que faça mesmo anotações. Eu só a tinha visto desenhar flores nos cantos das folhas. — Ah, já sei — diz, parando numa página —, eu gostaria de conversar um pouco sobre o seu avô.

Fico tensa. Da é a última pessoa sobre quem eu quero conversar no momento, principalmente tendo Owen como ouvinte. Mas quando encontro seu olhar por trás de Dallas, há um novo interesse — uma *intensidade* — e me lembro de uma coisa que ele disse ontem à noite:

O Arquivo está quebrado. Da sabia — tinha que saber —, mas deixou que eles ficassem com você mesmo assim.

Estou começando a conquistar a confiança de Owen, ou pelo menos seu interesse. Se for para fazer isso funcionar, que seja. Talvez possa usar Da.

— O que tem ele? — pergunto.

Dallas dá de ombros.

— Eu não sei. Mas você está sempre citando ele. Acho que eu gostaria de saber o porquê.

Franzo de leve o cenho, levando algum tempo para escolher as palavras, esperando que ela considere a pausa como um momento de emoção e não como parte de minha estratégia.

— Quando eu era pequena — digo, olhando para as mãos —, eu o idolatrava. Achava que ele sabia tudo porque sempre tinha resposta para todas as perguntas que eu pudesse imaginar. Nunca me ocorreu que ele talvez não soubesse de tudo. Que ele pudesse mentir ou inventar. — Olho para o espaço entre os nós do dedo onde o anel deveria estar. — Eu supus que ele soubesse. E eu confiava que iria me dizer a verdade... — Minha voz treme ligeiramente quando levanto os olhos. — Só agora estou começando a me dar conta de como ele não me dizia tudo.

Surpreendo a mim mesma com minhas palavras. Não pelas mentiras virem tão fácil, mas porque elas não são mentiras. Dallas olha para mim de um jeito que faz com que me sinta exposta.

Puxo a manga da blusa por cima das mãos.

— Acho que falei demais. Deveria ter dito só que o amava. Que ele era importante para mim.

Dallas balança a cabeça.

— Não, isso foi ótimo. E a maneira como nos sentimos em relação às pessoas nunca deveria ser no passado, Mackenzie. Afinal, nossos sentimentos por elas continuam os mesmos no presente. Você deixou de amar seu irmão depois que ele morreu?

Sinto o olhar pesado de Owen, e preciso apertar a beirada do sofá com força para me controlar.

— Não.

— Portanto, você não o *amava* — prossegue ela. — Você o *ama*. E seu avô não foi importante para você. Ele ainda *é*. Pensando assim, na verdade nunca perdemos ninguém, não é?

A voz de Da soa na minha cabeça.

Do que você tem medo, Kenzie?

De perder você.

Nada é perdido. Nunca.

— Da não acreditava no paraíso — digo sem pensar —, mas acho que a ideia o assustava; a ideia de perder tudo: as pessoas, conhecimento, a memória. Ele passou a vida coletando coisas. Gostava de me dizer que acreditava num outro lugar. Um lugar calmo e pacífico, onde sua vida era mantida em segurança, mesmo depois do fim.

— E você acredita neste lugar? — pergunta ela.

Deixo a questão no ar por alguns segundos antes de responder.

— Gostaria de poder acreditar.

Com o canto dos olhos, vejo um sorriso se formar nos lábios de Owen.

Anzol. Linha. Chumbada.

— Por que o livro? — pergunto assim que saímos.

Todo mundo foi almoçar e escolhi um caminho que circunda o campus. Um longo e tortuoso circuito que poucos alunos usam, já que o caminho pelo pátio é mais curto. Assim, podemos conversar em particular.

— O que você sabe sobre ele? — pergunta.

— Ele fica na mesa da antecâmara. Tem uma página para cada membro do setor. É como o Arquivo se comunica com os Guardiões e com a Equipe.

— Exatamente — diz Owen. — Mas, no começo dele, antes das páginas para os Guardiões e a Equipe, há uma página onde está escrito *TODOS*. Uma mensagem escrita nessa página é enviada para *todos* os que estão no livro.

— E é para isso que você precisa dele — digo. — Você quer poder falar com todo mundo de uma vez só.

— É a única conexão de um mundo dividido — diz Owen. — O Arquivo pode silenciar uma voz, mas não se estiver escrito nessa página. Não podem impedir a mensagem de se espalhar.

— É a sua faísca — murmuro — para começar o incêndio.

Owen concorda com a cabeça, os olhos brilhando de esperança.

— Era para Carmen pegá-lo, mas, obviamente, ela fracassou.

— Quando *vamos* roubá-lo?

— Hoje à noite — diz.

— Por que esperar?

Owen me olha, condescendente.

— Não podemos simplesmente ir até a mesa da entrada e arrancar a folha do livro. Precisamos de uma distração para o Arquivo. Não precisa ser nada demorado, mas tem que ser intenso. — Ele indica a quadra, onde ainda estão montando as barracas e fazendo a decoração.

— Festival de Outono? — pergunto. — Mas como algo no Exterior vai distrair o Arquivo?

— Pode deixar — responde. — Confie em mim. — Confiança. Algo que jamais sentirei por Owen. Alertas disparam na minha cabeça. Quanto mais fatores, menos controle eu terei.

— Você e eu, Mackenzie, somos iguais. — Eu o ataquei uma vez exatamente por causa disso, mas, dessa vez, seguro a língua. — Nós somos os que questionam. Somos os portadores da mudança. Nós aterrorizamos aqueles que cuidam do Arquivo, que se prendem às regras. E têm motivos para isso.

Algo dispara dentro de mim diante do pensamento de ser temida em vez de sentir medo. Eu abafo esse sentimento.

— E esta noite, iremos... — Ele hesita, olhos fixos em algo no caminho. Não é algo, vejo. É alguém.

Wesley.

Está de pé no caminho, segurando a bandeja do almoço, conversando com Amber. Eu tinha a forte esperança de que, mesmo que visse Wes, não o reconheceria. O garoto que ele esfaqueou no teto do Coronado tinha cabelo arrepiado e olhos delineados, além de um jeito diferente. Mas Owen franze a testa e pergunta:

— Eu não o matei?

— Tentou — digo, e, para meu desespero, Wesley me vê e acena antes de voltar a falar com Amber.

— Eu o vi escrito em sua pele, mas não percebi que as marcas eram tão recentes — diz Owen, tirando a faca da bainha com uma mão e agarrando meu braço com a outra. — Você guardou isso em segredo — murmura, raivoso, o silêncio avançando pela minha cabeça.

Ele não tem nada a ver com nossos planos, penso o mais tranquilamente possível. Mas, dessa vez, o pronome no plural não adiante de nada para aplacar Owen.

— Ele é um vínculo com a vida que você está deixando — diz, apertando com mais força. — Um vínculo a ser quebrado. — Ele gira a faca.

Não. Minha mente gira com sua lâmina. *Ele pode ser resgatado. Se o seu grande esquema é para que Guardiões e a Equipe se levantem contra o Arquivo, vai precisar de cada um que conseguir. E, quando o chamado chegar, ele vai ficar do meu lado. Matá-lo será um desperdício.*

— Não tenho certeza disso — diz Owen. — E não finja ser pragmática quanto a ele.

— Muito bem — digo, livrando-me de seu toque. — Se não quer dar ouvidos à lógica, então ouça o seguinte: essa não é a briga de Wesley. Não o meti nisso, e nem você vai. Se o machucar, do jeito que for, *jamais* ajudarei você. *Confie em mim.*

Os olhos de Owen endurecem. A faca para de girar em sua mão. Por um segundo, os dedos apertam o cabo. No entanto, para meu alívio, ele guarda a arma e fica um passo atrás de mim.

— Olá, você — diz Wesley, esperando eu me aproximar antes de voltar a caminhar para o Pátio. Olho para suas mãos, para ter certeza de que está usando o anel. Está.

— Por que você não foi à aula de Fisiologia? — pergunta Amber.

— Consulta médica — minto.

— Estávamos justamente falando dos policiais no campus — diz Wesley. — Você viu? — Nas entrelinhas, a pergunta dele é outra: *Sabe por que eles estão aqui?*

Balanço a cabeça.

— Não. Amber, você sabe o que está acontecendo?

— Nem ideia — diz ela, aborrecida. — Papai não está me contando *nada.*

— A evasiva Mackenzie Bishop! — Cash me saúda quando chegamos ao Pátio. — Cadê o almoço?

— Sem fome — digo. Owen vai até o Alquimista e observa a cena se desenrolar, e faço o possível para não ficar olhando para ele.

— Também senti sua falta na ginástica — diz. — Outra reunião?

Estou prestes a repetir a desculpa da consulta médica, mas Saf me interrompe.

— Nossa, que tipo de reunião é essa que te faz perder vários dias seguidos da aula de ginástica?

— Deixa de ser idiota, Saf — intervém seu irmão. — Você já foi mandada para a Dallas tipo umas *sete vezes* no ano passado.

— Foram três, cretino.

Cash volta sua atenção para mim.

— O fato é que não tem nada demais. Todos já estivemos lá. Mais cedo ou mais tarde, ou seus pais arranjam uma desculpa para você ir lá, ou a escola se encarrega disso.

— Por que eles mandaram vocês lá? — pergunto, ansiosa para desviar a atenção para outra pessoa.

— Hiperatividade — anuncia com orgulho.

— Perfeccionismo — diz Saf.

— Ansiedade provocada pelo estresse — acrescenta Amber.

— Tendências antissociais — diz Gavin.

Todos se viram para Wesley.

— Depressão — responde, torcendo uma folha seca de grama distraidamente com os dedos. Sinto um aperto no coração ao pensar no sofrimento de Wes. Imagino nós dois na cama, eu puxando-o para perto, abraçando-o e afastando seus demônios. *Ele vale a pena*, penso. *E eu não vou, não posso envolvê-lo nessa confusão.*

— E você, Mackenzie? — pergunta Cash, voltando a chamar minha atenção. — O que você fez para ir parar no consultório da Dallas?

Olho rapidamente para Owen.

— Aparentemente, tenho um problema com a autoridade — respondo.

— E é por isso que você não vai poder ir ao baile? — pergunta Gavin.

Owen franze a testa.

— Na verdade — digo alegremente —, parece que eu vou, no fim das contas.

A expressão de Wesley se anima.

— É mesmo? — pergunta, sorrindo. Meu coração se parte.

— É — respondo, tentando refletir sua animação. — Sério mesmo.

Fico aliviada quando a conversa muda para assuntos mais inócuos, se Saf e Cash vão fazer mechas douradas nos cabelos e a cor dos óculos que Gavin vai usar. Não estou mais olhando nem para Owen nem para Wes, mas não consigo me livrar da sensação dos dois ainda me analisando. Wesley finge estar ouvindo alguma coisa que Amber diz, mas, sempre que levanto os olhos, percebo seus olhares na minha direção, e Owen me observa como um gavião. A atenção de Wesley começa a se desviar para o Alquimista e me ocorre pela primeira vez que, mesmo sem poder vê-lo, talvez possa senti-lo. Owen parece estar se dando conta disso, também. Fica parado, imóvel junto à estátua, os olhos semicerrados na direção de Wesley. Wes responde ao olhar, mas sem ver. Ambos franzem a testa.

Felizmente, o sinal toca.

Fico de pé num pulo. Mas, ao me virar em direção à sala de aula, sinto Wes se colocar ao meu lado. Ele esbarra o ombro no meu, mas, em vez do ruído usual, sou atingida por *alguma coisa estranha acontecendo fiz alguma coisa distante se afastando será que ela sabe que senti falta de seu ruído nem consegui dormir* antes de abrir um espaço entre nós dois. Tomo todo o cuidado para que ele não veja que não estou usando o anel.

— Você vem mesmo essa noite? — pergunta, quando Owen aparece do meu outro lado.

— Não perderia por nada — sussurra Owen.

— Não perderia por nada — repito, um nó na barriga.

— Não acredito que a vigilância e a guarda tenham deixado.

— Bom, é... — *ainda não deixaram* — ... às vezes consigo ser bastante convincente.

Dois alunos chamam Wes do outro lado da quadra. Ele hesita.

— Vai lá — digo. — Te vejo de noite?

— Mal posso esperar — responde com um sorriso antes de atravessar o gramado.

— O que vai acontecer hoje à noite, Owen? — pergunto quando ficamos sozinhos.

— Por quê? — desafia ele. — Está hesitando?

— Não — respondo antes que a palavra perca a força. — Contanto que meus amigos não sejam feridos. — Antes que ele possa me tocar e ler minhas dúvidas, viro e me afasto, dizendo a mim mesma que darei um fim nisso antes que chegue longe demais.

Mas até onde estou disposta a ir? E como poderei impedir uma coisa que mal sei o que é?

Owen me assombra a tarde inteira. Fico atenta ao relógio em vez de em sua forma insistente e, assim que ouço o sinal tocar, sigo para a porta do galpão, pensando que, quem sabe, se eu conseguir que me siga para dentro dos Estreitos, talvez eu...

— Por aqui — diz ele, mudando a direção quando estamos no meio do caminho. Sinto o coração afundar ao segui-lo rumo a um pequeno bosque, onde para e tira a chave de um bolso escondido na manga. Sua chave da Equipe. Preciso me controlar ao máximo para não tentar pegá-la. Mas não estamos próximos de porta alguma e já sei que enviá-lo para o vazio não é uma solução permanente. Preciso engavetá-lo, e apenas uma chave me permitirá isso, de forma que me contenho enquanto ele levanta a chave a um ponto no ar e os dentes dela desaparecem no nada.

Não, não é *nada*. É um atalho. Bem aqui, nos limites da Hyde. Outro lembrete de que este era o campus de Owen muito antes de ser meu.

Ele gira a chave e me estende a mão, e procuro manter a mente limpa antes de deixar que me toque e me conduza para dentro.

Meus pés tocam o chão do outro lado e tenho um sobressalto quando olho para cima e as vejo. Gárgulas. Estamos no teto do Coronado. Preciso conter um arrepio. Quantos dos meus pesadelos começaram assim?

Mas se Owen vê a estranha poesia de estarmos aqui de novo, não faz nenhuma menção a ela — apenas olha para baixo, da beirada.

— No dia em que eu morri — diz —, a ordem partiu de Agatha. Alteração. Eu me lembro de ter corrido, pensando por um segundo em como era estranho estar do outro lado da perseguição. E então cheguei ao teto, sabendo o que tinha que fazer. — Ele olha de volta para mim. — Você teria feito o que eu fiz? — pergunta. — Para se manter inteira?

Balanço a cabeça.

— Não — respondo, virando para a porta telhado. — Mas eu não cairia sem lutar.

Owen me segue.

— Aonde estamos indo?

— Ainda tem um obstáculo a superar — respondo.

Ele franze a testa.

— O quê?

— Minha mãe.

A Bishop's está cheia. Um grupo de estudantes da escola pública ocupa metade dos lugares e, a julgar pelo ritmo frenético de minha mãe, andaram pedindo coisa para caramba. Vejo Berk no salão e mamãe atrás do balcão, preparando as bebidas. Owen me segue, seus passos vacilando ao ver o chão de padrão rosa. Ele fica ali, parado, olhando para baixo enquanto vou até o balcão.

— Oi, mamãe — digo, apoiando os cotovelos no mármore.

— Chegou cedo — diz, e me surpreendo por ela saber que horas são, considerando o número de pedidos que está atendendo.

— Pois é, acabou que o ônibus é um meio de transporte muito eficiente. Sujo, mas eficiente.

— Sei — responde, claramente distraída.

— Então, vai ter uma festa essa noite na Hyde e eu queria saber se...

Imediatamente, ela desvia a cabeça do trabalho.

— Você está brincando, certo?

— Só achei que talvez eu pudesse...

Ela balança a cabeça.

— Você sabe que a resposta para isso...

— Eu sei — interrompo, mantendo a voz baixa —, eu nem ia perguntar, mas Dallas achou que eu deveria... — Pela quantidade de vezes que *ela* invocou o nome de sua terapeuta, achei que a minha pudesse ter algum peso. E, naturalmente, mamãe se cala. — Sei que é pedir demais... — digo, esperando que isso não soe tão ensaiado quanto de fato é. — É só que... eu queria me sentir normal. Eu queria me sentir *bem*, e isso, de ficar presa em casa sendo vigiada, é algo que eu sei que mereci, mas é um lembrete constante de que eu não estou bem. E sei que não estou.

Não estou bem há muito tempo, sei que ainda tenho um longo caminho pela frente até chegar lá, mas, por pelo menos uma noite, eu só queria poder fingir que já cheguei.

Percebo que ela começa a vacilar.

— Não importa — começo a dizer, adicionando um leve tremor à voz. — Eu entendo...

— Certo — interrompe ela. — Você pode ir.

Anzol. Linha. Chumbada. Sinto um alívio no peito, mesmo com um aperto no coração

— Obrigada — digo, esperando que meu alívio seja visto como animação. Então faço uma coisa que pega nós duas de surpresa: eu a abraço. Minha cabeça se enche de *peça desculpas para ela não posso perdê-la estava só tentando não posso perdê-la também.*

Pela primeira vez, em vez de me afastar, eu a aperto com mais força.

— Mas você vai ter que me dar notícias — acrescenta ela quando finalmente a solto. Concordo com a cabeça. — Estou falando sério, Mackenzie. Nada de sumir. Sem gracinhas.

— Eu juro — respondo, já indo embora.

— Um desempenho perfeito — diz Owen quando voltamos lá para cima. Não respondo, pois não confio em mim mesma. Só mais algumas horas. Mais algumas horas e retornarei Owen para o Arquivo.

Mais algumas horas e isso tudo terá chegado ao fim.

— De novo, não. — A voz de Owen soa como um rosnado baixo quando chegamos ao terceiro andar, olho dos degraus para cima, pela janela de vidro da porta, para descobrir o que ele está vendo.

Wesley está encostado na minha porta, segurando uma caixa. Sinto um nó na barriga. Por que ele está tornando as coisas tão difíceis para que eu o proteja?

— Mande-o embora — ordena Owen.

Balanço a cabeça.

— Não posso. Ele vai desconfiar de que tem algo errado. É só me dar algum tempo...

— Não — responde Owen. — Você disse que queria deixá-lo de fora disso. Então, obedeça.

— Não vou contar nada para ele. Eu só quero... — Perco o fio da meada. Os olhos de Owen atravessam os meus, e eu daria qualquer coisa para poder ler os pensamentos *dele* agora. — De quantas despedidas você precisou para deixar Carmen? — pergunto. — Por favor. Deixe apenas uma para mim.

Ele apoia a mão no meu ombro e sinto que está me lendo para saber se o estou desafiando, mas estou aprendendo a disfarçar. Não sou uma História. Sou humana, e minha vida é bagunçada e alta. Concentro-me nas verdades em vez de nas mentiras.

Verdade: estou preocupada com Wesley.

Verdade: não quero feri-lo.

Verdade: não é a luta dele.

Verdade: não posso protegê-lo do Arquivo, mas posso protegê-lo de mim.

Owen recolhe a mão.

— Tudo bem — diz. Mesmo sem poder sentir o alívio através da minha pele, tenho certeza de que percebeu na minha expressão. — Preciso de alguns toques finais para hoje à noite. Aproveite seu tempo com ele, mas não se atrase. A festa começará às sete. O show, às oito.

Concordo e entro no corredor, sentindo seus olhos sobre mim por todo o caminho. Wesley sorri quando me vê chegar.

— O que é essa caixa? — pergunto.

— Você tem um Festival de Outono esta noite, precisa se preparar — responde. — Vim ajudar. — Ele aperta um botão na caixa e ela se abre, mostrando uma variedade estonteante de maquiagens.

— Isso faz de você a minha fada madrinha? — pergunto, quando entramos e eu tranco a porta atrás de nós.

Ele fica ponderando o termo.

— Bom, sim. Nesse caso, acho que tudo bem. Mas não conte para Cash. Minha reputação irá pelo ralo.

— Onde você conseguiu isso tudo? — pergunto, olhando para a variedade de lápis e sombras.

— Roubei da Safia. — Ele leva a caixa para a mesa da cozinha e começa a vasculhar até soltar um *a-ha* e tirar uma porção de sombras e um delineador prateado. — Sente-se — ordena, batendo de leve no tampo da mesa.

Subo na mesa e inclino meu rosto, ficando a centímetros dele. Seu cabelo não está produzido, e ele não passou o delineador nos olhos — dessa distância, vejo até as manchas douradas de seus olhos castanhos. Um pânico estranho me invade. Não sei o que vai acontecer; a única coisa que eu sei é que quero Wesley o mais longe possível.

— Não vá — murmuro quando ele abre o delineador.

— Não vá aonde?

— Ao baile — digo. — Não vá. Fique em casa.

— Com você? — pergunta, com um sorriso malicioso. Balanço a cabeça e o sorriso vacila. — Não estou entendendo.

— É só que... — começo, mas o que posso dizer? O que posso dizer a ele sem colocá-lo em perigo? — Deixa para lá. — Afasto-me de seus braços com uma sensação de mal-estar. Vou para o banheiro e jogo água no rosto, e depois seguro o tampo da pia e respiro.

— Você está bem? — pergunta Wes enquanto procuro a aspirina no armário de remédios em cima da pia.

— Meu braço começou a doer — respondo, olhando para os rótulos dos comprimidos. Pego uma embalagem de medicação controlada que não reconheço e, ao ler o rótulo, descubro o que são aquelas pequenas cápsulas azuis. Comprimidos para dormir. Não do tipo comum, vendido sem prescrição; mas daqueles fortes o suficiente par derrubar a pessoa em minutos. Praticamente tranquilizantes. Deve ter sido isso que mamãe colocou na minha água. Hesito, segurando o frasco, olhando o conteúdo, considerando a possibilidade. Será que foi assim que mamãe se sentiu antes de colocar aquilo na minha água? Meu estômago dá uma volta e guardo o frasco de volta. Eu faria quase qualquer coisa para Wes ficar a salvo.

Mas não isso. Ele jamais me perdoaria.

— Aqui — Wes aparece na porta com um frasco pequeno —, eu sempre deixo uns comprimidos de aspirina na mochila.

Pego o frasco com mãos trêmulas e engulo dois comprimidos enquanto Wes se olha no espelho. Tira uma caixinha redonda do bolso, abre e mergulha o dedo no gel. Ele começa a arrepiar os cabelos quando alguém bate na porta.

— Já vou — aviso.

— É pizza? — pergunta Wes de dentro do banheiro. — Eu matava um por um pedaço de pizza.

— Não se anime muito — responde. — Provavelmente minha mãe esqueceu a chave.

Abro a fechadura e, mal abro um pouco a porta, uma mão me segura pelo colarinho e me puxa para o corredor, com força suficiente para a porta bater atrás de mim. Sou jogada para trás, contra a porta e *estava na hora esperando isso vai ver o que te espera Guardiãzinha* enche minha cabeça, quase não tenho tempo para registrar o ruído de Sako quando uma chave gira na porta, eu caio para trás e atravesso.

Caio com força no chão da antecâmara e chego a perder o fôlego, rolo e levanto para me deparar com Agatha de pé ali, com um sorriso perverso.

— Prendam-na — diz, e sinto as sentinelas me pegarem pelos dois lados enquanto ela se aproxima e coloca um pedaço de papel diante do meu rosto.

— Sabe o que é isso, senhorita Bishop? — O papel está escrito em latim e tem o selo do arquivo no alto, três barras verticais douradas. — Uma autorização.

Tento me soltar quando ela começa a tirar as luvas, uma de cada vez.

— Agora — diz, pondo-as de lado —, vamos ver o que você vem escondendo.

VINTE E OITO

Quando Owen me trancou na sala de Retornos, minha vida — projetada contra as paredes — começou a se compilar, organizar e dobrar. A sensação era estranha, letárgica e entorpecente.

Isso é o contrário.

É como ser virada do avesso, exposta a coisas que não quero ver, pensar ou sentir novamente. Tudo é puxado para fora dos recessos da minha mente e jogado violentamente na luz.

A dor corta minha cabeça quando vejo Wesley na minha cama pais juntos no sofá olham para mim como se eu já estivesse perdida Cash me dá café Sako me segura no beco abre um corte na minha pele batendo na cara do bandido no parque Roland me manda deitar Owen me persegue entre gárgulas me mata na sala de aula pega o urso azul de Ben sentado na cadeira de Dallas.

Da dizia que, quando se quer ocultar algo, o certo é deixar à vista, bem ali, na superfície.

— Quando enterramos — disse —, é aí que as pessoas começam a cavar.

Penso nisso um instante antes de começar. Penso nisso enquanto Agatha está na minha mente, a dor equivale a uma lâmina abrindo meu couro cabeludo, descendo pela coluna e atravessando tudo, até os ossos. Penso nisso depois que — ou enquanto — estou deitada no chão frio da antecâmara, tentando lembrar ao meu corpo de como respirar.

Há um momento, caída naquele chão, em que quero apenas que acabe. Quando me dou conta de como estou cansada. Quando penso que Owen tem razão, que este lugar precisa queimar. Mas consigo me recompor. É cedo demais para desistir. Preciso sair daqui. Preciso voltar para o Exterior. Preciso aguentar até de noite. Porque, de um jeito ou de outro, eu *vou* aguentar até de noite.

Consigo me apoiar nas mãos e nos joelhos. O gosto metálico de sangue enche minha boca; as gotas escorrem do meu nariz e caem no chão da antecâmara.

— Coloque-a de pé — ordena Agatha. As sentinelas me forçam a levantar, e ela me segura pelo queixo. — Por que sua vida está tomada por aquela História traidora como riscos numa folha de papel?

Owen. Respondo da maneira mais próxima possível da verdade.

— Pesadelos.

Ela fixa os olhos nos meus.

— Você acha que não sei a diferença entre pesadelos e lembranças?

Nesse momento, percebo algo com sombria satisfação: não, ela não sabe. Porque eu mesma não sei. Ela pode ser capaz de vasculhar o interior da minha mente, mas só pode ver aquilo que eu vejo.

— Acho que não — respondo.

— Você acha que pode esconder coisas de mim — diz, ameaçadora, alisando meu cabelo com os dedos. — Mas eu encontrarei a verdade, mesmo que precise deixar sua mente em pedaços. — Ela aperta com mais força e eu fecho os olhos, respirando fundo para enfrentar uma nova onda de dor quando a porta do Arquivo se abre atrás dela. — Eu te avisei, Roland — diz, sem olhar para trás —, que, na próxima vez que você me interrompesse, eu te mandaria de volta para a prateleira.

Mas o homem na porta não é Roland. Eu nunca o vi antes. Há uma espécie de equilíbrio atemporal nos cachos castanho-escuros caindo junto às têmporas e no pequeno cavanhaque que envolve sua boca. Um broche de ouro com três barras verticais brilha no bolso do peito do terno preto simples.

— Lamentavelmente, minha cara — diz, com um sotaque impossível de localizar —, você não pode bancar a juíza, o júri *e* a executora. Precisa deixar um pouco de trabalho para os outros.

Agatha fica tensa ao ouvir a voz do homem, afastando as mãos da minha cabeça.

— Diretor Hale — diz ela. — Não sabia que o senhor viria.

Sinto todo o meu ser ficar gelado. Um diretor. Um dos líderes do Arquivo. E um de seus executores. Roland aparece atrás do ombro do homem e seus olhos encontram os meus por um breve instante, escurecendo com preocupação; em seguida, entra na antecâmara atrás de Hale. O diretor se aproxima pelo lado de Agatha com passos calmos e medidos, um ruído seco.

— Já que minha presença causa um impacto tão notável sobre sua veemência — diz —, talvez fosse melhor agir como se eu estivesse *sempre* presente. — Os olhos verdes, firmes, se voltam de Agatha para mim. — E eu te aconselho a tomar um pouco mais de cuidado com os nossos pertences — diz, ainda se dirigindo a ela. As sentinelas me soltam e eu preciso fazer força para me manter em pé. — Senhorita Bishop, suponho.

Concordo com a cabeça, mesmo que o mínimo movimento cause uma onda de dor.

O diretor Hale se volta para Agatha.

— Julgamento?

— Culpada — responde Agatha.

— Não! — grito, avançando em sua direção. As sentinelas me seguram imediatamente. — Eu não abri os vazios e você sabe disso, Agatha.

Hale aperta as sobrancelhas.

— Foi ela ou não foi?

Agatha sustenta o olhar dele por um longo momento.

— Ela não *abriu* as portas, mas...

— Devo lembrá-la — interrompe Hale — de que te dei autorização para que pudesse esclarecer se ela estava por trás desses incidentes. Se ela é inocente disso, então, por favor, rogo que me diga: como pode ser culpada?

— Sua mente está perturbada — diz Agatha —, e ela está escondendo coisas de mim.

— Não imaginava que fosse possível que alguém pudesse esconder coisas de você, Agatha. Isso não invalida todo o seu propósito?

Agatha enrijece, capturada entre a indignação e o medo.

— Ela está envolvida, Hale. *Disso* não tenho dúvida. Ao menos permita que eu a mantenha detida até que eu resolva o caso.

Ele reflete e faz um gesto com a mão.

— Que seja.

— *Não* — digo.

— Senhorita Bishop — adverte Hale —, você não está em posição de fazer qualquer exigência.

— Posso resolver o caso — digo, as palavras se atropelando.

Hale levanta uma sobrancelha.

— Você acha que pode ter sucesso onde minha assessora não conseguiu?

Olho nos olhos de Agatha.

— Eu *sei* que posso.

— Sua arrogantezinha...

Hale levanta a mão.

— Estou intrigado. Como?

Sinto um aperto no peito.

— O senhor precisa confiar em mim.

Hale sorri, superior.

— Minha confiança não é facilmente conquistada.

— Não vou decepcioná-lo — digo.

— Não a deixe ir — adverte Agatha.

Hale levanta uma sobrancelha.

— Eu posso trazê-la de volta quando quiser.

— Só por esta noite — digo. — Se eu falhar, serei toda sua.

Hale sorri.

— Você pertence ao Arquivo, senhorita Bishop. Você já é minha. — Ele acena para as sentinelas — Soltem-na.

Elas obedecem.

— Hale... — começa Agatha, mas ele se vira para ela.

— Você me decepcionou, minha cara. Por que eu não daria uma chance para outra pessoa?

— Ela tem o coração de uma traidora — diz Agatha. — Ela vai traí-lo.

— Se fizer isso, vai pagar. — Ele volta a atenção par mim. — Estamos entendidos?

Concordo, olhando de relance para Roland.

— Sim.

E, antes que alguém possa fazer com que Hale mude de ideia, dou as costas para o diretor, Roland, Agatha e para o Arquivo, sabendo que não será a última vez que *passo* por aquela porta, mas que, se o meu plano não der certo, será a última vez que *saio* por ela.

Sako está esperando. Ela encaixa e vira a chave, abrindo a porta para mim.

— Espero que saiba o que está fazendo, Guardiãzinha — ameaça em voz baixa, me empurrando pela passagem.

Cambaleio para a frente, chegando ao corredor amarelo do Coronado um segundo antes de um joelho falhar. A dor na cabeça continua e, desesperada por um momento de verdadeiro silêncio, tiro o anel do cordão no meu pescoço e o ponho de volta pela primeira vez no dia. O mundo fica ligeiramente embotado enquanto eu me levanto e volto para o apartamento.

— Onde foi que você... — começa Wes quando abro a porta. Ele empalidece assim que olha para mim. — Caramba, o que aconteceu?

— Está tudo bem — digo, levantando a mão, e só então vejo que está suja de sangue.

Wes corre para a cozinha para pegar um pano úmido.

— Quem fez isso?

— Agatha — digo, pegando o pano e limpando o rosto. — Mas está tudo bem — asseguro. — Eu estou bem.

— "Bem" o cacete, Mackenzie! — diz, pegando o pano da minha mão e limpando meu queixo.

— *Vai* ficar tudo bem — corrijo.

— Como você pode dizer uma coisa dessas? Ela conseguiu o que queria? Acabou?

Balanço a cabeça, mesmo que o movimento faça com que a dor se espalhe.

— Ainda não — digo com desânimo. — Mas vai acabar logo.

De um jeito ou de outro.

— Do que você está falando?

— Não se preocupe.

Wes bufa, exasperado.

— Você chega em casa coberta de sangue, dois dias depois de se cortar, dá respostas estranhas sobre isso tudo acabar em breve e acha que não vou me preocupar?

Olho para o relógio da parede.

— Precisamos nos aprontar. Não quero me atrasar.

— Esquece a porcaria do baile! Quero saber o que está acontecendo.

— Quero que você fique fora disso. — Fecho os olhos. — Essa briga não é sua.

— Você acredita mesmo nisso? — pergunta Wes, jogando o pano na mesa. — Que só porque você me mantém a distância, só porque não me conta o que está acontecendo, de algum jeito, essa não seja a minha briga também? Que, de algum jeito, você está me poupando de alguma coisa?

— Wes...

— Você acha que eu não fui sozinho a cada uma daquelas cenas do crime procurar alguma coisa, *qualquer coisa*, que pudesse revelar quem está fazendo isso? Acha que não fico acordado à noite tentando entender o que está acontecendo e descobrir um jeito de te ajudar? Eu me preocupo com você, Mackenzie, e, por isso, o que está acontecendo *nunca* vai deixar de ser a minha briga.

— Mas não quero que seja! — Enfio as unhas nas palmas das mãos para que não tremam. — Quero que seja só minha. Preciso que seja minha.

— Não é assim que funciona — diz Wes. — Nós somos par...

— Não somos parceiros! — interrompo. — Ainda não, Wes. E jamais seremos, a não ser que eu resolva isso.

— Então deixa eu te ajudar.

Pressiono as palmas das mãos contra meus olhos. Cada osso e músculo do meu corpo quer contar para ele, mas não posso. Estou disposta a arriscar minha vida, mas não a de Wesley.

— Mackenzie. — Sinto as mãos dele envolverem as minhas, as cordas do baixo soando na minha cabeça quando ele as puxa para baixo e as mantém seguras entre nós. — Por favor. Me diga o que está acontecendo.

Apoio a testa na dele.

— Você confia em mim, Wes?

— Sim — diz, e a certeza límpida em sua voz faz o meu peito doer.

— Então *confie* em mim — imploro. — Confie quando digo que preciso passar por isso e quando digo que vou conseguir, quando digo que não posso te contar mais. Por favor, não me obrigue a mentir para você.

Os olhos de Wesley exibem sua mágoa.

— O que eu posso fazer?

Consigo abrir um sorriso triste.

— Pode me ajudar com a maquiagem. E pode me levar para a festa. E pode dançar comigo.

Wesley solta um suspiro profundo e trêmulo.

— Se você for morta — murmura —, jamais vou te perdoar.

— Não pretendo morrer, Wes. Não até descobrir o seu primeiro nome.

Ele me estende o pano da mesa.

— Vá limpar o sangue. Eu pego o estojo de maquiagem.

— Certo. Pode abrir os olhos.

Wes segura um espelho para eu ver o resultado: delineador escuro, polvilhado de prateado e sombra. O efeito é estranho e assustador, combinando perfeitamente com o visual do próprio Wesley.

— Um toque final — acrescenta ele, procurando alguma coisa na mochila.

Então, Wesley tira um par de chifres prateados e os ajeita no meu cabelo. Examino meu reflexo, e um pensamento estranho me ocorre.

Quando abri a gaveta de Ben, sua História vestia a camisa vermelha com o *X* no peito. A que estava usando quando morreu. E se as coisas derem errado essa noite e eu morrer, será assim: 16 anos e 9 meses, saia xadrez, sombra prateada no rosto e chifres brilhantes na cabeça.

— Que tal? — pergunta Wes.

— Você é uma fada madrinha perfeita — digo, olhando para o relógio da parede. — É melhor a gente ir.

Vou em direção à porta para os Estreitos do corredor, mas Wes me segura pela mão e me leva pela escada, pela portaria do Coronado e até a calçada.

Tem um Porsche preto estacionado ali. Eu chego a ficar de boca aberta ao ver o carro. Primeiro penso que não pode ser dele, mas é o único carro por aqui, e Wesley vai direto em sua direção.

— Pensava que você não tinha um carro.

— Ah, não tenho, não — responde orgulhoso, mostrando a chave. — Eu roubei esse aí.

— De quem?

Ele aperta um botão na chave e os faróis acendem.

— Do Cash.

— E ele sabe?

Wes abre um sorriso irônico, segurando a porta aberta para mim.

— Qual seria a graça se ele soubesse? — E espera eu entrar e fecha a porta, correndo para o outro lado e sentando no banco do motorista. — Você está pronta? — pergunta.

Há tantas outras perguntas escondidas nessas três palavras, mas só uma resposta possível.

Engulo em seco, concordo com a cabeça e respondo.

— Vamos lá.

VINTE E NOVE

Você tem medo de morrer?

Wesley e eu estamos esparramados no jardim, uma semana e meia antes da volta às aulas. Ele, lendo um livro em silêncio; e eu, olhando para o céu. Parece que não durmo há dias, mas pode ser até mais, e essa pergunta passa pela minha mente e chega aos lábios antes que eu consiga segurar.

Wes tira os olhos do livro.

— Não — responde. A voz é suave, a resposta é firme. — E você?

Uma nuvem passa diante do sol.

— Não sei. Não tenho medo da dor, mas sim de perder a minha vida.

— Nada é realmente perdido — responde ele, recitando o mantra do Arquivo.

Eu me sento.

— Mas a gente se perde, não? Quando morremos? Nós não somos as Histórias, Wes. Elas são réplicas, mas não somos nós de verdade. Não dá para provar que somos aquilo que desperta naquelas prateleiras. Então, essa ideia de que nada é perdido não me conforta. Não me deixa nem um pouco mais pronta para morrer.

Wes põe o livro de lado.

— Esse assunto é meio mórbido — comenta ele. — Até mesmo para você.

Suspiro e me estico de novo no meu banco de pedra.

— Nossa vida é meio mórbida.

Wes fica em silêncio, e fico achando que voltou a ler, mas, um ou dois minutos depois, ele fala:

— Não tenho medo de morrer, mas fico apavorado com a ideia de ser alterado. Depois de ver o que isso fez com a minha tia... eu prefiro morrer inteiro a viver em pedaços.

Fico olhando para ele.

— Se você pudesse largar o Arquivo sem ser alterado, você largaria?

É uma pergunta perigosa, do tipo que eu não deveria fazer. Sugere traição. Wes olha para mim, cauteloso, tentando descobrir o motivo.

— Não importa — responde. — Não é assim que funciona.

— Mas e se fosse, se você pudesse?

— Não. — A certeza na voz dele me surpreende. — E você?

Eu não respondo.

— Mackenzie? — chama ele.

— Mackenzie, chegamos.

Pisco e o carro já está parado no estacionamento da Hyde. Wes está virado para mim, observando-me.

— Você está bem? — pergunta ele.

Obrigo-me a fazer que sim com a cabeça e sorrir para tranquilizá-lo antes de sair do carro. De costas para Wes, tiro o anel de prata e o penduro no colar, desejando poder manter um pouco mais a proteção e tudo mais que ele carrega. No entanto, não posso correr o risco de me desencontrar de Owen.

— Wesley Ayers! — chama Safia da beira do estacionamento. — Você está ridículo. — Os quatro estão ali, à nossa espera: Saf e Cash, com faixas douradas nos cabelos escuros e cheios; Amber com fitas azuis e borboletas pintadas nas bochechas, e Gavin, de verde, com óculos de armação grossa que ocupam metade do seu rosto.

Wes passa a mão pelo cabelo preto e arrepiado.

— Você acha ridículo, eu acho perigoso.

Cash levanta uma sobrancelha.

— Perigoso tipo capaz de empalar um pássaro que passe voando perto da sua cabeça?

— Adorei os chifres, Mackenzie — elogia Amber.

— Pensei que você tinha companhia, Safia — comento.

— Ah, deixa para lá, dei um fora nele.

— Ela queria ficar com a gente — explica Amber. — Só é orgulhosa demais para admitir.

— Aquele ali é o meu carro? — pergunta Cash.

Os prédios estão escuros no campus, mas a luz da festa reflete nas nuvens baixas, e o ar está tomado pela batida distante da música; nada além dos graves e agudos chegam até aqui. Chegamos ao portão de entrada, com suas barras de ferro fundido e o *H* esculpido — *abandonai toda a esperança, vós que aqui entrais* — e entramos. Seguimos pela alameda e contornamos o prédio principal, o barulho ficando cada vez mais alto e as luzes, mais brilhantes, à medida que nos aproximamos. Ao chegar ao centro iluminado do campus, o Festival de Outono ergue-se à nossa frente.

Prata, preto, verde e ouro. As faixas coloridas pendem das fachadas e se alongam por toda parte e sobre o gramado, formando uma cobertura multicolorida. Há lanternas penduradas nas árvores e luzes ladeando os caminhos, enquanto o gramado sob as grandes faixas está cheio de alunos e rodeado por barraquinhas. A música parece vir de todos os lados, diferente de como é quando toco Wes — sem chegar até os ossos, mas simples, normal, real e alta, envolvendo-nos. Um grupo de meninas com perucas coloridas está empoleirado num banco, comendo e rindo, um amontoado de meninos se diverte jogando nas atrações das barraquinhas, e vejo uma multidão de alunos com maquiagens loucas e acessórios brilhantes dançando. O ar está vivo com seus corpos e suas vozes.

Percebo professores espalhados pela multidão, conversando entre si — nenhum deles pintou o rosto ou está de peruca, mas todos se vestem com roupas escuras, como sombras dispersas em meio ao festival. O sr. Lowell e Dallas estão parados diante de uma barraca; a sra. Hill e a sra. Wellson, sentadas num banco na beira do gramado transformado em salão de dança. E ali, encostado numa barraca de bebidas, vejo Eric. Fico tensa ao vê-lo vigiando a multidão com uma expressão carregada. Eu deveria saber que ele estaria aqui, de olho em mim. Só que estará ainda atuando como os olhos de *Roland?* Do outro lado do gramado, Sako está sentada na beira de um banco. *Com absoluta certeza, ela veio enviada por Agatha.* Examino a multidão em busca de outros vigilantes e identifico um terceiro — um homem que nunca vi, de pele escura e com a mesma atitude fria de Sako. Isso significa que, em algum lugar, provavelmente há uma quarta pessoa, parceira dele, mas não a identifico. Todo o resto parece ser da casa. De algum jeito, os membros da Equipe parecem também.

Contudo, não há sinal de Owen. Ainda não. Mesmo com toda a escola aqui, todos enfeitados com penteados malucos e ornamentos estranhos, sei que o identificaria imediatamente.

A festa começará às sete. O show, às oito.

O que estará planejando? Um arrepio gelado de medo percorre minha espinha. E se o risco for alto demais? E se eu estiver cometendo um erro terrível?

Amber e Gavin dão os braços e vão para a barraca de comida mais próxima, Safia agarra a manga de Wesley e exige uma dança.

— É a tradição — exige ela. — Você sempre dança comigo.

Wesley tremula, claramente hesitante em sair do meu lado. Para ser honesta, também não quero que ele saia. Sou acometida por um temor súbito de que, se ele se for, não terei chance de... de fazer o quê? Dizer adeus? Eu não diria, mesmo se ele estivesse comigo.

— Vão lá, vocês dois — diz Cash. — Mac e eu ficaremos muito bem.

Safia puxa Wesley para o meio dos dançarinos, e Cash me oferece a mão.

— Posso?

Aceito, e minha cabeça se enche de jazz e risadas e com todos os seus pensamentos — enquanto dançamos, faço o possível para que soem como música em vez de palavras e presto atenção apenas à melodia. Cash é tão cheio de vida e energia que, enquanto rodopiamos, giramos, rimos e cantamos, eu quase esqueço. Ouvindo sua voz, sua música e sua vida dentro da minha cabeça por uma música inteira, eu quase esqueço. Essa é a beleza de Cash. Um outro eu, em outra vida, teria se entregado a esse menino bonito, que olha para mim e vê apenas uma menina bonita, e que me ajuda a fingir, pelo menos pela duração de uma música, que tudo poderia ser simples assim.

No entanto, mesmo que eu acreditasse no sonho de Owen — de uma vida sem segredos, nem mentiras —, Cash não seria o garoto com quem eu compartilharia a minha.

A música logo acaba e outra, mais lenta, começa. Uma garota sênior aparece junto ao ombro de Cash e o convida para dançar. Wesley aparece do meu lado no mesmo segundo.

— Dança comigo — pede.

E, antes que eu possa dizer qualquer coisa, ele passa o braço pela minha cintura e enche minha cabeça com sua tristeza, seu temor e, entremeada a tudo isso, sua esperança sempre presente. Apoio a cabeça em seu ombro e ouço seu batimento, seu ruído, sua vida. Cada segundo dói, mas não o solto nem o afasto.

Até que, quando a música acaba, vejo Owen passando pela beira da área de dança. Seu olhar encontra o meu. Meu coração dispara e seguro Wes com mais força, reunindo as forças necessárias para me afastar. Eu consigo. O que quer que seja preciso para dar um fim nisso, em Owen, eu farei. Preciso fazer. Eu o deixei sair e eu vou levá-lo de volta. Vou deixá-lo aos pés do Arquivo e reconquistar minha vida com o corpo dele.

Owen se vira e segue para a sombra da torre do relógio. A música acaba, mas Wesley não me solta, e olho dentro de seus olhos com contorno preto.

— O que foi? — pergunta.

— Você vale a pena — digo.

Ele franze a testa.

— O que você quer dizer?

Sorrio.

— Nada — respondo com delicadeza. — Vou pegar uma bebida. Guarde outra dança para mim, certo?

Meus dedos começam a escorregar pelos dele. Ele hesita e tenta me segurar mais forte, mas Amber o pega pela outra mão e o puxa para perto.

— Cadê a *minha* dança, Ayers? — pergunta ela. Nossas mãos se separam. A música recomeça e desapareço na multidão, contendo o impulso de olhar para trás.

Eric está de costas para mim, e o sr. Bradshaw tenta puxar conversa com Sako enquanto me esgueiro para a escuridão. Owen cantarola, *you are my sunshine, my only sunshine*, e sigo o som de sua voz pelas sombras da torre do relógio, onde o encontro encostado na parede de tijolo, girando a faca pelos dedos.

— A Escola Hyde sempre soube dar uma festa — comenta ele, o olhar perdido nas luzes brilhantes.

— Você vai me dizer o que vai acontecer aqui? Quando vamos roubar a folha?

— Aí é que está — diz Owen, guardando a faca. — *Nós* não vamos.

Fico rígida.

— Como assim?

— Há um motivo para o plano precisar de duas pessoas, Mackenzie. Uma delas distrai o Arquivo enquanto a outra rouba a folha.

— Você quer que eu crie a distração.

— Não — responde. — Quero que você *seja* a distração.

— Como assim?

— Para o Arquivo, você já está por um fio, certo? Bom, se eles estiverem ocupados te arrastando para ser alterada, terão menos chance de *me* ver.

— E por que eles estariam fazendo isso? — pergunto devagar.

— Porque você não os deixará escolha. Você vai fazer alarde. O Arquivo odeia alarde. Eu já preparei o palco para você. — Ele mexe na grama com os pés e, mesmo no escuro, dá para ver os fios. Pavios.

— Eu disse que não queria que ninguém se ferisse.

— Você tem que fazer a sua parte, Mackenzie. Além disso, são só fogos de artifício. Eu te falei: algo rápido e brilhante. Luzes e espetáculo. Depois que criar o estopim, literalmente, você só precisa estar pronta para correr. Eu cuido da parte difícil.

— Que parte difícil?

— Todos os olhos estão em você — prossegue. — Esperando que você cometa um erro, tome alguma atitude impensada. Então você vai fazer exatamente isso. E quando você começar a correr, a Equipe vai te perseguir. E quando te pegarem, e vão pegar, você vai ter que reagir, com tudo, até o fim.

Minha mente gira. Não era assim que deveria ser. Era para entramos juntos no Arquivo. Eu preciso retorná-lo. Como poderei fazer isso se estiver sendo executada?

— Você não quer uma distração, Owen. Quer um sacrifício.

— Não seja dramática.

— Não sou mártir — retruco.

— Não vou deixar te apagarem.

— Ah bom, se você não vai *deixar*... — digo com sarcasmo.

— Eu vou te salvar — insiste ele. — Confie em mim.

Falo com desdém:

— Você quer que eu ponha a minha vida em suas mãos.

No mesmo instante, Owen está me pressionando contra a parede de tijolo.

— Sua vida está em minhas mãos desde o momento em que eu saí do vazio — rosna ele.

Uma noção desalentadora brota em meus pensamentos. Ele já montou o alarde. Ele não precisa da minha autorização para que eu seja a distração. Mas a única maneira de fazer com que venha até mim é se achar que vale a pena me salvar.

Mas o livro fica sobre a mesa, bem na entrada do Arquivo. O que pode impedi-lo de entrar lá, pegar o livro e ir embora sem mim?

— Não vou — diz ele, lendo os pensamentos através da minha pele. — Não vou te deixar para trás. Ainda preciso de você. Somos os portadores da mudança, Mackenzie. Mas preciso que você seja a voz dela.

Ele recolhe a mão. Vira-se para o festival, e as luzes lançam sombras em sua pele pálida.

— A mudança está vindo — diz em voz baixa. — Ou o Arquivo evolui, ou será destruído.

Olhando para ele sob aquela luz incerta, eu finalmente entendo.

É mentira. Sua promessa de um Arquivo sem segredos, seu sonho de um mundo revelado. Owen não espera que o Arquivo sobreviva a isso. Não é o que ele quer. Continua a ser a mesma ideia de sempre: colocar o Arquivo abaixo. E ele acha que encontrou o meio de fazer isso, deixando que este mundo faça o trabalho por ele.

Owen não quer a mudança.

Quer a ruína.

E eu farei o que for preciso para detê-lo.

Minha cabeça está a mil, mas não posso permitir que ele perceba meu pânico. Solto um suspiro curto e controlo a respiração.

— Você devia ter me dito antes — digo. — Para alguém que despreza segredos, você com certeza guarda segredos demais.

Ele franze a testa.

— Eu não queria que você pensasse demais no assunto — responde. — Mas nossos destinos dependem disso. Se você fracassar, eu fracasso; se eu fracasso, você fracassa. Somos como parceiros.

Não somos como parceiros, penso, mas tudo que respondo é:

— Não ouse me deixar lá, Owen.

Ele sorri.

— Não vou deixar.

Ele então se abaixa e pega a ponta do pavio no meio da grama. Um isqueiro surge na outra mão. Ele olha para a torre do relógio sobre nós. Cinco para as oito.

— Perfeito — diz Owen, acionando o isqueiro com o polegar. A chama pequena começa sua dança. — Cinco minutos para a faísca. — Ele encosta a chama ao pavio que se acende e um chiado começa a percorrer o fio. *Agora não tem mais volta*, me dou conta com uma mistura de terror e energia. — Encontre os holofotes — Owen sai das sombras e começa a seguir o caminho, eu espero junto à parede e tiro o celular do bolso. Tem uma mensagem de Wesley...

Cadê você?

... e eu respondo...

Corredor de ciências.

... esperando conseguir que ao menos ele esteja fora do caminho do que quer que esteja para acontecer. Depois, engulo e ligo para casa. Mamãe atende.

— Oi — digo. — Só dando notícias. Como prometido.

— Boa menina — diz ela. — Espero que você tenha uma ótima noite.

Procuro me controlar para esconder o medo na minha voz.

— Pode deixar.

— Liga para a gente quando acabar, certo?

— Tudo bem — respondo e, percebendo que ela vai desligar, digo: — Ah... mãe?

— Hm?

— Eu te amo — digo, antes de encerrar a ligação.

Quatro para as oito. O relógio da torre assoma lá no alto, totalmente iluminado. Observo a passagem de um minuto enquanto os alunos dançam e se divertem sob as faixas coloridas. Não fazem ideia do que está prestes a acontecer.

E, para ser sincera, eu também não.

Três para as oito. Repito para mim que sou capaz. Digo que não é loucura. Que logo estará terminado. Quando fico sem mais o que dizer para mim mesma, saio das sombras, esperando ver Owen, mas ele não está em lugar nenhum e começo a voltar para a quadra. Dou apenas alguns passos antes de uma mão grande me segurar pelo braço e me arrastar de volta para as sombras e *pensou que fosse esperta não tem como escapar de mim achou que eu não perceberia o padrão* ricocheteia pela minha cabeça. Antes que consiga me soltar, algemas de metal são colocadas no meu pulso, e viro o pescoço, deparando-me com o detetive Kinney atrás de mim.

— Mackenzie Bishop — diz ele, algemando minhas mãos atrás do corpo —, você está presa.

TRINTA

— Não crie um escândalo — ordena, puxando-me para longe da festa.

— O senhor está cometendo um erro grave. — O relógio marca um minuto para as oito. Eu me viro, procurando Owen desesperadamente enquanto Kinney me arrasta para a saída.

— Sabe qual foi o último nome digitado no computador do treinador Metz? — pergunta ele. — O seu. E o último número a ligar para Jason Pinter? O seu. As digitais no colar de Bethany Thomson? As suas. O único lugar onde você não deixou nenhuma prova foi na casa do juiz Phillip, mas você invadiu o local, então acho que podemos fazer a ligação nesse caso também.

— Isso tudo é circunstancial — respondo. — Não pode me prender por isso.

— Espere só para ver — responde Kinney, empurrando-me para os portões da entrada. Sua viatura está esperando do outro lado, com as luzes piscando. Mas os portões estão fechados. Não apenas fechados, percebo, trancados. Sinto o cheiro de gasolina daqui. — Que negócio é...? — pergunta, nervoso.

Quando ele afrouxa a mão no meu braço, consigo me soltar e dar três passos na direção do festival antes que ele volte a me segurar com força pelo ombro.

— Não tão...

Mas ele não tem chance de terminar a frase. O relógio bate as oito horas, e começa a queima de fogos. Não no céu, mas no *chão*. Vários silvos agudos, seguidos de explosões pesadas enquanto enormes esferas feitas de cor, luz, som e fogo explodem pelo campus. As explosões se concentram na quadra, mas uma dispara bem perto de onde estamos parados e a força basta para nos jogar no chão. Meus ouvidos apitam e um par de mãos me coloca de pé.

— Não posso te deixar sozinha nem um minuto, caramba — diz Owen, com fuligem no rosto. Atrás dele, o portão da Hyde é tomado pelo fogo.

— Onde diabos você estava? — reclamo, os ouvidos continuando a apitar enquanto ele se aproxima de Kinney, ainda apoiado nos joelhos e nas mãos, visivelmente desorientado pela explosão.

— Ocupado — responde Owen, tirando o revólver do coldre de Kinney. Ele vira a arma e dá uma coronhada no detetive. O homem fica caído no meio do caminho. De volta à quadra, uma nova rodada de explosões começa. Pessoas gritam. Owen encontra as chaves no cinto de Kinney, abre as algemas e começa a me puxar de volta para o inferno crescente.

Passamos por uma onda de fumaça e entramos num mundo tomado pelo fogo. As explosões são ensurdecedoras, e a cobertura de tecido da pista de dança se incendeia e despenca; as faixas em chamas caem sobre os alunos. Todos estão correndo, mas ninguém parece saber para onde correr, pois as explosões não param. É o caos.

Owen corre pelo meio, atento ao chão coberto de fumaça.

— O que você está procurando? — preciso gritar acima do barulho do festival destruído.

— Eu deixei bem...

Nesse momento, um corpo vai de encontro a Owen, o revólver dele cai perto de mim e os dois tombam no chão. Eu me abaixo para pegar a arma ao som do estrondo de outra explosão atrás de mim. Os braços e pernas de Owen e do oponente se entremeiam sobre o chão incendiado, até que Owen consegue passar o braço pelo pescoço do homem e virá-lo para trás e para cima, e eu vejo quem é.

Eric. Um dos olhos não abre de tão inchado, e um corte feio atravessa a frente da camisa. Quando ele me vê ali, parada, me manda correr. Ele então vê o revólver na minha mão e seu rosto ensanguentado é tomado pela confusão.

— Atire nele — ordena Owen.

Olho para ele, horrorizada.

— Ele é da Equipe!

— Mas agora está no nosso caminho — ameaça Owen, como se aquilo não passasse de um acaso infeliz. Só que não é. Esse sempre foi o plano.

Eu vou cuidar da parte difícil.

Os fogos não passaram de uma cortina de fumaça. Poderia ter sido um acidente. Mas matar um membro do Arquivo... não deixaria mais nenhuma dúvida. Nenhuma hesitação. O Arquivo sairia à minha caça. Para me apagar.

— Você precisa se comprometer, Mackenzie — ordena Owen, lutando para dominar Eric. Mais fogos explodem, nos banhando em luz vermelha. Levanto a arma, a cabeça girando. Cheguei até aqui, arrisquei tanta coisa. Não posso perder Owen, não agora. Mas não posso fazer isso. — *Se comprometer.*

Puxo o gatilho. Mas miro errado de propósito.

A detonação corta o caos, a bala passa assobiando entre os dois, e entre o tiro e Owen perceber que eu errei, Eric se solta e gira. *Corra*, penso, *corra*. Estou a ponto de apontar a arma para Owen — um tiro pode não bastar para pará-lo, mas o deixaria bem mais lento —, quando ele acerta um soco no rosto de Eric, forte o bastante para quebrar o osso. Eric se encolhe e, antes que possa se recuperar, Owen segura a cabeça dele entre as mãos e quebra seu pescoço.

O mundo fica mais lento. A fumaça afina, o fogo diminui, e no instante seguinte ao estalo, e antes que a luz se apague de seus olhos, vejo a vida de Eric se desdobrar. Vejo-o sentado ao meu lado no muro do pátio do Coronado, dizendo-me para ficar longe de problemas; fazendo perguntas a Dallas no hospital; encostado no papel de parede amarelo, repreendendo-me por eu ter escapulido; examinando minhas mãos no parque para ver se algo havia se quebrado; parado na calçada, apenas uma sombra dourada, o piscar de uma luz, e é o fim.

Seguro um grito quando o corpo de Eric desaba, sem vida, sobre a terra carbonizada. Não. Isso não pode estar acontecendo. Não pode estar acontecendo.

— Corra, Mackenzie — ouço a voz de Owen enquanto olho para o corpo. Seguro a arma com força, mas, quando consigo tirar os olhos de Eric, Owen já desapareceu e estou sozinha. Olho em volta e percebo que estou parada no meio do caos. Ouço sirenes ao longe, as pessoas ainda correndo, vultos no meio da fumaça, e tudo o que consigo pensar é *por favor, que Wes, Cash e os outros estejam entre eles, em segurança.*

Mas no meio do caos, eu a vejo. Todos correm para longe. Mas ela corre na minha direção.

Sako.

E sei, pelo jeito como está me olhando, que ela ouviu o disparo, que está vendo a arma na minha mão... e o corpo de Eric aos meus pés. Deixo cair arma, e mais dois membros da Equipe, o terceiro que vi mais cedo e uma quarta pessoa, aparecem ao lado dela. Não tenho escolha. Há apenas uma saída agora.

Cambaleio para trás.

Viro-me e começo a correr

TRINTA E UM

Sou apenas uma e eles são três, e eles são todos *rápidos*.

O terceiro ajoelha ao lado do corpo de Eric, mas os outros dois não se detêm. Disparo pela quadra, não na direção dos portões da frente, como todo mundo, mas ainda mais para o interior do campus, cortando caminho pelo corredor de Língua Inglesa, apenas para ouvi-los vindo atrás de mim logo em seguida. Não olho para trás; não sacrifico um único passo da minha dianteira, disparando através do prédio até o fundo, onde há outra saída, e de novo para dentro da noite ardente.

Você vai correr...

A fumaça sobe do gramado em chamas enquanto desço em disparada pelo caminho até o Tribunal. Estou quase lá quando me dou conta de que os passos de um dos perseguidores sumiram atrás de mim; no momento seguinte, o terceiro membro da Equipe aparece na minha frente. Não consigo mudar de direção antes de ele se mover e acertar um soco no meu rosto.

E quando te pegarem...

Caio com força, sentindo o gosto do sangue enquanto o mundo ressoa nos meus ouvidos.

... e vão te pegar...

Quando consigo levantar, Sako me segura por trás e me joga no chão de terra do caminho, e chuta minhas costelas com força.

... você vai reagir...

A força me faz cair de costas, e no segundo seguinte, ela está ajoelhada sobre meu peito. Ódio, raiva e imagens do corpo de Eric passam por mim.

— Eu vou te matar — diz num rosnado. Tento um soco com meu braço machucado, mas ela segura e bate com a minha mão de volta no chão. — Vou fazer o tempo render e te fazer implorar, sua merdinha.

— Sako — diz o outro homem. — Recebemos ordens.

— Danem-se as ordens — cospe ela.

Levanto o joelho com força e acerto seu estômago, mas ela sequer se move — apenas se inclina para a frente e aperta a mão contra a minha boca, cravando as unhas no meu maxilar.

— Como você pôde? Como pôde?

Toda a dor e a raiva estão gravadas em Sako e se espalham por mim quando tira a mão da minha boca e segura a minha garganta. Então, vindo de lugar nenhum, uma barra de metal aparece sob o seu queixo e a joga para o alto e para trás, arrancando-a de cima de mim. *Não.* Ela rola de lado e Wesley se planta entre Sako e eu enquanto nós duas nos levantamos.

— Wes, vá embora! Por favor!

O fogo arde na quadra. Algumas explosões finais trovejam pela Hyde.

— Você não devia ter feito aquilo, Guardiãzinha — rosna Sako.

— Fique longe dela — rosna Wes.

Ele balança a barra de metal e ela a segura uma fração de segundo antes de ser atingida no rosto, arrancando-a da mão dele.

— Você realmente não devia...

— Wesley! Não...

O terceiro membro da Equipe me acerta pelas costas, passa os braços pelo meu peito, segurando meus braços junto ao corpo enquanto *tente correr vou atrás adoro caçar coelhinhos* abre caminho pela minha cabeça.

— Peguei — diz ele logo antes de eu acertar suas costelas com um cotovelo e cair rapidamente de joelhos, inclinando-me para a frente e forçando-o a me soltar e cair por cima do meu ombro. Ele é como um gato, novamente de pé num piscar de olhos, segurando algo nas mãos que parece uma fita, mas brilhante sob a luz incerta. Um fio de metal.

— Melhor se render — diz ele — antes que as coisas piorem.

— Não posso — respondo.

Ele sorri, feliz ao ouvir isso. E então, ataca. A mão voa para frente e o comprimento do fio de metal aumenta, como se estivesse sendo lançado. Eu desvio, evitando-o, abaixando-me para fora do caminho. Com o canto do olho, vejo Wesley tombar, sangue escorrendo pelo rosto. Naquele instante, sinto um leve toque quando o fio se enrola em torno do meu pulso bom.

— Peguei — repete ele, e com um único puxão, o fio me aperta e corta minha pele. Tento me soltar, mas, quanto mais luto, mais apertado fica, então seguro a continuação do fio e puxo ele para mim, mesmo com o aço cortando meus dedos. Com a mão livre, acerto seu estômago com um soco, um golpe sólido o bastante para arrancar o ar de seus pulmões e fazer a dor subir pelo meu braço. Percebo meu erro tarde demais; antes que saia de seu alcance, ele passa o resto do fio em torno do outro pulso. Ele puxa e minhas mãos se juntam diante de mim. Ele sorri, triunfantemente.

Reaja...

Entrelaço os dedos e acerto seu queixo com as duas mãos o mais forte que consigo, partindo seu lábio — o que faz o sorriso desaparecer de seu rosto —, mas não é o bastante para eu me libertar. Ele mantém a mão segurando o fio e me puxa para ele, desequilibrando-me e acertando um soco nas minhas costelas. Eu me dobro e, antes que possa me recuperar, ele me empurra para trás, passa a perna por baixo de meus joelhos e me joga contra a terra dura.

Ele me arrasta para ficar de pé de novo e tenho tempo apenas de ver Wesley cair sobre as mãos e os joelhos, Sako pegar a barra de metal e arrastá-la pelo chão na direção dele antes do terceiro sujeito me acertar outro soco nas costelas. O ar sai dos meus pulmões e fico tentando respirar enquanto ele me arrasta pelo caminho até o prédio mais próximo. Tento chamar Wes, mas não tenho fôlego nem tempo. O cara da Equipe me joga contra uma porta lateral, tira uma chave escura do bolso e abre a fechadura; no segundo seguinte, o caminho, Wesley e Sako; tudo desaparece e caio dentro do Arquivo.

Acerto o chão da antecâmara com força. No momento em que tento levantar, as sentinelas já estão ali, forçando-me rudemente a ficar de joelhos.

Agatha está à espera, os outros bibliotecários enfileirados atrás — obviamente já foram informados do ocorrido. Seus rostos são espectros de horror, tristeza, confusão e traição. Patrick de um lado de Roland e Lisa do outro, ambos o segurando. Meus olhos se movem de seu rosto para a chave dourada em seu pescoço e de volta, ansiando que ele compreenda, que confie em mim, mesmo sem poder. Tento me levantar mais uma vez e as sentinelas voltam a me forçar para baixo, na frente de Agatha.

— Eu avisei a Hale que isso ia acontecer — diz ela, o sentimento frio de triunfo transparecendo nos olhos. — Uma mente em pedaços e um coração de traidora. Você tem *alguma coisa* a dizer?

Sinto muito. Ouçam. Por favor. Confiem em mim. Não é o que parece. Mas não posso dizer nada disso. Preciso que se convençam. Tudo em mim quer gritar *NÃO* quando cuspo o sangue no chão de pedra escura e digo:

— O Arquivo está quebrado.

Agatha me acerta no rosto com as costas da mão. A dor se espalha pela sobrancelha e o sangue cobre minha visão.

— Vou chamar Hale. Levem-na.

As sentinelas me colocam de pé.

Reaja...

Eu me jogo para a frente e consigo me soltar. É preciso cada grama de vontade e força, mas corro para os braços de Roland, pressionando as mãos amarradas contra a frente de sua camisa. Pareço estar implorando, mas apenas porque ninguém pode ver meus dedos cobrindo a chave dourada que ele tem ali. A que liga e desliga vidas. Aquela que somente Bibliotecários podem manusear. Uma dor amortece minhas mãos, como se fossem alfinetes e agulhas pelos meus dedos, até os pulsos, mas não solto.

... com tudo o que você tiver...

— Confie — sussurro, fechando a mão no momento em que ele me empurra para longe. O estalo do colar é abafado pelos sons da luta e sou arrastada para longe. Prendo a chave na palma da mão e a empurro para dentro da manga, e logo um golpe esmagador me joga de quatro no chão. Mais dois pares de mãos, ambos de sentinelas, me seguram.

... até o fim.

Um capuz é jogado sobre minha cabeça. Tudo escurece. Ainda assim, tento lutar.

— Já chega, senhorita Bishop — ordena Patrick enquanto sou arrastada pelo Arquivo. Tudo em que consigo pensar enquanto sou levada é que *não será o bastante, não será o bastante, não será o bastante.*

E então eu ouço.

Lá na antecâmara.

A voz de Wesley.

Gritando meu nome. Discutindo com alguém em voz alta enquanto irrompe pelo Arquivo.

Tudo desaba em mim. Não era para ele ter se envolvido. Enquanto sou arrastada por outro corredor, ouço o som de outras pessoas correndo atrás dele, ouço Patrick dar uma ordem em voz baixa e sinto uma das sentinelas me soltar e voltar para a confusão. As mãos de Patrick — mãos que agora conheço bem, pois ele me fez incontáveis curativos nos últimos quatro anos e meio — tomam o lugar da sentinela. Ele e a segunda sentinela me empurram por uma porta, para dentro de uma sala tão vazia que nossos passos ecoam, meu nome ainda soando pelas paredes do arquivo.

O som então para abruptamente e não sei se é por terem fechado a porta ou por terem pegado Wes, mas digo a mim mesma que ele vai ficar bem, mesmo enquanto tento me soltar. As mãos seguram com mais força, apertando o corte no meu braço com tanta intensidade que me sinto grata pela dormência que se espalha pela chave dourada, e sou jogada numa cadeira. Eles cortam o fio de metal dos meus pulsos, mas, antes que eu possa levantar, já estão me amarrando firmemente pela cintura, pernas e os pulsos presos aos braços frios da cadeira. Não há como escapar. Eu me contorço sob os nós, mas é inútil e eles sabem disso.

— Adeus — diz Patrick. Uma porta se abre e se fecha, e a sala fica em silêncio.

Silêncio total.

E totalmente escura.

É nesse momento que o medo finalmente me atinge. Ele me perseguiu a noite inteira, mas agora, finalmente, me alcança.

Medo de que nada disso dê certo.

Medo de que tenha feito uma avaliação equivocada e Owen não virá me salvar; de que eu não passei de uma ferramenta descartável.

Medo de que ele não chegue a tempo.

Medo de que não consiga passar da antecâmara.

E, sob tudo isso, um medo pior ainda.

Um medo que me faz cerrar os olhos, mesmo no escuro.

O medo de que talvez, de algum jeito, *Owen não seja real.* Que o pesadelo nunca tenha dado lugar à realidade, que, de algum jeito, tenha sido eu — eu sozinha — desde o começo. De que eu tenha perdido a cabeça e esteja prestes a perder a vida.

Sinto o formigamento dolorido se espalhando pelo corpo a partir da chave do Arquivo pressionada contra meu pulso e me concentro nisso enquanto tento torcer o braço contra a cadeira, para trazer a chave para a mão.

E então eu ouço. A porta se abre atrás de mim, e o som o Arquivo — de pessoas correndo e gritos abafados, nenhum deles de Wesley — entra por um momento, antes de ser mais uma vez interrompido. Uma briga rápida e silenciosa é seguida por um estalo desagradável. Volto a lutar contra os nós, com a cadeira, até alguém se aproximar, segurar meu ombro e aquele silêncio tão familiar atravessar minha pele.

— Owen? — chamo, ofegante.

— Fique parada — ordena ele, e sinto o alívio se espalhar. Eu me cubro desse alívio no momento em que ele arranca o capuz.

A sala em que estou é de um branco ofuscante, quase tão brilhante quanto a sala dos Retornos, mas sem ser tão uniforme e sem absolutamente nenhuma prateleira ou qualquer outra coisa a não ser a cadeira e uma sentinela caída num canto, a cabeça num ângulo bizarro. A lembrança de Eric passa pelo fundo da mente, mas me controlo para manter a atenção em Owen, que solta um dos meus pulsos e se ajoelha para soltar as pernas, deixando que eu solte a outra mão sozinha. Ele solta minhas pernas e contorna a cadeira para abrir a fivela que me prende pela cintura. A última tira é solta, e Owen volta a ficar diante de mim.

— Você armou um belo espetáculo — diz ele, estendendo-me a mão.

Meu coração dispara quando a seguro.

— Eu sei — digo enquanto ele me ajuda a ficar de pé. — Você tinha razão — acrescento, os dedos se fechando no metal em minha mão.

Ele franze a testa.

— Quanto ao quê?

Sustento seu olhar.

— Eu só precisava me comprometer.

Seguro sua mão com mais força. A confusão transparece em seu rosto, mas, antes que ele possa se soltar, enfio a chave brilhante em seu peito e a viro. Por um instante, ele olha para mim, os olhos azuis arregalados. Quando a luz desaparece do rosto de Owen, a vida deixa seu corpo. Seus joelhos se dobram e eu o seguro, nós dois caindo juntos no chão branco e estéril.

Ouço os passos vindo pelo corredor e sou tomada por uma estranha tristeza enquanto deito o corpo de Owen no chão. Ele manteve a palavra. Ele acreditava em algo, mesmo equivocado.

Já eu não sei mais no que acredito.

A única coisa de que tenho certeza é de que ainda estou viva.

E de que isso está quase no fim.

Quase.

TRINTA E DOIS

Não há como escapar desta sala.

Chão frio de mármore. Paredes de pedra. A longa mesa no centro.

É a sala para a qual fui conduzida. Para a qual Wesley e eu fomos chamados depois de aquela História ter escapado para o Coronado. E agora, a sala onde o Arquivo decidirá o meu destino.

Quando Roland, Agatha e o diretor Hale me encontraram na sala de alteração, ajoelhada junto ao corpo de Owen e uma sentinela caída num canto, eu disse apenas uma coisa.

— Quero um julgamento.

Então aqui estou. A sentinela restante está de pé ao meu lado, mantendo-me ao alcance, mas com as mãos misericordiosamente recolhidas. Roland, Agatha e o diretor Hale sentaram-se atrás da mesa, a chave de Roland e o cordão arrebentado diante deles.

Flexiono a mão, ainda esperando a volta da sensibilidade para a ponta dos dedos após utilizá-la. O diretor Hale me oferece uma cadeira, mas prefiro cair antes de me sentar aqui de novo hoje. Encontro os olhos de Roland. Há um minuto, ele fez uma parada em seu caminho e me estendeu a mão, fingindo me firmar.

— Você já se arrependeu? — pergunto em voz baixa. — Por ter votado para que eu fosse aceita?

Um esboço triste de sorriso passa por seus lábios.

— Não — responde ele. — Você deixa as coisas muito mais interessantes.

— Obrigada — digo em voz baixa quando ele se vira — por confiar em mim.

— Você não me deixou muita escolha. E quero o meu diário de volta.

Agora Roland está sentado à mesa, os olhos cinza tensos quando Hale fica em pé e se aproxima de mim, levantando as mãos diante de si.

— Posso? — pergunta.

Concordo, preparando-me para sentir a mesma dor de quanto Agatha invadiu a minha cabeça. No entanto, quando as mãos dele tocam minhas têmporas, não sinto mais do que a pressão de um silêncio frio. Fecho os olhos e as imagens começam a passar em alta velocidade pela minha mente: Owen e os vazios, o festival, o incêndio e Eric. Quando Hale recolhe as mãos novamente, sua expressão é ilegível.

— Dê-me o contexto para o que eu vi — solicita, voltando a se sentar.

Em pé diante deles, explico o que aconteceu. Como os vazios foram abertos. Como Owen conseguiu finalmente sair. Como preparei minha armadilha.

— Você deveria ter envolvido o Arquivo desde o começo — diz ele após eu concluir.

— Senhor, eu receava que, se fizesse isso, eu seria presa pelo simples fato de Owen ainda existir. A Equipe iria então atrás dele e todos sofreriam por isso. Do jeito como foi, Eric foi quem sofreu. Eu considerei isso minha obrigação pessoal.

E não tinha certeza de que Owen fosse real.

— A obrigação de caçar Histórias no Exterior é da *Equipe* — esclarece Agatha.

— Owen Chris Clarke não era uma História como as outras. E era minha responsabilidade. Fui eu quem deu a ele o que precisava para escapar pela primeira vez, e meus crimes foram perdoados presumindo-se que ele não era mais uma ameaça. — Fico surpresa com a calma na minha própria voz. — Além disso, eu estava numa posição privilegiada para lidar com ele.

— Como assim? — pergunta o diretor.

— Ele queria me recrutar.

Hale franze a testa.

— Owen queria a minha ajuda. E eu deixei que acreditasse que eu estava disposta a ajudá-lo.

— Como você concebeu o plano para atraí-lo para cá? — pergunta Roland.

— Não fui eu — respondo. — O plano foi dele. — Observo a confusão em seus rostos. — Eu imagino — acrescento — que ele acreditou que o final seria outro, mas a semente do plano era dele. Ele queria que eu fosse uma distração, para atrair a energia e atenção do Arquivo enquanto ele ia atrás do objetivo dele.

— Qual era esse objetivo? — inquire Agatha.

Eu sustento seu olhar.

— Ele queria atacar o livro. Ele prometeu que, em troca da minha distração, ele viria me resgatar antes que eu fosse alterada.

— E você acreditou nele? — pergunta Hale, incrédulo.

— Por que ele iria te salvar? — pergunta Agatha.

— *Eu* acreditava que Owen atacaria o Arquivo. E *Owen* acreditava que eu poderia me converter para a sua causa. Eu incentivei sua crença esperando que, ao me insinuar em seu plano, eu poderia garantir que ele fosse retornado para as prateleiras e acabar com sua ameaça.

— Um grande risco — observa Hale, cruzando os dedos. — E caso seu plano inicial fracassasse? E se você não conseguisse a chave de Roland, se Owen jamais viesse em seu socorro?

— Pensei bem nisso — respondo. — Diante das habilidades de Owen, acreditei que minha estratégia tinha as maiores chances de ser bem-sucedida. Mas espero que vocês entendam que eu estava desempenhando um papel. Que, para aumentar minhas chances, era preciso que eu me comprometesse.

— Espero que você entenda que um membro da Equipe está morto devido à sua farsa — diz Agatha.

No fundo de minha mente, volto a ver o corpo de Eric desabando na grama.

— Eu sei. Aquele momento está marcado na minha memória. Foi quando eu quase vacilei. E quando soube que não poderia desistir. Havia começado naquele rumo, precisava chegar ao final. Espero que possam me perdoar pela necessidade egoísta de dar um fim à vida de Owen com as minhas próprias mãos.

Hale se endireita na cadeira.

— Prossiga com seu relato.

Engulo.

— Quando fui trazida para a seção e sabia que tinha que provocar o máximo de caos possível, um tumulto grande o suficiente para garantir que Owen viria me resgatar e eu, então, poderia detê-lo.

— Suponho que esse foi o motivo para que *Wesley Ayers também fizesse um alarde* — sugere Roland, com um olhar ponderado.

— Sim — digo, aproveitando a deixa. — Ele estava agindo sob minhas ordens. Ele está bem?

— Ele é a menor de suas preocupações — diz Agatha.

— Está vivo — diz Hale.

— Ele vai ficar bem — acrescenta Roland, percebendo minha preocupação.

— Você tem um talento para inspirar alianças, não é mesmo? — diz Hale. — Aquele garoto correndo por aí, gritando a plenos pulmões, Roland aqui afirmando que sequer sentiu você pegar a chave dele...

— Me distraí no calor do momento — explica-se Roland.

Hale o dispensa com um gesto.

— E Owen Chris Clarke. Você conquistou a confiança dele, também. A maneira como ele deve ter genuinamente acreditado em seu envolvimento me faz ficar maravilhado.

— Owen acreditava na própria causa — digo. — Seu foco era maior do que a minha atuação.

— Então você jamais pensou em desertar? — pergunta, um questionamento seguindo minha resposta de muito perto.

Sustento seu olhar.

— É claro que não — digo calmamente.

Hale me observa, e eu observo Hale. O silêncio desce sobre a sala, interrompido apenas pelos dedos do diretor batendo de leve na mesa. Por fim, ele fala:

— Senhorita Bishop, sua dedicação e seu senso de estratégia são impressionantes. O método, porém, é reprovável. Você circumnavegou por todo um sistema para atender ao próprio desejo de vingança e satisfação. Mas o fato é que você alcançou seu objetivo. Descobriu a verdade por trás dos vazios e suprimiu uma séria ameaça ao Arquivo com perdas mínimas, ainda que desagradáveis. — Ele se volta para Agatha. — Sua sentença está anulada.

Começo a sentir alívio e esperança, até Agatha intervir.

— O senhor esquece — dirige-se a Hale — que existem *duas* acusações contra a senhorita Bishop. A primeira por traição. Absolva ela disso, se quiser, mas a segunda é que ela não tem mais condições mentais de servir. O senhor não pode negar essa acusação.

Hale suspira e se recosta na cadeira.

— Não — responde. — Mas posso considerar uma segunda opinião. De alguém cujo orgulho não está tão ferido. — Ele acena para que a sentinela vá abrir a porta. Uma mulher entra na sala, cabelos louros presos num rabo de cavalo malfeito, as mãos e a parte da frente da roupa cobertas de sangue, fuligem espalhada pelo rosto.

Dallas.

— Perdoem o atraso — diz, limpando a fuligem. — Tive que cuidar do corpo.

Meu estômago dá um nó. Sei que está falando de Eric.

— Qual é a situação da escola? — pergunta Roland.

— Caótica, mas melhorando. — Ela volta a atenção para mim e levanta uma sobrancelha. — Parece que você teve uma noite daquelas.

— Dallas — Hale a chama e ela volta sua atenção para ele. — Você passou vários dias com a senhorita Bishop. Qual a sua avaliação?

Agatha aperta os olhos ao ouvir a palavra.

— De Mackenzie? — pergunta Dallas, coçando a cabeça. — Ela está bem. Quero dizer, *bem* não é exatamente a palavra. Mas, considerando tudo o que ela passou... — Ela olha de relance para Agatha, apertando os olhos ligeiramente... — e tudo ao que foi *submetida*... — e se voltam, calorosos, para mim... — sua resiliência é impressionante. Ela se manteve no controle da situação o tempo todo. Eu não interferi.

Roland relaxa os ombros visivelmente, e eu respiro fundo, finalmente começando a crer que posso ter conseguido, que vai ficar tudo bem.

— Aí está. — diz Hale. — Acho que nós...

— Ela tem dúvidas — interrompe Agatha, levantando-se da cadeira. — Eu li isso.

— *Basta* — diz Hale, esfregando os olhos. — Duvidar não é crime, Agatha. É só uma ferramenta para testar a nossa fé. Pode nos quebrar, mas também nos deixar mais fortes. A dúvida é perfeitamente normal, até mesmo necessária, e me incomoda pensar que você perdeu isso de vista. — Ele se levanta. — Me dê a sua chave — diz com delicadeza.

A mão enluvada vai até o brilho dourado sob seu pescoço. Ele estala os dedos e ela contrai o maxilar ao romper o cordão dourado com um puxão e depositar a chave na mão estendida dele. Hale pondera por um momento.

Em seguida, enfia a chave no peito de Agatha.

Ele não vira a chave, mas a mantém lá. Uma mão a segura pelo ombro e a outra continua na chave, olhando-a nos olhos enquanto todos na sala prendem a respiração. Os lábios dele se movem quando sussurra alguma coisa para ela, tão baixo que quase não posso ouvir.

— Você me decepciona.

Tão rápido quanto introduziu a chave, ele a retira, e Agatha recupera o fôlego.

— Saia — diz ele, e ela não hesita. Vira, apertando as mãos diante de si e se apressa para sair, o casaco creme ondulando às suas costas.

Quando a porta se fecha atrás dela, o diretor Hale suspira e volta a se sentar, deixando a chave de Agatha na sua frente. O silêncio na sala é mortal. Roland tem os olhos voltados para a mesa. Dallas, para o chão.

Mas os meus encaram Hale.

— Pode ser verdade que nada é realmente perdido — diz —, mas tudo deve ter um fim. Este *quando* está em minhas mãos. Eu a aconselho a se lembrar disso, senhorita Bishop. — Ele se volta para Dallas. — Providencie para que ela volte para casa em segurança.

— Senhor — digo —, por favor. E quanto a Wesley?

Ele acena para a porta.

— Ele está lá fora em algum lugar. Vá procurá-lo.

Mas consigo me segurar para não gritar o nome de Wesley quando me apresso pelo corredor rumo ao átrio, começando a correr assim que vejo a antecâmara — e Wesley. Ele está ferido e ensanguentado, um pouco cambaleante, mas de pé, as mãos na cabeça. Patrick está de um lado e Lisa, do outro; os membros da Equipe que me trouxeram para cá estão logo atrás e não dou a mínima para nenhum deles.

Vou correndo até ele, que levanta os olhos e me vê quando atravesso as portas, tira as mãos da cabeça e me abraça imediatamente.

Estamos os dois machucados e quebrados, estremecendo ao menor toque, mas nos abraçamos mesmo assim. Aperto sua cintura com meus braços, Wesley passa os dele por meus ombros. E quando pressiona os lábios na curva do meu pescoço, sinto suas lágrimas molhando a minha pele.

— Você é um idiota — digo, então puxo seu rosto e sua boca para mim.

Eu o beijo, não de leve, mas desesperadamente. Desesperadamente porque ele vale a pena, porque a vida é terrivelmente curta e não sei o que vai acontecer. Tudo o que sei é que aqui e agora ainda estou viva, e quero estar com Wesley Ayers. Aqui e agora, quero sentir seus braços em torno de mim. Quero sentir seus lábios nos meus. Quero sentir sua vida se embaralhando com a minha. Aqui e agora é tudo o que temos, e quero poder aproveitar, seja o que for que aconteça depois.

Aperto Wes com tanta força que ele interrompe o beijo para conseguir respirar.

— Sinto muito — sussurro, meus lábios roçando os dele.

— Eu não. — Ele respira, me puxa para mais perto e me beija ainda mais profundamente. Ainda sinto medo de me envolver, de romper, de perder, mas agora existe algo mais que compensa esse medo de igual para igual: desejo.

— Você disse que confiava em mim — digo.

— Você disse que estava no corredor de ciências. Acho que estamos empatados. — Ele me puxa de volta. — O que aconteceu esta noite, Mac? — murmura, os lábios no meu rosto.

— Eu conto depois — murmuro de volta.

Sinto seu sorriso cansado junto à minha bochecha.

— Eu vou cobrar. — Seus lábios roçam os meus de novo, mas alguém pigarreia e tenho que me afastar do beijo de Wesley. Dallas está ali, esperando.

— Muito bem, vocês dois — diz ela. — Vão ter muito tempo para isso. No momento, preciso levar os dois de volta para a escola. — Dallas está junto à mesa e, pela primeira vez, vejo os restos fumegantes do livro.

— O que aconteceu? — pergunto.

— A única coisa que Owen Chris Clarke conseguiu realizar foi um ato de vandalismo — diz Lis, apontando para o livro. — Ele o queimou.

Dallas balança a cabeça e indica a porta. O membro da Equipe que me arrastou para cá também está ali, e fico tensa ao vê-lo.

— Sem ressentimentos — diz.

— Tenho certeza — digo, a mão de Wesley envolvendo a minha.

— Estava apenas fazendo o meu trabalho. — Mas ele sorri ao dizer isso. Não um sorriso gentil, e lembro-me das coisas que preenchiam o seu ruído: a diversão da caçada.

— Eu poderia dizer para você deixar de ser idiota, Zachary — diz Dallas, tirando-o da frente da porta —, mas seria gastar saliva à toa. Não sei como Felícia te aguenta.

E com isso, ela vira a chave e a porta se abre para o barulho de sirenes e para a escuridão. Wesley e eu a seguimos de volta para o campus da escola.

No Exterior, o ruído de Wesley se derrama pela minha cabeça, uma mistura de desejo e amor, alívio, choque e medo. Não sei o que canta através da *minha* pele, mas não o afasto. Confio nele.

A maioria dos prédios parece estar intacto — embora o fogo tenha destruído boa parte da hera — mas a área externa, com as flâmulas, lanternas e barracas, virou uma bagunça carbonizada e preta.

— Estão todos bem?

— Algumas queimaduras e pontos, mas todos sobreviverão.

Desvio os olhos do rosto para a roupa dela. A camisa preta de algodão tem uma crosta escura de sangue, a mancha se espalha pela pele exposta.

— Todos, menos Eric — digo enquanto ela nos conduz por fora da área queimada, na direção do portão principal. — Foi por isso que você demorou.

Ela concorda, com tristeza.

— Consegui levar o corpo dele até um lugar em chamas antes de os bombeiros chegarem. Ficou parecendo um acidente.

— E Sako? — pergunto.

Dallas esfrega as mãos juntas, os flocos de sangue seco caindo no chão.

— Ela foi embora. Mandei a parceira de Zachary, Felicia, encontrá-la.

— Acho que quebrei o nariz dela — diz Wesley.

Dallas dá uma boa olhada nele.

— Parece que ela também te acertou de jeito.

— Então você também é da Equipe? — pergunto enquanto passamos pelos restos queimados do festival.

— Não — diz Dallas —, sou o que você poderia chamar de assessora de campo. Meu trabalho é garantir que tudo, e todos, estejam funcionando dentro dos conformes.

— E se não estiverem? — pergunta Wes.

Ela dá de ombros.

— Se pertencerem ao Arquivo, eu os envio para lá. Se forem do Exterior, eu mesma dou um jeito.

— Você faz alterações — digo. — Elimina lembranças.

— Quando necessário — diz. — Meu trabalho é fazer a limpeza. Já cuidei daquele policial, Kinney. Vou ter que mandar alguém da Equipe para recolher as provas, mas, pelo menos, limpei você da cabeça dele. Até onde ele sabe, foram as explosões que o derrubaram.

São tantas perguntas passando pela minha cabeça, mas logo chegamos aos portões, que estão escancarados. Vejo todos reunidos ali, e dois bombeiros nos dirigem com pressa na direção dos outros.

— De onde vocês três vieram? — indaga um deles.

— Esses dois ficaram presos debaixo de uma das barracas — diz Dallas, a voz assumindo um tom de autoridade sem qualquer esforço. — Não sei como vocês não os encontraram antes. Melhor examiná-los para ver se estão bem.

Antes que possam perguntar quem *ela* é e o que está fazendo ali, Dallas segue na outra direção, passa sob a fita amarela colocada através do portão e desaparece em meio à aglomeração de alunos, professores e pais que lotam o estacionamento. Os paramédicos nos separam para que sejamos examinados e eu coloco o anel de volta, surpresa com a rapidez com que me acostumei ao mundo sem ele.

Sou examinada. A maioria dos ferimentos pode ser atribuída à barraca que, supostamente, despencou sobre nós, mas as marcas do arame nos pulsos são mais difíceis de explicar. Minha sorte é serem tantos precisando de atendimento e tão poucos para atendê-los. O paramédico concorda quando digo que vou ficar bem e me deixa ir.

Wesley, por outro lado, ou é um mentiroso menos convincente ou está em pior estado do que eu imaginava, pois insistem para que seja levado para o hospital. A ambulância deixa o estacionamento antes que ele possa me dizer qualquer coisa além de:

— Deixe a janela aberta.

Assim que passo sob a fita amarela, alguém grita meu nome; olho na direção da voz e vejo o restante do Pátio agrupado na calçada, um pouco chamuscados, mas sem maiores ferimentos. Uma onda de *onde você estava, o que aconteceu, está machucada, Wesley estava contigo, ele está bem* e *isso foi uma loucura* até finalmente pararem e eu poder começar a responder. Ainda estou na metade das respostas e Cash solta um comentário sobre como isso tudo, com certeza, vai parar no cartão de avaliação dele — e Saf lhe dá um safanão e diz ter ouvido que uma pessoa *morreu* lá dentro, e como é que ele pode estar fazendo piada? Amber comenta que a leveza pode ser apropriada para experiências traumáticas; eu, então, ouço meu nome de novo, viro e vejo meus pais passando pela multidão vindo ao meu encontro. Mal consigo terminar de dizer "eu estou bem" e minha mãe me abraça pelo pescoço e começa a chorar.

Papai nos envolve em seus braços e não preciso tirar o anel para saber o que passa em suas mentes, para sentir seu alívio misturado com o desespero de proteger a única filha que lhes resta, o medo de não conseguir. Tampouco posso protegê-los. Não de me perderem — não o tempo todo —, mas hoje estou aqui. Eu os aperto com mais força e lhes digo que vai ficar tudo bem.

E pela primeira vez em muito tempo, acredito nisso.

APÓS

Mais tarde na mesma noite, sento-me na beira da cama com o uniforme arruinado, os chifres de prata ainda presos ao cabelo, cheirando a fumaça e sangue e pensando em Owen. Não tenho medo de dormir, embora desejasse que Wesley estivesse aqui comigo. Não tenho medo dos pesadelos, pois o meu se tornou real e eu o superei.

Eu me levanto e começo a tirar o que sobrou do uniforme, fazendo caretas a cada vez que meu corpo rígido e machucado reclama dos movimentos. Consigo puxar a blusa pela cabeça, depois solto a saia e finalmente os sapatos, desamarrando os cadarços e tirando os calçados um de cada vez. Tiro o primeiro pé e o coloco na cama, ao meu lado. Quando tiro o segundo e o viro para baixo, um papel dobrado num quadrado cai no chão.

Sinto o corpo dolorido quando me ajoelho para pegar e alisar a folha. Está toda em branco, a não ser por uma única palavra no canto inferior direito, escrita com caligrafia caprichada: *TODOS*. Passo o polegar pela palavra.

Eu não ia ficar com aquilo.

Estava agachada junto ao corpo de Owen, ouvindo o som de passos, contando os segundos, sentindo-me tonta e dormente. Não planejava pegar o papel, mas em um segundo eu estava ali, parada, e no outro minhas mãos o vasculhavam, tiravam o papel dobrado de um de seus bolsos e o escondiam no sapato. Um momento fácil de esconder. De enterrar.

Agora, olho para a página, considerando queimá-la. (É claro que Owen não se limitou a queimar o livro — ele vandalizou o que *sobrou* do livro, justamente para encobrir o fato de que essa página estava faltando.)

Owen estava errado sobre muitas coisas.

Mas não acho que estivesse errado sobre *tudo*.

Eu quero acreditar no Arquivo. Eu *quero*. Assim, não sei se é dúvida ou medo, fraqueza ou força, a voz de Da surgindo na minha cabeça me alertando para estar pronta para qualquer coisa, ou Owen me dizendo que havia chegado a hora da mudança, ou o fato de eu ter visto coisas demais esta noite, o que me levou a tirar o papel do bolso de Owen.

Eu *deveria* queimá-lo, mas não o faço. Em vez disso, eu o dobro cuidadosamente — a cada dobra pensando se quero destruí-lo, sempre decidindo que não — até voltar ao tamanho que estava antes. Tiro o livro *Inferno* da prateleira, enfio o papel roubado entre suas páginas e o recoloco no lugar.

Talvez Owen tivesse razão.

Talvez eu seja uma portadora da mudança.

Mas eu decidirei que tipo de mudança será essa.

AGRADECIMENTOS

Eles avisam sobre continuações.

Avisam que faça um estoque de cafeína e de calças de pijama. Dizem para usar o cinto de segurança e se proteger da tormenta. Dizem que, ao final, tudo valeria a pena. Que você conseguiria passar por isso.

Mas nunca dizem como.

A resposta?

Gente.

Gente que te mantém com os pés no chão. Gente que te ajuda a manter a sanidade. Que falam da trama. Do ritmo. Dos personagens.

Gente que responde perguntas hipotéticas sobre coisas muito estranhas sem te olhar como se você fosse louca.

Gente que some com a tecla *delete* do teclado quando você conclui, às duas da manhã, que talvez fosse melhor apagar tudo.

Gente que sabe quando você precisa ficar sozinha e quando precisa ser arrancada do computador para a luz do dia (ou para a escuridão da arena de *laser shot*).

Gente que se envolve. Que acredita. Mesmo você não acreditando.

Este não foi um livro fácil, sob nenhum aspecto. Eu resisti. Ele me arrastou pela lama e por espinhos. Houve vítimas. Horas. Versões.

Mas eu tive gente.

Tive minha mãe, que me lembrava de comer e de respirar, e meu pai, que me lembrava de ir nadar até o mundo se tornar pequeno novamente.

Tive meus colegas de casa de Nova York, Rachel e Jen, que sabiam quando eu precisava de barulho ou de silêncio (e quando era preciso assistir desenhos animados).

Tive Carla e Courtney, que me puseram de pé, me ajudaram a sacudir a poeira e me colocaram de volta no caminho.

Tive minha agente, Holly, que me disse que eu encontraria um caminho, pois eu sempre encontrava.

Tive meus editores, Abby e Lisa, que acreditaram nos livros, e em mim.

E tive você.

Impresso no Brasil pelo
Sistema Cameron da Divisão Gráfica da
DISTRIBUIDORA RECORD DE SERVIÇOS DE IMPRENSA S.A.
Rua Argentina, 171 – Rio de Janeiro, RJ – 20921-380 – Tel.: (21)2585-2000